AF186962

Grauzonen

Frank Wallerts achter Fall

Krimi

Kurt Jahn-Nottebohm

Texte: Kurt Jahn-Nottebohm
Bildmaterialien: Ulrike Nottebohm (Covergestaltung)
Lektorat/Korrektorat:
Christine Klingbeil, Ulrike Nottebohm

Alle Rechte vorbehalten.
Jede Verwertung oder Vervielfältigung dieses Buches –
auch auszugsweise – sowie die Übersetzung dieses Werkes ist
nur mit schriftlicher Genehmigung des Autors gestattet.
Handlungen und Personen im Roman sind frei erfunden.
Ähnlichkeiten mit lebenden oder verstorbenen Personen sind
rein zufällig und nicht beabsichtigt.

Copyright © Kurt Jahn-Nottebohm
ISBN: 978-3-7438-1184-3

www.bookrix.de

Grauzonen

1   Anfang 2015, Rakka (Syrien)

Rakka, in meiner Heimatsprache Ar-Raqqa, ist meine Heimatstadt am Ufer des Euphrat in Syrien. Hier bin ich aufgewachsen und zur Schule gegangen. Hier habe ich mit meinen Freunden und Geschwistern gespielt, bin erwachsen geworden, habe erlebt, wie mein Vater starb, und dass meine Mutter danach wochenlang nicht mehr aus dem Bett aufstehen wollte. Ich habe geliebt und getrauert, kann mich noch heute an die Düfte der Straßen und des Bazars erinnern, den ersten Kuss, den Afra mir gab, ihre Haut, die wie Samt gewesen ist, warm und weich. Sie hat unsere Töchter und unseren Sohn geboren, vor Schmerzen schreiend und immer glücklich, bis die Welt aus den Fugen geraten ist.

Der Krieg kam über uns wie eine Naturgewalt. Natürlich hatten wir von den Vorkommnissen in Daraa gehört, von den Kindern, die Slogans des algerischen und ägyptischen Frühlings an Hauswände gemalt hatten und dafür von Assads Polizei verhaftet worden waren. Einige dieser Kinder blieben verschwunden, andere tauchten halbtot wieder auf, auf bestialische Weise zugerichtet. Die Eltern hatten für ihre Freilassung demonstriert, nicht nur in Daraa, auch in anderen Städten des Landes. Schließlich erwuchs daraus ein gewaltiger Zorn gegen unseren Präsidenten Baschar Al-Assad, der darauf mit militärischer Gewalt gegen seine eigenen Bürger reagierte. Ehe man sich versah, tobte in meinem Heimatland ein Krieg, in dem jeder gegen jeden zu kämpfen schien, und in dessen Staubwolken Mächte mitwirkten, für die Syrien alles, die Menschen in diesem Land aber nichts bedeuteten. Anfangs war es in Rakka ruhig geblieben, wo ich mit meiner Frau und den drei Kindern wohnte, aber nach und nach wurde unsere Stadt von Flüchtlingsströmen überschwemmt. Menschen aus allen Teilen des Landes versuchten, sich und ihre Familien vor den Geschützen und Angriffen der Kriegsparteien in Sicherheit zu bringen – und das in einer Stadt, deren Einwohnerzahl durch die Fliehenden um das Vierfache übertroffen wurde. Gleichzeitig rückten Rebellenverbände ein, was uns zu einer Zielscheibe für die syrische Armee und für islamistische Kämpfer machte. Im August 2013 kämpfte sich der »Islamische Staat« bis in die Stadt vor und löste die »Freie Syrische Armee« ab.

Ich erkannte meine Welt nicht wieder. Zerstörung und Tod wüteten um uns herum, und das kleine Glück, das wir uns geschaffen hatten, lag in Scherben. Wir verloren meine Mutter und Afras Vater. Mein Bruder wurde bei einem Angriff der syrischen Luftwaffe getötet, seine beiden Söhne waren verschwunden. Niemand wusste, ob sie tot oder auf der Flucht waren, oder ob sie sich gar einer der Kampfparteien angeschlossen hatten. Jeden Tag begannen wir mit der Angst, dass dieser Tag unser letzter sein könnte.

Eines Tages im Januar, es war kalt und regnete, stand ich früh auf. Ich hatte einen Hinweis erhalten, dass einer meiner Neffen am Stadtrand zusammen mit anderen Rebellen gesehen worden war. Ich wollte versuchen, ihn aufzuspüren und dazu zu bewegen, mit mir nach Hause zu kommen. Seine Mutter brauchte ihn und wir spielten mit dem Gedanken, die Stadt zu verlassen und – wenn es ein musste – auch das Land. Unser Haus lag im südlichen Teil der Stadt, einen Steinwurf vom Euphrat entfernt, so dass ich die ganze Stadt durchqueren musste, um in die Gegend zu gelangen, wo mein Neffe angeblich gesehen worden war. Das war gefährlich, aber ich hoffte darauf, dass bei diesem Wetter keine der Kriegsparteien Lust hatte, ihr mörderisches Tagwerk zu beginnen. Ich lief auf der »Straße des 23. Februar« Richtung Osten. Überall hatte ich bisher die schwarzgewandeten Milizionäre des »Islamischen Staates« sehen können. Sie saßen in ihren Pick-ups mit den todbringenden Geschützaufbauten oder standen in Hauseingängen. Andere kontrollierten Straßenkreuzungen und überprüften Fahrzeuge, die um diese Zeit noch spärlich unterwegs waren. Bisher hatten sie mich in Ruhe gelassen. Ich näherte mich dem ehemaligen Einkaufszentrum der Stadt, als ich von hinten gepackt und herumgerissen wurde. Ich erschrak und blickte in die schwarzbärtigen Gesichter zweier junger Männer. Ihre regennassen Haare klebten an ihren Köpfen und sie blickten nicht gerade freundlich drein. Beide hatten Maschinenpistolen um den Hals hängen.

»Was machst du hier?«, fragte mich der Größere der beiden barsch.

Instinktiv hob ich meine Hände auf halbe Höhe, bevor ich antwortete.

»Ich bin auf dem Weg nach Hause, Bruder«, erwiderte ich ruhig, was nicht mal im Ansatz meiner wahren Gefühlslage entsprach.

»Wo ist dein Zuhause?«

»Ein paar Straßen weiter«, log ich und ließ langsam meine Hände sinken. »Ich bin gleich da, wenn ihr mich denn gehen lasst.«

»Deine Papiere, Bruder!«

Ich bedachte den Kämpfer mit einem zerknirschten Blick.

»Meine Papiere sind verbrannt. Ich habe leider keine mehr, die ich dir zeigen könnte.«

»Und wo kommst du jetzt her?«, wollte der zweite Mann wissen.

»Ich war heute Nacht bei meiner Mutter. Wir haben gestern unseren Vater verloren. Ich habe ihr beigestanden.«

»Allah möge ihm Frieden schenken«, murmelte mein Gegenüber und wandte sich ab. »Geh nach Hause und pass auf, dass du nicht den Falschen in die Hände fällst.«

Ich bedankte mich und setzte meinen Weg erleichtert fort. Wen mochte er mit »die Falschen« gemeint haben? Bei den beiden Schwarzbärtigen schien es sich um Kämpfer des »IS« gehandelt zu haben. Aus Berichten von Bekannten wusste ich aber, dass ich mich einer Gegend näherte, in der ich auch auf versprengte Männer der »Freien Syrischen Armee« oder Rebellengruppen, ja sogar auf Soldaten der regulären syrischen Truppen stoßen konnte. Wer von ihnen waren die Richtigen? Wer die Falschen? Ich bog in eine Seitenstraße ein. Die Fassaden einiger Häuser wiesen große Einschusslöcher auf. Im hinteren Bereich der Straße fehlten den Häusern die Fassaden gänzlich. Ich musste über ein ausgedehntes Trümmerfeld steigen, bevor ich nach rechts abbiegen und parallel zur »Straße des 23. Februar« weiterlaufen konnte. Plötzlich bellte ein Maschinengewehr auf. Um mich herum pfiffen die Kugeln und spritzten Steinsplitter. Ich warf mich instinktiv auf den Boden, bevor ich getroffen wurde. Ich schrie in die plötzliche Stille hinein, denn das Feuer hatte aufgehört. Ich konnte mein rechtes Bein nicht mehr bewegen. Stattdessen hatte ich grässliche Schmerzen. Dann fühlte ich, wie ich von kräftigen Händen gepackt wurde. Mir drohten die Sinne zu schwinden, denn die Schmerzen steigerten sich ins Unermessliche. Dann wurde ich weggetragen.

Stunden später erwachte ich schweißgebadet. Mir war heiß und gleichzeitig kalt, und ich fragte mich, wo ich war. Um mich herum herrschte undurchdringliche Finsternis. War es schon wieder Nacht? Meine Hände waren hinter meinem Rücken gefesselt. Ich versuchte, meine Beine zu bewegen. Das hätte ich lassen sollen, denn sofort brandete in meinem rechten Bein ein Schmerz auf, der sich bis in den Unterleib fortsetzte. Ich stöhnte laut auf. Meine Zunge klebte am Gaumen fest, so trocken war mein Mund. Ich wollte trinken, aber wie sollte ich das anstellen? Auf mich war geschossen worden! Die Erinnerung daran kam mit Wucht. Man hatte mich von der Straße aufgehoben und davongetragen. Zwei Männer. Ein großer Kräftiger und ein etwas Kleinerer. Was wollten sie von mir? Wo hatten sie mich hingetragen? Auf jeden Fall saß ich, von Dunkelheit umhüllt, in einem Raum, unter mir steiniger Boden, in meinem Rücken eine kühle, feuchte Wand. So sehr ich meine Augen auch bemühte, ich konnte nichts erkennen. Ich vermutete, dass es sich um einen fensterlosen Raum handelte, denn normalerweise konnte man, wenn sich die Augen an die Lichtverhältnisse gewöhnt hatten, nach einer gewissen Zeit zumindest ein bisschen erkennen. Ich nahm nur Schwärze wahr. Gut, wenn es mit den Augen nicht funktionierte, dann mussten halt meine anderen Sinne versuchen zu erfühlen, wo ich war. In meine Nase kroch ein erdiger, schweißiger und blutiger Geruch, leicht metallisch. Wahrscheinlich nahm ich mein eigenes Blut wahr, schließlich war ich angeschossen worden. Ich versuchte, mit allen Sinnen meinen Körper abzutasten, ob ich womöglich noch weitere Wunden aufwies. Das schien nicht der Fall zu sein. Dann lauschte ich angestrengt in die Finsternis hinein. Ich nahm ein dumpfes Grollen wahr, als wenn sich in der Ferne ein Wintergewitter entlud. Natürlich konnten es auch Gefechte sein. Schließlich herrschte Krieg in diesem Land. Ich versuchte, in die liegende Position zu wechseln. Es gelang mir nicht, denn meine gefesselten Arme schienen an der Wand in einer Höhe angekettet zu sein, die mir dies unmöglich machte. Warum ging man so mit mir um? Ich stand auf niemandes Seite. Ich gehörte nicht zu den Kämpfern. Ich war nur ein Lehrer für arabische Literatur, hatte eine Frau und drei Kinder und noch nie in meinem Leben jemandem etwas zuleide getan. Plötzlich vernahm ich dumpfes Poltern außerhalb des Raumes, dann Schritte von mehreren Personen, und schließlich blendete mich gleißendes Licht. Reflexartig schloss ich die Augen, öffnete sie aber sofort wieder einen Spalt breit. Jemand stand vor mir und fummelte an meinen Ketten herum. In der Tür sah ich den Schatten eines weiteren Mannes. Ich wurde vom Boden auf die Beine gerissen, woraufhin mir ein Schrei entfuhr, denn sogleich drohte mir der Schmerz wieder die Besinnung zu rauben. Ich erhielt einen Schlag in den Nacken.

»Sei still, du Hurensohn!«, zischte mir eine Stimme ins Ohr.

Fauliger Geruch aus dem Mund des Mannes schlug mir entgegen. Er schob mich vor sich her, in die Richtung der Tür, wo der andere reglos gewartet hatte. Der packte mich am Hemdkragen und zog mich in einen Nebenraum, wo zwei weitere Männer saßen, die mir neugierig entgegenblickten. Alle vier Männer hatten ihr Gesicht so bedeckt, dass nur ihre Augen zu sehen waren. Ihre Masken erinnerten an Mützen mit Sehschlitzen, so wie man sie aus Filmen kannte. Der Tisch vor ihnen war übersäht mit Waffen. Der Mann, der mich am Schlafittchen hatte, stieß mich auf einen Stuhl, was mir erneut einen Schmerzensschrei entlockte. Die unmittelbare Reaktion darauf war ein weiterer Schlag, diesmal ins Gesicht.

»Ich habe dir gesagt, du sollst die Fresse halten!«, schrie mich der größere Mann an und zog mir eine Art Sack über den Kopf, der für meine Augen undurchdringbar war und bestialisch stank.

Ich ertrug die Schmerzen still, auch wenn sie mich fast umbrachten. Mein Bein schien in Flammen zu stehen. Ich atmete schwer, und es dauerte eine gefühlte Ewigkeit, bis ich mich beruhigt hatte und die Angst spüren konnte, die mich erfasst hatte.

»Wer bist du?«, hörte ich eine andere Stimme fragen, die wohl einem der beiden Männer am Tisch gehörte.

»Ich bin Aahlijah Massoud«, presste ich hervor.

»Weiter!«

»Was möchtest du wissen?«, fragte ich, denn ich wusste nicht, was er mit »Weiter« meinte.

Ich erhielt einen Schlag aufs rechte Ohr. Mein Kopf flog nach links und ich schrie auf. Offensichtlich hatten sich die beiden Männer, die mich eben aus meinem Gefängnis geholt hatten, hinter mir postiert, denn als Reaktion auf meinen Schrei erhielt ich den nächsten Schlag, diesmal von links. Ich unterdrückte die in mir aufwallende Wut und nahm die erneute Züchtigung scheinbar gelassen hin.

»Hört jetzt auf damit!«, sagte die Stimme vom Tisch. Sie klang ruhig und war tief. »Wer bist du?«, wiederholte der Mann, so als ob ich ihm noch nicht geantwortet hätte.

»Ich bin Aahlijah Massoud aus Ar-Raqqa, zweiundvierzig Jahre alt. Ich bin Lehrer für arabische Literatur an der Universität von Aleppo.«

»So, bist du das?«, ertönte die nach wie vor ruhige Stimme des Fragestellers. »Was suchst du um diese frühe Stunde in dieser Gegend?«

Ich machte einen weiteren Fehler und zuckte mit den Schultern. Diesmal erfolgte der Schlag von vorne, mit unglaublicher Wucht und in den Magen. Ich krümmte mich unter der Gewalt des Schlages und unterdrückte den Würgereiz, der in mir emporstieg.

»Du glaubst, mit uns spielen zu können?«, ertönte die Stimme wieder. Jetzt wirkte sie ungeduldig.

Ich hörte, wie ein Stuhl gerückt wurde. Offensichtlich war derjenige, der das Verhör mit mir führte, aufgestanden.

»Ich will es dir sagen«, sprach er weiter. »Du suchst deine Leute und hast dich leider etwas dumm dabei angestellt. Habe ich recht?«

Was sollte ich darauf antworten? Von welchen »Leuten« sprach er, die ich angeblich suchen sollte? Mir dämmerte langsam, dass ich in eine schier ausweglose Situation geraten war. Wenn ich ihm erzählte, dass ich meinen Neffen Ridvan suchte, um ihn nach Haue zu holen, brächte ich womöglich den Jungen ebenfalls in Schwierigkeiten. Ich hatte ja keine Ahnung, auf welcher Seite, mit welcher Gruppe er kämpfte. Ich erhielt einen Stoß in die Seite.

»Ob ich recht habe, will ich wissen!«, brüllte der Mann nun in unmittelbarer Nähe meines Gesichts. Ich zuckte zusammen. Seine Faust landete auf meiner Nase. Ich hörte es knacken und ein stechender Schmerz fuhr bis in meine Haarwurzeln. Mir wurde schwarz vor Augen. In Erwartung des nächsten Schlages versuchte ich, meinen Kopf von dem Mann wegzudrehen, während Blut von meiner Nase in den Mund lief und ich wieder diese metallische Süße schmeckte.

»Nein«, sagte ich, wohl wissend, dass ich mir jetzt aus dem Stegreif eine glaubwürdige Geschichte ausdenken musste. Ich versuchte es mit der Version, die ich vor ein paar Stunden den »IS«-Männern präsentiert hatte. »Mein Vater ist gestern gestorben. Ich war über Nacht bei meiner Mutter und will nach Hause.«

»Du lügst!«, kam die zwar zutreffende aber erschreckende Antwort. »Du bist vorhin mit unseren Feinden gesehen worden. Was ist dein Auftrag? Wer hat dich geschickt?«

»Niemand!«, wimmerte ich verzweifelt. »Ich habe keinen Auftrag! Ich bin ein völlig ...«

»... harmloser Mensch«, wollte ich sagen, wurde aber jäh von einem gewaltigen Schlag auf den Hinterkopf unterbrochen. Einer der beiden hinter mir stehenden Männer musste mit einem harten Gegenstand zugeschlagen haben – vermutlich mit dem Knauf seiner Waffe. Ich gab nur noch Gebrabbel von mir, und während ich langsam in Bewusstlosigkeit versank, hörte ich die Stimme wieder sprechen.

»Du wirst reden, das schwöre ich dir.«

*

Ich erwachte davon, dass mir jemand eine gehörige Ladung Wasser über den Kopf kippte. Als Nächstes war der Schmerz wieder da. Neben meiner Schussverletzung am Bein taten mir die Arme weh, die noch immer fest hinter meinem Rücken verschnürt waren, mein Gesicht war angeschwollen und brannte wie Feuer, aber all das war nichts im Vergleich zu den Kopfschmerzen, die der Schlag mit dem Pistolenknauf auf meinen Hinterkopf ausgelöst hatte. Mit großer Mühe öffnete ich die Augen, so weit es mir möglich war, und blickte zu meiner großen Verwunderung in ein Gesicht, das unmittelbar vor meinem schwebte. Der Sack, der vor meiner Bewusstlosigkeit meinen Kopf verhüllte, war entfernt worden. Ich saß nach wie vor auf dem Stuhl, war allerdings etwas zusammengerutscht. Es befanden sich außer mir nur noch zwei Männer in dem Raum. Links neben mir stand einer der Männer, die bei meinem Eintreten noch am Tisch gesessen hatten. In seinen Händen hielt er einen Eimer, aus dem wohl das Wasser stammte, das mich eben geweckt hatte. Der Mann schaute mich kühl an. Etwas Neugierde schwang in seinem Blick mit, als ob er darauf lauerte, was als Nächstes geschehen würde, aber ich hatte nichts zu bieten, das für seine Unterhaltung hätte sorgen können. Ich bemerkte, wie ich leise vor Schmerzen wimmerte und riss mich zusammen. Das Gesicht vor meinem begann zu lächeln. Das gruselte mich, denn es entbehrte jeder Freundlichkeit. Die Augen des Mannes waren schwarz wie seine kurzen Haare, buschige Brauen wölbten sich über seinen Augen und eine klobige Nase prangte in seinem harten Gesicht. Sein leicht geöffneter Mund wurde von breiten Lippen gebildet, zwischen denen gelbe, lückenhafte Zähne zu sehen waren. Sein Atem stank und bereitete mir neben meinen Schmerzen auch noch Übelkeit.

»Da ist er ja wieder«, sagte er und richtete sich aus seiner gebückten Haltung auf. »Ich dachte schon, wir würden nichts mehr von dir erfahren und müssten dich zurück auf die Straße werfen.«

Er nickte seinem Kollegen zu, der daraufhin den Eimer abstellte und die Fesseln meiner Hände löste, um sie unmittelbar danach auf den Armlehnen des Stuhls zu fixieren. Der andere trat an den Tisch und zog einen Stuhl vor mich hin, auf dem er sich niederließ. Dann streckte er eine Hand in Richtung seines Kollegen aus. Der überreichte ihm mit süffisantem Grinsen eine Zange. Er hielt sie eine Weile vor mein Gesicht und beugte sich zu mir hin.

»Pass auf«, sagte er, »wir beginnen noch einmal. Niemand soll sagen können, wir würden unsere Gefangenen nicht ordentlich behandeln und ihnen keine zweite Chance geben. Ich stelle dir jetzt ein paar Fragen, und du wirst sie wahrheitsgemäß beantworten. Für die erste Lüge verlierst du einen Finger, für jede weitere noch einen. Ist dir das Prinzip klar?«

Er erwartete wohl allen Ernstes eine Antwort von mir, denn er blickte mich entsprechend an.

»Ja«, sagte ich und erschrak über das heisere Krächzen, das ich von mir gegeben hatte.

»Gut«, gab er sich zufrieden. »Du hast also zehn Lügen frei, bevor wir zu irgendwelchen anderen Körperteilen übergehen müssen.«

Sein Kollege brach in gehässiges Gelächter aus und verschränkte die Arme vor seiner Brust. Mit breitem Grinsen verfolgte er das Geschehen.

»Können wir anfangen?«, fragte der Anführer. »Bist du so weit?«

Ich versuchte es mit einem Nicken, was ich umgehend bereute, denn mein Kopf drohte unter dem plötzlich wieder auftretenden pulsierenden Schmerz zu explodieren.

»Du hast Schmerzen, oder?«

»Ja.«

»Dann solltest du dich bemühen, dass keine weiteren Verletzungen dazukommen. Du siehst ohnehin schlimm genug aus. Ende mit der Plauderei. Meine erste Frage: Wie heißt du?«

Ich versuchte, mich aufrecht hinzusetzen, bevor ich antwortete. Es gelang mir nicht, denn mein rechtes Bein konnte ich nicht belasten.

»Mein Name ist Aahlijah Massoud.«

»Wo kommst du her?«

»Ich bin in Ar-Raqqa geboren und aufgewachsen. Hier wohne ich auch.«

»Auf welcher Seite kämpfst du?«

»Ich kämpfe gar nicht. Ich bin Lehrer und lebe mit meiner Familie in dieser Stadt.«

Ehe ich mich versah, war der kleine Finger meiner rechten Hand von den Schneiden der Kneifzange umschlossen.

»Hör auf!«, schrie ich. »Ich sage die Wahrheit! Ich schwöre es beim Leben meiner Frau und meiner Kinder!«

»Nimm dich in acht!«, zischte der Mann. »Du hast vorhin mit diesen Dschihadisten gesprochen. Wir haben dich gesehen. Du wohnst nicht in dieser Gegend, denn hier wohnt niemand mehr.«

»Das stimmt«, gab ich zu. »Ich wohne ganz unten im Süden, nahe bei dem Fluss. Die ›IS‹-Kämpfer haben mich kontrolliert und dann gehen lassen.«

»Und was hast du hier zu suchen?«

Ich wollte nicht mehr lügen. Was sollte schon geschehen, wenn ich diesem Mann, wer auch immer er war, die Wahrheit sagte?

»Ich bin auf der Suche nach meinem Neffen.«

Mein Gegenspieler stutze.

»Dein Neffe? Was hat plötzlich dein Neffe damit zu tun?«

»Mein Bruder kam vor einigen Monaten bei einem Luftangriff ums Leben. Seitdem sind seine beiden Söhne verschwunden. Gestern hörte ich, dass einer von ihnen am Ostrand der Stadt gesehen worden ist.«

»Und du willst mir jetzt weismachen, dass du unterwegs bist, um deinen Neffen zu finden?«

»Ja«, erwiderte ich wahrheitsgemäß.

Das Letzte, an das ich mich erinnere, ist, dass mich ein höllischer Schmerz durchfuhr, als die Zange meinen Finger abtrennte. Gleichzeitig quälte sich ein Schrei aus meinem Körper, von dem ich nicht geahnt hatte, dass er in mir war. Langsam schwanden meine Sinne und ich versank in tiefster Dunkelheit.

*

Irgendwann wurde ich wach, nicht richtig, aber zumindest bekam ich mit, dass etwas passierte. Jemand fingerte an mir herum – an meinem Bein, an meiner Hand. Ich hörte, dass Menschen miteinander redeten, und schlief wieder ein. Als ich das nächste Mal zu mir kam, wischte mir eine Hand den Schweiß von der Stirn, und ich hatte für kurze Zeit den Eindruck, dass ich in einem Wagen lag und gefahren wurde. Die Hand war leicht, nicht grob wie die eines Mannes. Ich wollte die Augen öffnen, doch es gelang mir nicht und so gab ich mich wieder der schützenden Bewusstlosigkeit hin. Diese Hand war es auch, die irgendwann meinen Kopf stützte und mir etwas zu trinken einflößte. Ich genoss die Kühle des Wassers und wollte gierig so viel wie möglich davon haben, aber die Person, der die Hand gehörte, ließ das nicht zu.

»Sssssh«, hörte ich sie machen, »nicht so viel! Das verträgst du noch nicht.«

Die Nacht senkte sich wieder über mich. Das tat sie noch einige Male. Schließlich – wie ich später erfuhr, nach fast drei Wochen – wurde ich wach. Jemand hielt meine Hand. Ich wandte den Kopf und sah ein Mädchen neben mir sitzen, das mich anlächelte und leicht meine Hand drückte.

»Willkommen zurück im Leben«, sagte sie.

Ich deutete ein Nicken an und befreite meine Hand aus ihrem Griff. Dann blickte ich mich um. Dies war nicht der Raum, in dem ich gefoltert worden war. Das Mädchen musste die Verwunderung in meinem Gesicht gesehen haben.

»Du bist nicht mehr in Rakka«, sagte sie. »Wir haben dich nach Ain Al-Arab gebracht, wo wir das Sagen haben.«

»Wer bist du ... und wer seid ihr?«, fragte ich.

»Ich heiße Zohra und bin eine Kämpferin der Yekîneyên Parastina Gel.«

»Du bist Kurdin?«

»Nein, ich bin eine Christin aus Homs, aber ich kämpfe mit der YPG. Lass uns das alles später besprechen. Wie fühlst du dich?«

Tatsächlich war das die Frage, die auch mich zurzeit am meisten beschäftigte. Ich fühlte mich schwach, aber lebendig. Meine rechte Hand war verbunden, und die Sauberkeit des Verbandes wies darauf hin, dass er erst vor kurzem erneuert worden war. Ich hob mit der anderen Hand die Decke an, unter der ich lag, und stellte zwei Dinge fest: Erstens war ich nackt, und zweitens war auch mein verletztes Bein verbunden. Ich spürte die Verletzungen überdeutlich, aber es war kein Vergleich zu den Schmerzen, die ich zu Beginn ertragen musste.

»Ich bin müde. Was ist mit meinem Bein?«

»Du hast Glück gehabt«, erwiderte Zohra. »Um ein Haar hättest du nicht nur den Finger, sondern auch dein Bein verloren. Es war schlimm entzündet, als wir dich fanden, und du warst dem Tod näher als dem Leben.«

»Danke«, murmelte ich und wandte mein Gesicht zur Seite. Mir kamen die Tränen so unvermittelt wie der Gedanke, der sie auslöste – der an meine Frau und meine Kinder.

»Du solltest noch etwas schlafen«, hörte ich Zohra sagen. »Wenn du das nächste Mal wach wirst, bekommst du etwas zu essen. Dann werde ich dir alles erklären.«

Sie strich mir mit der Hand über den Kopf und verschwand. Warum nur habe ich meine Familie an jenem Morgen verlassen, um meinen Neffen zu suchen? Statt ihn zu finden, bin ich angeschossen und gefoltert worden, habe einen Finger verloren und bin dem Tod offenbar nur knapp entkommen. Was war mit Afra und den Kindern? Lebten sie noch? Und wenn ja, was mochten sie glauben, warum ich so lange von zu Hause wegblieb? Eigentlich wollte ich am gleichen Tag zurück sein, und jetzt waren schon Wochen vergangen, ohne dass sie etwas von mir gehört hatten. Über diesen Gedanken schlief ich ein und erwachte einige Stunden später davon, dass ich Menschen miteinander sprechen hörte.

Ich schlug die Augen auf und drehte mich um. An meinem Krankenlager standen Zohra und ein älterer Mann, den ich auf Mitte vierzig schätzte. Die junge Frau hielt eine dampfende Suppentasse in der Hand und lachte mich an, als sie bemerkte, dass ich wach war.

»Ich habe Verstärkung mitgebracht«, scherzte sie. »Das hier ist Qassem, mein Kommandeur. Ihm hast du zu verdanken, dass du noch lebst.«

Der Mann blickte voller Misstrauen auf mich herab, zog einen Stuhl an mein Bett und setzte sich.

»Du bist Aahlijah«, begann er mit angenehmer Stimme zu sprechen. »Was ist dir zugestoßen?«

»Warte einen Moment«, unterbrach Zohra. »Iss das – langsam und löffelweise. Ich bleibe hier, solange du isst. Kannst du dich aufrichten?«

Ich konnte, aber kaum saß ich aufrecht, überfiel mich ein Schwindelanfall und ich drohte, wieder umzusinken.

»Langsam, mein Freund«, sagte Zohra und griff beherzt zu. »Das musst du erst wieder lernen. Ich werde dir helfen.«

Sie setzte sich zu mir aufs Bett und stützte mich, indem sie ihren rechten Arm um meinen Oberkörper legte und mich festhielt. Mit der anderen Hand hielt sie die Suppentasse, so dass ich daraus löffeln konnte. Es fiel mir mit der verbundenen Hand schwer, aber mit der Zeit ging es immer besser. Ich hatte das Gefühl, noch niemals in meinem Leben etwas besseres gegessen zu haben. Die Suppe, bei der es sich eigentlich nur um eine Brühe mit Gemüsestücken handelte, schmeckte vorzüglich. Während ich die heiße Suppe schlürfte, betrachtete mich Qassem lauernd. Er wartete darauf, endlich mit mir sprechen zu können.

»Lässt du mir die Suppe hier? Ich möchte sie später aufessen«, wandte ich mich an Zohra.

»Aber sicher«, erwiderte sie und legte mir eine Hand auf die Schulter. »Ich stelle sie auf den Tisch. Ruf mich, wenn du Hilfe brauchst.«

Mit diesen Worten erhob sie sich und verließ den Raum, nachdem sie mir wieder in die liegende Position geholfen hatte.

»Ihr hast du viel zu verdanken«, begann Qassem. »Zohra hat dich Tag und Nacht gepflegt, obwohl ich keinen Pfifferling mehr auf dich gegeben hätte.«

»Ich habe euch allen zu danken«, gab ich zu. »Das werde ich zu gegebener Zeit auch tun.«

Der Mann neben meinem Bett lächelte mich an und ließ dabei zum ersten Mal, seit er mir vorgestellt worden war, so etwas wie Wärme erkennen.

»Das mit der Zeit ist so eine Sache«, sagte er. »Jede Stunde kann unsere Todesstunde sein. Du wolltest mir erzählen, was mit dir passiert ist.«

Ich begann zu berichten und musste zwischendurch immer wieder kurz pausieren, da sich meine Erinnerungen als lückenhaft erwiesen. Doch letztlich hatte ich den Eindruck, Qassem umfassend erzählt zu haben, was geschehen war, nachdem ich an jenem Morgen das Haus verlassen hatte. Der YPG-Kommandeur hatte schweigend, aber aufmerksam zugehört. Er hatte mich nicht ein einziges Mal unterbrochen, auch dann nicht, als meine Erzählung stockte.

»Du hast Ridvan gesucht?«, fragte er jetzt. Er hatte sich von mir abgewandt und starrte gedankenverloren auf einen Punkt hinter mir.

Ich nickte.

»Und du hast ihn nicht gefunden«, schob er hinterher.

Ich schüttelte den Kopf.

»Aber er hat dich gefunden.«

»Nein, leider nicht«, entgegnete ich. »Wie gesagt, auf mich wurde das Feuer eröffnet, als ich gerade ...«

»Das weiß ich«, unterbrach Qassem mich. »Aber Ridvan *hat* dich gefunden. Er gehörte zu der Gruppe, die dieses Folternest ausgehoben und dich befreit hat.«

Ungläubig starrte ich Qassem an, der gelassen und freundlich zurücklächelte.

»Du ... meinst ...«, stammelte ich.

»Ja, das meine ich. Er hat mit seiner Gruppe die Hausruine gefunden, in der dich die Assad-Schergen gefangen hielten. Leider haben wir sie nicht alle erwischt. Zwei von ihnen konnten fliehen, aber ich bezweifle, dass sie weit gekommen sind, denn diese Gegend wird von den IS-Truppen kontrolliert.«

»Kann ich Ridvan sehen?«, fragte ich, noch immer überrumpelt von der Neuigkeit.

»Später«, erwiderte Qassem. »Er ist mit drei weiteren Kämpfern unterwegs nach Ar-Raqqa, um deine Familie zu holen.«

Diese Worte gaben mir den Rest. Ich begann zu schluchzen, als ob sich alle Qual der letzten Wochen auf einmal Bahn brechen wollte, und zog meinen Kopf unter meine Decke. Kurz darauf spürte ich Qassems Hand, mit der er mir über den Kopf strich. Dann hörte ich, wie er aufstand und den Raum verließ. Tatsächlich gelang es mir wieder, über meinen Tränen in einen von wilden Träumen durchzogenen Schlaf zu gleiten.

Ich weiß nicht, wie lange ich geschlafen hatte. Jedenfalls erwachte ich, als der Morgen anbrach und mein Krankenlager in blasses Licht tauchte. Meine Augen, die sich langsam öffneten, nahmen eine Gestalt wahr, die neben meinem Bett saß. Erst dachte ich, es handelte sich um Zohra. Beim zweiten Hinsehen aber erkannte ich Afra, meine geliebte Frau. »*Alles wird gut*«, erinnerte ich mich, von Qassem gehört zu haben. Ich glaubte ihm, und dieses morgendliche Erwachen gab mir auch allen Grund dazu, aber Irren ist menschlich, und Qassem hatte sich geirrt.

2

Tereza lag mehr auf dem Sofa, als dass sie saß, und starrte auf den Fernseher, den sie eingeschaltet hatte, um sich die Nachrichten anzusehen. Die siebzehnjährige Adoptivtochter von Frank Wallert und Maren Dieckmann war allein zu Hause. Adrian, ihr gleichaltriger »Adoptivbruder«, hatte sich mit Freunden verabredet und war unterwegs. Maren, seit ihrer Geiselnahme im Sommer durch Martin Scheidthauer schwer traumatisiert, war noch bei ihrer Therapeutin, und Frank war in seiner Eigenschaft als Privatdetektiv im Einsatz. Bald würde Thorben sie abholen kommen. Er hatte sie zum Essen eingeladen und wollte mit ihr reden. Worüber, wusste Tereza nicht, aber sie war gerne mit Thorben zusammen, den sie von der Schule her kannte, und in den sie sich ein wenig verliebt hatte. Bestimmt ging es um die nahenden Herbstferien. Sie wusste, dass er mit seinen Eltern einen Kurzurlaub in Frankreich geplant hatte. Wollte er sie vielleicht fragen, ob sie Lust hatte, mitzukommen? Mit Maren und Frank hatte Tereza darüber noch nicht geredet, und so sehr sie sich auch wünschte, die Ferien mit Thorben verbringen zu können: Sie zweifelte daran, dass die beiden ihr grünes Licht geben würden.

Im Juli war Tereza siebzehn Jahre alt geworden. Seit fast sieben Jahren lebte sie nun mit Frank Wallert, einem ehemaligen Kriminalhauptkommissar, und seiner Lebensgefährtin Maren Dieckmann zusammen, die nach wie vor bei der Kriminalpolizei arbeitete. Beide hatten sich Terezas und Adrians angenommen, nachdem diese, aus Rumänien kommend, im Ruhrgebiet gestrandet und in große Schwierigkeiten geraten waren. Manchmal konnte Tereza ihr Glück kaum fassen. Je älter sie wurde, umso klarer wurden ihre Erinnerungen an Cluj, wo sie wie Adrian auf einer Müllkippe gehaust hatte. Ihre Eltern waren tot, und niemand hatte sich um das Roma-Mädchen gekümmert, bis sie Adrian über den Weg gelaufen war, den sie von diesem Zeitpunkt an als eine Art Bruder angesehen hatte. Adrian war von seinem Vater an einen zwielichtigen Typen verkauft worden, der den Jungen und Tereza mit ins Ruhrgebiet genommen hatte. Frank und Maren hatten den beiden Kindern geholfen und sie sogar adoptiert. Seitdem führten die Vier ein Familienleben, wie es Tereza sich immer erträumt, aber nie gelebt hatte. Dafür war sie Frank und Maren unendlich dankbar. Niemals, das hatte sie sich geschworen, würde sie etwas tun, mit dem sie die beiden enttäuschen könnte.

Die »Tagesschau« hatte begonnen. Die Sprecherin übermittelte eben die zu erwartenden Flüchtlingszahlen für den September. 135.000 Menschen waren in dem zu Ende gehenden Monat über die sogenannte Balkanroute nach Deutschland gekommen. Auf dem Bildschirm erschien die Kanzlerin, und Tereza sah einen Ausschnitt aus einer Pressekonferenz vom 31. August, den sie in den letzten Wochen schon so häufig gesehen hatte.

»Ich sage ganz einfach: Deutschland ist ein starkes Land, und die ... das Motiv, indem wir an diese Dinge herangehen, muss sein: Wir haben so vieles geschafft. Wir schaffen das!«

Das Bild wechselte zu einem Reporter, der vor dem Kanzleramt in Berlin stand. Der äußerte sich skeptisch, dass das Problem bei diesen Zahlen wirklich zu schaffen sei. Er berichtete, dass der CSU-Vorsitzende Seehofer ebenfalls Zweifel habe und von der Kanzlerin einen Plan zur Reduzierung der Flüchtlingszahlen forderte. Der Politiker behauptete, die Kanzlerin habe mit der Öffnung der Grenze ein falsches Signal gegeben.

Tereza schaltete den Fernseher aus. Seit ein paar Monaten wurde sie immer traurig, wenn sie sich die Nachrichten ansah. Irgendwie war sie ja selbst auch geflüchtet, und sie konnte es nicht ertragen, diese Menschen zu hören, die »Angst« vor den Flüchtlingen hatten, davor, dass sie nun kürzer treten mussten, weil so viele Flüchtlinge ins Land kamen. Sie hatte gesehen, wie ungarische Grenzpolizisten auf die Menschen eingeprügelt hatten und wie Hunderte von Männern, Frauen und Kindern tot aus dem Mittelmeer gefischt oder an Strände angeschwemmt worden waren. Wer hatte ein Recht darauf, Angst zu haben? Die Menschen, denen es in diesem Land vergleichsweise gut ging, oder diejenigen, die ihr Land verlassen mussten und sich über mehrere tausend Kilometer in Sicherheit zu bringen versuchten? In der Schule hatten sie auch darüber geredet. Ihr Lehrer für Gesellschaftslehre hatte das Thema aufgebracht und in dem Kurs eine heftige Debatte ausgelöst. Niemals hätte sie es für möglich gehalten, von ihren Mitschülern und Mitschülerinnen solche Sätze zu hören.

»Die hat sie doch nicht alle!«, sagte jemand und meinte die Kanzlerin. »Als wenn wir nicht schon viel zu viele von denen mit durchfüttern müssten!« Auf die aufkommende Fremdenfeindlichkeit und die Brandanschläge gegen Flüchtlingsunterkünfte angesprochen, fuhr er fort: »Na und? Die sind ja noch nicht bewohnt. Es kommt ja niemand zu Schaden. Vielleicht hat es Wirkung, und die Leute bleiben, wo sie hingehören.« Wo gehörte ein Mensch hin? War dieser Junge auch der Meinung, dass Tereza zurück nach Cluj auf die Müllkippe gehörte? Ein Mädchen aus ihrem Kurs hatte gemeint, die Aussage des Jungen relativieren zu müssen. »Na ja, Brandanschläge sind nicht in Ordnung«, sagte sie, »aber man muss diesen Menschen schon beibringen, dass dies nicht ihr Land ist. Sie sollen in ihren Ländern bleiben und dafür sorgen, dass ihr Heimatland besser wird.« Herr Wiechering, der Lehrer, hatte sich eingemischt. »Wenn das die Spanier, Portugiesen und Italiener nach dem Zweiten Weltkrieg so gesehen hätten, würde unser Land wahrscheinlich immer noch in Trümmern liegen«, hatte er gesagt und zur Antwort erhalten: »Das ist ja etwas ganz anderes. Die haben Deutschland mit aufgebaut. Aber die, die jetzt kommen, hocken sich in ein gemachtes

Nest.« An diesem Punkt hatte Tereza ihre Sachen zusammengepackt und war gegangen, was erstaunte Blicke ausgelöst hatte. »Ich kann dich verstehen«, hatte ihr der Lehrer anschließend gesagt, »aber es wäre mir lieber gewesen, wenn gerade du dich stärker an der Diskussion beteiligt hättest.«

Er hatte recht damit. Sie hatte sich verändert. Noch vor ein paar Jahren war sie keiner Diskussion aus dem Wege gegangen, hatte ihren Standpunkt vertreten und dafür auch manches Lob von ihrem Lehrer eingeheimst. Seit dieses Thema mit den Flüchtlingen nach oben schwemmte, hinterfragte sie sich sehr oft. Ihre eigene Geschichte drängte sich in einem Maße in ihr Bewusstsein, wie es niemals vorher der Fall gewesen war. Natürlich wurde auch das in der Schule diskutiert. Schließlich kam sie ja aus Rumänien, einem Land der Europäischen Union. Es leuchtete vielen Menschen – natürlich auch ihren Mitschülerinnen und Mitschülern – nicht ein, wieso plötzlich so viele Bulgaren und Rumänen nach Westeuropa kamen. Damals schon witterte man die Gefahr, dass diese Leute den Einheimischen etwas wegnehmen könnten, worauf sie keinen Anspruch hatten.

Tereza hatte verzweifelt dagegen gehalten, und nachdem sie in ihrer Klasse ein Referat gehalten hatte, in dem auch ihre eigenen Erfahrungen, ihr Alltag in Rumänien nicht zu kurz gekommen war, hatte sie viel Zuspruch erfahren. Das war wohl der Unterschied zwischen der Wahrnehmung persönlicher Schicksale und den Vorurteilen, die über eine unüberschaubare Menge von Menschen ausgekübelt wurden. In der Masse sind sie anonym, und die Einsicht in die Tatsache, dass hinter jedem einzelnen Migranten eine individuelle Geschichte steckte, war viel zu anstrengend, denn dann müsste man sich mit ihnen beschäftigen.

Die Türglocke ertönte, und Tereza sprang auf. Ein Blick auf ihre Uhr verriet ihr, dass es Punkt fünf Uhr war. Das musste Thorben sein. Sie lief zur Haustür und öffnete.

»Oh, du bist ja noch gar nicht fertig«, sagte Thorben, als er sich durch die Tür schob und Tereza einen flüchtigen Kuss auf die Wange gab.

Das Mädchen schaute an sich herab und stellte fest, das sie immer noch die Shorts und das T-Shirt trug. Es war ein warmer Nachmittag gewesen, an dem sie ihre Hausaufgaben auf der Terrasse erledigt hatte. In Gedanken versunken hatte sie die Zeit aus den Augen verloren.

»Ich habe keine Lust, Essen zu gehen«, sagte sie. »Lass uns hier sprechen. Wir sind alleine.«

Sie lief voraus ins Wohnzimmer und ließ sich zurück auf das Sofa plumpsen. Sie schlug ein Bein unter und blickte Thorben abwartend an, der vor lauter Verblüffung in der Wohnzimmertür stehengeblieben war.

»Wieso hast du jetzt plötzlich keine Lust mehr?«, fragte er konsterniert. »Ich habe im Mezzomar einen Tisch für uns bestellt.«

»Komm, setz dich«, erwiderte Tereza. »Es tut mir leid, aber mir ist wirklich nicht danach, jetzt mit dir Essen zu gehen. Es geht mir nicht so gut.«

Sogleich veränderte sich Thorbens Gesichtsausdruck. Er war besorgt.

»Wieso? Was ist los?«, fragte er, während er sich neben sie setzte.

Sie erzählte ihm von den Gedanken, die sie während der letzten Stunde beschäftigt hatten.

»Aber wir können doch daran nichts ändern«, erwiderte er, als sie fertig war. »Das ist Politik und eine Nummer zu groß für uns.«

Tereza, die sich eben an ihn lehnen wollte, richtete sich auf und starrte ihn vorwurfsvoll an.

»Was redest du da? Das sind Menschen, die verzweifelt sind und alleine in diesem Land nicht klarkommen«, entgegnete sie. »Die Politik ist das eine, die Menschen etwas anderes.«

»Schon gut«, lenkte Thorben ein. »Und was willst du tun?«

»Ich möchte in den Ferien für die Flüchtlinge arbeiten. In den Unterkünften und Sammelstellen wird jede Hilfe gebraucht.«

Erwartungsvoll schaute sie Thorben an, bei dem sich Enttäuschung in den Blick schob.

»Ich hatte gehofft, dass du mit nach Frankreich kommst«, murmelte er, worauf Tereza seine Hand in ihre nahm und ihn anlächelte.

»Und meine Hoffnung war, dass du mitmachst. Wir rufen bei der Flüchtlingshilfe an und fragen, wo wir helfen können. Was sagst du dazu?«

Das Lächeln in Terezas Gesicht erstarb, als Thorben vom Sofa aufsprang.

»Vergiss das!«, schleuderte er ihr entgegen. »Seit Monaten freue ich mich schon auf Frankreich! Das lasse ich mir von dir nicht kaputtmachen!«

»Thorben!«, sprach sie eindringlich auf ihn ein und stand ebenfalls auf. »Frankreich läuft dir nicht davon. Diese Menschen brauchen jetzt Hilfe! Ich verspreche dir: Nächstes Jahr, nach unserem Abi, fahre ich mit dir nach Frankreich. Du und ich – wir beide. Und nicht nur für eine Woche.«

Sie schlang ihre Arme um ihn und schaute ihm in die Augen, hinter denen es sichtbar arbeitete.

»Nein«, sagte er schließlich. »Ich möchte Frankreich! Jetzt!«

Enttäuscht löste sie sich von ihm.

»Das tut mir leid«, sagte sie.

»Mir auch«, antwortete er, bevor er sich umdrehte und die Hand zum Abschied hob. Kurz darauf war Thorben verschwunden.

3

Im Polizeipräsidium brummte es wie in einem Bienenstock. Maren Dieckmann und Malte Frenzen hatten sich aus dem Alltagschaos ausgeklinkt und sich entschieden, endlich einmal alles das nachzuholen, was in den letzten Tagen wesentlich zu kurz gekommen war. Malte war ein langjähriger Kollege von Maren und als Kriminalhauptkommissar seit Franks Ausscheiden aus der Polizei auch ihr Chef beim KK 11 in der Kreispolizeibehörde Essen/Mülheim. Sie saßen einander gegenüber an ihren Schreibtischen und schrieben Berichte oder beantworteten Mails, die eingegangen und länger unbeantwortet geblieben waren. Eigentlich hatte Maren hier noch nichts zu suchen, denn sie sollte erst Anfang Oktober wieder in den Polizeidienst zurückkehren. Seit dem 22. Juni war sie krankgeschrieben und wollte – so wie seinerzeit ihr Lebensgefährte Frank Wallert – eine dreimonatige Wiedereingliederungszeit in Anspruch nehmen. Sie würde am 1. Oktober mit halber Stundenzahl beginnen und monatlich um zwei Stunden aufstocken. Für mindestens ein halbes Jahr würde sie zum Innendienst verdammt sein.

Wenn sie ganz ehrlich zu sich war, hatte sie gehörigen Respekt vor diesem Schritt. Es war etwas länger als drei Monate her, dass sie von einem ausgebrochenen Häftling, der glaubte, noch eine Rechnung mit ihr offen zu haben, gekidnappt, verschleppt und in einem alten vergessenen Bunker gefangengehalten worden war. Sie war gequält und geschlagen worden, und noch heute wachte sie nachts schweißgebadet und verängstigt auf. Die Entscheidung für ihre Wiedereingliederung in den Polizeidienst hatte sie zusammen mit ihrer Therapeutin Dr. Sylvia Steinkamp getroffen. Die Ärztin hatte versprochen, Maren in dieser Phase intensiv zu begleiten, und ihr Mut gemacht, nachdem sie eines Tages fast einen ganzen Nachmittag darüber geredet hatten, welchen Stellenwert die Arbeit bei der

Kriminalpolizei für Maren hatte. Natürlich nagten Zweifel an ihr, ob das mit der Polizei alles so richtig lief. Nicht selten hatte sie den Eindruck gehabt, dass Politik, Justiz und Polizei besser zusammenarbeiten konnten, als sie es taten. Zu häufig ging es noch um Profilierung bei Politikern, die wiedergewählt werden wollten, bei Staatsanwälten und Richtern, die irgendwie zwischen den Stühlen der Legislative und Exekutive saßen, aber ebenfalls an ihren Posten hingen, und bei Polizeibeamten, die ihre Karriere im Blick hatten. Unmittelbar vor den Geschehnissen dieses Sommers hatte der Chef der Kriminalinspektion 1, Kriminaloberrat Hetkämper, ihr eine Stelle als Hauptkommissarin beim BKA angeboten. Sie sollte darüber nachdenken, und dann war die Entführung mit der folgenden Leidenszeit dazwischengekommen. Die Sache war im Sande verlaufen. Marens dreimonatige Arbeitsunfähigkeit hatte es auch unnötig werden lassen, dass jemand aus dem damals rechnerisch übersetzten KK 11 versetzt werden musste.

In dem Gespräch mit Frau Dr. Steinkamp war sie schließlich in der Lage gewesen, deutlich auszusprechen, was ihr wichtig war. Sie wollte genau diesen Beruf weiter ausüben, an der Seite von Malte und ihren Kollegen Stefan Heine und Melissa Groß, unterstützt von ihrem Lebensgefährten Frank, der jetzt als Privatermittler arbeitete. René Polanski und Silke Heuberg, seine Partner in der Detektei, waren verlässliche Freunde geworden – und nicht zuletzt gab es da noch Adrian und Tereza, die Roma-Kinder, die vor Jahren zu ihnen gekommen waren und ihre Familie vervollständigten.

»Was machst du gerade?«, unterbrach plötzlich Malte ihre Gedanken.

Er hatte sich auf seinem Schreibtischstuhl zurückgelehnt und die Hände hinter dem Kopf verschränkt. Lächelnd wartete er auf eine Antwort.

»Gerade eben denke ich daran, was ich für ein Glück habe – und währenddessen schreibe ich eine Mail.«

»Glück«, wiederholte Malte.

»Ja. Mit euch. Mit dir. Mit meinem Beruf.«

Malte beugte sich nach vorne und schaute sie über den Schreibtisch hinweg an.

»Du bist hier zu Hause«, sagte er.

»Ja, das bin ich«, erwiderte sie und spürte, dass ihre Augen feucht wurden und sie schlucken musste.

»Auf jeden Fall freuen wir uns auf dich. Nächsten Donnerstag ist es so weit. Und jetzt mach Schluss und fahr nach Hause.«

»Das werde ich tun.«

Maren drückte den »Senden«-Button des Mail-Programms und ließ anschließend den Rechner herunterfahren. Sie schob ihren Stuhl unter den Schreibtisch und lief auf Malte zu, der sich erhoben hatte. Er nahm sie in die Arme.

»Schönen Feierabend. Und grüß deine Bagage von mir«, sagte er.

Maren drückte ihm einen Kuss auf die Wange und war wenige Minuten später auf dem Weg nach Hause.

4

Frank, René und Silke saßen am Ende des Arbeitstages im Pausenraum ihrer Detektei und besprachen sich über die Planung für den nächsten Tag. Im Moment waren sie vollständig ausgelastet. Das war gut fürs Geschäft, aber schlecht für die Nerven. In den acht Jahren, in denen die drei Freunde mittlerweile die Detektei führten, war das nicht immer der Fall gewesen. Aber zurzeit brummte es. Sie arbeiteten gemeinsam an fünf Aufträgen, die nahezu gleichzeitig vor etwa zwei Wochen erteilt worden waren. Zwei standen kurz vor dem Abschluss, die anderen drei brauchten wohl noch eine Weile. Hoffentlich, so dachte Frank, würden Folgeaufträge nicht lange auf sich warten lassen, denn Nichtstun macht mindestens genau so wenig Spaß wie Überarbeitetsein.

Frank Wallert war einundfünfzig Jahre alt und vor etwas mehr als acht Jahren aus dem Polizeidienst ausgeschieden. Bis dahin war er Hauptkommissar bei der Kripo gewesen, aber nachdem er im Sommer 2006 lebensbedrohlich angeschossen und ein Jahr später während seiner Wiedereingliederung von einem Verhafteten als Geisel genommen worden war, hatte es ihm gereicht. Er war nicht länger bereit gewesen, den Kopf hinzuhalten und sein Leben zu gefährden. Schließlich hatten Maren und er sich Kinder gewünscht, und wo hätte das enden sollen, wenn er morgens beim Verlassen des Hauses nicht wusste, ob er sie abends wiedersehen würde? Im Jahr darauf hatte er mit Silke Heuberg und ihrem Lebensgefährten René Polanski, der auch vor langer Zeit einmal Polizist gewesen war, das Detektivbüro eröffnet. Alle drei waren gleichberechtigte Partner, und es klappte hervorragend mit ihnen. Kein Wunder also, dass sie sich irgendwann entschlossen hatten, gemeinsam ein Doppelhaus in Mülheim-Saarn zu beziehen – Maren, er und die Adoptivkinder die eine Hälfte, Silke und René die andere. Franks Leben hatte also eine Wendung genommen, die es ohne seinen Abschied von der Polizei nicht gegeben hätte. Auf Tereza und Adrian war er stolz, auch wenn es nicht seine leiblichen Kinder waren, aber sie waren zu selbstbewussten und liebenswerten Jugendlichen herangewachsen, was nach der Geschichte, die sie verband, nicht selbstverständlich war. Und dass Maren am nächsten Donnerstag wieder in den Polizeidienst einstieg, freute ihn ebenfalls. Lange Zeit war sie sich nicht sicher gewesen, ob sie nicht auch aus ihrem Beruf aussteigen sollte. Sie hatte alles, was Frank zugestoßen war, hautnah erlebt, und war schließlich selbst im letzten Sommer Opfer einer Entführung geworden. Körperlich hatte sie alles gut überstanden, aber psychisch lange daran zu knacken gehabt. Sie war tief in Selbstzweifel versunken und nur mühsam, mit Hilfe ihrer Therapeutin, die vorher auch seine gewesen war, wieder aus ihnen aufgetaucht.

»Sind wir dann so weit?«, fragte Silke, lehnte sich auf ihrem Stuhl zurück und streckte die Beine aus.

»Ja, sind wir«, erwiderte René. »Wir haben unsere Aufgaben für morgen verteilt und können loslegen, ohne uns vorher hier noch einmal zu treffen.«

»Okay«, bestätigte Frank. »Dennoch sollten wir uns gegen Mittag zusammensetzen, um uns auszutauschen. Treffen wir uns hier?«

»Einverstanden. Sagen wir halb zwölf?«

Dieser Vorschlag wurde zuerst allgemein akzeptiert, doch dann kam René eine andere Idee.

»Wir können doch auch zusammen essen gehen. Was haltet ihr davon?«

»Auch gut. Zwölf Uhr im Ratskeller«, nahm Frank den Vorschlag auf, und alle waren zufrieden.

Fünf Minuten später begaben sie sich auf den Heimweg.

5

Adrian schlenderte neben seinen beiden Schulfreunden her. Sie waren an der Ruhr unterwegs gewesen, einfach nur spazieren gegangen und hatten über Gott und die Welt geredet. Und jetzt waren sie thematisch wieder bei der Schule gelandet und auf dem Rückweg ins Stadtzentrum.

»Ich fahre nach Hause«, sagte er zu den anderen und klatschte sich mit ihnen ab, als er an der Bushaltestelle stehen blieb.

»Sehen wir uns morgen?«, fragte Marvin, der morgen Geburtstag und ihn für den Abend zu seiner Feier eingeladen hatte.

»Ich denke schon. Sieben Uhr?«

»Exakt«, rief ihm Marvin zu, der mit Emre schon weitergegangen war.

Adrian setzte sich auf die Bank an der Haltestelle und warf einen Blick auf das Display seines Smartphones. Es war halb sieben. In neun Minuten würde er den Bus besteigen und in etwa zwanzig Minuten zu Hause sein. Zu Hause. Was für eine schmucklose Bezeichnung für die Umstände, in denen er lebte. Manchmal konnte er sein Glück kaum fassen. Vor etwas mehr als sieben Jahren hatte er in einer Hütte am Rande seiner Heimatstadt Cluj auf einer Müllhalde gewohnt, sich von Essensresten aus dem Müll ernährt und hätte seinen kindlichen Körper um ein Haar an Touristen verkaufen müssen. Er war von seinem besoffenen Vater ein ums andere Mal verprügelt worden und von seinem vermeintlichen »Beschützer« Dorin – zusammen mit Tereza – ins Ruhrgebiet verschleppt worden, wo sie schließlich auf Frank und Maren gestoßen waren, die sie gerettet und letztlich adoptiert hatten. Als er zwölf war, hatte er zusammen mit Frank seine Eltern besuchen wollen. Sie waren nach Cluj gereist, und Adrian hatte gedacht, seine Eltern würden sich vielleicht freuen, ihn wiederzusehen und zu wissen, dass es ihm gut ging. Er hatte sich geirrt. Sein Vater war gar nicht zu Hause, seit Monaten nicht mehr aufgetaucht, wie seine Mutter erzählte. Sie hatte erschrocken gewirkt, als Adrian und Frank plötzlich in der Küche standen, und hatte gefragt, was er wolle. Er versuchte ihr zu erzählen, wie es ihm ging, aber sie hatte ihm eigentlich kaum zugehört. Zwischendurch hatte sie immer wieder gefragt, ob er Geld bei sich habe. Schließlich waren Frank und er zutiefst enttäuscht ins Hotel zurückgekehrt, wo Tereza und Maren auf sie gewartet hatten. Seitdem war es vorbei mit seinen Anflügen von Heimweh, die er – trotz der üblen Erlebnisse mit seiner Familie – zwischendurch immer wieder gehabt hatte. Zu seiner Schwester Gabriella hatte er regelmäßigen Kontakt. Erst am letzten Wochenende hatten sie sich gesehen. Sie lebte mittlerweile in Dortmund, war mit Béla verheiratet und arbeitete als Kinderkrankenschwester in einem Krankenhaus.

Der Bus fuhr vor und Adrian stieg ein. Er setzte sich auf einen freien Platz und zog sein Smartphone aus der Tasche. Mit flinken Fingern schrieb er eine SMS, mit der er seine Heimkehr ankündigte und schickte sie an Maren ab. Er lehnte sich zurück und schloss die Augen.

Würden sie heute Abend alle zu Hause sein? Außer Tereza natürlich, die mit Thorben verabredet war, soweit er sich erinnerte. Frank und Maren hatten heute Morgen davon gesprochen, dass sie am frühen Abend wieder zu Hause sein wollten. Sollte er heute ansprechen, was er sich vor einigen Tagen ausgedacht hatte? Wie würden sie reagieren? Würden sie es ihm erlauben?

Immerhin war er sich ja selbst noch nicht wirklich sicher – schon gar nicht in der Frage, wie er sein Vorhaben umsetzen sollte. Vielleicht wäre es nicht so verkehrt, mit Frank und Maren zu sprechen. Sie waren bisher offen mit ihm umgegangen und würden sicher auch diesmal verstehen, was in ihm vorging.

Als er zuletzt bei seiner Schwester war, hatte es nicht lange gedauert, bis sie auf ihre Eltern und Brüder zu sprechen kamen.

Im Frühjahr war Gabriella mit Béla bei ihrer Mutter in Cluj gewesen. Gabriella vermutete, ihr Vater sei tot oder zumindest endgültig untergetaucht – das glaubte auch ihre Mutter, die einerseits völlig verzweifelt wirkte, andererseits aber auch erleichtert war, dass sie diesen Mann nun nicht mehr zu Hause ertragen musste. Er war seit fast einem Jahr nicht mehr aufgetaucht. Seit dem Drogentod ihres ältesten Sohnes Radu im Jahr zuvor lebte sie nun allein in der Wohnung und musste sich täglich neu Gedanken darüber machen, wovon sie leben sollte. Die Besuche ihres zweitältesten Sohnes Nicolae wurden immer seltener. Ab und zu ließ er etwas Geld bei ihr, das er sich auf zweifelhafte Weise in Cluj und Umgebung verdient hatte. Adrian wusste, dass sich Nicolae damals an Touristen verkaufte. Wahrscheinlich tat er das noch immer. Gabriella hatte ihrer Mutter vor der Rückreise nach Deutschland einen stattlichen Geldbetrag geschenkt, was ihr über die gröbste Not hinweghelfen sollte. Aber Geld hatte die schlechte Angewohnheit, immer weniger zu werden, und so war es eine Frage der Zeit, wann die Mutter sich vor die gleiche Situation wie vorher gestellt sehen würde.

Adrian hatte das keine Ruhe gelassen, während Gabriella der Meinung war, dass sich ihre Mutter aufrappeln und ihr Leben in die Hand nehmen müsse. Aber wie sollte das eine Frau geregelt bekommen, die ihr Leben lang nichts anderes getan hatte, als ihrem Mann zu Diensten zu sein, wenn er sich denn einmal bequemt hatte, nach Hause zu kommen? Sie hatte ihm Suppe gekocht und mit ihm gesoffen. Ansonsten hatte sie auf ihn gewartet, meist monatelang, bis er wieder einmal mit ein paar Geldscheinen vorbeigekommen war. In den sieben Jahren, die seitdem vergangen waren, hatte sich für die Familie Lugosi nicht viel verändert, bis auf die Tatsache, dass der

Vater weg, Radu tot und Adrian und Gabriella in Deutschland waren.

Der Bus hielt an und Adrian stieg aus. Seit dem Besuch bei seiner Schwester war in ihm eine Idee gereift. Er wollte nach seinem Abitur nach Rumänien zurückkehren und seiner Mutter und seinem Bruder helfen. Aber wie sollte er das anstellen?

*

Fünf Stunden später lagen Maren und Frank in ihrem Bett und starrten an die Decke.

»Verlieren wir ihn?«, fragte Maren, drehte sich zur Seite und kuschelte sich an Frank.

»Das glaube ich nicht«, schüttelte er den Kopf. »Man hat doch deutlich spüren können, dass seine Gedanken noch nicht ausgereift sind. Vom Gefühl her kann ich verstehen, was in ihm vor geht. Er lebt hier und es geht ihm gut, und seine Familie in Cluj zerbricht mehr und mehr. Sie wissen nicht, wo sie das Geld für den nächsten Tag hernehmen sollen. Klar, dass er sich verantwortlich fühlt.«

»Aber sie haben sich doch für ihn nie verantwortlich gefühlt!«, platzte es aus Maren heraus.

»Nicht nach unseren Maßstäben«, pflichtete Frank ihr bei. »Aber er ist in dem Alter, in dem einem die eigenen Wurzeln wichtig werden. Dagegen können wir nicht anarbeiten – und sollten es auch nicht, wenn wir ihn nicht verlieren wollen.«

Frank drehte sich zu Maren, so dass sich beide nun in die Augen blickten.

»Wir werden ihm helfen, nicht wahr?«, fragte er.

Maren nickte und gab ihm einen Kuss.

»Das werden wir«, erwiderte sie und löschte das Licht ihrer Nachttischlampe.

6

Entgegen seiner ursprünglichen Planung musste Frank an diesem Morgen doch noch einmal in der Althofstraße vorbeischauen. Er hatte seinen Lizenzausweis in der Schreibtischschublade vergessen, und den brauchte er nun einmal. Nach seinem Bürobesuch würde er nach Broich fahren, wo er sich mit einem Mann verabredet hatte, der ihm nach Möglichkeit Informationen über eine Firma geben sollte, in der sich in den letzten Monaten merkwürdige Dinge zugetragen hatten.

Frank lenkte den Wagen in die Althofstraße. Kurz darauf wählte er den erstbesten Parkplatz, stellte das Auto ab und stieg aus. Als er sich der Detektei näherte, fielen ihm zwei Frauen auf, die vor der Tür standen und das Schild betrachteten, auf dem die Öffnungszeiten vermerkt waren.

Das ist Ina, stellte er fest und beschleunigte seinen Schritt.

Es war Jahre her, dass er Ina Gehnen zuletzt gesehen hatte. Sie war zwei Jahre jünger als er. Vor zehn Jahren noch hatte er mit ihr zusammengelebt, doch ihre gemeinsamen Zukunftspläne waren pulverisiert worden, als Maren in sein Leben getreten war und ein anderer Mann in das Leben von Ina. Das letzte Mal hatten sie sich auf einer Geburtstagsfeier gesehen, was aber auch schon eine gefühlte Ewigkeit zurücklag.

»Ina!«, rief er ihr entgegen, als er noch einige Schritte von den beiden Frauen entfernt war.

Die Frau drehte sich abrupt um, ebenso wie ihre Begleiterin, die Frank nicht kannte.

»Frank!«, rief sie. »Ich habe schon gedacht, wir wären umsonst gekommen.«

Ina wartete ab, bis er sie erreicht hatte, und ließ sich von Frank in den Arm nehmen.

»Eigentlich sind wir heute im Außendienst«, klärte er sie auf. »Es ist Zufall, dass ich vorbei gekommen bin. Schön, dich zu sehen.«

Ina trat einen Schritt zur Seite und stellte ihre Begleiterin vor.

»Das ist Afra. Wir müssen dringend mit dir reden.«

»Okay, gehen wir rein.«

Frank gab der fremden Frau die Hand und nickte ihr freundlich zu. Sie stand in respektvollem Abstand zu Ina und Frank und musterte ihn beinahe schon misstrauisch. Er schloss die Tür auf und bat die beiden einzutreten.

»Möchtet ihr einen Kaffee?«, fragte er, während er die Tür schloss und vor ihnen her zur Küche ging.

»Das wäre nett«, antwortete Ina, nachdem sie ihre Begleiterin fragend angeschaut und diese genickt hatte.

Frank belud die Kaffeemaschine und bot den Frauen an, sich zu setzen.

»Mensch, wie lange ist das jetzt her, dass wir uns gesehen haben?«, fragte er.

»Eine Ewigkeit«, erwiderte Ina. »Aber vielleicht können wir ein anderes Mal privat reden. Wir sind hier, weil Afra in großer Sorge ist. Wir wollen dich um etwas bitten.«

»So? Was ist los?«

Frank setzte sich zu ihnen an den Tisch, während die Kaffeemaschine ihre Arbeit tat.

»Es war meine Idee, zu dir zu kommen. Afra ist vor drei Wochen mit ihrem Mann und den drei Kindern ins Ruhrgebiet nach Mülheim gekommen. Sie stammt aus Syrien und ist – wie so viele andere – über Ungarn und Österreich eingereist. Seit drei Tagen ist ihr Mann verschwunden.«

»Ich verstehe«, sagte Frank und stand auf, um Tassen für den Kaffee aus dem Schrank zu nehmen, denn die Maschine röchelte bereits. Er stellte die Tassen auf den Tisch, ebenso wie Milch und Zucker. »Und was heißt ›verschwunden‹ in diesem Fall?« Er schaltete die Maschine aus und trat mit der Kanne an den Tisch zurück, wo er die Tassen füllte. Dann nahm er wieder Platz und schaute Ina an.

»Das heißt, dass er nicht zurückgekommen ist«, vernahm er plötzlich die Stimme der Fremden.

»Oh, Sie sprechen Deutsch«, wunderte Frank sich.

Die Syrerin lächelte und nickte.

»In Syrien war ich Deutschlehrerin«, erklärte sie und fuhr fort. »Mein Mann heißt Aahlijah. Er ist am Dienstagnachmittag losgelaufen, weil er etwas erledigen wollte, und ist nicht wiedergekommen.«

Frank nippte an seinem noch heißen Kaffee. Er wollte das nicht vorschnell kommentieren, also nahm er sich den kurzen Augenblick, um seine Gedanken zu sortieren.

»Hat er ihnen gesagt, was er erledigen wollte?«

»Ich vermute, dass es etwas mit unserem Asylantrag zu tun hatte, aber genau weiß ich es nicht«, antwortete die Frau. »Er hat nur gesagt, er wolle etwas erledigen und sei bald wieder da.«

»Wo wohnen Sie zurzeit?«

»Noch in der Gustavstraße in Styrum«, klärte ihn Ina anstelle der Syrerin auf. »Aber das wird sich bald ändern. Die Familie hat eine Wohnung in der Stadtmitte zugewiesen bekommen, die sie in zwei Wochen beziehen kann.«

»Man liest und hört in letzter Zeit so viel«, leitete Frank seine nächste Frage ein. »Kann es sein, dass sich Ihr Mann abgesetzt hat, weil er ein anderes Ziel verfolgt?«

Ina stand der Schreck ins Gesicht geschrieben. Sie starrte Frank in der für sie typischen Art vorwurfsvoll an, während die Syrerin irgendwie traurig wirkte.

»Herr Wallert«, begann sie schließlich, »mein Mann ist über Wochen hinweg in Syrien von Männern der syrischen Geheimpolizei gefoltert worden. Sie können sich nicht vorstellen, wie glücklich wir waren, als wir uns gemeinsam auf den Weg nach Europa machen konnten. Als uns Frau Merkel dann auch noch einreisen ließ, war für uns klar: Dies ist unser neues Land, zumindest so lange, bis das Blutvergießen in unserer

Heimat ein Ende hat. Wir wollten nicht, dass unsere Kinder jede Nacht Angst haben müssen, dass ihnen eine Bombe auf den Kopf fällt. Sie können sicher sein, genau das ist unser Ziel: unsere Kinder in Sicherheit zu bringen und uns ein neues Leben aufzubauen. Welche Ziele sollten das Ihrer Meinung nach sein, die mein Mann unabhängig von diesen verfolgt?«

Frank zuckte mit den Schultern. Er hatte seine Frage wohl unbedacht geäußert. Warum sollte dieser Mann seine Familie, mit der er sich von Syrien bis Deutschland unter Lebensgefahr durchgeschlagen hatte, plötzlich im Stich lassen?

»Ich musste diese Frage stellen. Entschuldigen Sie, aber Ihr Mann wäre nicht der Erste, der das tut.« Frank lehnte sich zurück. »Ich nehme mal an, dass ich mich auf die Suche nach Ihrem Mann begeben soll.«

Afra nickte.

»Ina hatte die Idee, und deshalb sind wir hier.«

»Aber Afra kann dich nicht bezahlen«, schob Ina hinterher, deren Augenaufschlag nun beinahe etwas wie Verlegenheit vermittelte.

»Ich habe noch immer keine Ahnung, was ich davon halten soll«, stieß Frank unwillig hervor und bedachte Ina mit einem bösen Blick. »Hast du eine Vorstellung davon, wie viele Flüchtlinge in diesem Land unterwegs sind und wie viele von ihnen als vermisst gelten?«

Afra senkte ihren Kopf und betrachtete die Kaffeetasse zwischen ihren Händen.

»Bitte helfen Sie mir«, brachte sie schließlich hervor. »Ich weiß nicht, was ich noch tun soll. Ich bin sicher, dass etwas Schlimmes passiert ist.«

Franks Blick wanderte von Ina zu Afra.

»Dann müssen Sie mir mehr erzählen.«

Erleichterung spiegelte sich in dem Gesicht von Afra wieder, als sie zu reden begann.

7

Frank fiel es sehr schwer, sich auf seine beiden Kollegen zu konzentrieren. Zwar hörte er zu, während sie mit ihrem Essen beschäftigt waren, zumindest musste das so auf Silke und René wirken, aber immer wieder glitten seine Gedanken zu der syrischen Frau ab und zu der Geschichte, die sie ihm erzählt hatte. Sie saßen im Ratskeller und tauschten sich während des Essens aus. Sein Erlebnis vom Vormittag hatte er noch nicht zur Sprache gebracht, wohl aber seinen ergebnislosen Besuch bei dem Mann, mit dem er verabredet gewesen war.

»Hallo, Frank! Hörst du überhaupt zu?«, drang plötzlich Silkes energische Stimme in seine Gedanken.

Er blickte von seinem Teller auf.

»Tut mir leid. Ich war kurz nicht bei der Sache. Was meinst du?«

»Ich finde, wir können die Frau beruhigen und den Auftrag abschließen. Was meinst du dazu?«, wiederholte Silke und bedachte ihn mit einem leicht angesäuerten Blick.

»Das ist in Ordnung«, erwiderte er. »Es ist doch schön, wenn man einer besorgten Ehefrau sagen kann, dass ihr Mann ihr treu ist und sie sich keine Sorgen machen muss. Dann haben wir auch wieder Luft für neue Aufträge.«

Auch die Sache, an der René gearbeitet hatte, war erledigt. Zwei weitere Aufträge standen unmittelbar vor dem Abschluss, so dass nur noch diese Firma, um die er sich heute hatte kümmern sollen, auf der Liste stand – und natürlich das, was er Afra und Ina versprochen hatte: die Suche nach Aahlijah Massoud.

»Es gibt da noch etwas, was ich euch erzählen muss«, sagte er und schob seinen immer noch halb gefüllten Teller mit dem Hühnerragout von sich.

Silke und René schauten ihn erwartungsvoll an.

»Ich habe heute Morgen eine denkwürdige Begegnung gehabt«, begann er. »René, hast du eigentlich jemals Ina kennen gelernt?«

»Deine Flamme von damals? Nicht persönlich, aber ich erinnere mich, dass du zu der Zeit völlig aus dem Häuschen warst, als du dich in sie verknallt hast.«

Frank nickte grinsend.

»Genau. Sie stand heute Morgen plötzlich vor unserem Laden und wollte zu mir.«

»Schön, und?«

»Sie war nicht allein. Sie hat eine Frau zu mir gebracht, die vor einigen Monaten mit ihrer Familie aus Syrien gekommen ist, eine Frau, die vorher in Aleppo Deutsch unterrichtet hat. Sie ist völlig verzweifelt, weil ihr Mann plötzlich verschwunden ist ...«

Frank erzählte, was er am Vormittag erfahren hatte, und als er fertig war, schauten ihn zwei Augenpaare konsterniert an.

»Du hast was?«, war Silke die Erste, die ihre Sprache wiederfand. »Du hast dieser Frau versprochen, ihren Mann zu finden?«

»Ja, genau. Und es kommt noch toller«, fügte Frank hinzu. »Ich mache das für lau. Sie kann uns nicht bezahlen, wie ihr euch wahrscheinlich denken könnt.«

René stieß die Luft aus und lehnte sich kopfschüttelnd zurück, während Silke nachdenklich wirkte.

»Was ist los?«, fragte Frank in Richtung seines Freundes. »Wenn ihr nicht einverstanden seid, dann nehme ich meinen Urlaub und tue das auf eigene Kappe.«

»Das ist nicht nötig«, erwiderte René. »Mich bewegt eher die Frage, wie du das anstellen willst. In diesem Flüchtlingschaos einen Syrer finden zu wollen, gleicht der Suche nach der Stecknadel im Heuhaufen. Unsere Arabisch-Kenntnisse sind auch nicht so ausgeprägt. Meine jedenfalls nicht. Und bei dir nehme ich das mal an ... «

»Sie sprechen ein hervorragendes Deutsch«, warf Frank dazwischen.

»Ja, die Frau und ihr gesuchter Mann. Aber was ist mit den Leuten, die du befragen musst? Zum Beispiel die Mit-Flüchtlinge aus aller Herren Länder?«

»Ich kriege das hin«, entgegnete Frank etwas trotzig. »Englisch kann ich ganz gut. Notfalls besorge ich mir jemanden, der übersetzen kann.«

»Okay«, ließ sich nun auch Silke vernehmen. »Aber sobald wir merken, dass es nicht funktioniert, stoppen wir das Ganze und widmen uns wieder dem Geldverdienen.«

René nickte zögerlich.

»Einverstanden. Ich schlage vor, dass Silke und ich heute die beiden restlichen Geschichten abschließen. Bleiben noch diese Kaysers, die ihre komplette Belegschaft verdächtigen, sie zu hintergehen.«

»Das übernehme ich«, warf Silke ein. »Der Geschäftsführer ist mir sehr zugetan. Manchmal ist es ein Vorteil, eine Frau zu sein.«

René zog die Augenbrauen hoch.

»Pass mir bloß auf mit dem! Ich finde, der hat nicht alle Tassen im Schrank.«

»Ja ja«, wiegelte Silke ab. »Du kannst ja in der Zwischenzeit die Flüchtlingsunterkunft besuchen«, fuhr sie an Frank gewandt fort. »Hast du überhaupt eine Ahnung, wie der Gesuchte aussieht?«

Wie aufs Stichwort legte Frank ein Foto auf den Tisch. Es war anrührend gewesen, wie Afra heute Morgen das zusammengefaltete Bild aus ihrer Tasche gezogen und ihm überreicht hatte, damit er es einscannen und ausdrucken konnte.

»Sieht nett aus«, kommentierte Silke und rief nach der Bedienung.

8

Eigentlich waren es drei dreigeschossige Häuser, die in der Gustavstraße in Mülheim-Styrum direkt aneinandergereiht standen. Die gelbe Fassade schien frisch gestrichen zu sein. Eine relativ großzügige Grünfläche mit ein paar Bäumen diente einer Horde von Kindern als Spielplatz. Der schmucklose Sandkasten in der Mitte des Grundstücks fristete allerdings ein unbeachtetes Dasein. Frank überquerte den Rasen und lief auf die mittlere Eingangstür zu, vor der eine Gruppe von Frauen stand, die wohl ihre spielenden Kinder im Auge behalten wollten. Eine ältere Frau hatte sich einen Stuhl vor die Tür gestellt und blickte ihm abwartend entgegen. Als er sich näherte, erstarb das Gespräch, das die Frauen gestenreich geführt hatten.

»Guten Tag«, begrüßte er die Frauen freundlich. »Ich suche Afra Massoud.«

Nachdem die Frauen ihm zuerst mimisch und durch Kopfschütteln signalisiert hatten, dass sie ihn nicht verstanden, veränderte sich ihre Haltung, als sie den Namen Afras vernahmen.

»Afra!«, tönte es zumindest dreistimmig. Zeigefinger wiesen auffordernd auf die linke Eingangstür. »Afra!« Die Geste wiederholte sich und wurde durch heftiges Nicken begleitet.

»Danke«, erwiderte Frank und hielt auf den linken Eingang zu.

Er betrat das Haus und versuchte, sich zu orientieren. Beschriftete Klingelschilder und Briefkästen waren nicht auszumachen. Durch den Hausflur hallten laute Männergespräche, Kindergeschrei, fröhliches Lachen und fremde musikalische Klänge, zu denen eine Frau sang. Ein undefinierbarer, aber nicht unangenehmer Geruch stieg in Franks Nase. Er nahm die Treppe in Angriff. Auf dem ersten Absatz stieß er auf eine geöffnete Tür, in der ein kleines Mädchen mit unfassbarer Rotznase stand und ihm entgegenblickte. Frank musste grinsen, als die Kleine ihre Schnoddernase am Ärmel ihres Shirts abwischte und ins Innere der Wohnung flüchtete. Die Tür ließ sie offen.

Frank entschloss sich, die Chance zu nutzen. Er klopfte an die Tür und machte sich mit einem »Hallo« bemerkbar. Unmittelbar erschien ein breitschultriger Mann in der Flurtür, an seinem Knie hängend die Kleine mit der Schnupfennase.

»Guten Tag«, versuchte er erneut, sich verständlich zu machen. »Ich möchte zu Afra Massoud.«

Der Fremde deutete mit einem Finger auf die Stelle, auf der er stand und schüttelte den Kopf.

»Nicht hier.« Dann fuhr der ausgestreckte Zeigefinger in die Höhe. »Oben.«

Frank hob seine Hand und wandte sich mit einem »Danke« um. Er stieg die nächste Treppe hoch und klopfte an die geschlossene Tür, hinter der er die Wohnung der Massouds vermutete. Sekunden später vernahm er Rufe aus der Wohnung. Die Tür wurde geöffnet. Vor ihm stand ein etwa zehnjähriges Mädchen mit schwarzem Lockenkopf. An ihren Ohrläppchen funkelten Ohrringe. Ihr Blick war erwartungsvoll, schlug aber schlagartig in Enttäuschung um, als sie Frank sah.

»Hallo«, lächelte er das Mädchen an, »wohnt hier Afra Massoud?«

Das Mädchen nickte kurz und stieß einen Ruf aus, der wohl international verständlich war: »Mama!« Damit ließ sie ihn stehen und zog sich ins Innere der Wohnung zurück. Nahezu gleichzeitig erschien Afra im Türrahmen, legte dem Mädchen kurz die Hand auf den Kopf, als sie an ihr vorüberlief, und lächelte Frank entgegen.

»Herr Wallert! Kommen Sie bitte herein«, sagte sie und trat einen Schritt zur Seite. »Ich habe Kaffee gekocht. Sie trinken doch sicher eine Tasse mit mir?«

»Aber gerne«, erwiderte Frank und folgte der Frau durch die Wohnung bis in ein Zimmer, in dem, außer dem Mädchen, das ihm die Tür geöffnet hatte, noch ein kleiner Junge auf dem Boden saß. Er war etwa fünf Jahre alt und rückte näher an seine Schwester heran, als er Frank erblickte.

»Das sind meine Kinder Yamina und Tambet«, stellte Afra sie vor. »Unsere älteste Tochter Kaja spielt draußen vor dem Haus. Setzen Sie sich doch bitte.« Sie wies auf die schlichten Holzstühle, die um einen genau so schlichten Holztisch gruppiert waren. »Ich hole den Kaffee und bin gleich bei Ihnen.«

Frank nickte den beiden Kindern zu, die ihn äußerst misstrauisch betrachteten, und setzte sich hin. Er ließ seinen Blick durch das Zimmer gleiten. Er wusste nicht wirklich, was er erwartet hatte, aber eine dermaßen spartanisch eingerichtete Wohnung hatte er nicht erwartet.

Der Tisch und die Stühle bildeten den Mittelpunkt des Zimmers, außen an den Wänden standen drei Betten, die offenbar den Kindern als Schlafstätte dienten. Afra Massoud hatte Franks umherschweifenden Blick registriert. Mit zwei gefüllten Kaffeegläsern setzte sie sich zu ihm und stellte eine Schale mit Würfelzucker auf den Tisch.

»Sie schauen sehr skeptisch«, sagte sie. »Das ist alles, was wir besitzen. Mein Mann und ich haben ein eigenes Schlafzimmer, das aber auch nicht anders aussieht. Freundliche Menschen wie Ina haben ermöglicht, dass wir wenigstens etwas haben. Wir haben nach über einem Jahr zum ersten Mal wieder ein Zuhause.«

Frank musste schlucken und bereute die abschätzigen Blicke, mit denen er die Wohnung betrachtet hatte.

»Was haben Sie mit Ina zu tun?«, fragte er, bevor er sein Glas zum Mund führte. Der Kaffee war höllenstark, so dass er sich genötigt sah, einige Zuckerwürfel hineinzugeben.

»Ina gehörte zu den Menschen, die uns hier in Empfang genommen haben. Sie erzählte, dass sie beim Jugendamt arbeitet und kümmert sich außerhalb ihrer Arbeitszeit um die Kinder. Sie ist ein großartiger Mensch. Ich bin ihr unendlich dankbar.«

»Sie müssen mir etwas mehr über Ihren Mann erzählen«, sagte Frank, ohne auf Afras Worte einzugehen. »Ich werde vorerst alleine daran arbeiten, ihn zu finden, und weiß noch nicht so recht, wo ich anfangen soll.«

Afra Massoud nickte und schickte einen Schwall Wörter in fremder Sprache in Richtung ihrer Kinder, worauf das Mädchen den Jungen an die Hand nahm und die Wohnung verließ.

»Ich habe sie nach draußen geschickt«, erklärte die Frau. »Was wollen Sie wissen?«

»Als Erstes wäre es für mich wichtig, herauszufinden, wo ich mit meiner Suche beginnen kann. Es würde mir helfen, wenn Sie mir sagen könnten, wo Ihr Mann am Dienstagnachmittag hingegangen ist.«

Die Syrerin nickte.

»Ich habe darüber natürlich auch schon nachgedacht. Normalerweise hat er mir immer gesagt, wo er hingeht und was er macht. Diesmal nicht. Er wollte etwas erledigen. Mehr weiß ich nicht.«

Sie blickte Frank offen an, so dass er keinen Grund hatte, an den Worten der Frau zu zweifeln.

»Noch einmal meine Frage, die ich Ihnen schon in meinem Büro gestellt habe. Gibt es irgendeinen Anlass, zu glauben, dass Ihr Mann sich bewusst abgesetzt hat? Vielleicht hat er Bekannte oder sogar Verwandte irgendwo in Europa, mit denen er Kontakt aufgenommen hat.«

»Nein. Davon weiß ich nichts. Wenn dem so wäre, dann hätte er mir davon erzählt.«

»Sie haben gesagt, dass Sie in ein paar Wochen in eine andere Wohnung ziehen. Wie sind Sie an diese Wohnung gekommen? Wo ist sie, und wer ist der Vermieter?«

»Die Wohnung ist in der Charlottenstraße in der Stadtmitte und wurde von der Stadt Mülheim angemietet. Wir haben mit dem eigentlichen Vermieter nichts zu tun. Aber unser Kontaktmann von der Stadt heißt Herr Grothegut. Ina und ich waren bereits bei ihm und haben ihn gefragt, ob der etwas von meinem Mann gehört hat. Hat er aber nicht. Mein Mann und ich waren am Montag zusammen mit Herrn Grothegut in der neuen Wohnung, um sie uns anzusehen. Danach hatte er keinen Kontakt mehr mit ihm.«

»Haben Sie sich hier im Haus umgehört? Haben ihn vielleicht andere Bewohner am Dienstag gesehen oder gesprochen?«

Wieder schüttelte Afra den Kopf.

»Leider nein. Dienstagnacht, als Aahlijah einfach nicht nach Hause kam, habe ich überall geklopft und nachgefragt, so gut es ging. Niemand weiß etwas, und alle machen sich Sorgen.«

»Kennen Sie die Menschen hier? Haben Sie intensivere Kontakte zu ihnen?«

»Nein, das kann man nicht sagen. Es gibt eine Familie aus Afghanistan, ein junges Paar mit einem kleinen Kind. Die haben wir auf unserem Weg kennen gelernt. Aber sonst niemanden. Die Menschen hier kommen aus allen möglichen Ländern.«

»Wo wohnt diese Familie?«

»Eine Etage über uns. Die Frau heißt Samira.«

»War Ihr Mann in Syrien politisch aktiv? Auf welcher Seite stand er?«

»Wir sind Christen«, antwortete Afra zu Franks Überraschung. »Wir stehen auf der Seite Syriens, und es zerschneidet uns das Herz, zusehen zu müssen, wie unser wunderschönes Land zerstört wird. Wir waren beide Lehrer in unserem Heimatland, gehören aber keiner Partei an. Unser Präsident hat einen großen Fehler begangen, als er den Krieg gegen sein Volk begann. Jetzt ist eine Maschinerie in Gang gesetzt worden, von der ich nicht glaube, dass sie so bald gestoppt werden kann.«

»Warum ist Ihr Mann damals gefangen genommen worden?«

»Das habe ich Ihnen bereits erzählt«, wunderte sich Afra. »Er war in Rakka unterwegs, um unseren Neffen zu finden und nach Hause zu holen. Dabei ist er angeschossen und gefangen worden.«

»Woher wusste er, dass es die Leute von der Assad-Seite waren?«

»Das haben ihm die syrischen Kurdenkämpfer gesagt, die ihn befreit haben. Er selbst hatte keine Ahnung, wer seine Folterer waren, und was die von ihm wollten.«

Frank verschränkte die Hände an seinem Hinterkopf und atmete tief durch.

»Das ist nicht viel, Frau Massoud ...«

»Nennen Sie mich bitte Afra«, bat sie und zuckte mit den Schultern. »Was soll ich tun? Ich würde Ihnen gerne mehr sagen können, aber alles, was ich weiß, habe ich Ihnen erzählt.«

»Okay«, sagte Frank und stand auf. »Ich habe den Namen Grothegut und die afghanische Familie. Ich denke, dort werde ich ansetzen. Wie kann ich Sie erreichen? Haben Sie ein Handy?«

Afra, die sich ebenfalls erhoben hatte, schüttelte den Kopf.

»Nein, tut mir leid. Das ist mir irgendwo in Österreich abhandengekommen. Aber Sie können mich abends über Ina erreichen. Die kommt jeden Tag nach Feierabend hier hin. Haben Sie ihre Nummer?«

Frank verneinte, und während Afra Inas Handynummer auf einen Zettel schrieb, schob sie hinterher: »Mein Mann hat ein Handy. Ich denke, er wird es bei sich haben.«

*

Frank schüttelte den Kopf, als er die Treppe der Flüchtlingsunterkunft in Angriff nahm. Um ein Haar wäre er in den letzten Minuten seines Besuchs bei Afra Massoud noch ausfallend geworden. Was ging nur in diesem Kopf vor? Sie beauftragt Frank mit der Suche nach ihrem Mann und erzählt ihm, nachdem er ihr gesagt hatte, dass er nicht wisse, wo er mit seinen Nachforschungen ansetzen solle, nahezu beiläufig von dem Handy, das Aahlijah besaß! Er hatte aber seinen Ärger noch rechtzeitig hinunterschlucken können. Schließlich war ihm klar, dass die Frau Unbeschreibliches mitgemacht hatte. Die Nummer von Aahlijahs Handy hatte sie auf den gleichen Zettel geschrieben, auf dem bereits die Nummer Inas stand. Natürlich habe sie zusammen mit Ina versucht, Aahlijah auf seinem Handy zu erreichen – leider erfolglos. Frank würde da ganz andere Möglichkeiten haben, doch zuerst wollte er die Afghanen sprechen. Hoffentlich konnte er sich mit ihnen auf Englisch verständigen.

Durch die Wohnungstür drangen diffuse Geräusche. Offensichtlich war jemand da. Als er in Ermangelung einer Klingel an die Tür klopfte, begann in der Wohnung ein Kind zu schreien. Er hoffte, dass nicht sein Klopfen das Kind aufgeschreckt hatte. Nach ein paar Sekunden wurde die Tür geöffnet und Frank sah sich einer jungen Frau gegenüber, die einen quäkenden Säugling auf dem Arm trug. Sie starrte Frank fragend und zugleich misstrauisch an.

»Guten Tag«, begann er auf Englisch, »ich heiße Frank Wallert. Eben bin ich bei Afra Massoud gewesen. Sie hat mich gebeten, nach ihrem Mann zu suchen.«

»Ah, Afra«, wiederholte die junge Frau, deren Blick sich sogleich aufhellte. »Kommen Sie herein«, forderte sie ihn ebenfalls in englischer Sprache auf.

Sie trat zur Seite, wobei sie nicht aufhörte, den Säugling zu schaukeln, der sich langsam beruhigte. Frank trat ein und wurde in ein Zimmer geführt, in dem es ähnlich aussah, wie in der Wohnung der Massouds, nur dass auf einem alten Sofa, das sicher schon bessere Zeiten gesehen hatte, ein Mann lag, der tief und fest schlief.

»Mein Mann«, erklärte die Frau und rüttelte diesen an der Schulter, so dass er wie von der Tarantel gestochen hochfuhr.

Sofort erfasste er mit seinem Blick den fremden Mann, der unschlüssig und abwartend im Raum stand. Einige Worte folgten, die Frank natürlich nicht verstehen konnte. Seine Frau gab eine Antwort, aus der er nur die Namen Afra und Aahlijah herauszufiltern in der Lage war.

Der Mann stand auf und winkte Frank zu einem Tisch, an dem zwei Stühle standen.

»Setzen Sie sich« sagte er. »Ich heiße Rafik. Sie wollen mit mir über Aahlijah sprechen?«

Frank nickte und trat auf den Tisch zu. Er staunte darüber, dass der Fremde ihn auf Deutsch angesprochen hatte.

»Ich war in Kundus als Übersetzer für deutsche Soldaten tätig«, erklärte Rafik ungefragt. »Was kann ich für Sie tun?«

»Ich suche Aahlijah«, antwortete Frank, während er sich setzte. »Afra hat mich darum gebeten. Sie sagte mir, Sie hätten zuletzt mit Aahlijah gesprochen.«

Das stimmte zwar nicht ganz, aber einen Versuch war diese Behauptung wert.

»Sind Sie von der Polizei?«, fragte der junge Mann.

»Nein. Ich tue Afra einen Gefallen. Das ist alles.«

»Nun gut. Meine Frau und ich haben schon ausführlich mit Afra gesprochen. Es stimmt, dass ich am Dienstag kurz mit Aahlijah geredet habe. Er hat auch mir nur gesagt, dass er etwas zu erledigen habe. Mehr weiß ich nicht.«

»Wie wirkte er auf Sie?«

Rafik zuckte mit den Schultern.

»Er hatte es etwas eilig, war im Stress. Das Gespräch war sehr kurz, ein paar Sekunden vielleicht.«

»In welche Richtung ist er gegangen? War er alleine? Hatte er etwas bei sich?«

»Nein, nicht dass ich wüsste. Er hatte seine graue Hose an, sein blaues Hemd und trug eine Jacke über der Schulter. Ja, er war allein, und er ist quer über den Spielplatz gelaufen, zur Straße hin.«

»Zur Augustastraße?«

»Ja.«

»Wann war das?«

»Um die Mittagszeit herum. Wir hatten gerade gegessen. Es muss so gegen zwei gewesen sein.«

»Aber er hat nichts mehr gesagt? Und Sie haben nicht nachgefragt, was er zu erledigen hatte?«

»Nein, warum sollte ich? Er hat schon genervt geguckt, als er mir das sagte. So, als wenn es sich um einen unangenehmen Termin handelte, verstehen Sie?«

Frank verstand nur zu gut. Sofort hatte er vor seinem inneren Auge den Blick Adrians, wenn der mitteilte, dass der Elternsprechtag in seiner Schule anstand.

»Und Sie haben nichts mehr von ihm gehört?«

»Nein, nichts. Ich habe Afra schon gesagt, dass Aahlijah wahrscheinlich eines Tages wieder plötzlich da sein wird. So schnell, wie er verschwunden ist, wird er wieder auftauchen. Sie soll sich keine Sorgen machen.«

Frank stutzte.

»Wieso meinen Sie das? Afra macht sich große Sorgen. Sie ist sicher, dass etwas Schlimmes passiert ist.«

»Ich weiß«, winkte Rafik ab. »Die beiden haben ja auch eine Menge durchgemacht. Aber ich glaube, dass Aahlijah putzmunter ist.«

»Wissen Sie was, Rafik? Sie hören sich an, als wüssten Sie mehr als Sie sagen.«

Der junge Afghane bemühte sich, diesen Eindruck aufseiten Franks zu zerstreuen.

»Nein, wirklich nicht. Das ist nur mein Gefühl. Ich bin nicht so pessimistisch eingestellt, das ist alles.«

»Warum sind Sie geflohen?«, kam es Frank plötzlich in den Sinn zu fragen.

»Wie gesagt, ich war für die Bundeswehr tätig. Das hat nicht allen Leuten in Kundus und Umgebung gefallen. Ich war dort nicht mehr sicher.«

»Sind Sie bedroht worden?«

»Nicht nur das. Auf meine Frau ist sogar geschossen worden. Aber es waren schlechte Schützen, oder sie wollten uns nur Angst einjagen. Schließlich haben wir uns entschlossen zu gehen. Ich meine, immerhin habe ich für die Deutschen gearbeitet. Ich denke, das ist ein ausreichender Grund, uns zu helfen.«

»Zurück zu Aahlijah«, wechselte Frank das Thema. »Wie gut kennen Sie ihn?«

Rafik zuckte mit den Schultern.

»Wir haben einen Großteil der Strecke von der Türkei bis Deutschland gemeinsam zurückgelegt. Da lernt man sich schon ganz gut kennen. Vor allen Dingen haben sich unsere Frauen angefreundet. Afra hat Samira bei der Geburt unseres Sohnes geholfen.«

»Ihr Sohn ist während der Flucht geboren worden?«

»Ja. Sie werden es nicht glauben: in einer Scheune in Österreich. Erinnert Sie das nicht an etwas? Aahlijah hat uns die Geschichte erzählt. Wissen Sie, dass er Christ ist?«

Frank nickte schmunzelnd, als ihm die Parallele bewusst wurde. Ein junges Paar auf der Flucht bringt in einer Scheune im Beisein von Ochs und Esel einen Sohn zur Welt. Es fehlten einzig die Hirten und der Stern. Aber Frank wollte auf etwas anderes hinaus.

»Ganz ehrlich und offen, Rafik. Können Sie sich vorstellen, dass Aahlijah Schlechtes im Sinn und sich deshalb von seiner Familie abgesetzt hat?«

Der junge Mann starrte Frank verständnislos an.

»Was meinen Sie?«, fragte er deshalb.

»Ist er politisch extrem eingestellt? Kann es sein, dass er sich hier einer Untergrundorganisation anschließen will?«

»Sie meinen, ob er ein Terrorist ist? Niemals! Ihre Frage beweist, dass Sie Aahlijah nicht kennen.«

»Wie sollte ich auch?«, entgegnete Frank.

Im Nachbarraum ertönte Kindergeschrei. Rafik erhob sich.

»Herr Wallert, ich kann mir keinen Grund vorstellen, aus dem Aahlijah freiwillig seine Familie im Stich lassen würde.«

Frank stand ebenfalls auf, denn der junge Mann schien das Gespräch beenden zu wollen.

»Sie meinen also auch, dass Afras Sorgen berechtigt sind?«

»Möglich. Vieles ist möglich, aber nicht das, was Sie vorhin angedeutet haben«, erwiderte der Afghane und streckte Frank die Hand hin, die dieser ergriff.

»Auf Wiedersehen, Rafik«, sagte er. »Kann ich mich noch einmal melden, wenn es sein muss?«

Der Angesprochene nickte.

»Ich schreibe Ihnen meine Handynummer auf«, sagte er.

Als Frank aus dem Hausflur in die Nachmittagssonne trat, ertönte wildes Kindergeschrei. Ein etwa zwölfjähriges Mädchen stürmte mit angstverzerrtem Gesicht an ihm vorbei, gefolgt von einer Gruppe kleinerer Kinder. Alle riefen durcheinander, selbst die Frauen, die es sich vor der mittleren Eingangstür gemütlich gemacht hatten, waren aufgesprungen. Kurz darauf konnte Frank ahnen, was ihnen diese Angst einjagte. In relativ niedriger Höhe flog ein orangefarbener Hubschrauber über das Gelände. Die Frauen überboten sich in ihrer Lautstärke. Offensichtlich hatten sie nach den Kindern gerufen, die panisch ins Haus geflohen waren, und langsam wieder herauskamen.

»Bei uns zu Hause hätte er auf uns geschossen«, erklärte ihm eine junge Frau auf Englisch.

9

Im Auto sitzend wählte Frank die Nummer von Silkes Handy. In einem sehr kurzen Gespräch bat er sie, Möglichkeiten zu nutzen, um das Handy des Syrers zu orten. Er versprach sich nicht viel davon, denn er ging davon aus, dass das Telefon ausgeschaltet war. Allenfalls konnte Silke ermitteln, wo es zuletzt eingeloggt gewesen ist. In Sekunden berichtete er von den Ergebnissen seiner Gespräche, die nicht wirklich fruchtbar gewesen waren. Aber er konnte mit Fug und Recht sagen, dass ihn die Schicksale der Flüchtlinge rührten. Die Szene mit den in Panik vor dem Rettungshubschrauber fliehenden Kindern sollte ihm für lange Zeit nicht aus dem Kopf gehen.

Er wollte nachdenken und seine Eindrücke von den Gesprächen sortieren. Immer noch wusste er nicht, wo er konkret ansetzen sollte. Es war halb fünf und dazu noch Freitagnachmittag. Bei der Stadt würde er mit Sicherheit niemanden mehr antreffen. Kurzentschlossen wählte er Inas Nummer.

»Gehnen«, meldete sie sich.

»Ich bin es«, gab sich Frank zu erkennen.

»Hallo. Wieso rufst du an? Hast du Aahlijah schon gefunden?«

Frank gab ein genervtes Lachen von sich.

»Sehr witzig. Ich war gerade bei Afra und der afghanischen Familie. Viel hat das nicht gebracht.«

»Kann ich mir denken«, erwiderte Ina. »Aber ich habe gehört, dass du ein guter Ermittler bist. Du wirst es schaffen, nicht wahr?«

»Ich werde es versuchen«, schränkte er ihren durch nichts begründeten Optimismus ein. »Sag mal, kennst du den Grothegut?«

»Kennen ist zu viel gesagt. Ich war mit den Massouds am Montag bei ihm. Wir haben uns die Wohnung in der Charlottenstraße angesehen. Warum fragst du?«

»Ich muss ja nun irgendwo anfangen. Ich dachte, ich befrage ihn mal.«

Frank spürte durch das Telefon hindurch, wie Ina mit den Schultern zuckte.

»Na, das kannst du für heute wohl vergessen, nicht?«

»Hast du eine Nummer von ihm?«

Ina gab ihm eine städtische Durchwahlnummer durch, die er sich hektisch mit einem Kuli auf die Handfläche schrieb.

»Und sonst?«, fragte sie.

»Was meinst du?«

»Wie geht es dir? Was machst du mit deinem Leben?«

»Ina, das ist jetzt ein ganz blöder Zeitpunkt für eine Plauderei. Ich sitze im Wagen und will nach Hause.«

»Okay«, antwortete sie, »dann müssen wir uns eben mal treffen und ein bisschen quatschen. Was hältst du davon?«

»Mal sehen«, erwiderte er ausweichend und drückte nach einem knappen »Tschüss« das Gespräch weg.

Er steckte das Handy ein und startete den Wagen, den er kurz darauf aus der Parklücke in Richtung Saarn lenkte. Wenn er ganz ehrlich zu sich selbst war, verspürte er keine große Lust, sich mit Ina zu treffen, um über ihrer beider Leben zu sprechen. Die Frau war im Laufe der Jahre gänzlich aus seinem Leben verschwunden. Er fand es merkwürdig genug, dass sie ihm diesen Fall ins Haus geschleppt hatte und so offensiv mit ihm umging. Warum dieses Stochern in der Vergangenheit?

Als er die Haustür aufschloss, hatte er zuerst das Gefühl, eine leere Wohnung zu betreten. Im Wohnzimmer jedoch stieß er auf Tereza, die auf dem Sofa lag und hoch konzentriert in einem Buch las. Gedankenverloren spielte sie mit ihren schwarzen Locken. Frank beugte sich über sie und küsste sie auf die Stirn.

»Das muss ja ein tolles Buch sein«, sagte er und ließ sich auf einen Sessel plumpsen.

Tereza richtete sich auf, klappte das Buch zu und legte es auf den Sofatisch.

»Es ist interessant«, sagte sie und rieb sich die Augen. »Kennst du Rafik Schami?«

»Habe ich mal gehört«, erwiderte Frank. »Ein syrischer Schriftsteller, der in Deutschland lebt.«

Tereza nickte.

»Er hat einen Roman über einen Mann geschrieben, der nach vierzig Jahren Exil auf Besuch nach Syrien zurückkehrt.«

»Ich muss mich auch mal ein bisschen klüger machen, was Syrien angeht«, sagte er. »Ich kenne dieses Land nur aus den Nachrichten. – Wie geht es dir? Gibt es etwas Neues von Thorben?«

Terezas Augen blitzten auf.

»Wir haben heute lange miteinander gesprochen. Er versteht mich jetzt besser und will mit seinen Eltern reden. Ich glaube, er geht auf meinen Vorschlag ein.«

»Donnerwetter. Das muss wirklich Liebe sein.«

Frank erhob sich.

»Ist sonst noch niemand da?«, fragte er.

»Doch. Alle sind an Bord. Maren hat sich etwas hingelegt und Adrian wurschtelt in seinem Zimmer rum.«

10

Der Samstagmorgen bereitete Frank wenig Freude. Er fühlte sich erschlagen, als er die Augen öffnete und einen Blick auf den Wecker warf, der heute natürlich nicht arbeiten musste – ebenso wenig wie Frank. Obwohl es schon Vormittag war, herrschte in dem Schlafzimmer deprimierende Dunkelheit. Frank ahnte, dass das wohl am Wetter liegen musste. Er quälte sich aus dem Bett und schaute durch einen Spalt zwischen den Gardinen auf den Nachbarsweg. Tatsächlich, es regnete Bindfäden. Maren war bereits aufgestanden. Er ging ins angrenzende Badezimmer.

Der vergangene Abend war länger geworden als erwartet. Nach einem kümmerlichen Abendessen hatte sich die Familie im Wohnzimmer eingefunden und über die aktuellen Entwicklungen gesprochen.

Es hatte Frank beeindruckt, wie Tereza und Adrian ihre Situation einschätzten. Die momentane öffentliche Diskussion um Flüchtlingsschicksale, der lange Strom von Menschen, die ihre Heimat verlassen mussten, um in der Fremde eine neue Chance zu suchen – das alles beschäftigte die beiden in einem Maße, wie er es nicht erwartet hätte. Tereza war wild entschlossen, sich heute mit dem Flüchtlingsrat der Stadt Mülheim in Verbindung zu setzen, um ihre Hilfe anzubieten. Sie war froh, dass sich zwischen ihr und Thorben alles zum Guten gewendet hatte, denn er wollte mitmachen. Dann und wann hatte Frank bei dem Gespräch in sich hinein lächeln müssen. Thorben hatte gar keine andere Chance gehabt. Wenn ihm etwas an Tereza lag, musste er reagieren. Seine ursprüngliche Absicht, trotzdem mit seinen Eltern nach Frankreich zu fahren, hätte das Ende der Beziehung bedeutet. Und Tereza hatte ihn gelockt. Der Aussicht auf eine Reise nach Frankreich im nächsten Jahr, nur er und Tereza, hatte er nicht widerstehen können.

Anschließend hatten sie noch einmal Adrians Vorhaben diskutiert. Im Laufe des Abends war er nachdenklicher geworden. Tereza, die beim ersten Gespräch zu diesem Thema wegen des Streits mit Thorben nicht dabei gewesen war, hatte Adrian Fragen gestellt, die nur von ihr kommen konnten, und die verrieten, wie nahe sie Adrian wirklich war. Schließlich hatten sie sich darauf geeinigt, dass Frank und Adrian nach dem Ende des Schuljahres, also im Sommer 2016, zusammen nach Cluj reisen würden. Auf der Basis dieses Besuches würden sie ihr weiteres Handeln festmachen.

Frank hatte während des gestrigen Abends kein Wort über Aahlijah und Afra Massoud verloren. Dennoch arbeitete es in ihm. Bei den letzten Schwüngen mit seinem Nassrasierer beschloss er, nach dem Frühstück zu Silke und René zu gehen, um ihnen von den Gesprächen in der Gustavstraße zu berichten und sich von ihnen beraten zu lassen. Er spritzte sich Rasierwasser auf die Hände und verrieb es im Gesicht. Dann kleidete er sich im Schlafzimmer an und machte sich auf den Weg Richtung Küche.

»Guten Morgen«, begrüßte er seine Familie und drückte Maren einen Kuss auf die Stirn.

Das Frühstück war bereits in vollem Gange, als er sich setzte. Er blickte von einem zum anderen.

»Alles in Ordnung bei euch?«, fragte er, weil ihm die Stille am Tisch ungewöhnlich vorkam. Tereza mümmelte stumm an einem Brötchen, Adrian hatte den Teller von sich geschoben, die Beine ausgestreckt und starrte mit verschränkten Armen ins Leere. Frank schaute Maren an, die ihm ein unmerkliches Kopfschütteln widmete.

Er zuckte mit den Schultern. Irgendetwas war zwischen Adrian und Tereza geschehen. Was, wusste er nicht, und er sollte wohl auch nicht daran rühren – wenn er Marens Andeutung richtig verstand. In letzter Zeit kam es häufig vor, dass den beiden etwas auf der Seele lag und sie in Streit gerieten. Aber das war in der Regel nach kurzer Zeit wieder vorbei. So würde es sicher auch diesmal sein.

»Ich habe gestern Ina getroffen«, sagte er, während er in den Brötchenkorb griff und eines herausfischte. Prompt fuhr Maren kauend herum.

»Ina? Wieso?«, fragte sie und schien sehr überrascht.

»Sie hat mich um meine Hilfe als Detektiv gebeten«, erwiderte Frank und bestrich das aufgeschnittene Brötchen mit Butter. »Ich habe allerdings keine Ahnung, wie ich das anstellen soll.«

Maren legte ihre Brötchenhälfte auf den Teller und drehte sich zu ihm um.

»Wieso?«, fragte sie. »Sollst du ihren Freund beobachten und herausfinden, ob er fremdgeht?«

Natürlich entging ihm nicht der Sarkasmus, der in Marens Worten mitschwang.

»Nein«, antwortete er ungerührt. »Es geht um einen Syrer, der verschwunden ist. Ich soll ihn finden, aber ohne Kosten zu verursachen.«

Kaum hatte er das Wort »Syrer« benutzt, da schnellte Terezas Blick herum und heftete sich an ihn.

»Ein Syrer?«, fragte sie. »Was ist mit ihm? Warum soll er gesucht werden?«

»Seine Familie wohnt in einer Unterkunft in Styrum. Er ist plötzlich nicht mehr dort aufgetaucht – eben verschwunden.«

»Und was hat Ina damit zu tun?«, nahm Maren den ursprünglichen Faden wieder auf.

»Sie betreut die Familie, weil sie drei Kinder hat. Und da hat sie sich gedacht, ...«

»... dass ja ihr alter Freund Frank helfen kann«, vervollständigte Maren seinen begonnenen Satz.

Sie klang wirklich sehr giftig, was Tereza zu einem verwunderten Blick veranlasste.

»Wer ist Ina?«, fragte sie.

»Das ist die Ex-Freundin von Frank, die sich nur meldet, wenn sie etwas von Frank will«, versuchte sich Maren an einer Erklärung. Jetzt reichte es Frank. Er legte das Brötchen, von dem er eben abbeißen wollte, zurück auf den Teller und verschränkte die Arme.

»So«, sprach er in die Runde, »ich will jetzt wissen, was hier vor sich geht. Eure Stimmung ist unerträglich – nicht ganz die Frühstücksatmosphäre, die ich mir eigentlich gewünscht hatte.«

»Ich will darüber nicht reden«, schnappte Tereza, stand auf und räumte ihr Geschirr ab.

Adrian zuckte nicht einmal mit den Wimpern. Er hielt immer noch die Arme verschränkt vor der Brust und starrte an Frank vorbei auf den Küchenschrank.

»Du auch nicht?«, sprach Frank ihn an, worauf auch Adrian sich langsam erhob und sein Geschirr in die Spülmaschine räumte.

»Ich auch nicht«, erwiderte der Junge kurz angebunden.

Ratlos drehte sich Frank zu Maren um.

»Das ist sehr ungewöhnlich, oder?«, fragte er. »Ich meine, es ist doch irgendetwas los. Sonst sprechen wir doch immer über alles.«

»Diesmal nicht«, kam die prompte Antwort von Tereza, die schon halb aus der Küchentür war. »Es hat nichts mit euch zu tun. Das ist eine Sache zwischen Adrian und mir«, schob sie hinterher, während sich Adrian an ihr vorbeidrückte.

Dann waren beide verschwunden.

»Weißt du, was los ist?«, wandte sich Frank an Maren, die das Geschehen mit versteinerter Miene verfolgt hatte.

»Nein«, erwiderte sie. »Sie kamen zusammen dermaßen miesgelaunt zum Frühstück. Auch auf meine Fragen haben sie nicht reagiert. Lassen wir sie in Ruhe. Sie sind mittlerweile alt genug, um auch einmal etwas unter sich auszumachen. Wie Erwachsene eben.«

»Wahrscheinlich hast du recht«, lenkte Frank ein und griff wieder nach seinem Brötchen.

Dann erzählte er Maren ausführlich von dem Zusammentreffen mit Ina und Afra und von seinen freitäglichen Unternehmungen. Maren hörte aufmerksam zu.

»Na gut«, kommentierte sie, nachdem Frank geendet hatte. »Diesmal ist es kein Fall für das KK 11, und ich hoffe, dass er es nicht noch wird. Mit so etwas wieder in den Job einzusteigen, würde mir nicht gefallen.«

*

Bei Silke und René war das Frühstück längst Geschichte. Silke stand in der Küche und bereitete etwas vor, das ein griechischer Fisch-Eintopf werden sollte. Mit Stangensellerie in der einen und einem Küchenmesser in der anderen Hand öffnete sie Frank die Tür und begrüßte ihn freundschaftlich.

»Geh schon mal durch. René sitzt im Wohnzimmer und liest Zeitung. Ich komme auch gleich.«

Frank tat, wie ihm geheißen, und stieß auf einen René, der kopfschüttelnd in einen Zeitungsartikel versunken war, und der den Besucher erst bemerkte, als der ihn mit einem Gruß bedachte.

»Oh, du bist es«, sagte René und faltete die Zeitung zusammen. »Wie Ungarn mit diesen Menschen umgeht, ist unmenschlich«, erklärte er Frank sein Kopfschütteln.

»Damit sind die Ungarn nicht alleine«, erwiderte Frank. »Schau dich in der Welt um und sag mir, was da noch human ist. Ich sage nur: Afrika, Mittelmeer, Lampedusa, Syrien, Balkanroute ...«

»Schon gut! Was macht unser Syrer?«

»Er ist verschwunden. Und ich muss dir sagen, dass ich keine Ahnung habe, wie wir es bewerkstelligen sollen, ihn zu finden.«

»Dann lass es bleiben«, antwortete René.

»Das kann ich nicht tun. Ich war gestern in der Gustavstraße in Styrum und habe die Familie kennengelernt. Die Frau hat echte Angst um ihren Mann. Sie ist sich sicher, dass ihm etwas zugestoßen ist.«

»Erzähl«, forderte René ihn auf.

»Sollten wir nicht auf Silke warten?«

»Ich bin schon da«, ertönte plötzlich Silkes Stimme. Sie nahm neben René auf dem Sofa Platz und stellte eine Tasse Kaffee vor Frank auf den Tisch. Nickend und mit einem Lächeln bedankte er sich bei ihr.

»Ich war gestern in der Gustavstraße bei der Frau von dem Vermissten. Außerdem habe ich eine afghanische Familie aufgesucht, die die Massouds während ihrer Flucht kennen gelernt haben. Beide haben mir versichert, dass dieser Aahlijah keinen Grund hatte, einfach so zu verschwinden. Der Afghane hat früher in Kundus für die Bundeswehr gearbeitet. Er ist optimistisch und glaubt, dass der Syrer von allein wieder auftaucht.«

Silke lehnte sich zurück und legte eine Hand auf Renés Oberschenkel.

»Frank, jetzt mal ehrlich. Wie denkst du dir dein Vorgehen?«, begann sie. »Du hast nichts in der Hand. Bei jedem anderen Fall hatten wir mehr Anhaltspunkte als jetzt.«

»Ich weiß«, gab Frank zu. »Seit gestern habe ich aber das Gefühl, dass sich Afra zu Recht Sorgen macht. Ich möchte ihr helfen. Am Montag werde ich mit einem Herrn Grothegut Kontakt aufnehmen, der den Massouds ihre neue Wohnung besorgt hat. Er hat am vergangenen Montag die Familie als Letzter vollzählig gesehen. Der Afghane – Rafik – hat am Dienstag zuletzt mit Aahlijah gesprochen. Auf ihn machte er einen etwas nervösen und eiligen Eindruck. Auch ihm hat er nur gesagt, er habe etwas zu erledigen. Danach ist Massoud in Richtung Augustastraße davongegangen.«

»Traust du dem Afghanen?«, fragte René plötzlich.

»Unbedingt«, antwortete Frank wie aus der Pistole geschossen. »Warum sollte ich nicht?«

René zuckte mit den Schultern.

»Na ja, manchmal eskalieren auch Konflikte zwischen Flüchtlingen. Ich weiß ja nicht, wie Syrer und Afghanen zueinander stehen. Vielleicht ist der eine Sunnit und der andere gehört zu den Schiiten ...«

»Aahlijah Massoud ist Christ, und dieser Rafik hat uns erzählt, dass sein Sohn während der Flucht in Österreich in einer Scheune mit Unterstützung der Massouds geboren worden ist. Da gibt es keine Konflikte.«

»Ich dachte ja nur«, erwiderte René und hob entschuldigend die Hände.

»Was ist mit den anderen Bewohnern der Unterkunft?«, fragte Silke.

»Ich konnte noch niemand anderen sprechen«, antwortete Frank. »Aber vielleicht wäre das etwas, was ihr am Montag machen könntet, während ich bei diesem Grothegut bin. – Es bleibt doch dabei, dass wir das gemeinsam angehen?«

Die Frage schob er hinterher, als er bemerkte, dass Silke und René zögerten. Schließlich stand Silke auf.

»Ich muss zurück in die Küche zu meinem Fischeintopf. Ich bin auf jeden Fall dabei.«

»Ich auch«, bestätigte René. »Wollt ihr heute Abend zum Essen kommen? Silke macht immer viel zu viel von diesem Sauzeug.«

»Gerne«, sagte Frank und erhob sich. »Maren und ich?«

»Bringt eure Süßen ruhig mit, wenn sie wollen. Es reicht auch für sechs Leute«, ließ sich Silke aus der Küche vernehmen.

11

Am Montag wusste Frank, was zwischen Tereza und Adrian vorgefallen war. Beide hatten am Freitagnachmittag in Adrians Zimmer gesessen und sich über ihre Pläne unterhalten. Tereza hatte Adrian erzählt, was ihr an der Flüchtlingsgeschichte so wichtig war, und Adrian hatte über seine Gefühle seiner Mutter gegenüber gesprochen. Es muss sehr intensiv gewesen sein, auf jeden Fall war plötzlich etwas geschehen, womit keiner von beiden gerechnet hatte. Irgendwann hatte Tereza Adrian in ihrer emotionalen Art in den Arm genommen – und Adrian hatte Tereza geküsst. Es war einfach passiert, und es hatte eine Weile gedauert, bis sich Tereza bis ins Mark erschrocken hatte. Sie hatten sich entgeistert angesehen, und Tereza war in ihr Zimmer gestürmt. Den Versuch Adrians, ihr zu folgen und das mit ihr zu klären, hatte sie energisch abgewehrt und ihm verboten, jemals wieder ihr Zimmer zu betreten.

Tereza hatte dies am gestrigen Sonntag Maren erzählt, die sich zum Einschreiten entschieden hatte, nachdem das gesamte Wochenende von der miesen Stimmung zwischen den beiden Teenagern geprägt gewesen war. Anschließend war die Stunde der Diplomatie gekommen. Frank hatte mit Adrian gesprochen und Maren mit Tereza. Heute hatte Frank das Gefühl, dass die Sache ernster war, als Maren es sehen wollte. Adrians Verunsicherung war groß. Er hatte Frank bereitwillig erzählt, dass sich seine Gefühle für Tereza geändert hatten. Sie war nun mal nicht seine Schwester, sondern eine schöne junge Frau, zu der Adrian ein sehr inniges und liebevolles Verhältnis hatte. Frank ging davon aus, dass das die Familie in den nächsten Wochen noch stärker beschäftigen würde.

Doch jetzt hieß es erst einmal, etwas Wissenswertes aus Herrn Grothegut herauszubekommen. Das Gebäude der zentralen Wohnungsvermittlungsstelle lag an der Ruhrstraße.

Frank hatte den Weg vom Büro in der Althofstraße aus zu Fuß angetreten und stand exakt um Viertel nach acht vor einer Tür, an der ein Schild dieses Büro als das eines Herrn Max Grothegut auswies.

Frank klopfte an. Nachdem keine Antwort von innen folgte, drückte er die Klinke herunter und schob die Tür einen Spalt breit auf. Am Schreibtisch saß ein dunkelhaariger Mann um die Fünfunddreißig, die Brille über die Stirn geschoben und in eine Akte vertieft.

»Herr Grothegut?«, wagte Frank einen Vorstoß, worauf der Kopf des Mannes in seine Richtung schoss.

»Ja«, sagte der Mann. »Haben Sie geklopft?«

»Habe ich«, erwiderte Frank und schob seinen Körper durch die Tür.

»Dann habe ich es nicht gehört. Wer sind Sie? Was wollen Sie?«

»Mein Name ist Frank Wallert. Ich würde mich gerne kurz mit Ihnen unterhalten, wenn das möglich ist. Wichtig ist es jedenfalls.«

»Das sagt jeder, der hier erscheint. Wollen Sie eine Wohnung? Dann sind Sie hier sowieso falsch ...«

Alles das sprudelte aus dem Mann heraus, als habe er diese Sätze schon Tausende von Malen gesagt.

»Nein«, beendete Frank dessen Versuche, ihn abzuwimmeln. »Ich bin Privatdetektiv und mit der Suche nach einem syrischen Flüchtling beauftragt.«

Grothegut lehnte sich in seinem Stuhl zurück und schob sich die Brille auf die Nase.

»Sagten Sie ›Privatdetektiv‹ und ›syrischer Flüchtling‹?«
Frank nickte.

»Es geht um Herrn Massoud. Er ist verschwunden, und seine Frau hat mich gebeten, nach ihm zu suchen. Sie befürchtet, dass ihm etwas Schlimmes zugestoßen ist.«

»Und wie sollte ich Ihnen dabei helfen können?«

Grothegut nickte kurz Richtung Besucherstuhl. Frank setzte sich.

»Ich klappere im Moment alle Leute ab, von denen ich weiß, dass sie kurz vor dem Verschwinden Herrn Massouds mit ihm Kontakt hatten. Er war mit seiner Frau und einer Frau Gehnen vom Jugendamt am vergangenen Montag mit Ihnen zusammen bei einer Wohnungsbesichtigung in der Charlottenstraße.«

»Ach so! Ja! Ich erinnere mich. Beide sprachen ziemlich gutes Deutsch. Nette Leute.«

»Ich wüsste gerne von Ihnen, welchen Eindruck Sie von dem Mann hatten.«

»Ich war ziemlich erstaunt«, begann Herr Grothegut und stand auf. »Nicht nur, dass es sich um zwei sehr zuvorkommende Menschen handelte, sie wussten sich auch auszudrücken und die Frau freute sich unbändig über das Wohnungsangebot. – Möchten Sie einen Kaffee?« Grothegut war hinter Frank getreten und machte sich an einer Kaffeemaschine zu schaffen, die auf einem Sideboard neben der Bürotür stand. Frank lehnte dankend ab. »Aber zu dem Mann kann ich Ihnen nichts sagen. Sie haben sich die Wohnung angeschaut, zugestimmt und sind wieder gegangen. Ende der Woche soll der Mietvertrag unterschrieben werden.«

»Wirkte Herr Massoud auf Sie irgendwie nervös? Hat er etwas gesagt, was einen Hinweis darauf geben könnte, was geschehen ist?«

»Nein«, sagte Herr Grothegut und setzte sich wieder. Zwischen seinen Händen hielt er eine dampfende Tasse. »Aber seine Frau war deutlich begeisterter als er. Sie hat sich kaum eingekriegt. Er war schon etwas zurückhaltend.«

In die letzten Worte von Grothegut mischte sich Franks Handy. Ina. Er meldete sich unfreundlicher, als er eigentlich wollte.

»Was willst du? Ich bin bei Herrn Grothegut.«

»Ja, Frank, kann ja sein. Aber du musst sofort kommen. Es ist etwas passiert.«

»Wie ... Was?«

»Nicht am Handy. Komm bitte zur Gustavstraße. Wir warten auf dich.« Als Frank zögernd zu Herrn Grothegut blickte, schob Ina hinterher: »Es ist sehr dringend, Frank! Bitte! Schnell!«

»Ich muss weg«, sprach er in Richtung Grothegut und drückte den Anruf weg. »Ich melde mich noch einmal.«

Grothegut zuckte mit den Schultern, während er Frank nachschaute, der eilig das Büro verließ.

12

Manchmal hielten Tage Überraschungen für einen bereit, und manchmal wusste man nicht so recht, wie man sie einsortieren sollte – als positiv oder unliebsam. In der Gustavstraße jedenfalls herrschte nervöse Stimmung. Die Grünfläche vor dem Haus war leer, kein Kind befand sich auf dem Spielplatz. Vor den Hauseingängen standen Frauen, die aufgeregt miteinander sprachen und ihn misstrauisch beäugten, als Frank sich dem Haus näherte. Die Frau, die ihm am Freitag so freundlich den Weg zu Afras Wohnung gewiesen hatte, nickte ihm zu und sprach kurz darauf auf die vier anderen Frauen ein, bei denen sie stand. Etwas hatte diese Menschen verunsichert. Bis auf einige Kinderstimmen war es in dem Haus ruhig. Vor Afras Tür angekommen, lauschte Frank in das Innere der Wohnung. Er hörte leise Stimmen – Ina und Afra. Frank klopfte. Prompt erstarben die Laute aus der Wohnung für ein paar Sekunden, um dann umso aufgeregter wiederbelebt zu werden. Er hörte ein »Schscht!« unmittelbar hinter der Tür und ein ängstliches »Pass auf!«, das wohl von Afra stammte.

»Ich bin es. Frank«, sagte er mit gedämpfter Stimme, seine Lippen so nah wie möglich an der Wohnungstür.

Kurz darauf wurde lautlos geöffnet, und ehe er sich versah, packte ihn jemand am Arm und zog ihn ins Innere.

»Was ist hier los?«, fragte er und starrte Ina entgeistert an, die ihn noch immer am Arm hielt, während Afra leise die Tür schloss.

»Komm mit!«, sagte Ina nur und zog ihn in das Zimmer der Massouds, das er von seinem Besuch am Freitag bereits kannte.

Der Anblick, der sich ihm bot, krampfte ihm das Herz zusammen. Die drei Kinder saßen und knieten am Boden vor einer Decke, auf der ein Mann lag, der den Eindruck machte, als sei er eben einem rotierenden Betonmischer entstiegen.

Das kleine Mädchen mit den Ohrringen hielt die Hand des schlafenden Mannes. Frank trat etwas näher an die Szenerie heran und machte sich endlich von Inas Griff los.

»Habt ihr mit ihm gesprochen?«, fragte Frank, nachdem er sich einigermaßen gefasst hatte.

Der Mann war – soweit Frank das beurteilen konnte – recht schwer verletzt. Seine Nase schien gebrochen und ragte aus einem blutigen Gesicht hervor. Der rechte Arm lag merkwürdig nach außen abgewinkelt auf einer Decke, unter der der Mann lag, und die wies auf Höhe des Unterleibs und seiner Beine mehrere blutgetränkte Stellen auf.

»Nein«, antwortete Ina schließlich. »Ich habe ihn vor der Wohnungstür gefunden, als ich gekommen bin. Mithilfe von Rafik haben wir ihn hierhin getragen.«

»Das ist Aahlijah, oder?«, fragte Frank.

Afra nickte.

»Ja, das ist mein Mann.«

Kurzentschlossen zog Frank die Decke vom Körper des Mannes, was ihm einige strafende Kinderblicke einbrachte.

»Keine Angst«, versuchte er zu beruhigen. »Ich will ihn mir nur ansehen.«

Er ging in die Hocke und betrachtete die blutgetränkte Hose, die Aahlijah am Körper hatte. Es musste sich um zwei bis drei Wunden an den Beinen und eine schwere Verwundung im Bereich des Unterleibs handeln.

»Sind das Schusswunden?«, fragte er und drehte sich zu Afra und Ina um.

»Keine Ahnung«, antwortete Ina, da Afra mittlerweile in Tränen ausgebrochen war. Die älteste Tochter erhob sich daraufhin und nahm sie tröstend in die Arme.

Frank breitete die Decke über den schlafenden Mann und zückte sein Smartphone, während er aufstand.

»Ihr Mann braucht einen Krankenwagen«, teilte er Afra bestimmt mit.

»Nein! Nicht!«, schrie Ina plötzlich auf und griff ihm in den Arm, da er eben die erste Ziffer getippt hatte. »Nicht, Frank, bitte! Du kennst doch sicher einen Arzt, der ...«

»Spinnst du?«, fauchte Frank Ina an. »Der Mann kann vor unseren Augen sterben, wenn wir nichts unternehmen!«

»Du sollst ja was unternehmen, aber nicht die Polizei oder den Notarzt rufen«, wies sie ihn an.

»Also habt ihr doch etwas zu verbergen ...«

»Nein. Aber kannst du dir vorstellen, was das auslösen würde?«

Frank musste sich eingestehen, dass er eine ungenaue Ahnung von dem hatte, was Ina meinte. Andererseits musste natürlich dafür gesorgt werden, dass Aahlijahs Verletzungen medizinische Behandlung erfuhren, und nicht zuletzt musste geklärt werden, was ihm zugestoßen war. In seinem Kopf tauchte ein Bild auf: eine nette Ärztin mit über die Stirn geschobener Brille, die ihm gegenüber in einem Sessel saß, mit übereinandergeschlagenen Beinen, einen Schreibblock auf dem Schoß und ihm aufmunternd zulächelnd. Frau Dr. Sylvia Steinkamp – die Ärztin, die sowohl ihn als auch Maren aus einem tiefen psychischen Tal begleitet hatte. Er suchte ihre Nummer aus dem Speicher und wählte unter den misstrauischen Blicken von Ina und Afra. Die Ärztin meldete sich, kaum dass der erste Rufton verklungen war. Er schaltete den Lautsprecher ein.

»Hallo, Frau Dr. Steinkamp, Wallert hier«, meinte er, sich zu erkennen geben zu müssen.

»Das sehe ich auf meinem Display. Was ist los, ist etwas mit Maren?«

»Nein, nein«, wiegelte er ab. »Trotzdem: Es ist wichtig ...« Er schilderte die Situation in knappen Sätzen und hoffte auf eine schnelle Reaktion.

»Das kann ich nicht tun, Frank, das wissen Sie. Ich bin Psychiaterin ...«

»Ich weiß«, unterbrach Frank sie. »Aber Sie kennen doch vielleicht jemanden.«

»Ich habe einen Bekannten, der sich bei ›Ärzte ohne Grenzen‹ engagiert. Geben Sie mir ein paar Minuten. Ich rufe zurück.«

Damit war das Gespräch vorerst zu Ende, und das passte ganz gut, denn der Verletzte gab plötzlich ein Röcheln von sich. Sofort kam Leben in den Raum. Die Kinder sprachen auf ihren Vater ein, und auch Afra stürzte zu ihrem Mann hin, ging neben ihm auf die Knie und redete ihn an, wobei sie zaghaft und vorsichtig mit ihrer Hand über seine linke Wange strich. Frank beobachtete die Szene von oben und registrierte plötzlich, dass Ina ihren Arm um seine Taille gelegt hatte.

»Danke, dass du hilfst«, raunte sie ihm ins Ohr.

Er nickte kurz und streifte ihren Arm ab, hielt aber den Blick unverwandt auf Aahlijah Massoud gerichtet. Der schien zumindest ein Auge leicht geöffnet zu haben, das andere war zugeschwollen. Afra schien ihn etwas zu fragen, während er mit seinem geöffneten Auge den Raum scannte und nacheinander die ihn umgebenden Personen erfasste. Dann stöhnte er auf und schloss das Auge wieder. Schwach, ganz schwach konnte man hören, dass er etwas zu Afra sagte – nicht hörbar, jedenfalls für Frank und Ina nicht. Er seufzte kurz und tauchte wieder ab in die Bewusstlosigkeit, die ihn bis vor wenigen Minuten umfangen hatte. Afra küsste die Stirn ihres Mannes und erhob sich mit tränennassen Augen.

»Was hat er gesagt?«, fragte Frank.

»Er hat gesagt, dass er mich liebt.«

»Nichts darüber, was ihm zugestoßen ist?«

»Nein, nichts.«

Das Smartphone meldete sich. Auf dem Display erschien eine Frank unbekannte Nummer. Trotzdem nahm er den Anruf an. Ein Mann namens Florian Berger teilte ihm mit, dass er Franks Nummer von Frau Steinkamp bekommen habe. Er sei bereit, nach dem Verletzten zu sehen. Das habe aber seine Grenzen. Ja, er arbeite auch bei »Ärzte ohne Grenzen«, trotzdem: Wenn es nötig sei, werde er den Mann unverzüglich in ein Krankenhaus bringen. Den Rettungswagen habe er bei sich, er sei im Notdienst.

Nun gut, das war nicht ganz das, was sich Ina und Afra gewünscht hatten, aber für Frank war es okay. Wenn es um Aahlijah so stand, wie er annahm, waren sowohl Krankenhaus als auch Polizei unumgänglich.

Afra schickte die Kinder weg. Sie sollten zu den Afghanen gehen, bis sie sich bei ihnen meldete.

Frank ließ sich von Afra eine Schere geben und begann, vorsichtig Aahlijahs Wunden freizulegen, indem er einfach an den entsprechenden Stellen seine Kleidung aufschnitt. Die Bewusstlosigkeit des Syrers war dabei hilfreich, er spürte nichts davon.

Afra hatte währenddessen nicht aufgehört zu weinen. Ina zog sie auf die Beine und nahm sie tröstend in die Arme, während Frank versuchte, die Wunden zu identifizieren. Das rechte Schienbein wies einen offenen Bruch auf, der Knochen ragte etwa zwei Zentimeter aus einer übel aussehenden Wunde hervor. Am anderen Bein machte er zwei Verletzungen aus, die er als tiefe Schnittwunden einstufte, eine davon oberhalb des Knies. Sie klaffte weit auf und ließ den Knochen erkennen, bis zu dem das Messer oder was auch immer durchgedrungen war. Am schlimmsten erschien Frank allerdings die Wunde im Unterleib. Auch sie war tief und befand sich etwa fünf Zentimeter rechts unterhalb des Bauchnabels. Sein Laienverstand ließ ihn vermuten, dass es schlecht um Aahlijah stand. Zwar blutete die Wunde nicht mehr, aber ob Organe verletzt waren und innerlich bluteten, konnte er nicht ausmachen. Frank stand auf.

»Niemals ist dieser Mann auf eigenen Beinen hierhin gelangt«, sagte er.

Ina starrte ihn an, strich Afra aber weiterhin tröstend mit ihrer Hand über die Haare.

»Wie meinst du das?«, fragte sie, obwohl sie ahnte, was er sagen wollte.

»Er muss hierher gebracht worden sein. Aahlijah konnte unmöglich laufen, geschweige denn Treppen steigen. Jemand hat ihn vor dieser Tür abgelegt. Wahrscheinlich waren es sogar mindestens zwei.«

»Frank! Weißt du, was das bedeuten würde?« Ina war entsetzt.

»Das heißt, dass diejenigen, die ihm das angetan haben, wussten, wo er hingehört, wo er wohnt.«

In diese Worte hinein klopfte jemand heftig gegen die Eingangstür.

»Berger hier, machen Sie bitte auf!«, meldete sich eine energische Männerstimme.

Frank übernahm das. Er begrüßte den Arzt schnörkellos und führte ihn und den ihn begleitenden zweiten Mann in das Zimmer, wo Berger kurzerhand die beiden Frauen zur Seite schob und sich zu Aahlijah auf den Boden kniete.

»Könnten Sie vielleicht alle aus dem Weg gehen?«, sagte er, während er die Vitalfunktionen des Verletzten überprüfte. »Ich brauche Platz.«

Daraufhin zogen sich Ina, Afra und Frank in die äußerste Ecke des Zimmers zurück. Afra hatte mittlerweile aufgehört zu weinen. Stattdessen starrte sie mit weit aufgerissenen Augen an Ina vorbei auf den Arzt, der dem zweiten Mann Anweisungen gab, während er dem Verletzten eine Infusion legte. Bergers Begleiter verließ die Wohnung.

»Das ist eine Kochsalzlösung. Der Mann ist mehr tot als lebendig. Ich werde ihn hier versorgen, aber dann muss er in ein Krankenhaus. Mein Kollege kümmert sich gerade darum.« Er drehte sich zu Frank um und blickte ihn fragend an. »Was ist mit dem Mann geschehen? «

Frank zuckte mit den Schultern.

»Er war ein paar Tage verschwunden und lag heute Morgen plötzlich vor der Tür. Wir wissen es nicht.«

»Er hat nichts gesagt?«

»Nein, er war nur ganz kurz bei Bewusstsein, hat aber nicht sagen können, was ihm zugestoßen ist.«

»Doch!«, mischte sich Afra nun ein. »Er hat etwas gesagt, aber ich habe es nicht verstanden.«

*

Afra war mit dem Rettungswagen mitgefahren, die Kinder blieben bis auf Weiteres bei Rafik und seiner Familie. Ina und Frank hatten sich entschlossen, nach dieser Aufregung einen Kaffee trinken zu gehen, und so saßen sie bei »Leonardo« auf der Schloßstraße. Es war noch verhältnismäßig warm – knapp zwanzig Grad – und beide hatten das Bedürfnis, zum Kaffee eine Zigarette zu rauchen.

»Was hat Aahlijah versucht, Afra zu sagen?«, sinnierte Ina und drehte den Kaffeebecher zwischen ihren Händen.

»Es lohnt sich nicht, darüber zu spekulieren«, erwiderte Frank. »Wir werden es früher oder später erfahren. Ich hoffe nur, dass Aahlijah es schafft und es uns irgendwann einmal selbst sagen kann.«

»Vielleicht waren es Neonazis«, fuhr Ina fort. »Ich meine, diese Willkommenskultur teilen doch nicht alle.«

»Wir wissen es nicht, Ina. Was soll das jetzt?«, reagierte Frank unwillig. »Ich mache mir zurzeit ganz andere Gedanken. Mir scheint das Ganze eine Nummer zu groß für mich zu sein. Ich bin kein Polizist mehr. Die Geschichte gehört eindeutig in die Hände der Polizei. Wieso ist es euch beiden so wichtig, dass die Polizei davon nichts erfährt?«

»Du verstehst das einfach nicht, oder?«, fuhr Ina hoch und schoss einen Blick auf ihn ab, den er aus der Vergangenheit bestens kannte und der zugleich Ärger und Spott zum Ausdruck brachte.

»Nein, du verstehst nicht!«, gab er zurück. »Es geht um ein Gewaltverbrechen. Das muss angezeigt werden. Auch für die Ärzte besteht Anzeigepflicht. Was ist, wenn Aahlijah es nicht schafft, wenn er stirbt? Spätestens dann sind wir am Arsch! Mit unserem Schweigen machen wir uns einer Straftat schuldig. Verstehst du das?«

Der Ärger zog sich aus Inas Blick zurück. Sie streckte die Beine aus.

»Du denkst immer noch wie ein Polizist, Frank. Ich dachte, du hättest dich davon befreit.«

»Sag mal, tickst du noch ganz sauber?«, platzte es aus ihm heraus. »Ich habe eine Privatermittler-Lizenz. Weißt du, wie schnell ich die los bin, wenn das schiefgeht? Ich denke nicht wie ein Polizist, sondern wie jeder vernunftbegabte Familienvater, dem es an die Existenz geht ...«

Ina zuckte plötzlich zusammen und blickte ihn verblüfft an.

»Familienvater?«, echote sie. »Seit wann bist du Familienvater?«

»Maren und ich haben vor Jahren zwei Kinder adoptiert.«

»Oha, und das erfahre ich mal eben so nebenbei?«

Frank konnte schlecht abschätzen, wie Inas Bemerkung gedacht war. Sollte das ein Scherz sein? Versuchte sie, die schlechte Stimmung etwas aufzuheitern? Oder glaubte sie tatsächlich, dass er ihr das hätte sagen müssen? Bei Ina war alles möglich.

»Ina«, begann er, »wir haben seit ewigen Zeiten keinen Kontakt mehr gehabt ...«

Ina ließ ihn nicht ausreden.

»Frank, lass es! Du musst nicht wieder gleich so streng werden. Ich bin einfach erstaunt. Damit hätte ich nicht gerechnet, und ja, ich hätte es wirklich gerne gewusst. Frag mich nicht, warum. Du musst mir jetzt keine Standpauke halten.«

Er zuckte mit den Schultern und steckte sich eine weitere Zigarette an. Es war Jahre her, dass er in so kurzer Folge zwei Stück hintereinander geraucht hatte. Eigentlich rauchte er seit fast zehn Jahren nicht mehr. Zwei bis drei Mal im Jahr genehmigte er sich eine.

»Wir sind vom Thema abgekommen«, sagte er und blies den Rauch aus. »Warum liegt dir und Afra so viel daran, dass die Polizei nicht erfährt, was mit Aahlijah los ist?«

»Ich möchte noch einen Kaffee«, tat Ina, als habe er nicht zu ihr gesprochen, und winkte nach der Kellnerin, die umgehend erschien. Sie gab ihre Bestellung auf.

»Frank, die Familie kommt aus Syrien. Die syrische Polizei ist anders drauf als unsere. Aahlijah ist in Syrien gefoltert worden. Er sagt, es sei die militärische Geheimpolizei gewesen. Die Massouds haben erlebt, wie die türkische Polizei mit ihnen umgegangen ist. Später haben ungarische Polizisten während der Essensausgabe auf sie eingeprügelt. Es kann dich nicht ernsthaft wundern, dass Afras Vertrauen zu polizeilichen Stellen nicht sehr ausgeprägt ist. Außerdem ist ihr erzählt worden, dass Flüchtlinge, die mit der Polizei zu tun kriegen, nach Syrien zurückgeschickt werden.«

»Hör auf, mir so einen Blödsinn zu erzählen«, verlor Frank die Geduld. »Du willst mir doch nicht sagen, dass du ihr den Unterschied nicht erklären könntest, dass du nicht in der Lage wärst, ihr begreiflich zu machen, dass sich die Polizei um dieses Verbrechen kümmern *muss*. Es geht hier doch auch um Schutz! Bei allem, was diese Menschen durchgemacht haben, muss es doch auch ein Schutzbedürfnis geben.«

»Glaubst du denn, ich hätte es nicht versucht?«, erwiderte Ina. »Diese Menschen haben gelernt, dass sie sich nur selbst schützen können. Vertrauen, das über Jahre zerstört worden ist, lässt sich nicht innerhalb weniger Tage wieder aufbauen. Und dazu noch in einem fremden Land.«

Frank schüttelte den Kopf.

»Du redest, als hättest du diese Position verinnerlicht. Du hast jahrelang mit einem Polizisten zusammengelebt, weißt, wie die Polizei arbeitet, und dass wir immer versuchen, Opfer zu schützen und Täter zu finden ...«

Ina grinste.

»Ja, das tut *ihr*. Ich sage doch, du denkst immer noch wie ein Polizist.«

Erwischt, dachte Frank.

»Ich lebe mit einer Polizistin zusammen und war früher selbst Polizist. Da darf ich noch ›wir‹ sagen.«

Es folgte ein Augenblick des Schweigens. Ina trank von ihrem Kaffee und Frank drückte seine Zigarette in den Aschenbecher. Schließlich entschied er sich für einen Frontalangriff.

»Ich möchte, dass die Polizei einbezogen wird. Ansonsten sehe ich den Auftrag als erledigt an. Aahlijah ist wieder da. Ich spiele nicht mit dem Leben dieser Menschen und mit meiner eigenen beruflichen Zukunft.«

Das hatte offensichtlich gesessen. Ina zuckte zusammen, gerade in dem Augenblick, als sie die Tasse auf den Tisch zurückstellen wollte. Der Kaffee schwappte in die Untertasse, was Ina allerdings ignorierte. Sie schaute Frank aus großen Augen an, öffnete den Mund, als wollte sie etwas erwidern, entschied sich dann aber anders und winkte ab. Plötzlich wirkte sie kraft- und hilflos, ja beinahe resigniert. Sie blickte auf ihre kaffeegetränkte Untertasse, dann zurück zu Frank und ließ schließlich die Schultern sinken.

»Okay«, sagte sie. »Es gibt da noch etwas. Ich musste Afra versprechen, es dir nicht zu sagen.«

13

Der Anruf kam in dem Augenblick, als Frank zusammen mit René das Büro in der Althofstraße verlassen wollte. Silke war schon nach Hause gefahren. Gleiches hatten nun die beiden Männer im Sinn. Wieder war es Ina, mit der er sprach.

»Aahlijah ist operiert worden«, erklärte sie. »Er liegt auf der Intensivstation und hat gute Chancen, es zu schaffen. Wir bleiben noch etwas und dann fahre ich Afra nach Hause.«

»Ich will morgen früh mit ihr reden«, forderte Frank. »Sag ihr das. Ich komme zur Gustavstraße.«

Dann drückte er Ina weg, ohne weiter auf das Gesagte einzugehen, ohne Gruß, aber immer noch mit einer Menge Wut im Bauch.

»Heute abend brauche ich Bier und mindestens einen Metaxa«, sagte er zu René, der gerade den Wagen öffnete. Die beiden stiegen ein.

»Weißt du, was ich mich frage?«, entgegnete René schließlich. »Wie konntest du nur so lange warten, bis du die Polizei eingeschaltet hast? Hat diese Frau immer noch Macht über dich?«

»Quatsch!«, fuhr Frank auf. »Ich habe es euch vorhin erklärt. Erst einmal habe ich Afras Bedenken für nachvollziehbar gehalten. Als Aahlijah dann in diesem Zustand wieder aufgetaucht ist, wollte ich sofort die Polizei holen. Ina hat das verhindert.«

René stieß die Luft zwischen den Zähnen hindurch.

»Sage ich doch. Ina. Von ihr spreche ich. Sie ist schon speziell, oder?«

»Ja, ist sie. Es hat ja auch Gründe, dass wir uns getrennt haben.«

»Hast du schon mit Malte gesprochen?«

»Nein. Ich denke, das wird bald geschehen.«

»Er war ziemlich sauer.«

»Ja, das war er.«

»Zu Recht.«

»Ja, verdammt noch mal! Wie lange willst du noch in dieser Wunde bohren? Ich bin davon ausgegangen, dass das Krankenhaus ohnehin die Polizei verständigen würde. Ich habe ja auch nicht mehr gezögert, nachdem mir Ina erzählt hat, was sie mir nicht hatte erzählen sollen.«

»Wir überlassen das jetzt der Polizei?«

»Klar.«

»Und mischen uns nicht mehr ein?«

»Nein. Natürlich nicht.«

»Warum willst du dann morgen mit Afra sprechen?«

»Weil ich das Gefühl habe, dass ich ihr etwas erklären muss – und nicht zuletzt *sie mir*.«

»Frank, was muss sie dir noch erklären? Ihr Mann kämpft um sein Leben, die ganze Familie ist bedroht, und jedes Mal, wenn du dort auftauchst, wird die Gefahr für alle Beteiligten noch größer. Lass die Polizei arbeiten. Wenn alles vorbei ist, ohne dass du deine Nase reingesteckt hast, dann kannst du ihr immer noch erklären, was immer du willst.«

Natürlich hatte René recht, und das wusste Frank, weshalb er auch nicht mehr antwortete. Stattdessen hatte er seinen Kopf gegen die Stütze des Beifahrersitzes gelehnt und die Augen geschlossen. Er spürte eine unendliche Müdigkeit und war froh, als René den Wagen in den Nachbarsweg lenkte und sie aussteigen konnten. Er verabschiedete sich von seinem Freund mit einem Klaps auf den Rücken, René bog nach links ab, er nach rechts.

In der Küche, aus der er sich unmittelbar nach dem Betreten der Wohnung ein Bier holen wollte, traf er auf Tereza, die im Begriff war, sich ein Brot zuzubereiten. Sie lächelte ihm verlegen entgegen, als hätte sie ein schlechtes Gewissen.

»Hallo, meine Süße«, begrüßte er sie und nahm sie in den Arm. »Wie geht es dir, mein Schatz?«

»Hast du Zeit?«, fragte sie. »Wir sind allein, und ich würde gerne mal mit dir reden.«

Frank fasste Tereza bei den Schultern und schob sie ein Stück weit von sich weg. Beim Blick in ihre Augen erkannte er eine selten bei ihr zu sehende Traurigkeit.

»Na klar. Machen wir. Ich nehme mir ein Bier mit, du dein Brot, und dann setzen wir uns ins Wohnzimmer ...«

»Nein, lass uns in mein Zimmer gehen«, erwiderte sie. »Ich möchte nicht, dass Adrian oder Maren etwas mitkriegen. Die können jeden Augenblick kommen.«

»Sicher, das können wir auch tun«, sagte Frank und hob dabei verwundert die Augenbrauen. »So ernst ist es?«

Tereza nickte schwach und lief vor ihm her durch das Wohnzimmer in den kleinen Flur, an dessen Ende auf der rechten Seite ihr Zimmer lag. Sie öffnete die Tür und Frank folgte ihr.

Es kam nicht häufig vor, dass die Erwachsenen die Zimmer von Tereza oder Adrian betraten. Sie waren die Rückzugsräume der Kinder, was Frank und Maren immer respektiert hatten. Tereza nahm ein paar Kleidungsstücke von ihrem Schreibtischstuhl und warf sie in einen Wäschekorb, der in der Ecke hinter der Zimmertür stand.

»Setz dich doch«, forderte sie ihn auf und balancierte ihr Frühstücksbrettchen mit der Käseschnitte zu ihrem Bett. Sie zog die Schuhe aus, streifte ihren Pullover ab und ließ sich auf dem Bett nieder, wo sie die Füße übereinanderlegte. Das Brettchen fand auf ihrem Schoß Platz. Dann biss sie in das Brot und blickte Frank kauend an.

»Ich habe gestern schon mit Maren gesprochen. Hat sie dir erzählt ...?«

Frank nickte und nahm einen Schluck aus der Flasche. Er schwieg, denn Tereza wollte mit ihm reden. Warum also sollte er jetzt die Initiative übernehmen?

»Und? Was sagst du dazu?«

Nach einem weiteren Schluck wischte sich Frank mit dem Handrücken über den Mund.

»Wenn ich alles richtig verstanden habe, habt ihr euch in einem Moment, in dem ihr euch sehr nahe gewesen seid, in den Arm genommen und Adrian hat dich geküsst. Das ist doch eigentlich sehr schön.«

Tereza nickte unmerklich, während sie erneut von ihrem Brot abbiss. Mit vollem Mund sprach sie weiter.

»Sonst nichts?«

»Nein, sonst eigentlich nichts. Was sagst *du* denn dazu? Du bist am Freitagabend ziemlich sauer auf Adrian gewesen.«

Tereza stellte das Brettchen auf ihr Nachtschränkchen, knuddelte ihr Kopfkissen zusammen und legte sich lang hin, so dass sie mit erhöhtem Kopf Frank ansehen konnte.

»Ich glaube, das stimmt nicht«, sagte sie und schaute Frank nachdenklich an. »Wenn ich ehrlich bin, war ich zwar sauer, aber nicht auf Adrian. Ich weiß nicht, auf wen oder was. Es war so komisch.«

»Das verstehe ich.«

»Wirklich?«, fragte sie und setzte sich in den Schneidersitz. »Ich meine, du bist doch ein Mann. Warum hat Adrian das gemacht?«

»Du hast noch nicht mit ihm gesprochen?«

Tereza schüttelte ihren Lockenkopf.

»Nein, er geht mir aus dem Weg.«

»Und du hast ihm verboten, jemals in eurem Leben wieder dein Zimmer zu betreten.«

»Warum hat er das getan?«, wiederholte sie ihre Frage, ohne auf seine Äußerung einzugehen.

»Das musst du *ihn* fragen. Ich kann es nur vermuten. *Er* weiß es.«

»Sag mir, was du vermutest.«

Frank beugte sich nach vorne und stützte die Hände auf seinen Knien ab.

»Tereza, ich bin sicher, dass er sich dir in dieser Situation sehr nah gefühlt hat. Du hast ihn in den Arm genommen, hast ihm gezeigt, dass auch du ihm sehr nah warst. Und dann hat er dich geküsst. Er hat es doch nicht gegen deinen Willen getan?«

»Nein.«

»Hat er etwa noch mehr getan?«

»Nein! Was denkst du?«, wies Tereza Franks Frage empört zurück. »Ich habe gespürt, dass er es ernst meinte, und ich fand es eigentlich schön. Irgendwann kam in mir das Gefühl hoch, dass es nicht richtig ist«, schob sie kleinlaut hinterher.

»Wegen Thorben?«

»Wieso Thorben? Nein, Thorben hat damit nichts zu tun«, erwiderte sie bestimmt, um dann zweifelnd hinzuzufügen: »Oder sollte er? Ich meine, Thorben hat für mich dabei wirklich keine Rolle gespielt ...«

»Dann ist das eben so. Wäre es dir lieber gewesen, du hättest Adrian zurückgewiesen, weil du dich Thorben verpflichtet fühlst?«

»Nein, aber hätte ich nicht so denken müssen? Immerhin gehe ich doch mit Thorben.«

»Es kommt nur darauf an, was du fühlst. Wenn es so gewesen ist, und der Gedanke an Thorben hat dabei keine Rolle gespielt, dann ist das eben so. Das musst du mit dir selbst ausmachen und darüber nachdenken, was das für dich bedeutet. Aber jetzt mal ehrlich, Tereza. So lange, wie ich dich und Adrian kenne, seid ihr euch unglaublich nah. Schon als ihr zehn wart, habe ich gewusst, dass ihr euch liebt. Ihr habt das damals nicht gewusst, aber ich bin sicher, es war so. Heute, wo ihr junge Erwachsene seid, empfindet ihr das natürlich auch anders.«

Frank unterbrach sich, um Tereza die Möglichkeit zu einer Antwort zu geben, doch sie schaute ihn unverwandt aus schwarzen Augen an.

»Kannst du dich an euren ersten Abend und die erste Nacht bei uns erinnern? Als ihr in der Goethestraße auf Luftmatratzen geschlafen habt? Maren und ich sind später ins Bett gegangen und haben dich und Adrian beim Weg durch das Wohnzimmer beobachtet. Ihr habt euch im Schlaf fest umarmt gehalten. Dieses Bild hat so viel ausgesagt! Daraufhin wollte Maren von mir auch in den Arm genommen werden. ›Halt mich auch so fest‹, hat sie gesagt und ich war mir damals schon sicher, dass euch niemand trennen kann.«

Tereza lächelte eine Weile vor sich hin, bis sie schließlich den Blick hob.

»Bevor wir zu euch gekommen sind, habe ich Adrian mal gesagt, dass uns andere für ein Liebespaar halten könnten, wenn wir älter wären. Ich habe ihn gefragt, ob er sich das auch vorstellen könnte, und er hat geantwortet: ›Vielleicht‹. Aber damals waren wir zehn Jahre alt. Wir sind wie Bruder und Schwester.«

»Ja«, nickte Frank. »So fühlt es sich wahrscheinlich für dich an. Schließlich seid ihr zusammen hier aufgewachsen. Aber vergiss nicht: Ihr seid keine Geschwister. In meinen Augen seid ihr viel mehr als das.«

»Du meinst ...?«, begann Tereza, brach aber unvermittelt ab.

»Was soll ich meinen?«, versuchte er, sie zu ermutigen.

»Du meinst, es war richtig, was wir getan haben?«

»Es ist nicht meine Sache, etwas zu meinen. Klar, habe ich für mich einen Standpunkt, und den habe ich dir gerade mitgeteilt. Was dich angeht, musst du wissen, was dir dein Gefühl sagt – genauso wie Adrian. Ich habe nur versucht, dir zu erklären, dass du kein schlechtes Gewissen haben musst. Es gibt dafür keinen Grund.«

»Und was soll ich jetzt tun?«, fragte Tereza.

Frank musste lachen und stand auf. Er legte sich neben sie, woraufhin sie sich in seine Armbeuge kuschelte. Liebevoll strich er über ihre Haare.

»Am besten redest du so bald wie möglich mit Adrian. Der arme Junge ist völlig durch den Wind. Er denkt, er hätte dir Gott-weiß-was angetan.«

»Und wenn es nicht funktioniert?«

»Was? Das Gespräch mit Adrian?«

»Nein, das alles mit Adrian und mir.«

»Darüber solltest du dir jetzt keine Gedanken machen. Und weißt du was? Ihr seid euch durch eure gemeinsame Geschichte so nahe, wie es viele Paare nicht sind, die seit ewigen Zeiten zusammenleben. Ihr findet einen Weg.«

Tereza hob ihren Kopf und gab Frank zwei schmatzende Küsse, einen auf die linke, einen auf die rechte Wange.

»Danke«, sagte sie genau in dem Augenblick, als ein Ruf aus dem Inneren der Wohnung ertönte.

»Bin ich wieder einmal zuerst zu Hause?«

Das war Maren.

Tereza sprang über Frank hinweg und riss die Tür auf. Frank erhob sich gemächlich und folgte ihr. Im Wohnzimmer traf er auf die beiden Frauen, die eng umschlungen mitten im Raum standen.

»Oha, Heimlichkeiten?«, fragte Maren scherzhaft und zwinkerte Frank zu.

»Ein Vater-Tochter-Gespräch«, klärte Frank sie auf.

Tereza löste sich von Maren.

»Nein, ein Gespräch unter Freunden«, korrigierte sie ihn. »Weißt du was, Maren? Du kannst von Glück reden, dass Frank schon so alt ist ...«

Frank und Maren brachen in schallendes Gelächter aus. In diesem Augenblick wurde die Haustür geöffnet. Kurz darauf erschien Adrian im Türrahmen. Tereza stürmte sofort auf ihn zu.

»Komm mal mit«, sagte sie und fasste ihn an der Hand.

Der arme Junge schien völlig geplättet. Fragend blickte er zwischen Maren und Frank hin und her, die beide lachend in der Mitte des Wohnzimmers standen. Schließlich ließ er sich von Tereza an ihnen vorbei in Richtung ihres Zimmers ziehen.

*

Es gab für diesen Abend keinen Essensplan. Eigentlich hätte Maren heute einkaufen sollen. Dazu war aber über den Nachmittag keine Gelegenheit gewesen, und jetzt hatte sie keine Lust mehr. Frank konnte das nachvollziehen, und so entschlossen sie sich, das Pizza-Taxi zu bemühen.

Nach erfolgter Lieferung saßen Frank und Maren in der Küche und mümmelten an ihrer Pizza. Frank hatte Adrian und Tereza das Essen ins Zimmer gebracht. Die jungen Leute redeten und redeten und nichts deutete darauf hin, dass sich das in der nächsten Zeit ändern sollte. Frank war gespannt auf den Ausgang dieses diplomatischen Vorstoßes. Am Nachmittag hatte Maren eine alte Freundin in Düsseldorf besucht. Sie hatte noch keine Ahnung von den Geschehnissen um Aahlijah, Afra und Ina.

Frank war nicht ganz bei der Sache. Zwar hörte er zu, als Maren von ihrem Besuch in der Landeshauptstadt erzählte, aber es ging bei ihm in das eine Ohr hinein und zum anderen hinaus. Ab und zu ließ er ein »Mmh« hören, dann und wann nickte er, aber seine Gedanken waren bei Afra und ihrem um sein Leben kämpfenden Mann. Irgendwann musste Maren seine Täuschung bemerkt haben, denn sie hörte mitten im Satz auf zu sprechen, schob den letzten Bissen der Pizza in ihren Mund und wischte sich die Hände an der Papierserviette ab. Frank hatte das noch nicht einmal bemerkt.

»Okay«, sagte sie und holte tief Luft. »Was ist los? Langweile ich dich?«

Frank schrak zusammen.

»Nein, wieso? Ich höre zu ...«

»Ja, mit der Empathie eines Kühlschranks. Was ist los?«

»Ich werde Ärger kriegen«, sagte er und schaute Maren mit schuldbewusstem Blick an.

»Was hast du angestellt?«

Frank erzählte ihr detailliert von den Vorkommnissen des Tages.

»Und dann kam Ina mit der dicken Überraschung aus dem Busch. Plötzlich sagte sie: ›Es gibt da noch etwas, was ich dir sagen muss‹. Afra wollte nicht, dass sie mir das erzählt, weil sie wohl ahnte, dass ich dann die Polizei einschalten würde. Auf jeden Fall erfahre ich, bei Leonardo an einem Kaffee nippend, dass Afra eine Drohung erhalten hat. Auf Aahlijahs Körper hatte Ina einen Zettel gefunden. Er war in arabischer Schrift verfasst, aber Afra konnte ihn natürlich lesen. Angeblich wurde darin die gesamte Familie bedroht, für den Fall, dass Aahlijah keine Ruhe gibt und die Polizei eingeschaltet wird.«

»Angeblich? Zweifelst du daran?«

Frank schüttelte den Kopf.

»Nein, aber sie hat den Zettel vernichtet. Sie hat ihn angezündet und die Asche durch die Toilette gespült. Er ist weg.«

»Was hast *du* gemacht?«

»Ich habe natürlich ohne weiteres Zögern die Polizei verständigt. Ina war stinksauer, hat mich mit den wüstesten Schimpfwörtern bedacht und ist davongestürmt. Später hat sie mich aber angerufen und erzählt, dass Aahlijah die Operationen gut überstanden hat.«

»Heißt das, es ist jetzt doch unser Fall? Vom KK 11 meine ich.«

»Das weiß ich nicht. Ich weiß nur, dass Malte vor Ort war. Ich habe vor der Gustavstraße auf die Polizei gewartet und ihn nur kurz gesehen, aber er ist höllisch sauer. Ich denke, es wird nicht lange dauern, bis er mir auf die Pelle rückt.«

Maren schwieg und betrachtete ihre Hände, die einen kleinen Streifen von der Pizzaschachtel abgerissen und kleine

Kügelchen aus der Pappe gedreht hatten. Sie wirkte nachdenklich. Schließlich sah sie ihn an und schüttelte den Kopf.

»Ich finde, das ist von deiner Seite ein völlig untypisches Vorgehen gewesen. Du hättest schon in dem Augenblick die Polizei rufen müssen, als du in die Wohnung gekommen bist und den Syrer gesehen hast. Normalerweise hättest du das auch getan. Was hat dich geritten?«

Verlegen hielt Frank seinen Blick auf die Tischplatte gerichtet.

»Ich weiß es nicht. Wahrscheinlich habe ich mich von Ina und Afra zu stark beeindrucken lassen ...«

»Und was glaubst du, was dahinter steckt – hinter der Drohung, meine ich?«

»Woher soll ich das wissen? Das ist Polizeisache. Aber wenn du den Mann heute Vormittag gesehen hättest – ich glaube nicht, dass da jemand scherzt.«

Maren nickte und stand auf. Sie räumte die Reste der Pizzaschachteln in den Müll. Dann ging sie mit Frank ins Wohnzimmer, wo ihnen zwei aufgeräumte Jugendliche begegneten. Tereza und Adrian waren auf dem Weg zur Küche, um ihren Müll zu entsorgen und sich mit Getränken auszustatten. Auf dem Rückweg wandte sich Adrian zu den beiden um, die mittlerweile auf dem Sofa Platz genommen hatten.

»Es ist alles okay«, sagte er, und dann war er verschwunden.

14

Die Nacht auf den Dienstag war für Frank alles andere als erholsam gewesen, denn das Gespräch zwischen Maren und ihm war noch weitergegangen. Letztlich hatte sie sich zu dem Thema vorgearbeitet, an dem sie am meisten zu knacken hatte: Ina.

»Warum hat sie ausgerechnet dich aufgesucht? Ich meine, ihr hattet doch keinen Kontakt mehr, oder? Wie kommt sie auf den Gedanken, dich anzusprechen?«, hatte sie gefragt und alle seine Antworten skeptisch zur Kenntnis genommen. Sie hatte sich in einen wahren Eifersuchtsrausch hineingeredet. Seine Beteuerungen, dass Ina für ihn keine Rolle mehr spielte, waren auf wenig fruchtbaren Boden gefallen. Schließlich waren Maren und er verärgert zu Bett gegangen, und er hatte nicht schlafen können. Zwei Mal war er wieder aufgestanden und hatte jeweils eine Zigarette geraucht – die Nummern drei und vier an diesem Tag. Gegen sieben war er aufgestanden, hatte geduscht und beim Frühstück kurz die Zeitung überflogen, um sich dann gegen acht auf den Weg zu machen. Adrians und Terezas kurzzeitige Anwesenheit in der Küche hatte er schweigend über sich ergehen lassen. Um halb acht hatten sie sich Richtung Schule verabschiedet.

Trotzdem war es ein schöner Herbstmorgen. Der Himmel war klar. Erste Strahlen der noch zögernden und tiefstehenden Sonne tauchten Saarn in ein zauberhaftes Licht. Einerseits. Andererseits blendete sie ihn durch die Windschutzscheibe hindurch.

Gegen halb neun erreichte er die Althofstraße, parkte den Wagen und betrat das Büro. Es war schon geöffnet. Silke und René standen in der Pausenküche und hielten einen Kaffeebecher in der Hand – aber sie waren nicht alleine. Malte Frenzen und Melissa Groß, die mittlerweile fester Bestandteil des KK 11 geworden war, blickten ihm missmutig entgegen.

»Oh, welch seltene Ehre für unser bescheidenes Etablissement«, brachte er hervor, erschrak aber über die gleichbleibend distanzierte Haltung der Anwesenden. Einzig Silke und René nickten ihm kurz zu, schauten sich unmittelbar darauf vielsagend oder auch nichtssagend an und stellten ihre Becher ab.

»Guten Morgen«, machte Malte den Anfang. »Wir sind hier, um dich abzuholen.«

»Oh. Na ja, gut. Abholen? Wohin, wozu?«, erkundigte er sich und machte Anstalten, seinem Freund Malte zur Begrüßung die Hand zu reichen. Statt sie zu ergreifen, verschränkte der die Arme vor der Brust.

»Wir sollen dich zur Befragung ins Präsidium bringen«, sagte er.

»Wie, so richtig offiziell? Warum sprechen wir nicht hier?«, fragte Frank verwundert zurück.

»Weil Hetkämper mit dir reden will. Der hat uns hochoffiziell beauftragt, dich nach Essen zu bringen.«

Frank schob sich an René vorbei und schenkte sich einen Kaffee ein. Was war hier los? Er erkannte Malte kaum wieder. Er sollte regelrecht abgeführt werden? Zu einem Gespräch mit Hetkämper, dem Chef der Kriminalinspektion 1? Was sollte das?

»Und was soll das?«

Malte verzog verärgert das Gesicht.

»Hast du vergessen, was gestern geschehen ist? Du hast dir da einen unglaublichen Bock geleistet. Wir ermitteln in der Angelegenheit, und Hetkämper interessiert sehr, was du sonst noch alles verschweigst.«

»Heh, Malte, mein Freund! Du glaubst allen Ernstes ...«

»Hör auf!«, unterbrach Malte ihn barsch. »Du hast gestern eine Grenze überschritten. Es findet ein gewalttätiger Übergriff gegen einen Flüchtling statt, und du bildest dir ein, das solo regeln zu können! Hast du noch alle Tassen im Schrank?«

»Malte, ich ...«, begann Frank, wurde aber schroff unterbrochen.

»Sei ruhig!«, würgte Malte ihn ab. »Ich will jetzt nichts hören. Wir können reden, wenn Hetkämper mit dir fertig ist. Komm jetzt.«

Frank zuckte mit den Schultern und wandte sich an Silke und René.

»Ich melde mich, wenn ich wieder raus darf.«

Dann folgte er Melissa und Malte.

Zwanzig schweigsame Minuten später betraten Malte und Frank das Büro von Kriminaloberrat Horst Hetkämper, dem Leiter der Kriminalinspektion 1 der Kreispolizeibehörde Essen/Mülheim. Maltes Chef saß an seinem Schreibtisch und hob kurz den Blick. Wortlos, aber mit einer einladenden Geste, wies er auf den Besucherstuhl vor sich und wandte sich wieder dem Schriftstück zu, das er gerade las. Frank bedachte ihn mit einem »Guten Morgen« und setzte sich, während Malte Anstalten machte, den Raum wieder zu verlassen.

»Wo wollen Sie hin, Herr Frenzen?«, murmelte Hetkämper und blickte auf.

»Ich dachte ...«, begann Malte, aber Hetkämper schüttelte den Kopf.

»Nein, Sie bleiben hier. Setzen Sie sich!«, befahl er. Dann musterte er Frank mit einem Blick, der irgendwo zwischen Schulleiter und Vater einzuordnen war, der mit einem missratenen Zögling ein Hühnchen zu rupfen hatte. Malte zog sich einen Stuhl vom Sitzungstisch heran und setzte sich neben Frank.

»Herr Wallert«, begann Hetkämper, »wie lange kennen wir uns jetzt schon?«

»Es sind schon ein paar Jahre«, erwiderte Frank.

»Sieben«, präzisierte der Kriminaloberrat. »Sieben lange Jahre. Bei Ehen folgt nach sieben Jahren oft die erste ernsthafte Krise. Was ist los mit Ihnen?«

Frank musste wegen des Vergleichs schmunzeln.

»Herr Hetkämper, ich bin gerne bereit, Ihnen das zu erklären. Ich weiß, worauf Sie anspielen und weshalb ich hier bin. Ich bin Privatermittler und folge in meinem Beruf anderen Regeln als Ihren Dienstvorschriften ...«

Hetkämper schnappte nach Luft, doch Frank gebot ihm mit einer Geste Einhalt.

»Halt. Lassen Sie mich bitte ausreden. Ich bin am Freitag von Frau Massoud in Begleitung einer Mitarbeiterin des Jugendamtes aufgesucht worden. Sie bat mich, ihren Mann zu suchen, der seit Dienstag spurlos verschwunden war. Nichts deutete auf eine Straftat hin, also nahm ich den Auftrag an. Noch am Freitag begann ich, mit den Leuten zu reden, die zuletzt mit Aahlijah Massoud gesprochen hatten. Am Montag setzte ich das in der kommunalen Wohnungsvermittlungsstelle bei Herrn Grothegut fort. Dort erhielt ich dann einen Anruf von Frau Gehnen, der Frau vom Jugendamt. Sie bat mich, dringend in die Gustavstraße zu kommen, wo die Massouds wohnen. Als ich ankam, fand ich Herrn Massoud in diesem Zustand vor ...«

Nun war es am Kriminaloberrat, Frank mit erhobener Hand zu stoppen.

»Wollen Sie mir jetzt alles das erzählen, was ich längst weiß?«, stieß er hervor. »Mir geht es um etwas anderes. Mir brummt der Schädel, seit Sie gestern Nachmittag diese Geschichte gemeldet haben – deutlich zu spät übrigens. Herr Frenzen hat versucht, mir zu erklären, warum das so spät geschehen ist. Ich habe trotzdem noch meine Probleme, das zu verstehen, aber das ist mittlerweile nebensächlich, denn ich habe seit gestern keine ruhige Minute mehr. Ein Anruf jagt den nächsten. Ich glaube, ich habe seitdem ungefähr zwanzig Mal telefoniert. Unsere Polizeipräsidentin machte den Anfang, und kurz, bevor Sie gekommen sind, habe ich mit Herrn Brandt gesprochen, an den Sie sich wohl noch erinnern können ...« Das konnte Frank zweifelsfrei, denn Hartmut Brandt, der Vorgänger von Hetkämper auf diesem Posten, war Anfang 2009 ins Innenministerium abkommandiert worden. »Ich habe eine eindeutige Anweisung erhalten und die reiche ich an Sie weiter, damit Sie die Dimension dieser Sache richtig einschätzen. Ich habe das strikte Verbot, meine Leute weiter an dem Fall ermitteln zu lassen. Verstehen Sie? Wir dürfen an dem Fall nicht weiter arbeiten. Stattdessen haben das BKA und die Bundesanwaltschaft die Ermittlungen an sich gezogen. Dieser Fall ist für uns Geschichte, und das sollte er für Sie auch sein. Haben Sie das verstanden, Herr Wallert?«

Sicher hatte Frank das verstanden. Aus dem Innenministerium heraus war die Ampel auf »Rot« geschaltet worden. Es ging nicht einfach um einen Flüchtling, der zusammengeschlagen und auf den eingestochen worden war. Es ging um »Größeres«. Frank nickte zögernd, konnte sich aber eine letzte Frage nicht verkneifen.

»Wissen Sie denn, worum es geht?«

Hetkämper schnaubte kurz und bedachte Frank mit einem zweifelnden Blick.

»Das muss Sie doch gar nicht weiter interessieren, Herr Wallert. Widmen Sie sich wieder Ihren untreuen Ehemännern und alles ist gut. Sehen Sie zu, dass Sie Ihre Lizenz behalten, und halten Sie sich von den Syrern fern.«

»Um mir das zu sagen, haben Sie mich herholen lassen? Ich bin meiner Auftraggeberin gegenüber verpflichtet ...«

»Reden Sie nicht!«, brauste Hetkämper auf. »Sie hatten den Auftrag, den Mann zu finden. Er ist wieder da. Auftrag ausgeführt. Ende. Nehmen Sie das bitte nicht auf die leichte Schulter. Herr Brandt hat darauf bestanden, dass ich persönlich mit Ihnen spreche. Machen Sie bitte keine Probleme.«

Frank fühlte sich wie vor den Kopf gestoßen. Was sollte er anderes tun, als Hetkämper zu signalisieren, dass er verstanden hatte, und dass er den Fall zu den Akten legen würde?

Dachte er wirklich noch zu sehr wie ein Polizist, wie Ina behauptet hatte? Gab er als Privatermittler zu schnell klein bei?

»In Ordnung«, sagte er und stand auf. »War es das? Kann ich gehen? Ich habe zu tun.«

Auch Hetkämper erhob sich.

»Freut mich, dass Sie einsichtig sind. Ich wünsche Ihnen alles Gute. Bestellen Sie Maren einen Gruß von mir. Wir freuen uns alle darauf, dass sie am Donnerstag wieder bei uns ist.« Er reichte Frank die Hand, die dieser kurz ergriff.

»Auf Wiedersehen«, sagte er und verließ mit Malte das Büro.

»Wusstest du das?«, fragte Frank und blickte seinen Freund von der Seite an, während beide den Gang entlang liefen.

»Klar. Wir sind aus der Dienstbesprechung heraus geschickt worden, um dich zu holen.«

»Und womit haben wir es hier zu tun? Islamisten? ›IS‹-Terroristen?«

»Ich weiß es nicht, Frank. Ich weiß nur, dass es uns nichts mehr angeht – dich übrigens auch nicht. Würdest du mir noch etwas erklären?«, schob Malte nach, als sie vor seinem Büro angelangt waren.

Frank blickte Malte fragend an und nickte ihm auffordernd zu. »Was hat Ina mit der Sache zu tun?«

»Nichts weiter«, erwiderte Frank. »Sie kümmert sich nach Feierabend um die Kinder. Ihre Idee war es, sich an mich zu wenden, als Aahlijah verschwunden war.«

»Und wie geht es dir damit? Ich meine, es ist Ina ...«

»Es macht mir nichts aus, auch wenn Sie sich schon wieder aufführt, als sei ich ihr gegenüber in irgendeiner Weise verpflichtet. Sie hat mich angepampt, weil ich Kinder habe und sie davon nichts weiß.«

Zum ersten Mal an diesem Tag sah Frank Malte grinsen.

»Pass auf dich auf«, sagte Malte. »Ich muss arbeiten. Und mach keinen Blödsinn!«

»Sehen wir uns heute Abend mal wieder? Habt ihr Lust vorbeizukommen? Ich mache eine Fischsuppe.«

»Wir werden es versuchen. Gerne.«

Dann öffnete Malte die Tür und war kurz darauf dahinter verschwunden. Frank verließ das Präsidium und überlegte sich, wie er nach Mülheim zurückkehren sollte. Schließlich entschied er sich, in das Taxi einzusteigen, das auf dem Parkplatz vor dem Gebäude stand und eben einen Fahrgast abgesetzt hatte.

»Fahren Sie mich bitte in die Gustavstraße nach Mülheim-Styrum«, sagte er und legte den Gurt an.

15

Als Frank vor dem Flüchtlingshaus aus dem Taxi stieg, wunderte er sich über zwei Dinge. Erstens befand sich kein einziges Kind auf der Spielfläche vor dem Haus, zweitens löste sich, als er sich auf sie zu bewegte, die kleine Gruppe von vier Frauen auf, die vor dem mittleren Eingang standen und miteinander sprachen. Die Menschen hier waren wohl wegen der Vorfälle um Aahlijah Massoud sehr vorsichtig und misstrauisch geworden. Er betrat das Haus und ging die Treppe hinauf, denn er wollte wenigstens abschließend ein paar Worte mit Afra wechseln und sich nach dem Zustand ihres Mannes erkundigen. Vor der Tür stehend klopfte er erst zaghaft, dann etwas bestimmter an, doch aus der Wohnung drang kein Laut. Es wurde nicht geöffnet. Noch einmal klopfte er gegen die Tür.

»Afra, machen Sie bitte auf. Ich bin es, Frank Wallert!«, rief er, wobei seine Stimme in dem merkwürdig ruhigen Treppenhaus widerhallte. Wieder erfolgte keine Reaktion. Achselzuckend wandte sich Frank ab und erklomm einen weiteren Treppenabsatz. Vielleicht wusste Rafik, der Afghane, wo sich Afra und die Kinder befanden. Kaum stand er vor der Tür, wurde sie einen Spalt breit geöffnet und Rafik spähte hindurch. Zum Zeichen, dass Frank schweigen solle, legte er den Finger an die Lippen und zog die Eingangstür so weit auf, dass Frank sich hindurch zwängen konnte. Rafik schloss die Tür und zog Frank ins Innere der Wohnung.

»Was ist los?«, fragte er mit gesenkter Stimme. »Was ist das für eine merkwürdige Stimmung in diesem Haus? Wo ist Afra?«

Rafik schüttelte den Kopf.

»Ich weiß es nicht«, antwortete er beinahe im Flüsterton. »Sie kam gestern Abend aus dem Krankenhaus und holte ihre Kinder bei uns ab. Sie erzählte uns kurz, dass es Aahlijah nach der Operation relativ gut ging, und verschwand in ihrer Wohnung. Am späteren Abend, so gegen neun, hörte ich plötzlich Geräusche im Treppenhaus. Ich wollte hinuntergehen und sah von der Treppe aus, wie Afra und die Kinder von vier Männern aus der Wohnung gebracht wurden. Das ging unglaublich schnell. Ich habe nichts mehr von ihnen gesehen oder gehört.«

Frank war fassungslos.

»Sie sind abgeholt worden? Von wem? Wohin?«

»Wie gesagt: Ich weiß es nicht.«

»Was waren das für Männer? Wie sahen sie aus? Können das die Leute gewesen sein, die Aahlijah so zugerichtet haben?«

Kaum hatte Frank die Fragen gestellt, wurde ihm bewusst, dass Rafik sie ihm wohl kaum beantworten konnte. Der Afghane zuckte mit den Schultern.

»Wenn Sie mich fragen«, versuchte er sich an einer Antwort, »waren das nicht die Schläger, die Aahlijah fast umgebracht hätten. Sie wirkten fast freundlich. Einer hielt den Kleinen an der Hand, sprach mit ihm und lachte. Ein anderer führte Afra aus dem Haus und redete mit ihr. Die vier Männer waren nicht bedrohlich, und ich hatte auch nicht das Gefühl, dass Afra und die Kinder gegen ihren Willen fortgebracht wurden.«

»War Frau Gehnen bei ihnen?«, erkundigte sich Frank.

»Ina? Nein. Die habe ich seit gestern Vormittag nicht mehr gesehen.«

Frank verabschiedete sich von dem jungen Mann und verließ die Wohnung. Vor dem Haus zückte er sein Smartphone und wählte die Nummer von Ina. Die Sprachbox meldete sich und er bat Ina, ihn so schnell wie möglich zurückzurufen. Dann rief er ein Taxi, um sich zur Althofstraße in die Detektei bringen zu lassen.

Als er das Büro betrat, war nur Silke anwesend. Sie saß hinter ihrem Rechner, hatte das Headset angelegt und telefonierte offenbar mit einem Klienten, der Fragen zu der Rechnung hatte, die sie ihm ausgestellt hatten.

»Nein, Herr Faber«, presste sie eben hervor, »wir würfeln die Beträge nicht aus. Sie stehen in unserer Honorarordnung, die Sie vor Vertragsabschluss erhalten haben.«

Silke hob die Hand zum Gruß und verdrehte die Augen.

»Ja. Ich bin bereit, Ihnen eine Woche Aufschub zu geben, aber an dem Betrag kann ich nichts ändern ... Ja ... Okay ... Auf Wiederhören«, schloss sie und drückte eine Taste am Computer, um das Gespräch zu beenden. »Meine Fresse!«, zeterte sie los. »Diese Leute haben den Slogan ›Geiz ist geil‹ wirklich verinnerlicht. Der wollte doch tatsächlich mit mir über die Rechnung verhandeln. Dabei sind wir schon entgegenkommend gewesen!«

»Hat sich jemand hier gemeldet, während ich weg war? Ina, Afra oder so?«, fragte Frank, ohne auf ihr Geschimpfe einzugehen.

Silke schüttelte den Kopf.

»Niemand. Warum? Was ist los?«

Frank setzte sich auf den nächstbesten Stuhl und berichtete ihr von den neuesten Entwicklungen.

»Oh, das hört sich nicht gut an«, kommentierte sie. »Bist du in ein Terroristennest getreten? Ich meine, BKA und Bundesanwaltschaft klingt doch so, oder? Und wer waren die Typen, die Afra abgeholt haben?«

»Wenn ich das nur wüsste«, sagte Frank. »Auch vom Krankenhaus haben wir nichts gehört?«

»Nein, ich sage doch: nichts. Aber was heißt das jetzt, Frank?« Silke stand auf und wies in Richtung Pausenküche, wo sich beide einen Kaffee einschenkten und an den Tisch setzten. Sie blickte Frank abwartend an, entschloss sich dann aber, genauer zu werden. »Heißt das, du willst die Warnungen deines ehemaligen Chefs ignorieren? Mischst du immer noch bei der Sache mit?«

»Nein«, wehrte Frank ab. »Ich möchte nur noch wissen, was mit Afra geschehen ist und wer sie abgeholt hat. Außerdem frage ich mich, wie es Aahlijah geht.«

Er griff nach seinem Smartphone und wählte die Nummer des Evangelischen Krankenhauses.

»Guten Tag. Hier spricht Frank Wallert. Gestern ist bei Ihnen ein Mann namens Aahlijah Massoud eingeliefert und notoperiert worden ... M-a-s-s-o-u-d ... Nein, ich bin nicht mit ihm verwandt. Wenn Sie mir nur sagen würden, ob ... Wie meinen Sie das, bei Ihnen gibt es keinen Massoud? ... Sie müssen sich irren ... Gestern um die Mittagszeit ... Das glaube ich jetzt nicht ... Ja, vielleicht, danke. Auf Wiederhören.«

Er beendete das Gespräch und starrte Silke konsterniert an.

»Es gibt keinen Aahlijah Massoud im Evangelischen – und es gab nie einen – und schon gar nicht ist gestern ein Mann dieses Namens dort operiert worden.«

*

Frank war verwirrt. Unmittelbar nach dem Telefonat mit dem Krankenhaus hatte er sich bei Silke abgemeldet und war nach Hause gefahren. »Mach keinen Blödsinn!«, hatte ihm Silke hinterhergerufen, als er das Büro verlassen hatte. Was sollte er schon für »Blödsinn« machen? Im Moment war er gänzlich handlungsunfähig, hatte sich im Wohnzimmer in den Sessel fallen lassen und lauschte in sich hinein. War ihm irgendetwas verborgen geblieben, was er hätte sehen müssen? Nichts, aber auch gar nichts hatte darauf hingewiesen, dass sich der Fall zu einer solchen Dimension auswachsen könnte. Er sollte den verschwundenen Ehemann einer geflüchteten Syrerin suchen und finden. Geld war keines da, also war er bereit gewesen, auf sein Honorar zu verzichten. Ina hatte die Frau zu ihm gebracht, Ina, der er zwar einiges Schlechte zutraute, aber nicht, in einen Fall solchen Ausmaßes verstrickt zu sein. Ja, sie hatte ihn bedrängt, nicht die Polizei einzuschalten – wusste sie vielleicht doch mehr, als sie zugegeben hatte? Gestern Nachmittag bei Leonardo hatte er schließlich den Eindruck gehabt, dass sie die Wahrheit sagte. Aber konnte er da sicher sein? Wieso hat sie sich immer noch nicht bei ihm gemeldet?

Frank stand auf und ging in die Küche, um sich einen Tee zuzubereiten. Er füllte den Wasserkocher und schaltete ihn ein. Hatte sich Ina vertan und das Evangelische Krankenhaus mit dem Katholischen verwechselt? Er lief zurück ins Wohnzimmer und holte sein Handy, um sich mit dem Marienhospital in Verbindung zu setzen. Wenige Minuten später war er so schlau wie vorher. Ein Aahlijah Massoud war dort weder eingeliefert noch operiert worden, folglich war er dort auch unbekannt. Verärgert warf Frank das Smartphone auf den Küchentisch. »Scheiße!«, brüllte er und goss das kochende Wasser über seinen Teebeutel. Aahlijah Massoud war schwerstverletzt, so dass man um sein Leben bangte. Wo sollte er sich aufhalten, außer in einem Krankenhaus? In diesen Gedanken hinein schoss ihm eine Idee durch den Kopf. Was, wenn Aahlijah, Afra und die Kinder zu ihrem eigenen Schutz fortgebracht worden waren? Wenn die Männer, die Afra abgeholt hatten, Bundespolizisten waren? Vielleicht war Aahlijah in ein anderes Krankenhaus in Sicherheit gebracht worden. Möglicherweise war der Syrer so etwas wie ein »Kronzeuge« und wusste Dinge, die den Bundesanwalt interessierten. Was, wenn es doch um irgendwelche Terroristen ging?

Frank fischte den Teebeutel aus seiner Tasse und warf ihn achtlos in die Spüle. Dann ging er zurück zum Wohnzimmer, wo er sich wieder in den Sessel setzte. Er warf einen Blick auf sein Handy. Mittlerweile war es fast halb zwölf, und er hatte immer noch nichts von Ina gehört. Die wusste doch bestimmt Näheres, so eng wie sie an den Massouds dran war. Er stellte seine Teetasse ab und wählte ein weiteres Mal ihre Nummer. Immerhin rief es jetzt mehrmals, ohne dass sich direkt die

Sprachbox meldete. Frank ließ es klingeln, doch plötzlich war Schluss. Hatte Ina seinen Anruf weggedrückt? *Dies ist definitiv ein gebrauchter Tag*, dachte er und schloss die Augen.

Zwei Stunden später schreckte er hoch. Er hatte tatsächlich geschlafen, wusste aber erst einmal nicht, was ihn geweckt hatte. Dann, als er langsam wieder klar im Kopf wurde, fiel es ihm ein. Es war ein Schrei, ein gedämpfter Tarzanschrei. Es war sein Anrufsignal gewesen. Er richtete sich auf und stellte fest, dass sein Smartphone zwischen seinen Körper und das Sesselpolster gerutscht war. Er überprüfte die Anrufliste und registrierte eine unbekannte Rufnummer. *Vertan*, dachte er und steckte das Handy ein. Wenn es wichtig wäre, würde der Anrufer sicher einen weiteren Versuch unternehmen. Es war kurz vor zwei. Um drei Uhr würde er zur Detektei fahren. Ein Blick durchs Wohnzimmerfenster offenbarte ihm herrlichste Herbstsonne, also entschloss er sich, auf der Schloßstraße noch einen Cappuccino zu trinken und dann zum geregelten Berufsleben zurückzukehren.

16

Frank konnte bei Leonardo einen Sitzplatz im Außenbereich mit dem Rücken zum Fenster des Cafés ergattern. Kaum saß er, zückte er die Zigarettenschachtel und zündete sich eine an. Eine junge Frau mit Kinderwagen und zwei etwa fünf und sechs Jahre alten Töchtern schob an ihm vorbei. Die Mädchen waren unzufrieden, denn ihre Mutter wollte ihnen partout kein Eis kaufen. Das Gezeter entfernte sich mit ihnen, hielt aber sogar auf dem Zugang zum FORUM noch an.

Die Bedienung erschien und fragte, was er sich wünsche. Frank bestellte einen Cappuccino und ein Wasser, streckte die Beine aus und lächelte in sich hinein. Er musste an Tereza denken, die gestern Nachmittag nach ihrem Gespräch sofort die Gelegenheit beim Schopf gepackt und Adrian in eine Aussprache gezwungen hatte. Offensichtlich war alles gut gegangen, denn heute Morgen in der Küche machten die beiden Jugendlichen einen entspannten Eindruck – jedenfalls im Verhalten zueinander. Frank selbst hatte sich zu diesem Zeitpunkt und nach dieser kurzen Nacht zu keiner Art von Kommunikation in der Lage gesehen.

Die junge Frau brachte ihm seinen Cappuccino und das Wasser, er bedankte sich und löffelte die Schlagsahne ab. Leider gab es bei Leonardo nur Würfelzucker, so dass ihm ein Teil seines Cappuccino-Rituals nicht vergönnt war. Normalerweise streute er nämlich Zucker auf die Sahne, wartete ab, bis sie sich unter der Last des Zuckers drehte, und rührte dann um. Er fügte sich in sein Schicksal und rührte zwei Stücke Zucker in sein Getränk. Dann führte er die Tasse zum Mund. Über den Rand der Tasse blickend sah er, dass sich ein etwa dreißigjähriger Mann näherte. Er war groß, hatte kurze blonde Haare und trug einen dunkelblauen Anzug mit Weste über einem weinroten Hemd. Er steuerte auf den Tisch zu, an dem Frank saß und nickte ihm zu.

»Ist dieser Platz frei?«, fragte er und griff den Korbstuhl bei der Lehne, der Frank gegenüber stand.

»Bitte«, erwiderte der Detektiv und stellte vorsichtig seine Tasse ab.

Die Bedienung kam an den Tisch.

»Einen Milchkaffee bitte«, gab der Fremde seine Bestellung auf und griff in die Innentasche seines Jacketts, aus der er sein Handy ans Tageslicht beförderte. Sofort war er voll und ganz auf das Display seines Smartphones konzentriert. Mit flinken Fingern tippte er etwas ein. Als er fertig war, legte er das Smartphone auf den Tisch und blickte Frank lächelnd an.

»Guten Tag, Herr Wallert«, sagte er und wandte die Augen nicht von Frank ab.

»Woher kennen wir uns?«, fragte der und erwiderte den Blick.

»Ich glaube nicht, dass wir uns kennen«, antwortete der Fremde. »Ich allerdings habe mich in den letzten Tagen intensiv über Sie informiert.«

»Darf ich Ihren Namen erfahren? Was wollen Sie von mir?«

Der Fremde winkte ab.

»Namen sind Schall und Rauch. Es ist für Sie erst einmal nur wichtig, zu wissen, dass ich keine Bedrohung für Sie bin. Denn wir setzen auf Ihre Kooperation.«

Frank stutze ungläubig.

»Sie machen Scherze«, platze es aus ihm heraus. »Sie wollen ... meine Kooperation? Wobei?«

»Das ist eine längere Geschichte ...«, begann der Fremde.

»Machen Sie es kurz. Ich habe wenig Zeit.«

»Sie wird schon ausreichen«, blockte der Mann ab. »Sie haben sich in den letzten Tagen mit einem Mann beschäftigt, für den wir uns interessieren.«

»Wer soll das sein?«

»Ich glaube, Sie haben ihn als ›Aahlijah Massoud‹ kennen gelernt.«

Der Mann zögerte und lauerte darauf, dass sich in Franks Gesicht etwas tat, doch der hatte sein Pokerface aufgesetzt.

»Kenne ich nicht«, behauptete Frank.

»Erzählen Sie keinen Blödsinn«, fuhr der Mann ihn an. »Soll ich Ihnen die Uhrzeit sagen, zu der Sie in der Wohnung der Massouds waren? Wann Sie mit Doktor Berger telefoniert haben? Wann Aahlijah Massoud ins Krankenhaus eingeliefert worden ist...?«

»Nicht nötig«, lenkte Frank ein. »Was wollen Sie?«

»Das kommt ganz darauf an. Sie haben einen guten Ruf. Irgendetwas muss an Ihnen dran sein, was meine Chefs glauben lässt, Sie könnten uns helfen.«

»Von welcher Art von Hilfe reden Sie? Ich bin Privatermittler. Wenn ich Aufträge annehme, weiß ich normalerweise, für wen ich arbeite. Was ist so interessant an diesem Lehrer für arabische Literatur? Und für *wen* vor allen Dingen?«

»Ach, kennen Sie sich aus mit arabischer Literatur?«

»Natürlich«, flachste Frank, »jeden Abend lese ich erst einmal ein paar Gedichte. Sonst kann ich nicht einschlafen ...«

Der Fremde grinste.

»Sie sind witzig«, sagte er. »Wer hat Ihnen gesagt, dass Massoud Lehrer ist?«

Der Mann wartete gespannt auf eine Antwort.

»Mit ihm habe ich nie reden können«, erwiderte Frank nach kurzem Zögern. »Afra hat es mir erzählt.«

»Was hat Ihnen diese Frau noch erzählt?« Der Fremde, den Frank noch immer nicht einschätzen konnte, wirkte äußerst interessiert.

Frank zuckte mit den Schultern.

»Wissen Sie, dass ich dieses Spielchen ganz schön blöd finde? Ich will jetzt wissen, wer Sie sind und für wen Sie arbeiten. Wenn Sie damit nicht herausrücken wollen, werde ich die Bedienung rufen, bezahlen und gehen. Man wartet nämlich auf mich.«

Der Mann hielt den Blick auf Frank gerichtet, ohne dass er auf die Forderung des Privatermittlers reagierte. Ein süffisantes Lächeln lag auf seinem Gesicht. Zwei Tische weiter kassierte die Bedienung eben eine Kundin ab.

»Kann ich bitte zahlen?«, rief Frank in ihre Richtung und hob die Hand.

»Ich bin gleich bei Ihnen«, erwiderte sie.

Frank zog seine Geldbörse aus der Hosentasche und warf dem Fremden einen Blick zu. Der saß in unveränderter Haltung ihm gegenüber. Noch immer lächelte er. Kurz darauf kam die Kellnerin an den Tisch. Frank gab ihr einen Fünf-Euro-Schein.

»Sie auch?«, wandte sie sich an den Fremden.

Der nickte und drückte der jungen Frau Kleingeld in die Hand.

»Einen schönen Tag noch«, sagte sie und ging.

Frank stand auf und griff nach seinen Zigaretten und dem Feuerzeug.

»Warten Sie«, sagte der Fremde, »und setzen Sie sich wieder. Sie kommen sowieso nicht weit.«

Frank glaubte, sich verhört zu haben.

»Wie bitte?«, fragte er ungläubig.

»Glauben Sie, ich bin alleine hier? In näherer Umgebung befinden sich drei meiner Männer. Sie haben uns schon die ganze Zeit im Blick und warten nur darauf, dass ich ihnen ein Zeichen gebe. Unser Gespräch ist noch nicht zu Ende, denn ich bin mit dem bisherigen Ergebnis äußerst unzufrieden.«

Bis in die Harrwurzeln gespannt ließ sich Frank zurück auf den Stuhl gleiten. Instinktiv scannte er die Umgebung, ohne dass ihm irgendwelche Männer verdächtig erschienen.

»Sie bluffen«, sagte er in Richtung des fremden Mannes.

»Keineswegs«, erwiderte der kühl. »Wollen Sie es darauf ankommen lassen? Natürlich können Sie die Männer nicht identifizieren. Es ist unser Job, unsichtbar zu sein.«

»Wer sind Sie?«, fauchte Frank. »Ich will es jetzt wissen!«

Der Fremde beugte sich nach vorne und legte die Ellenbogen auf den Tisch.

»Herr Wallert, wir stehen auf der selben Seite. Ich gehöre zu den Guten – genau wie Sie. Begleiten Sie mich, und Sie werden mich verstehen. Dies hier ist für unser Gespräch kein guter Ort.«

Wenige Minuten später gingen sie gemeinsam in die Tiefgarage, wo der Fremde seinen Wagen geparkt hatte. Auf dem Weg nach unten hatte Frank drei Männer wahrgenommen, die sich an ihre Fersen geheftet hatten – alle drei steckten in Anzügen, so wie der Mann, der sich in dem Café zu Frank gesetzt hatte.

»Sind das Ihre Gorillas, die uns folgen?«, fragte Frank.

»Gorillas?«, entgegnete der Fremde. »Nein, das sind Agenten, genau wie ich. Keine Sorge, die steigen in einen anderen Wagen.«

Der Mann öffnete die Tür eines silbergrauen Audi A4 und forderte Frank auf, auf dem Beifahrersitz Platz zu nehmen. Er startete den Wagen und fuhr los.

»Es freut mich, dass Sie bereitwillig mitkommen«, begann der Mann. »Ich heiße Timo Steiner und fahre jetzt mit Ihnen nach Essen. Sie kennen das Polizeipräsidium ja zur Genüge.«

»Sie sind Polizist?«, wunderte sich Frank. »Warum haben Sie das nicht gleich gesagt?«

»Na ja, Polizist trifft es nicht ganz«, erwiderte Steiner. »Ich arbeite für eine andere Behörde. Aber wir stehen auf der selben Seite.«

Eben passierte der Wagen den Schlagbaum und gelangte ans Tageslicht. Die Sonne stand bereits tief, blendete aber nicht, da die Scheiben des Audi getönt waren.

»Jetzt zieren Sie sich nicht so«, insistierte Frank. »Wenn Sie sagen, dass wir auf der gleichen Seite stehen, möchte ich gerne wissen, welche das ist.«

»Die richtige«, hielt Steiner seine Antwort knapp und nichtssagend. »Ich kann Ihnen das jetzt noch nicht sagen. Haben Sie Geduld. Wir werden gleich ein Gespräch führen, bei dem Ihnen alles klar wird. Vertrauen Sie mir.«

Steiner musste an einer Ampel halten und schaute Frank von der Seite an.

»Herr Wallert, wollen Sie Frau Heuberg und Herrn Polanski nicht eine Nachricht zukommen lassen? Ich meine, Sie haben doch gesagt, dass Sie erwartet werden. Es könnte heute etwas später werden. Nicht, dass die beiden sich Sorgen machen.«

*

Sie betraten das Präsidium gegen Viertel nach drei. Der diensthabende Beamte in der Pförtnerloge drückte den Türöffner, kaum dass er Steiner gesehen hatte. Frank nickte er kurz zu und hob die Hand. Die beiden Männer bogen nach rechts ab und nahmen eine Treppe nach unten. So lange Frank auch in diesem Gebäude praktisch zu Hause gewesen war, hier unten war er noch nie. Am Fuß der Treppe wandten sie sich nach links. An der dritten Tür machten sie halt. Steiner schob die Tür auf, und sie gelangten in einen Raum, der nicht anders aussah als jeder beliebige Besprechungsraum. Steiner steuerte auf das Telefon zu, das am Kopf des ovalen Tisches in die Platte eingelassen war. Er drückte ein paar Tasten und wartete.

»Setzen Sie sich doch«, lud er Frank ein. »Wir sind jetzt da«, sprach er kurz darauf in die Sprechmuschel. »Ja, sagen Sie bitte Bescheid. Danke.«

Er legte auf und ging auf Frank zu, der sich auf den nächstbesten Platz gesetzt hatte.

»Sie sollten sich einen anderen Platz wählen«, sagte er und wies auf den Stuhl rechts neben dem »Präsidentenplatz«, wie Malte, Maren und er den Platz vor Kopf immer genannt hatten. Steiner zog sein Jackett aus und legte so ein imposantes

Schulterholster mit Waffe frei. Das Jackett hängte er über die Stuhllehne des Sitzes neben dem Platz, von dem aus er eben telefoniert hatte.

»Also, was erwartet mich hier?«, erkundigte sich Frank, den es nervte, dass er im Prinzip zum x-ten Male die gleiche Frage mit immer wechselndem Wortlaut stellte, ohne eine zufriedenstellende Antwort zu erhalten. Er war dem Rat Steiners gefolgt und hatte den Platz gewechselt.

»Es werden sich gleich zwei weitere Menschen zu uns gesellen – eine Frau und ein Mann. Sie sind bereits unterwegs zu uns. Dann werden wir uns unterhalten, und Sie werden verstehen, was wir von Ihnen wollen. Es versteht sich von selbst, dass alles, was hier besprochen wird, mit absoluter Verschwiegenheit behandelt wird. Kein Wort zu niemandem!«

Frank hatte mehr und mehr das Gefühl, dass er in einem Film mitwirkte, den er schon dutzende Male gesehen hatte, und von dem er trotzdem nicht wusste, wie er weiter ging oder endete. Also grinste er, was voll und ganz seiner Stimmungslage entsprach. Am liebsten hätte er sogar laut losgelacht.

»Das hört sich an wie aus einem amerikanischen Actionstreifen geklaut«, sagte er.

»Manchmal ist die Realität filmreifer als irgendein Drehbuch«, kommentierte Steiner achselzuckend Franks Worte.

In diesem Augenblick ging die Tür auf. Franks Grinsen gefror auf seinem Gesicht, bis es schließlich gänzlich verschwand. Er schoss aus dem Sitz hoch.

»Guten Tag, Herr Wallert«, sprach ihn eine Frau um die Dreißig an, deren Kostüm ein ähnliches Blau aufwies wie Steiners Anzug. Ihre Bluse war allerdings weiß, die ganze Erscheinung äußerst positiv. »Ich heiße Tina Feldkamp. Schön, Sie kennen zu lernen.«

Frank ergriff ihre schlanke Hand, murmelte ein »Ganz meinerseits« und wandte sich dem Mann zu, der mit Frau Feldkamp durch die Tür getreten war.

»Herr Brandt! Welche Überraschung!«, sagte er und streckte seinem ehemaligen Chef die Hand entgegen. Brandt lächelte ihn kurz an und ergriff die dargebotene Hand.

»Wie geht es Ihnen?«, fragte er.

»Gut«, erwiderte Frank, »auch wenn mich dieses Treffen etwas irritiert.«

Brandt nickte und nahm Platz. »Natürlich«, sagte er. »Aber es ist notwendig, und Sie werden gleich verstehen, warum.«

In der Zwischenzeit hatten sich Frau Feldkamp und Herr Steiner etwas abseits vom Tisch flüsternd unterhalten, traten aber jetzt zu ihnen und setzten sich hin – Frau Feldkamp auf den »Präsidentenstuhl« und Steiner links neben Frank, der seinerseits praktisch Brandt gegenübersaß.

Frank hatte, was Brandt betraf, durchaus gemischte Erinnerungen. In den Jahren, in denen Brandt in Mülheim sein Chef gewesen war, hatte er sich anfangs als eitler, selbstgefälliger und in vielen Dingen inkompetenter Chef dargestellt. Außerdem hatte sich unter den Frauen im Präsidium hartnäckig das Gerücht gehalten, dass sich eine Frau nie mit Brandt alleine im Fahrstuhl aufhalten solle. Später, insbesondere während der und nach den Ermittlungen um den Mord an einem Griechen, hatte er sich als mitfühlend, kollegial und menschlich kompetent erwiesen. Ohne den damaligen Kriminaloberrat Hartmut Brandt und sein Verständnis wäre es Frank und Maren kaum gelungen, den Schicksalsschlag, den sie damals erlitten hatten, zu überwinden. Frank freute sich wirklich darüber, ihn wiederzusehen.

»Ich gehe davon aus, dass Sie freiwillig hier sind, Herr Wallert, und dass Herr Steiner es nicht übertrieben hat«, begann Brandt.

»Es ist alles in Ordnung«, pflichtete Frank ihm bei.

»Okay«, ließ sich nun Frau Feldkamp vernehmen. »Können wir dann? Sind Sie bereit?« Sie schaute in die Runde und erntete zustimmendes Nicken. »Gut. Zuerst einige Klarstellungen, Herr Wallert. Herr Brandt ist als Vertreter des Innenministeriums hier, Herr Steiner arbeitet für den BND und ich bin Erste Hauptkommissarin beim BKA. Herr Brandt hat mich beauftragt, diese Besprechung zu leiten. Am Ende dieser Sitzung werde ich Ihnen ein Schriftstück vorlegen, das Sie unterschreiben und damit Ihr Einverständnis zum Ausdruck bringen, auf keinen Fall mit niemandem außer den drei Personen in diesem Raum über das zu reden, was wir besprechen – mit anderen Worten: eine Verschwiegenheitserklärung. Ist das klar? Sind Sie dazu bereit?«

Mit jedem Wort, das Frau Feldkamp gesprochen hatte, waren Franks Augen größer und größer geworden. Entsprechend verwirrt musste er nun aussehen, denn die BKA-Beamtin lächelte ihn süß an und nickte auffordernd in seine Richtung.

»Mo... Moment«, stammelte er. »Was, wenn ich nicht unterschreibe?«

»Dann können Sie aufstehen und gehen. In diesem Fall werden Sie an unserer Besprechung nicht teilnehmen.«

»Ich möchte, bevor ich zustimme, eines wissen«, erwiderte Frank nach einer kurzen Denkpause. Das Ganze war ohnehin skurril genug. »Afra und die Kinder sind gestern Nacht abgeholt worden, und Aahlijah ist auch nicht mehr da, wo er eigentlich sein sollte. Man leugnet sowohl im Evangelischen als auch im Katholischen Krankenhaus, dass er je bei ihnen war und operiert wurde. Wissen Sie davon?«

Brandt antwortete mit einem knappen Nicken, nachdem ihn ein fragender Blick von Tina Feldkamp getroffen hatte.

»Es geht allen gut«, beantwortete sie die Frage, die in Franks Worten mitgeschwungen war, »Herrn Massoud natürlich den Umständen entsprechend. Aber es sieht gut aus.«

»Okay. Dann erzählen Sie mir die Geschichte.«

Tina Feldkamp hatte einen zunehmend angespannten Eindruck gemacht, und war jetzt sichtbar erleichtert, dass sie endlich loslegen durfte. Ihr Körper straffte sich, sie griff in die

Tasche, die sie mit sich führte, und zog einen Aktendeckel heraus, den sie anschließend geöffnet vor sich hin legte.

»Der Mann, den Sie als Aahlijah Massoud kennen, heißt eigentlich Morno Aahlijah al-Qadir«, begann sie. »Im Jahr 2001 heiratete er Afra Massoud und nahm – was in Syrien nicht sehr häufig vorkommt – den Familiennamen seiner Frau an. Beide sind Christen und wohnten mit ihren Kindern bis zu ihrer Flucht in Rakka. Im Januar dieses Jahres geriet Aahlijah Massoud in Gefangenschaft und wurde gefoltert. Syrische Kurden – die YPG, die von den USA unterstützt werden – befreiten ihn und brachten ihn nach Kobane an der türkischen Grenze, wo er seine Familie wiedertraf. Von dort aus starteten die Massouds ihre Flucht nach Europa über die allseits bekannte ›Balkanroute‹.«

»Das einzig Neue für mich ist, dass Aahlijah ursprünglich einen anderen Namen trug«, wandte Frank ein. »Alles Weitere weiß ich bereits von Afra.«

Frau Feldkamp schüttelte den Kopf.

»Ich bezweifle, dass Sie Ihnen – wie Sie sagen – alles Weitere erzählt hat. Die Familie landete schließlich in einer Erstaufnahmeeinrichtung in Dortmund.«

*

Nach etwa drei Stunden war die »Besprechung« beendet – und alles, was Frank Wallert in diesen Stunden erfahren hatte, steckte in seinem Kopf, drückte mit enormer Wucht nach außen und verursachte auf diese Weise Schmerzen, wie er sie lange nicht mehr verspürt hatte. Er hatte die Ellenbogen auf die Tischplatte gestützt und massierte seine Schläfen mit den Fingerkuppen.

»Ist alles in Ordnung?«, fragte Steiner und klang dabei fast besorgt.

»Es geht schon. Ich habe Kopfschmerzen«, erwiderte Frank.

Brandt war gegangen, nachdem Frank das Schriftstück unterzeichnet hatte, das ihm am Ende des Gesprächs von Tina Feldkamp überreicht worden war.

Von nun an war es ihm strikt verboten, mit irgendjemandem über die Geschehnisse um Aahlijah Massoud zu sprechen – natürlich mit Ausnahme von Feldkamp, Steiner und Brandt. Aber sein ehemaliger Chef hatte bereits deutlich gemacht, dass es nicht in seinem Interesse lag, in dieser Angelegenheit noch einmal mit Frank zu reden. Er sollte sich, wenn nötig, an Frau Feldkamp wenden.

Dann hatte er Frank die Hand gereicht, ihm alles Gute gewünscht und war verschwunden.

»Soll ich Sie nach Hause fahren?«, fragte Steiner, doch Frank lehnte ab.

»Danke. Ich muss das erst mal sacken lassen. Ich nehme mir ein Taxi.«

Er stand auf und verabschiedete sich von Steiner mit einem Händedruck. Auch Tina Feldkamp reichte er die Hand, die eben im Begriff war, ihre Sachen zusammenzupacken.

»Wir hören voneinander?«, fragte sie und hielt dabei seine Hand fest.

»Das werden wir wohl«, erwiderte Frank. »Eine Frage noch«, schob er hinterher, als er schon auf dem Weg zur Tür war. »Was ist eigentlich mit Frau Gehnen?«

Feldkamp und Steiner schauten sich an, als habe Frank sie gefragt, ob sie an den Weihnachtsmann glauben.

»Frau wer?«, fragte Steiner.

»Ina Gehnen. Eine Frau vom Jugendamt, die sich um die Familie gekümmert hat, seit die Massouds in Mülheim sind.«

»Kennen wir nicht«, antwortete nun Tina Feldkamp. »Warum fragen Sie?«

»Ich habe sie heute den ganzen Tag über nicht erreicht«, entgegnete Frank. »Und das ist sehr ungewöhnlich. Ich dachte, Sie wüssten vielleicht etwas über sie.«

»Nein. Alles Gute, Herr Wallert«, sagte die Bundespolizistin und widmete sich wieder ihrer Tasche.

Frank drehte sich um und ging. Nachdem er das Präsidium verlassen hatte, musste er etwas laufen, um zu einem Taxistand zu kommen. Er nutzte die Zeit, um einen weiteren Versuch zu unternehmen, mit Ina in Kontakt zu kommen – vergeblich. Wieder meldete sich nur die Sprachbox. Er beendete die Verbindung und schüttelte den Kopf. *Merkwürdig*, dachte er, *normalerweise müsste sie doch längst mitbekommen haben, dass ich versuche, sie zu erreichen.* Ein weiterer Gedanke machte sich in ihm breit. War es denkbar, dass dem BND und dem BKA bei all den Informationen, die sie über Aahlijah und Afra gesammelt hatten, nicht der Name »Ina Gehnen« begegnet war? Kaum. Er würde bei nächster Gelegenheit noch einmal nachfragen.

Er lief die Zweigertstraße entlang, am Landgericht vorbei, und wollte eben an einer Ampel die Straße überqueren, als ein Taxi vor der roten Ampel stehen blieb. Er nahm Blickkontakt mit dem Fahrer auf, zeigte auf sich und erntete ein Nicken. Frank stieg ein.

»Nach Mülheim bitte, zur Althofstraße.«

Der Fahrer stellte den Taxameter ein und fuhr los. Zum Glück hatte der Taxifahrer nicht das Bedürfnis, mit Frank Smalltalk zu betreiben, also hatte dieser die Gelegenheit, über das nachzudenken, was ihm eben unterbreitet worden war.

Ihm ging mehrfach die Frage durch den Kopf, warum er nicht schlicht »Nein« gesagt hatte. Er hätte sich das nicht anhören müssen, wäre nicht zum Mitwisser und damit zum »Geheimnisträger« geworden und wäre jetzt nicht »undercover« für merkwürdige Dienste unterwegs. Was hatte ihn nur geritten?

Erleichtert hatte er zur Kenntnis genommen, dass es der Familie Massoud verhältnismäßig gut ging und dass sie in Sicherheit waren – wo wusste er nicht und wollte es auch gar nicht wissen. Aber das, was er darüber hinaus erfahren hatte, nagte an ihm, zerriss ihn fast.

Er dachte an die drei Kinder, die so liebevoll und besorgt bei ihrem Vater gekniet hatten, als er mehr tot als lebendig auf dem Boden in der Gustavstraße gelegen hatte. Wie sollten sie das Ganze verstehen? Warum schaffte es diese Welt nicht, zum Wohle von Kindern auf eine solche Brutalität zu verzichten? Er dachte an die Kinder auf der Spielfläche vor dem Haus, die in Panik und schreiend vor dem Rettungshubschrauber ins Haus geflüchtet waren, aus Angst, er könne auf sie schießen. Er dachte an die »besorgten Bürger«, die sich aber nicht um die vielen Menschen sorgten, denen die Existenz unter dem Arsch weggebombt wurde, stattdessen aber wegen eventueller Nachteile, die sie selbst haben könnten, wenn die Flüchtlinge ins Land gelassen wurden. Wie wollten Afra und Aahlijah jemals über das Geschehene hinwegkommen? Wie sollte das möglich sein, selbst wenn sie es überlebten? Und wie sollte er Silke und René klarmachen, dass er auf eigene Faust an etwas arbeitete, worüber er nicht sprechen durfte? Die Gedanken wirbelten nur so durcheinander, und was sich Frank von der ruhigen Taxifahrt versprochen hatte, nämlich dass er zur Ruhe kommen könnte, erfüllte sich nicht.

Das Taxi stoppte.

»Dreiundzwanzigsiebzig«, sagte der Fahrer.

Frank zahlte und stieg aus. Im nächsten Augenblick betrat er das Ladenlokal der Detektei, wo Silke hinter ihrem Computer saß und ihm mit großen Augen entgegenblickte.

»Sag mal ...«, sagte sie und hielt inne, als Frank abwinkte.

»Hast du etwas gegen Kopfschmerzen hier?«, fragte er.

Silke nickte und griff in ihre Schreibtischschublade. Sie drückte zwei Tabletten aus einer Folie und stellte Frank ihr Wasserglas zur Verfügung, das hinter ihr auf einer Ablage stand. Wassergläser in unmittelbarer Nähe eines Computers gingen gar nicht, ihrer Meinung nach.

»Was ist los?«, fragte sie, nachdem Frank die bitteren Pillen geschluckt hatte.

»Ist nicht schon längst Feierabend?«, erwiderte er, ohne auf ihre Frage einzugehen.

»René ist gerade nach Hause gefahren. Er hat den Wagen von der Detektei mitgenommen. Ich will noch die Rechnung fertig schreiben, und dann fahre ich auch. Ich kann dich mitnehmen, wenn du willst.«

Frank zog sich einen Stuhl heran und setzte sich.

»Komm«, sagte er, »mach fertig. Ich will nach Hause.«

17

»Was heißt, du darfst nicht darüber reden? Wir sind deine Partner und Maren deine Lebensgefährtin!«

René wirkte konsterniert. Er winkte ab und schüttelte den Kopf.

Die vier Freunde saßen im Wohnzimmer bei Silke und René zusammen und hatten eine Flasche Rotwein geöffnet. Frank hatte den beiden am Nachmittag, als er mit Steiner nach Essen aufgebrochen war, telefonisch mitgeteilt, dass er etwas zu erledigen habe, und für den Rest des Tages nicht zur Verfügung stünde. Und nun hatte René nachgefragt, was Frank eigentlich den ganzen Nachmittag getrieben habe. Die Autofahrt mit Silke war überwiegend schweigend verlaufen. Sie hatte ihm erzählt, dass der »Firmenkrieg« bei den Kaysers, für dessen Beendigung sie den ganzen Tag viel Einsatz gezeigt hatte, geschlichtet war. Frank hatte das emotionslos zur Kenntnis genommen, und Silke, die sehr feinfühlig war, ihn anschließend in Ruhe gelassen. Sie wusste, dass Frank diese Ruhe brauchte, um etwas zu verarbeiten. Auch Maren hatte beim Abendessen gespürt, dass Frank nicht reden wollte. Stattdessen hatte sie sich mit Tereza und Adrian unterhalten, die heute eine letzte Klausur vor den Herbstferien geschrieben hatten und immer noch ganz zufrieden wirkten.

Aber jetzt konnte sich Frank nicht mehr vor einer Antwort drücken.

»Wo bist du überhaupt gewesen?«, setzte René sein Verhör fort und wirkte etwas angefressen.

»Ich war im Präsidium in Essen«, gab Frank schließlich zu.

»Und?«

»Ich habe dort mit Leuten geredet. Anschließend musste ich eine Erklärung unterschreiben, dass ich mit niemandem über das spreche, was ich erfahren habe.«

»Was für Leute waren das?«

Frank zögerte. Wenn er den Anwesenden erzählen würde, mit wem er gesprochen hatte, hatte er noch lange keine Inhalte verraten. In der Erklärung hatte auch nicht gestanden, dass er über seine Gesprächspartner Stillschweigen zu bewahren habe.

»BKA, BND und Innenministerium«, antwortete er knapp und schob grinsend hinterher: »Ich habe mit Brandt gesprochen.«

»Mit unserem Brandt?«, eiferte sich Maren. »Wie geht es ihm?«

»Gut. Er ist jetzt Staatssekretär im Innenministerium.

»Und es ging um den Syrer, habe ich recht?«, ließ René nicht locker.

Frank antwortete ihm nicht, hob nur seinen Blick und schaute René tadelnd an.

»Also ja!«, reagierte der fast triumphierend. »Ich wusste es doch. Er hat Dreck am Stecken! Ist er ein Terrorist?«

Jetzt wurde es Frank zu bunt. Er nahm einen Schluck aus seinem Weinglas, streckte sich und wandte sich mit finsterer Miene an René.

»Ist gut jetzt«, fuhr er ihn an. »Ich habe gesagt, dass ich über Inhalte nicht sprechen darf. Mein Schweigen bedeutet nur das: Ich werde dazu nichts sagen. Nur das Eine: Ihr werdet im Team für die nächste Zeit ohne mich auskommen müssen.«

»Wie lange dauert ›die nächste Zeit‹?«, erkundigte sich Silke, die durch Franks Äußerungen weniger überrascht zu sein schien als Maren und René. Der war sichtlich verärgert und schüttelte wieder den Kopf.

»Das weiß ich nicht«, erwiderte Frank wahrheitsgemäß. »Bis auf weiteres wurde mir gesagt.«

»Du arbeitest jetzt für *die*?«, warf Maren ein. »Die engagieren einen Privatdetektiv? Was soll das? Wieso kriegen die das nicht alleine hin?«

Frank beugte sich zu Maren und versuchte, ihre Hand zu greifen, doch Maren entriss sie ihm.

»Komm mir jetzt nicht so!«, polterte sie. »Warum musst du in deinem Alter noch Bruce Willis spielen? Was ist mit Ina? Ist sie auch dabei?«

Frank schüttelte den Kopf und nahm sich vor, diesen drohenden Eifersuchtsanfall vonseiten Marens zu ignorieren.

»Nein«, sagte er, »Ina ist verschwunden.«

»Verschwunden? Was meinst du damit?«, fragte Maren nach.

»Ich habe den ganzen Tag über mehrmals versucht, sie zu erreichen. Sie meldet sich nicht.«

18

Gestern Abend hatte Ina noch mit Afra gesprochen, ja ihr sogar Auge in Auge gegenübergestanden, und heute war die gesamte Familie wie vom Erdboden verschluckt. Das sollte jemand verstehen. Sie war zum Krankenhaus gefahren und hatte nach Aahlijah gefragt. Man hatte ihr offen ins Gesicht gesagt, dass sie nicht wüssten, wovon oder von wem sie redete. Ein Patient dieses Namens sei bei ihnen nicht bekannt.

Als sie das Krankenhaus verlassen hatte und in ihren Wagen eingestiegen war, hatte sie gespürt, wie in ihr alle Hoffnung auf einen guten Ausgang dieser Geschichte zerbrach. Sie war den Tränen nahe gewesen, als sie sich anschnallen wollte – und dann war alles ganz schnell gegangen. Die Fahrertür war aufgerissen worden und sie hatte einen Faustschlag gegen die Schläfe erhalten, der sie bewusstlos zusammensacken ließ. Auf einen Stuhl in einem stickigen Raum gefesselt war sie zu sich gekommen. Ihre Augen waren mit einem Tuch verbunden, so dass sie nichts sehen konnte.

Sie hatte keine blasse Ahnung, wo sie war, wer sie in diese Lage gebracht hatte und was derjenige von ihr wollte. Sie wusste noch nicht einmal, ob es Tag oder Nacht war.

Ein Geräusch drang in ihr Bewusstsein. Es musste aus einem Nebenraum kommen. Offenbar war ein Stuhl gerückt worden. Kurz darauf wurde eine Tür geöffnet und sie hörte schwere Schritte und das Räuspern eines Mannes. Die Tür wurde wieder geschlossen, und eine zweite Männerstimme ertönte – eine Sprache, die Ina nicht erkennen konnte. Von der Lautung her hörte es sich wie Arabisch an. Ina wunderte sich darüber, dass sie das Ganze mit solch großer Ruhe wahrgenommen hatte. Erst jetzt schlich sich etwas wie Furcht in ihr Gefühl.

»Ah, Sie sind wach«, sprach eine knarrende Stimme sie an. »Ich hoffe, der Schlaf hat Ihnen gutgetan.«

»Wo bin ich?«, fragte Ina, ohne auf den Zynismus des Mannes einzugehen.

»Am Ende Ihres Weges«, antwortete der und riss ihr die Augenbinde vom Kopf.

Sie kniff gegen die plötzliche Helligkeit die Augen zusammen und öffnete sie langsam wieder. Heftig blinzelnd erkannte sie unmittelbar vor sich ein schwarzbärtiges Männergesicht. Ein zweiter Mann stand unmittelbar vor der Tür, durch die die beiden eben eingetreten waren. Auch er trug einen schwarzen Bart, der aber sauber gestutzt war. Er war insgesamt massiger als der Typ, der sie gerade angesprochen hatte.

»Was meinen Sie mit ›am Ende des Weges‹? Warum haben Sie mich entführt? Was wollen Sie von mir?«

Der Fremde grinste.

»Ich will es Ihnen sagen, Frau Gehnen. Haben Sie ein wenig Geduld.«

Er zog einen Stuhl zu sich heran und setzte sich. Dann schaute er Ina lange und intensiv an. *Wie eine Schlange kurz vorm Zustoßen*, dachte Ina, hielt dem Blick aber stand. Ihr war nicht ganz klar, was in dem Mann vorging. Neugier schwang in seinem Blick mit, aber auch Geringschätzung und Kälte. In einem anderen Zusammenhang hätte sie den Mann als attraktiv bezeichnet, aber das war jetzt kein Maßstab.

»Nun? Sprechen Sie. Wer sind Sie? Warum bin ich gefesselt?«, hakte sie nach.

Der Fremde lehnte sich auf dem Stuhl zurück.

»Wenn Sie wollen, können Sie mich Ali nennen«, grinste er. »Aber Sie können sich jeden x-beliebigen Namen für mich ausdenken. Es spielt keine Rolle, wer ich bin. Aber mir ist klar, dass Sie wissen wollen, was hier vorgeht.« Er beugte sich nach vorne und legte die Unterarme auf seine Oberschenkel. »Eigentlich geht es nur um eine Kleinigkeit, Frau Gehnen. Sie haben in den letzten Wochen eine Familie aus Syrien betreut. Sie erinnern sich? Gustavstraße? Die Massouds? Es gab einen

Vorfall mit dem Mann, was ihm nicht gut bekommen ist. Und seit heute Morgen fragen wir uns, wohin diese Familie plötzlich verschwunden ist. Ich dachte mir, Sie wollen uns vielleicht bei der Beantwortung dieser Frage helfen?«

Ina wagte ein verächtliches Lächeln.

»Sie entführen mich, um mich zu fragen, wo die Massouds sind? Wer sind Sie überhaupt, und was geht Sie das an?«

Die Reaktion des Mannes war unvorhersehbar. Er versetzte Ina eine schallende Ohrfeige. Eine Sekunde später, während der Ina den Schlag verdaute, saß er wieder völlig entspannt mit übereinandergeschlagenen Beinen vor ihr. Mit ihrer Zunge versuchte Ina zu ertasten, ob der Schlag irgendwelchen Schaden außer dem brennenden Schmerz auf der linken Wange verursacht hatte. Das war wohl nicht der Fall. Wenigstens wusste sie nun, dass sie vorsichtiger sein musste. Der Mann wirkte zwar zurückhaltend und auch nicht unfreundlich, dennoch schien er gewaltbereit zu sein, und sie musste es ja nicht auf die Spitze treiben.

»Sehen Sie, Frau Gehnen«, ergriff er wieder das Wort, »eigentlich ist das, was wir hier zu regeln haben, wirklich ganz einfach. Ich stelle Ihnen eine Frage, Sie beantworten Sie. Und dann sind wir fertig.« Bei den letzten Worten hatte der Mann die Arme ausgebreitet, als sei das, was er wollte, das Einfachste, das man nur von einem Menschen verlangen kann.

Ina nickte bedächtig vor sich hin.

»Ich verstehe. Aber ich kann Ihnen dabei nicht helfen. Ich weiß selbst nicht, wo die Familie ist. Ich habe sie heute Morgen besuchen wollen und erfahren, dass sie in der Nacht abgeholt worden sind. Ich weiß nicht von wem und ich weiß nicht wohin. Selbst Aahlijah ist nicht mehr im Krankenhaus. Ich habe keine Ahnung, was da vorgeht.«

Der Fremde hatte regungslos zugehört. Jetzt schlich sich ein böses Lächeln in seinen Blick.

»Sie wissen also nicht, wo sie sind?«

»Richtig«, bestätigte Ina. »Ich bin eine Angestellte des Jugendamtes, mehr nicht.«

»Schade«, erwiderte der Fremde und stand auf. Er griff nach dem Tuch, das er ihr zu Beginn des Gesprächs von den Augen genommen hatte. »Was ist mit diesem Wallert? Weiß der vielleicht mehr?«

Ina zuckte mit den Schultern.

»Ich glaube nicht. Ich konnte heute noch nicht mit ihm sprechen.«

»Ich weiß«, bestätigte der Fremde. »Schade.« Dann zog er die Augenbinde über Inas Kopf.

»Bitte«, flehte sie, »ich habe Durst. Kann ich Wasser bekommen?«

»Aber sicher, gleich«, vernahm sie den Mann mit der knarrende Stimme, der sich abgewandt hatte und auf dem Weg zur Tür war. Dann folgten ein paar arabische Worte, die wohl für den zweiten Mann gedacht waren, der an der Tür Wache gehalten hatte. Der zog eine schallgedämpfte Pistole aus dem Gürtel und trat auf Ina zu. Er richtete die Waffe auf ihren Kopf und drückte ab. Ina hörte noch nicht einmal den Schuss.

19

Es ist jetzt zwei Wochen her, dass Aahlijah das Haus verlassen hat, um nach Ridvan, seinem Neffen, zu suchen. Ich weiß nicht, was geschehen ist. Ich versuche, mein Leben so zu führen, als wenn er jeden Augenblick durch die Tür treten könnte, aber es gelingt mir nicht wirklich. Werde ich ihn wiedersehen? Ist er tot und liegt zwischen irgendwelchen Trümmern, die mittlerweile den Charakter der Stadt ausmachen? Wir wollten Rakka verlassen. Aahlijah wollte Ridvan holen und dann mit uns aufbrechen – zuerst in die Türkei und dann weiter über Griechenland nach Europa, wo wir darauf hofften, ein neues Leben in Freiheit und Sicherheit beginnen zu können. Wir wussten nicht, ob es uns gelingen würde. Es war ein riskanter Plan, für den wir alles verkaufen wollten, was wir besitzen. Aber jetzt sitze ich mit den Kindern und meiner Schwägerin Shania auf diesem Schlachtfeld fest und kann nur beten, dass Aahlijah zurückkommt.

Ich bin eben aufgestanden, stehe an der Schüssel und wasche mich, als ich lautes Geschrei vor dem Haus höre. Ich ziehe mir schnell etwas über und spähe durch das Fenster, das zur Straße zeigt.

Genau dort halten drei IS-Soldaten einen Mann fest, der sich heftig, aber vergeblich wehrt. Ich verstehe nicht, worum es geht, aber es ist sehr laut. Die schwarzgewandeten Männer sind bewaffnet und aggressiv. Immer wieder schlagen sie den Unbekannten, der offensichtlich nicht in die Nachbarschaft gehört. Sie treten ihn, bis seine anfängliche Gegenwehr erschlafft. Er liegt mit dem Gesicht auf dem Bordstein und rührt sich nicht mehr. Plötzlich zieht einer der IS-Männer eine Art Schwert mit geschwungener Klinge. Er hebt es und lässt es auf den am Boden liegenden Mann niedersausen. Der Kopf des Mannes rollt zu Seite und für einen Moment schießt eine Blutfontäne aus dem Rumpf.

Ich bin zu Tode erschrocken und schreie auf. In diesem Moment treffen sich unsere Blicke. Der Mann mit dem Schwert starrt mich direkt an. Es dauert nur eine Sekunde, dann sagt er etwas zu den beiden anderen Männern, die noch immer fasziniert den toten Körper ihres Opfers betrachten, und weist auf das Fenster, hinter dem ich wie angewurzelt stehe. Ich ziehe mich langsam vom Fenster zurück, so als ob ich nicht bemerkt werden könne, wenn ich nur leise genug bin. Ich will zu meinen Kindern, um sie zu warnen, aber schon haben die Männer die provisorische Tür eingetreten – eine Holzplatte, die mehr schlecht als recht den Eingang schützt.

Ich rufe nach Shania, meiner Schwägerin, und weiche in eine Ecke des Raumes zurück, in der Hoffnung, ich könne mich dort verbergen. Die drei Männer sind in unserem Haus. Der Mann mit dem Schwert kommt auf mich zu. Sein Blick ist hart und kalt. Im gleichen Augenblick kommt Shania aus ihrem Zimmer gestürzt. Der schwarze Mann fährt herum und lässt das Schwert tanzen. Shania bricht zusammen. Dann ist der Mann bei mir und packt mich. Er schlägt mir ins Gesicht. Ich will schreien, doch aus meinem Inneren kommt nur ein Wimmern. Eine Hand des Mannes presst sich auf meinen Mund. Er hat sein Schwert fallenlassen. Er drängt mich in die Ecke. Ich atme immer schneller, meine Augen sind in Panik weit aufgerissen, als mir bewusst wird, was er mit mir vorhat. Ich versuche, ihn von mir wegzuschieben, doch ich habe keine Chance. Einer seiner Männer reißt mir meine Jalabiya auf, unter der ich noch nichts trage. Auch mein Tuch habe ich noch nicht angelegt. Dann liege ich plötzlich auf dem Boden. Ich bin mit dem Kopf gegen die Wand geschlagen und halb bewusstlos, aber eben nur halb. Ich spüre ihn. Ich bekomme kaum Luft. Er dringt in mich ein und keucht und bewegt sich. Er schlägt erneut zu, und jetzt merke ich, dass ich schon längst weine. Ich versuche noch einmal, mich zu wehren, mit aller Kraft, die mir geblieben ist, aber sie reicht nicht aus. Der Mann grunzt und zuckt. Dann erhebt er sich und ordnet seine stinkenden Kleider. Ich bleibe liegen. Er spuckt auf mich und wendet sich ab. Er ergreift sein Schwert, an dem noch das Blut des Mannes klebt, den er vor ein paar Minuten vor meinem Haus geköpft hat – und auch das von Shania. Ich schließe die Augen und verabschiede mich von meinem Leben.

Und dann ist es still, vollkommen still. Als ich die Augen wieder öffne, sehe ich meine älteste Tochter Kaja im Raum stehen. Sie öffnet ihren Mund zu einem stummen Schrei. Die drei Männer sind verschwunden.

20

Frank ließ sich Zeit. Er hatte sich für diesen Mittwochmorgen vorgenommen, ordentlich zu frühstücken, die Zeitung zu lesen und sich erst dann »ausgehfertig« zu machen. So saß er im Bademantel mit struppigen Haaren am Küchentisch und hatte sich eben sein zweites Brötchen belegt. Die Zeitung lag neben ihm auf dem Tisch. Es war niemand da, der sein Zeitunglesen beim Frühstück anprangern könnte, denn Tereza und Adrian waren Richtung Schule aufgebrochen, und Maren hatte eben das Haus verlassen, um ihren letzten Termin bei Frau Dr. Steinkamp vor dem morgigen Dienstbeginn wahrzunehmen.

Der gestrige Abend war lang, die Nacht entsprechend kurz geworden. Trotzdem fühlte sich Frank heute Morgen ganz gut, wofür nicht zuletzt das Gespräch von gestern Abend mitverantwortlich war. Er hatte mit Silke und René seinerzeit, als es um die Eröffnung des Detektivbüros ging, wirklich einen Glücksgriff getan. Sicher war man auch einmal unterschiedlicher Meinung, stritt über das Eine oder Andere, aber letztlich waren alle drei untereinander solidarisch. Auch die momentane Situation hatten sie schließlich in diesem Geiste akzeptiert, auch wenn Frank ihnen nichts erzählen durfte. Maren hatte sich nach ihrer schnippischen Frage, ob Ina denn auch bei dem »Geheimprojekt« mitmache, fast sorgenvoll zu der Neuigkeit geäußert, dass Ina irgendwie verschwunden war. Danach hatten sie aber über ganz andere Sachen geredet, über den nahenden Herbst, über Tereza und Adrian und über Wein im Speziellen und im Allgemeinen.

Heute musste Frank sich einen Plan für sein Vorgehen zurechtlegen. Er war gebeten worden, Augen und Ohren offen zu halten. Welch eine Anforderung für einen Privatdetektiv! Aber glücklicherweise war es nicht bei dieser unpräzisen Aufgabenstellung geblieben. Tina Feldkamp hatte ihm erklärt, dass es Anhaltspunkte dafür gab, dass in der Flüchtlingsunterkunft in der Gustavstraße in Mülheim-Styrum Menschen wohnten, die ebenfalls gerne wüssten, wo sich die Familie Massoud aufhält. Frank sollte sich dort umhören und die Leute etwas unter die Lupe nehmen. Unter anderem sei ein Afghane in den Augen der Behörden recht interessant, ein Afghane, der einmal für die Bundeswehr in Kundus gearbeitet hatte und nun mit dem Flüchtlingsstrom nach Deutschland gelangt war. Laut Steiner habe die Führung der Truppe vor Ort schon seinerzeit den Verdacht gehabt, dass dieser Mann zwei Herren diente, sowohl der Bundeswehr als auch den Taliban. Frank hatte nicht erzählt, dass er mit diesem Afghanen schon in Kontakt gekommen war. Jedenfalls glaubte er, dass es sich um Rafik handelte, denn so viele Afghanen, die einmal für die Bundeswehr gearbeitet hatten und nun in Deutschland eigentlich zu Recht Dankbarkeit erwarteten, gab es in der Gustavstraße sicher nicht. Frank war dort bisher als »ein Freund von Ina« aufgetreten, der Afra einen Gefallen tun wollte. Er hatte sich mehrfach den Kopf darüber zerbrochen, ob er irgendeinem der dort wohnenden Asylsuchenden etwas von seiner Tätigkeit als Privatermittler gesagt hatte. Seines Wissens war das nicht der Fall. Natürlich wusste er nicht, was Ina oder Afra alles erzählt hatten. Er musste mit dieser Unwissenheit umgehen und konnte sich von ihr nicht bremsen lassen. Am besten wäre es sicherlich, wenn er sich an Ina und ihr Betätigungsfeld hängen würde. Er könnte sich als Mitarbeiter des Jugendamtes ausgeben und so mit allen Familien, die in der Gustavstraße wohnten, in Kontakt kommen. Ja, so müsste es gehen. Aber anfangen wollte er damit, endlich Kontakt zu Ina herzustellen. Trotz mehrfacher Versuche seinerseits, sie telefonisch zu erreichen, hatte sie sich bisher nicht gemeldet. Das war merkwürdig. Steiner und Feldkamp hatten geleugnet, von ihr gehört zu haben. Sie musste doch mittlerweile gemerkt haben, dass die Familie Massoud nicht mehr da war. In diesem Fall hätte sie sicher sofort versucht, Frank zu kontaktieren. Er entschloss sich, zuerst beim Jugendamt nachzufragen und dann in die Gustavstraße zu fahren.

Er faltete die Zeitung zusammen und räumte den Frühstückstisch ab. Sein nächster Weg führte ihn unter die Dusche. Etwa zwanzig Minuten später stand er gestiefelt und gespornt im Flur, griff den Autoschlüssel, kontrollierte, ob er sein Portemonnaie eingesteckt hatte, nickte zufrieden und verließ das Haus. Unterwegs zum Wagen wählte er erneut Inas Nummer. Nichts. Sein zweiter Versuch galt dem Jugendamt. Ein Herr Pätzold meldete sich, der ihm aber auch nicht weiterhelfen konnte. Frau Gehnen habe er weder gestern noch heute gesehen. Möglicherweise sei sie im Außendienst gewesen und habe auch ihre heutige Dienstzeit mit einem Außentermin begonnen.

»Aber entschuldigen Sie bitte«, wandte Frank ein, während er seinen Wagen bestieg, »in Ihrem Amt muss es doch jemanden geben, der über so etwas den Überblick hat. Wer könnte wissen, wo Ina Gehnen steckt?«

Er spürte förmlich, wie Pätzold mit den Schultern zuckte.

»Möglicherweise Frau Öztürk«, antwortete er schließlich, »aber die hat sich vorhin krankgemeldet.«

»Können Sie mir die Nummer von Frau Öztürk geben? Oder die Adresse?«

»Auf gar keinen Fall! Wo denken Sie hin?«, empörte sich der Beamte. »Worum geht es überhaupt? Was wollen Sie von Frau Gehnen?«

»Ich habe seit vorgestern nichts mehr von ihr gehört, obwohl ich ständig versucht habe, sie anzurufen. Das ist sehr ungewöhnlich.«

»Wieso? Sind Sie ihr Freund?«

»Ich bin *ein* Freund, nicht *ihr* Freund«, erwiderte Frank, der nicht weiter ins Detail gehen wollte.

»Aha, na gut. Sie müssen wissen, dass Frau Gehnen sehr viel Außendienst hat. Auch wir sehen sie nicht so oft. Was

Ihnen merkwürdig vorkommt, ist für uns völlig normal. Ich kann Ihnen leider nicht weiterhelfen.«

»Danke trotzdem«, murmelte Frank und beendete das Gespräch. Mehr und mehr wuchs in ihm eine Sorge heran. Irgendetwas war Ina zugestoßen, da war er ziemlich sicher. Er startete den Wagen und fuhr los.

21

Elke Schablonski machte sich eben für die Arbeit fertig – eine ausgeschlafene, gut gelaunte Erzieherin, die von einer Horde Drei- bis Sechsjähriger erwartet wurde. Einen Freund hatte sie nicht – noch nicht, denn auch in dieser Beziehung war sie sehr vorsichtig.

Sie sah gut aus mit ihren dunkelblonden halblangen Haaren, die einen Stich ins Rötliche hatten, ihrem feingeschnittenen Gesicht, den grünen Augen und, nicht zuletzt, ihrer guten Figur.

Viele Männer hatten sich schon um sie bemüht, aber immer war ihr sehr schnell bewusst geworden, dass sie eigentlich nur eine Frage beschäftigte: Wie konnten sie es schaffen, Elke so schnell wie möglich zu betatschen oder sogar ins Bett zu kriegen? Und das war eben mit ihr nicht zu machen – jedenfalls nicht so ohne Weiteres. Ein Mann, wie er ihr vorschwebte, musste sich schon um sie bemühen, auf jeden Fall mehr, als es die bisherigen »Bewerber« getan hatten. Eine Frau wollte hoffiert werden, umworben wie eine Prinzessin, und nicht mit billigen Komplimenten und der Frage »Gehen wir noch zu dir?« abgespeist werden. Diesen Körper – sie betrachtete sich im Spiegel und streifte mit beiden Händen ihre Haare nach hinten – gab es dann vielleicht als Belohnung.

Sie seufzte und begann sich anzukleiden. Nachdem sie dies erledigt hatte, drehte und wendete sie sich noch einmal vor dem großen Schlafzimmerspiegel und befand das, was sie sah, für gut – sehr gut sogar. Zufrieden mit sich und der Welt überprüfte sie noch einmal, ob alle Fenster geschlossen waren, nahm schließlich ihre Tasche vom Sideboard im Wohnzimmer, kontrollierte, ob sie den Autoschlüssel enthielt, legte sich die leichte hellblaue Lederjacke über den Arm und verließ die Wohnung. Die Wohnungstür schloss sie zweimal ab und nahm die Treppe in Angriff.

Ihre positive Weltsicht an diesem Morgen geriet auf dem nächsten Treppenabsatz zum ersten Mal ins Wanken. Die Tür zu der Wohnung unter ihr, die seit Wochen leer stand und – soweit ihr bekannt – auch noch nicht wieder vermietet war, stand offen. Elke Schablonski war eine aufmerksame Frau. Dazu war sie erzogen worden. Ständig hatten ihre Eltern sie dazu angehalten, die Augen offenzuhalten, darauf zu achten, was in ihrer Umgebung geschah, und etwaigen Ungereimtheiten so weit wie möglich auf den Grund zu gehen. Schließlich lauerte das Böse überall. Das hatte Elke verinnerlicht. Und jetzt, da sie im Alter von fünfundzwanzig Jahren zum ersten Mal eine eigene Wohnung hatte, schien es ihr noch wichtiger, in diesem Sinne zu handeln. Sie näherte sich der offenen Tür und klopfte an. Möglicherweise war ja Herr Zimmermann, der Vermieter, mit einem Bewerber in der Wohnung. Aber sie konnte nichts hören. Vorsichtig schob sie die Tür ganz auf. »Hallo!«, rief sie und klopfte noch einmal, woraufhin wieder keine Antwort erfolgte. *Was soll's*, dachte sie und betrat die leere Wohnung, die nach dem Auszug der Thalkötters vor vier Wochen noch immer nicht renoviert worden war. Ein eigentümlicher Geruch hing in der Wohnung, möglicherweise wegen des Hundes, den die Thalkötters hielten, und der auch der Grund dafür gewesen war, dass sie sich eine neue Wohnung gesucht hatten. Elke Schablonski durchquerte den Flur und betrat die Küche. Bis auf einen alten Hängeschrank war sie leer. Im Wohnzimmer, das sie als nächstes in Augenschein nahm, stand – bis auf zwei Stühle und einen umgedrehten großen Pappkarton – nichts mehr. Rechts führte eine Tür ab, die geschlossen war. Beherzt trat Elke Schablonski auf sie zu, drückte die Klinke nach unten und stieß sie auf. Ihr Blick fiel auf einen Stuhl, der mitten im Raum stand. Und auf diesem Stuhl saß jemand. Binnen Sekundenbruchteilen wurde ihre Welt in Trümmer gelegt, als sie realisierte, was sie sah. Der Körper der Frau war auf den Stuhl gefesselt, ihr Kopf nach hinten überstreckt, und hinter dem Stuhl befanden sich jede Menge Blut und andere Spritzer auf dem Boden. Einen Schritt machte Elke Schablonski noch auf den Stuhl zu, bis sie sah, dass der Frau der halbe Kopf fehlte. Dann rutschten Tasche und Jacke aus ihrer Hand und sie übergab sich, womit nun auch ihr positives Erscheinungsbild vernichtet war.

22

Die Gustavstraße pulsierte wieder. Die merkwürdige Stimmung, die sie bei seinem letzten Besuch ausgestrahlt hatte, war verflogen. Wieder spielten die Kinder vor dem Haus, saßen und standen Frauen vor den Eingängen, hielten ihre Kinder in den Augen und plauderten. Frank näherte sich der Unterkunft wie beim ersten Mal. Er lief zwischen den Bäumen entlang, die damit begonnen hatten, ihr Laub herbstlich einzufärben, am Sandkasten vorbei, der wieder von den Kindern ignoriert wurde und schoss den Ball zurück, der eben vor seine Füße gerollt war. Die junge Frau, die ihm am Freitag den Weg zu Afras Wohnung gewiesen hatte, hob kurz die Hand und winkte ihm zu, als er sich der Tür näherte. Er winkte lächelnd zurück. *Dass Menschen noch so warmherzig sein können, bei allem, was sie erlebt haben*, dachte er und betrat das Haus. Rafik öffnete umgehend und begrüßte ihn freundlich. Er war allein. Seine Frau fuhr das Baby spazieren, sagte er und bot Frank einen Platz und einen Kaffee an. Der nahm die Einladung an.

»Und? Haben Sie etwas erfahren?«, fragte Rafik, während er den Kaffee eingoss.

»Nein«, log Frank. »Ich bin aus einem anderen Grund hier. Ich arbeite mit Ina zusammen und bin heute hier in der Gustavstraße, weil ich in den Familien, in denen es Kinder gibt, nachfragen will, ob ich helfen kann.«

»Helfen?«, stutze der Afghane. »Inwiefern?«

»Nun, ich kann mir vorstellen, dass die Erwachsenen in dieser Situation auch mal etwas anderes zu tun haben, als sich immer nur um die Kinder zu kümmern. Vielleicht kann man hier, mit Hilfe der Stadt Mülheim, eine zeitweise Kinderbetreuung organisieren.«

Rafik grinste Frank breit ins Gesicht. Das Lachen wirkte verbittert, möglicherweise sogar etwas höhnisch.

»Was sollten wir zu tun haben?«, fragte er. »Wir sind registriert worden, haben unsere Asylanträge gestellt und sind nun zum Warten verdammt. Man hat uns gesagt, dass es Monate dauern kann, bis wir Bescheid bekommen. Wir haben jede Menge Zeit, mehr als uns lieb ist.«

»Das tut mir leid«, erwiderte Frank. »Trotzdem: Meinen Sie nicht, dass es den Kindern *und* den Eltern guttun würde?«

Rafik zuckte mit den Schultern.

»Mag sein. Ich hätte nichts dagegen und denke, dass sich viele Frauen freuen würden.« Er nippte an seinem Kaffee, hielt Frank aber im Blick. Der Mann wirkte skeptisch. »Und Sie sind hier, weil sie uns mit den Kindern helfen wollen?«

»Ja«, bestätigte Frank.

»Sie nehmen es mir hoffentlich nicht übel, dass ich das merkwürdig finde. Vor ein paar Tagen hatte ich noch den Eindruck, dass Sie mit der Polizei zusammenarbeiten – wegen Aahlijah.« Er zögerte kurz und wartete wohl auf Franks Reaktion, die nicht erfolgte. »Wie geht es ihm ... und wo ist Afra mit den Kindern?«

Wieder schien er gespannt auf eine Antwort zu warten.

»Ich weiß es nicht«, sagte Frank. »Ich hatte Ihnen gesagt, dass ich Afra mit der Suche nach Aahlijah einen Gefallen tun wollte. Er ist wieder aufgetaucht, und jetzt können sich Ina und ich wieder unserer eigentlichen Aufgabe widmen.«

Frank hielt dem bohrenden Blick Rafiks stand. Schließlich nickte der Afghane bedächtig und wies auf Franks Kaffeebecher.

»Ihr Kaffee wird kalt. Es wäre schade um ihn«, sagte er, um nach einer Weile hinzuzufügen: »Interessiert es eigentlich niemanden, was mit Aahlijah und seiner Familie geschehen ist?«

Frank hatte den Hinweis seines Gastgebers beachtet. Er trank von seinem Kaffee und blickte Rafik über den Tassenrand hinweg an.

»Natürlich. Sie wissen doch, dass die Polizei ermittelt?«

»Es war noch niemand hier«, sagte der Afghane und fuhr fort, nachdem Frank nicht reagierte. »Wissen Sie, in Afghanistan habe ich mehrmals erlebt, dass Leute aus meiner Umgebung plötzlich verschwanden. Sie tauchten nie wieder auf.«

»Das können Sie wohl kaum vergleichen. Bei uns verschwinden in der Regel keine Menschen.«

»Wer sagt Ihnen, dass hier die Regel gilt?«, stieß Rafik hervor. »Ich meine, was Aahlijah alles passiert ist, geschieht bei Ihnen doch wohl auch in der Regel nicht.«

»Das stimmt«, musste Frank zugeben. Es folgte ein Moment des Schweigens, den beide Männer dazu nutzten, von ihrem Kaffee zu trinken.

»Warum haben Sie eigentlich damals bei der Bundeswehr angeheuert?«, ging Frank in die Offensive.

Rafik zuckte mit den Schultern.

»Man hat mich gefragt«, antwortete er. »Als die Soldaten kamen, suchten sie jemanden, der den Kontakt zu den Menschen von Kundus herstellen konnte. Ich habe mich gemeldet, und sie haben mich eingestellt.«

»Einfach so?«

»Ja. Na ja, vielleicht nicht ›einfach so‹. Es hat schon eine Weile gedauert. Wie ich später mitbekommen habe, wurden meine Kontakte überprüft, ob ich vielleicht Verbindungen zu irgendwelchen feindlichen Kräften habe und so weiter. Hatte ich aber nicht, und da ich von Anfang an bei Übersetzungssachen geholfen habe, hat man mich dann eingestellt, so nach drei Monaten etwa.«

»Woher können Sie eigentlich so gut Deutsch sprechen?«

»Ich habe Deutsch studiert«, antwortete Rafik. »Deutschland hat mich immer schon fasziniert – eine Nation, die aus vollständiger Vernichtung wieder aufgestanden ist, eine Teilung überwunden und sich unblutig vereint hat. Und heute ist Deutschland eins der freiesten Länder der Welt! Das ist eine großartige Leistung und das bewundern sehr viele Menschen in meinem Land. Sie müssen bedenken: Ich zum Beispiel kenne gar nichts anderes als Krieg. Erst waren es die Russen, dann diese merkwürdigen ›Gotteskrieger‹ und schließlich die Amerikaner mit ihren Verbündeten. Ich hoffe, Afghanistan schafft eines Tages das Gleiche, was Deutschland gelungen ist.«

Eine solche Antwort hatte Frank nicht erwartet. Betreten schwieg er eine Weile und entschied sich dann zu einem letzten Vorstoß.

»Wohnen hier noch andere Menschen aus Afghanistan?«

»Ja, einige. In dem Haus ganz rechts haben sie praktisch eine eigene kleine Community gebildet – drei oder vier Familien, glaube ich.«

»Auch jemand, der für die Bundeswehr gearbeitet hat?«

Rafik stutzte kurz.

»Ja, aber um den machen wir einen großen Bogen. Das ist ein komischer Typ. Kabi Taraki heißt er.« Rafik hielt inne und starrte Frank an. Dann schlich sich ein verstehendes Lächeln in sein Gesicht. »Von wegen Kinderbetreuung«, sagte er. »Sie fragen mich gerade aus, ist Ihnen das klar?«

Frank wollte zu einer Erwiderung ansetzen, als plötzlich ein Tarzanschrei durch die Wohnung heulte.

»Das ist mein Handy«, erklärte er und zog das Gerät aus der Jackentasche. »Augenblick bitte.«

Er nahm das Gespräch an und meldete sich. Es war Silke.

»Frank, wo bist du gerade?«

»Sag ich nicht. Was willst du?«, fragte Frank zurück, war aber bis in die Haarwurzeln gespannt, denn Silkes Tonfall alarmierte ihn.

»Du musst herkommen. Es ist etwas passiert.«

Frank zuckte zusammen.

»Ist etwas mit Maren ... oder den Kindern?«

»Nein. Komm bitte sofort ins Büro.«

Dann war die Leitung tot.

»Ich muss weg«, sagte er zu Rafik, »aber ich melde mich wieder.« Dann stand er auf und ging, und ehe sich Rafik versah, war sein Gast verschwunden.

23

Frank parkte den Wagen unmittelbar vor dem Büro. Als er ausstieg, wunderte er sich darüber, dass Maltes Wagen direkt hinter seinem stand. Er betrat die Detektei und wurde dort von Silke in Empfang genommen.

»Geh in die Küche«, sagte sie, schob sich an ihm vorbei und drehte das Schild an der Tür auf »geschlossen«. Dann folgte sie ihm.

Er hatte sich nicht getäuscht. Malte und René saßen am Tisch und umschlossen mit ihren Händen je eine dampfende Kaffeetasse.

»Mensch, willst du mich schon wieder abholen?«, begrüßte er seinen Freund und legte, als er an ihm vorbei zur Kaffeemaschine ging, seine Hände kurz auf dessen Schultern.

»Nein, diesmal nicht«, antwortete der.

René und Malte warteten, bis er sich einen Kaffee eingeschenkt hatte. Silke setzte sich zu den Männern an den Tisch. Es machte ihn stutzig, dass der Satz von Malte im Raum hängengeblieben war. Niemand sprach, aber alle starrten ihn an. Eine merkwürdige Stimmung waberte durch die Pausenküche.

»Was ist los?«, fragte Frank und setzte sich. »Ihr guckt so komisch. Habe ich wieder was ausgefressen?«

Er wusste, dass das nicht der Grund sein konnte, denn seine Freunde schauten nicht vorwurfsvoll oder sauer. Eher lag etwas wie Schreck in ihrem Blick. Und Betretenheit, so als ob sie nicht so recht wüssten, wer den Anfang machen sollte. Schließlich war es Malte, der antwortete.

»Heute Morgen ist Ina gefunden worden«, sagte er mit brüchiger Stimme und räusperte sich kurz danach. Frank wusste sofort, was das bedeutete.

Er schlug die Hände vors Gesicht und blieb eine Weile so sitzen. *Ina ... gefunden ... das heißt, sie ist tot*, dachte er und straffte sich.

»Heißt das, sie lebt nicht mehr?«, fragte er und wunderte sich darüber, wie diese Worte aus seinem Mund geschossen kamen. Er hatte beinahe gebrüllt.

Malte nickte nur und Frank ließ die Schultern sinken. Der Versuch, sich gegenüber dieser Nachricht zu wappnen, war gehörig misslungen. Er schnaufte, sein Atem beschleunigte sich, er schüttelte den Kopf, er starrte Malte an – und dann schlug er mit der Faust auf den Tisch.

»Verdammte Scheiße!«, brüllte er und sprang auf. Sein Blick bohrte sich in Malte. »Wie? Was ist passiert?« Silke versuchte, beruhigend seinen Arm zu fassen und ihn auf den Stuhl zurückzuziehen, doch er schüttelt ihre Hand ab. »Los! Sag es mir! Wieso ist Ina tot?«

Malte stand langsam auf und fasste Frank bei den Schultern.

»Ich werde dir erzählen, was ich weiß, aber beruhig dich erst mal wieder«, sagte er.

Schlagartig floss alle Wut aus Frank heraus. Übrig blieb einzig das Entsetzen über das, was Malte ihm eben eröffnet hatte, und Trauer ... unendliche Trauer. Er ließ sich von Malte in den Arm nehmen. Der redete beruhigend auf ihn ein, ohne dass Frank auch nur ein Wort verstand. Frank fühlte sich wie nach einem KO-Schlag im Ring. Langsam löste er sich von seinem Freund und ließ sich zurück auf den Stuhl sinken. Silke legte mitfühlend ihre Hand auf seinen Unterarm, während auch Malte sich wieder setzte.

»Mein Gott«, sprach er leise vor sich hin, »warum musste das Letzte, das ich mit ihr hatte, ein Streit sein?«

Niemand wollte auf diese Frage reagieren.

»Bist du bereit?«, fragte Malte stattdessen.

Frank nickte.

»Gut. Eine junge Frau hat Ina heute Morgen in einer leerstehenden Wohnung ihres Hauses in Dümpten gefunden. Sie saß gefesselt auf einem Stuhl und ist erschossen worden.«

»Himmel!«, presste Frank hervor.

»Wir gehen davon aus, dass sie dorthin verschleppt worden ist. Die Wohnung steht seit Wochen leer. Die KTU hat Spuren sichern können.«

»Und? Habt ihr eine Hypothese für das, was dort geschehen ist?«

»Nein«, antwortete Malte schnell, »oder besser gesagt: Wir brauchen keine. Der Fall gehört uns schon nicht mehr.«

Sofort saß Frank kerzengerade.

»Was heißt das?«

»Das heißt, dass das BKA übernommen hat. Wir sind raus.« Malte stierte ein paar Sekunden vor sich hin, bevor er weitersprach. »Ich frage mich, ob die das jetzt immer so machen wollen. Kaum sind wir an einem Tatort, tritt das BKA auf die Bildfläche und schickt uns nach Hause.«

»Wie haben die so schnell davon erfahren?«, wunderte sich Frank, der sich zunehmend erholte.

Malte zuckte die Schultern.

»Hat das mit der Sache um Aahlijah zu tun?«, fuhr Frank fort.

»Woher soll ich das wissen?«, fragte Malte und schaute ihn eindringlich an. »Heh, Frank, ich warne dich! Lass die Finger davon!«

»Lohnt es sich denn, Sabine anzurufen?«

Malte schüttelte den Kopf.

»Nein, ich glaube nicht. Das BKA hat noch vor Ort alles übernommen. Die haben uns so gut wie rausgeworfen. Sabine und ihre Jungs haben nur noch schnell ihre Sachen zusammenraffen dürfen. Die sichergestellten Spuren mussten sie übergeben. Aber Frank, jetzt mal ehrlich, du hast doch nicht vor, deine Nase trotz Verbotes da hineinzustecken, oder?«

»Er steckt mittendrin«, ließ sich plötzlich René vernehmen, der bis zu diesem Augenblick scheinbar unbeteiligt mit seiner Kaffeetasse spielend dabeigesessen hatte.

»Was? Wie, du steckst mittendrin? Was soll das heißen?«

Es war Malte anzumerken, dass er verärgert war.

»Das ist leider eine Geschichte, die ich dir nicht erzählen darf«, erwiderte Frank. »Reg dich nicht auf. Ich hatte gestern ein Gespräch mit Brandt und zwei Bundesbeamten.«

In der Folge umriss er kurz die Situation, in die er am Tag zuvor geraten war – natürlich ohne Inhalte preiszugeben. Er sagte gerade so viel, dass es Malte möglich war, Renés Bemerkung einzuordnen. Aber wenn Frank gedacht hatte, dass sich sein Freund nun beruhigen würde, war er einem Irrtum erlegen.

»Was denn«, polterte der los, »uns schicken sie wie die Schuljungs nach Hause, und du sollst ermitteln? Das ist doch ein Witz, oder?«

»Ich ermittle nicht«, erwiderte Frank betont ruhig. »Ich habe lediglich den Auftrag, Informationen zu beschaffen. Was ein Privatermittler halt so tut.«

»Ach«, echauffierte sich Malte weiter, »und Brandt bezahlt dann deine Honorarabrechnung, oder was? Heh, Mann, wach auf! Ina ist ermordet worden, und wir dürfen nicht ermitteln! Macht es da nicht ›Klick‹ bei dir?«

»Klick? Was meinst du?«

Malte ließ sich gegen die Stuhllehne fallen und setzte nach wenigen Sekunden wesentlich ruhiger neu an.

»Frank! Ina hat sich – genau wie du – um diese syrische Familie gekümmert. Erst ist Aahlijah fast umgebracht worden. Jetzt ist Ina förmlich hingerichtet worden. Mit einem Kopfschuss! Hast du dir mal überlegt, wer der Nächste sein könnte?«

Nein, das hatte Frank nicht. Bis zu diesem Zeitpunkt jedenfalls nicht.

24

Ja, Malte hatte recht. Das musste sich Frank eingestehen. Dass ihm das nicht sofort in den Kopf gekommen war! Aller Wahrscheinlichkeit nach war er der Nächste auf der Liste. Auch er hatte mit Aahlijah und Afra zu tun gehabt. Und wenn die Leute aufmerksam waren und nur annähernd so akribisch arbeiteten wie die deutschen Dienste, dann hatten sie möglicherweise auch mitbekommen, dass Frank hier an diesem Ort mit Steiner gesprochen hatte.

Die Bedienung lief an ihm vorbei und schenkte ihm ein freundliches Lächeln. Es kam bei ihm an und er konnte es gut gebrauchen. Trotzdem würde es den Tag nicht retten, aber es erschien ihm wie ein kleines, funzeliges Licht in schwärzester Dunkelheit. Er hatte das Büro in der Althofstraße verlassen, nachdem Malte gegangen war, und hatte sich wieder zu »Leonardo« gesetzt, seinen obligatorischen Milchkaffee bestellt und versucht, das zu ordnen, was in seinem Kopf drunter und drüber ging. Er musste Tina Feldkamp anrufen, so weit war er mittlerweile gekommen. Frank blickte sich um. Wie nicht anders zu erwarten, war es bei diesen Temperaturen bei »Leonardo« knüppelvoll. Zwar waren zwei Plätze an seinem Tisch noch frei, trotzdem wollte er nicht hier mit Frau Feldkamp telefonieren. Er sprach die ältere Frau an, die zwei Meter neben ihm saß und eben ihren Hund mit dem Keks fütterte, der auch ihrem Kaffee beigelegen hatte. Frank hatte seinen gegessen.

»Würden Sie mir bitte diesen Platz freihalten?«, fragte er. »Ich muss schnell telefonieren.«

»Ja, natürlich, gerne«, antwortete die Hundehalterin, die ungefähr in seinem Alter war.

Frank bedankte sich und stand auf. Er war keine fünf Schritte weit gekommen, als plötzlich die vorhin noch lächelnde Bedienung neben ihm stand.

»So geht das nicht«, fuhr sie ihn grimmig an. »Sie haben noch nicht bezahlt.«

Frank rang sich zu aller Freundlichkeit durch, zu der er noch in der Lage war.

»Ich hatte nicht vor, die Zeche zu prellen. Ich will nur kurz telefonieren und komme dann an den Tisch zurück.«

»Ach ja«, erwiderte die junge Frau, »das sagen alle. Ich bekomme drei Euro neunzig von Ihnen.«

Frank atmete tief durch. Er war an keiner weiteren Auseinandersetzung interessiert. Er griff in seine Hosentasche und förderte einen Fünf-Euro-Schein zutage.

»Der Rest ist für Sie«, sagte er. »Ich komme aber wirklich gleich zurück.«

»Das können Sie halten, wie Sie wollen«, war die Antwort der jungen Frau. Sie drehte sich um und widmete sich wieder ihrer Arbeit.

Frank trauerte ihrem Lächeln nach, das sie ihm vor einer Viertelstunde flüchtig im Vorbeigehen geschenkt hatte. Er wählte die Nummer von Tina Feldkamp.

»Ja?«, meldete sie sich.

»Wallert hier. Hallo, Frau Feldkamp.«

»Ich dachte mir, dass Sie anrufen würden. Geht es um die Sache von heute Morgen?«

»Nein«, antwortete er heftiger als beabsichtigt und stellte aus den Augenwinkeln heraus fest, dass sich einige Köpfe der bei »Leonardo« sitzenden Gäste nach ihm umgedreht hatten. »Es geht nicht um eine Sache ...«, fuhr er leise fort, was sich fast wie ein Zischen anhörte. »Es geht um ...«

»Nicht am Telefon«, fuhr Frau Feldkamp energisch dazwischen. »Können Sie zu mir kommen? Ich habe etwas Zeit und bin gerade auf meinem Hotelzimmer im ›Handelshof‹.«

»Einverstanden«, sagte er und drückte das Gespräch weg. Er lief zu seinem Tisch zurück, trank den Rest des Kaffees im Stehen und griff nach den Zigaretten und dem Feuerzeug.

»Der Platz ist jetzt frei«, informierte er die Frau mit dem Hund, verabschiedete sich und machte sich auf den Weg.

Bis zum »Hotel Handelshof« war es nicht weit. Er lief die Leineweberstraße hinunter, nahm den Fußgängerüberweg an der Friedrichstraße und hatte nach ungefähr dreihundert Metern sein Ziel erreicht. An der Rezeption fragte er nach der Zimmernummer von Tina Feldkamp. Der Portier vergewisserte sich telefonisch, ob das in Ordnung war, und schickte Frank nach oben. Minuten später klopfte er an die Zimmertür der BKA-Beamtin. Sie öffnete kurz darauf und stand in bemerkenswerter Aufmachung vor ihm. Sie war in ein großes weißes Badehandtuch gewickelt und auch auf ihrem Kopf thronte ein weißer Turban.

»Kommen Sie rein«, sagte sie. »Setzen Sie sich, nehmen Sie sich etwas zu trinken, wenn Sie wollen. Eben habe ich Kaffee und Wasser bringen lassen. Ich ziehe mich schnell an.«

Frank trat ein und schaute der Polizistin hinterher, die flinken Schrittes im Nebenraum verschwand. Er schenkte sich ein Glas Wasser ein und setzte sich. Wenige Minuten später, die Frank dazu benutzt hatte, sich in dem Hotelzimmer umzusehen, trat sie zu Frank und rubbelte sich die immer noch nassen Haare mit einem Handtuch. Sie trug jetzt eine schlichte Jeanshose und einen blauen Sweater. Sie sah frisch aus.

»Es tut mir leid, was mit Ihrer Freundin geschehen ist«, sagte sie, blickte ihn aber aus Augen an, die kein Mitgefühl ausstrahlten, eher etwas wie schlechtes Gewissen.

»Mir auch«, erwiderte Frank. »Ich frage mich nur, ob das wirklich geschehen musste.«

Sie beendete ihre Rubbelei und legte das Handtuch locker um ihren Nacken.

»Was meinen Sie?«

»Ich habe Sie gestern nach Ina Gehnen gefragt«, begann er zu erklären und stand auf. Mit ein paar Schritten war er am Fenster und lehnte sich mit durchgedrückten Beinen gegen die

Fensterbank. Tina Feldkamp drehte sich mit ihm. »Ich habe Ihnen auch gesagt, dass ich sie nicht erreichen kann. Sie haben abgestritten, sie zu kennen.«

»Ich kannte sie nicht«, bestätigte die BKA-Beamtin. »Worauf wollen Sie hinaus?«

»Ich frage mich, wieso Sie so schnell am Tatort waren, um den Beamten der Kripo den Fall aus der Hand zu nehmen. Wer hat Sie informiert?«

Frau Feldkamp schüttelte fast unmerklich den Kopf, wandte sich ab und verließ den Raum.

»Herr Wallert, was wird das hier? Wollen Sie mich verhören?«, klang ihre Stimme aus dem benachbarten Schlafraum. Kurz darauf erschien sie mit einem Paar Socken in der Hand, setzte sich in den Sessel und zog sie sich über die Füße. Dann schaute sie zu Frank auf und fuhr fort, nachdem der nicht geantwortet hatte. »Gegen halb acht wurden Ihre Ex-Kollegen informiert. Etwa Viertel vor acht war ein Streifenwagen vor Ort, fünf Minuten später das KK 11. Herr Frenzen hat die Tote erkannt und Herrn Hetkämper informiert, der wiederum Herrn Brandt, und der hat mich aus dem Bett gescheucht. Um Viertel nach acht haben wir übernommen. Ich muss zugeben, das war wirklich schnell.«

»Warum?«, fragte Frank. »Warum haben Sie übernommen?«

»Weil der Tod Ihrer Freundin offenbar mit den Dingen um die Massouds zusammenhängt«, erwiderte Feldkamp leicht verwundert. »Sie waren es doch, der den Namen uns gegenüber ins Spiel gebracht hat.«

Da hatte die Frau recht, musste sich Frank eingestehen. Dennoch beschäftigte ihn noch etwas.

»Können Sie mir denn erklären, wieso Sie Frau Gehnen nicht auf dem Schirm hatten? Ich meine, Sie wissen genau, wer wann und wo mit Aahlijah gesprochen hat, aber dass Ina über Wochen die Familie betreut hat, wissen Sie nicht?«

»Möglicherweise haben Sie meinen Bericht gestern etwas missverstanden. Aber wir wissen *nicht* lückenlos Bescheid über Aahlijah Massoud. Wir sind noch mitten in den Ermittlungen.« Tina Feldkamp stand auf und positionierte sich unmittelbar vor Frank, der immer noch mit verschränkten Armen gegen die Fensterbank gelehnt dastand. »Aber Sie haben an einem Punkt natürlich recht. Wir wussten, dass die Familie Besuch vom Jugendamt erhielt. Das ist erst einmal nichts Besonderes. Wieso uns Frau Gehnen durch die Lappen gegangen ist, versuchen wir noch zu recherchieren. Es stimmt, dass das sehr unbefriedigend ist. Ich kann Sie verstehen. Sie fragen sich, ob Ihre Freundin umsonst gestorben ist.«

»Sie ist nicht ›gestorben‹, sie wurde ermordet«, sagte Frank und stütze sich mit den Händen auf der Fensterbank ab. »Aber Sie haben recht, das frage ich mich. Und ich frage mich, wer in dieser Angelegenheit ein Interesse daran haben kann, eine Jugendamtsmitarbeiterin hinzurichten.«

Tina Feldkamp wandte sich um und begann, langsam im Zimmer umherzulaufen.

»Herr Wallert, alles was ich sage, wird auf Sie kalt und herzlos wirken. Vergessen Sie bitte nicht, für uns ist diese Ermittlung eine von vielen. Für uns ist Frau Gehnen ein Mordopfer wie unzählige zuvor und wohl ebensoviele danach. Unsere erste Hypothese ist, dass die Angreifer nicht wissen, wohin wir die Massouds in Sicherheit gebracht haben. Das ist in unseren Augen erst mal eine positive Nachricht. Genau diese Tatsache könnte Frau Gehnen zum Verhängnis geworden sein. Vielleicht haben die Leute versucht, von Frau Gehnen zu erfahren, wo Aahlijah ist. Sie wusste es natürlich nicht. Und so war sie für die Männer eine überflüssige Figur auf einem ohnehin schon unübersichtlichen Spielfeld.«

»Von welchen Männern reden wir? Glauben Sie, es waren die Assad-Leute?«, fragte Frank, den es wegen der Wortwahl der Polizistin fröstelte.

Tina Feldkamp blieb mitten im Raum stehen und blickte ihn an.

»Das wissen wir noch nicht. Da kommen mehrere in Frage. Sie kennen sich aus mit Polizeiarbeit und wissen, dass wir erst die Spuren analysieren müssen.«

»Wie kann es sein, dass sich diese Leute hier aufhalten und Deutschland als ihr Spielfeld betrachten?«

Die BKA-Beamtin zuckte mit den Schultern.

»Aber Frank, das ist nichts Neues. Das war auch schon lange vor unserer Zeit so. Früher waren es hauptsächlich die Amerikaner und die Russen. Heute sind es zusätzlich noch die Türken, die Syrer und die Islamisten. In unserer globalisierten Welt enden die Konflikte nicht mehr an irgendwelchen Staatsgrenzen.«

Frank stand schweigend da und grübelte. Er hatte sich eigentlich von dem Besuch bei Tina Feldkamp erhofft, dass seine Konzentration auf etwas anderes als den Tod Inas gelenkt würde. Das war nicht gelungen. Stattdessen erfüllte ihn eine große Niedergeschlagenheit, denn die Worte der Polizistin waren genauso richtig wie deprimierend.

»Wie sicher ist meine Familie? Wie sicher bin ich?«, hörte er sich plötzlich fragen, aber er erhielt keine Antwort. Feldkamp stand noch immer dort, wo sie war, und musterte ihn. »Frau Feldkamp?«, hakte er in dem Glauben nach, sie habe ihn möglicherweise nicht verstanden.

Tina Feldkamp lief zur Garderobe und hob ihre Schuhe vom Boden auf. Dann setzte sie sich erneut in den Sessel und begann sie anzuziehen.

»Was soll ich Ihnen darauf antworten, Frank?«, sagte sie schließlich. »Sie sind ein Teil des Umfelds von Aahlijah Massoud. Passen Sie auf sich auf.«

Frank stand wie angewurzelt an seinem Platz und starrte Tina Feldkamp an, die ungerührt ihre Schuhe schnürte. Als sie aufblickte, lächelte sie unverbindlich.

»Frank, tun Sie nicht so naiv! Sie haben doch längst begriffen, dass diese Geschichte gefährlich ist, oder etwa nicht?«

Jetzt erst löste sich Frank von der Fensterbank. Er zog sein Handy aus der Hosentasche und kontrollierte, ob eine Nachricht eingegangen war. Das war nicht der Fall.

»Sie haben recht, Frau Feldkamp«, sagte er. »Sie müssen jetzt scheinbar sowieso gehen. Ich mache mich vom Acker.«

»Moment! Nicht so schnell!«, sagte sie und stand auf, um ihm den Weg zu versperren. »Sie waren heute Morgen bei diesem Afghanen. Haben Sie etwas erfahren?«

Frank staunte nicht schlecht über den Informationsstand der Beamtin.

»Sie sind gut informiert«, sagte er. »Dieser Mann ist harmlos. Allerdings hat er mir einen Namen genannt von einem Afghanen im Nachbarhaus. Dem will ich morgen auf den Zahn fühlen. Heute muss ich erst mal das eine oder andere sacken lassen.«

»Tun Sie das«, erwiderte Tina Feldkamp, die seine Hand ergriffen hatte, als er sie sanft zur Seite schieben wollte. »Frank, bleiben Sie bitte Polizist. Ich meine, denken und handeln Sie wie ein Polizist. Das schafft für Sie größtmögliche Sicherheit.«

»Sie sind lustig«, fuhr er sie an und befreite seine Hand aus ihrem Griff. »Ich stehe alleine da. Wenn ich wenigstens meine Kollegin und meinen Kollegen mit an Bord haben dürfte.«

»Das geht nicht und das wissen Sie«, war die ernüchternde Antwort.

Frank schob sich an Tina Feldkamp vorbei und verließ das Hotelzimmer.

25

Tereza lag auf dem Sofa, die Beine langgestreckt über den Oberschenkeln Adrians, der eine Hand auf ihren rechten Unterschenkel gelegt hatte.

»Immer noch nicht? Ich meine, wenn man das so alles hört im Fernsehen und im Radio, dann müssten die doch über jeden froh sein, der helfen will.«

Tereza hatte ihm gerade erzählt, dass sie schon den dritten Tag hintereinander erfolglos mit dem Flüchtlingsrat telefoniert hatte. Es gab einfach niemanden, der ihr sagen konnte, wo sie am besten ihr Engagement einbringen sollte. Sie war enttäuscht, und da Adrian nach ihr als Erster nach Hause gekommen war, musste er nun ihren Frust ertragen. Er tat dies gewohnt verständnisvoll und hatte eben seinen Kommentar dazu abgegeben.

»Das denke ich auch«, ging Tereza darauf ein, »aber wahrscheinlich haben die so viel zu tun, dass sie sich nicht um jeden Einzelnen kümmern können, der seine Hilfe anbietet. Vielleicht sollte ich einfach morgen mal irgendwo hingehen, wo Flüchtlinge betreut werden, und mich konkret anbieten.«

Adrian zuckte mit den Schultern.

»Warum nicht? Es wäre einen Versuch wert. Wenn du willst, komme ich mit.«

Tereza geriet fast aus dem Häuschen. Sie sprang auf und ließ sich neben Adrian plumpsen. Dann legte sie ihren Arm um seinen Nacken und gab ihm einen schmatzenden Kuss auf die Wange.

»Das würdest du tun?«, fragte sie eifrig. »Das wäre der Hammer! Wir würden gemeinsam die Flüchtlinge unterstützen?«

Adrian fasste ihre Hand und hob sie über seinen Kopf, um sich aus ihrer Umarmung zu befreien.

»Kann schon sein. Es kommt aber drauf an ...«

In diesem Augenblick schloss es an der Haustür. Jemand kam nach Hause, der seine Schuhe abstreifte und Wagenschlüssel in den Korb an der Garderobe warf. Kurz darauf stand Frank in der Wohnzimmertür.

»Lasst euch nicht stören«, sagte er, als er Adrian und Tereza händchenhaltend auf dem Sofa sitzen sah. Trotz der heutigen Erlebnisse und seiner Niedergeschlagenheit schaffte er es sogar, ihnen ein Lächeln zu widmen.

Tereza sprang auf und kam auf ihn zu.

»Du bist schon da?«, fragte sie und schloss ihn zur Begrüßung in die Arme. »Hast du jetzt schon Feierabend?«

»Ich habe für heute Schluss gemacht«, erwiderte er. »Mir reicht es.«

»So schlimm? Was ist passiert?«, hakte Tereza nach, der es gar nicht gefiel, wenn es Frank nicht gut ging.

»Sehr schlimm«, antwortete Frank und musste mehrmals schlucken.

»Komm«, sagte sie und zog ihn zu seinem Sessel. »Setz dich hin. Ich hole dir einen Kaffee und dann kannst du erzählen.«

Willenlos ließ Frank dies geschehen. Tereza schob ihn auf den Sessel und eilte in die Küche.

»Du siehst echt scheiße aus«, ließ sich Adrian vernehmen.

Frank kommentierte das mit einem spaßlosen Lächeln.

»Danke«, sagte er nur, stand auf und holte sich einen Cognacschwenker und die Flasche Metaxa aus dem Schrank und schenkte ein. »Willst du auch einen?«, wandte er sich an Adrian, der kopfschüttelnd ablehnte.

So ging Frank zurück zum Sessel und setzte sich in dem Augenblick, als Tereza mit dem Kaffeebecher ins Zimmer kam. Sie stellte den Becher vor ihn auf den Tisch und ließ sich auf der Armlehne des Sessels nieder. Er nahm einen Schluck und griff dann zu seinem Weinbrand, den er bedächtig in der Handfläche schwenkte.

»Ina ist erschossen worden«, brachte er endlich über die Lippen, was umgehend entsetzte Blicke der beiden Jugendlichen zur Folge hatte.

»Was?«, entfuhr es Adrian, während Tereza von der Sessellehne rutschte und neben ihm auf die Knie ging.

»Die Ina, mit der du mal zusammen warst?«, fragte sie atemlos nach.

Frank nickte und trank einen Schluck Metaxa, der heiß durch seine Kehle rann. Er räusperte sich.

»Das Problem ist, dass ich euch nicht mehr dazu erzählen darf. Ich weiß selbst nur, dass sie heute Morgen gefunden worden ist. Wer es war und warum es geschehen ist, weiß ich nicht.«

»Aber Malte wird es herausbekommen, oder?«, fragte Adrian, der immer noch mit weit aufgerissenen Augen auf dem Sofa saß.

Frank schüttelte den Kopf.

»Das ist keine Sache für ihn. Das Bundeskriminalamt hat übernommen.«

Tereza war immer schon eine unvergleichliche Art zu eigen, Mitgefühl und Nähe zu zeigen. Sie setzte sich wieder auf die Sessellehne und legte ihren Arm um Frank. Sie zog ihn leicht an sich und gab ihm einen Kuss auf die Schläfe.

»Dann werden die es herausfinden«, sagte sie in einem Tonfall, als wollte sie Frank damit trösten. »Willst du uns nicht mal von Ina erzählen? Wie war sie? Wie lange warst du mit ihr zusammen?«

Das hatte Frank nun eigentlich nicht vorgehabt, und spontan machte sich in ihm Unwillen gegenüber Terezas Vorschlag breit. Andererseits, dachte er, warum eigentlich? Adrian und Tereza hatten Ina nicht gekannt, aber die Tatsache, dass Frank jahrelang mit ihr zusammen gewesen war, machte sie natürlich interessant für die beiden. Vielleicht würde er es ja dadurch schaffen, seine momentane Depression zu überwinden.

Und so erzählte er von den Jahren mit Ina, wie sie sich kennengelernt hatten, als gerade Sabine Teubert im Begriff gewesen war, Frank für sich zu gewinnen. Wie sie zusammengezogen und ihr gemeinsames Leben angegangen waren, wie erste Spannungen auftauchten, die sie aber immer wieder besiegt hatten, bis dann Maren zu seiner Ermittlungseinheit stieß und sich nicht mehr aufhalten ließ, was sich angedeutet hatte. Wie Ina aus der gemeinsamen Wohnung ausgezogen war und sich einem anderen Mann zuwandte – einem Mann, der bei der AWO in Duisburg arbeitete. Zu dieser Zeit hatte gerade seine Beziehung mit Maren begonnen. Die Trennung war vollzogen und man verlor sich nach und nach aus den Augen – bis zur letzten Woche, als Ina plötzlich mit Afra Massoud vor ihm gestanden hatte.

Tereza und Adrian hatten aufmerksam zugehört und ihn nicht durch Fragen oder Bemerkungen unterbrochen. Schweigen breitete sich im Raum aus, aber es war kein betretenes, wortloses Schweigen, eher eine Stille, in der die beiden Jugendlichen den Worten Franks nachhingen.

»Du hast sie gern gehabt, oder?«, kam es schließlich über Terezas Lippen.

»Natürlich. Ich habe nicht umsonst mit Ina zusammengelebt«, erwiderte er.

Plötzlich ertönten wohlbekannte Geräusche an der Tür.

»Ich bin zu Hause! Ist sonst noch jemand da?«, schallte ein fröhlicher Ruf durch den Flur und durchschnitt die gedämpfte Stimmung im Wohnzimmer.

Frank wischte sich mit den Händen durchs Gesicht.

»Lasst mich bitte mit Maren kurz allein«, sagte er zu Adrian und Tereza.

Die beiden standen sofort auf und machten sich auf den Weg in Richtung ihrer Zimmer, gerade in dem Augenblick, als Maren das Wohnzimmer betrat.

»Was ist denn hier los? Lauft ihr vor mir weg, oder was?«

Maren hatte leicht beleidigt geklungen. Natürlich nahmen sich die Jugendlichen daraufhin noch die Zeit für eine Umarmung zur Begrüßung, Frank jedoch blieb sitzen. Als er das Gefühl hatte, dass die Begrüßungszeremonie beendet war, sprach er Maren an.

»Setzt du dich einen Moment zu mir?«

»Gibt es nichts zu essen?«, antwortete sie, stand aber bereits neben seinem Sessel und strich ihm über den Kopf.

»Habe ich vergessen«, erwiderte er kleinlaut. »Tut mir leid.«

»Was ist los?«, fragte Maren und nahm, wie vorher Tereza, auf der Armlehne Platz.

»Ina ist tot«, sagte er nur und wandte sich ihr zu.

Maren erschrak bis ins Mark.

»Wie bitte?«, fragte sie beinahe flüsternd. »Ina? Tot? Wieso?«

Frank erzählte ihr, was geschehen war, und registrierte, dass Maren fast erleichtert wirkte, als er ihr mitteilte, die Ermittlungen würden vom BKA geführt.

»Also hängt das tatsächlich mit dem Syrer zusammen?«, fragte sie.

»Wahrscheinlich. Auf jeden Fall hast du damit nichts zu tun, wenn du morgen wieder anfängst.«

Maren nickte und stand auf, um sich Frank gegenüber auf das Sofa zu setzen.

»Mein Gott. Das tut mir so leid, Frank«, sagte sie und beugte sich vor.

»Ja«, erwiderte er und schob sofort hinterher: »Ich mache mir Sorgen.«

»Sorgen? Weshalb?«

»Ina hatte nichts mit dem zu tun, um was es bei Aahlijah geht. Sie gehörte nur zu seinem Umfeld.«

»Und? Was willst du damit sagen?«

»Wir müssen aufpassen. Auch ich gehöre seit ein paar Tagen zum Umfeld der Massouds.«

Langsam sickerte die Bedeutung von Franks Worten in ihr Bewusstsein. Sie bedeckte ihr Gesicht mit den Händen und stöhnte auf.

»Oh, mein Gott! Du meinst, wir könnten in Gefahr sein?«

Frank zuckte mit den Schultern.

»Ich weiß es nicht. Es war ein Gedanke. Wenn diese Leute Ina auf dem Radar hatten, haben sie mich vielleicht auch wahrgenommen. Auszuschließen ist das nicht. Wir müssen einfach vorsichtig sein.«

»Einfach nur vorsichtig sein ... du bist gut«, antwortete sie und wirkte nicht sehr überzeugt. Sie lehnte sich nach hinten, was fast einem Hinlegen gleichkam. »Ich will das nicht mehr, Frank. Mittlerweile sehne ich mich nach einem Schreibtischjob. Liebend gern würde ich Akten abstauben, und wenn ich damit fertig wäre, wieder von vorne anfangen. Ich habe die Schnauze voll! Wie stellst du dir dieses ›Aufpassen‹ vor? Und wer übernimmt das für Tereza und Adrian? Willst du ihnen sagen, dass sie in großer Gefahr sind, und dass sie auf sich aufpassen müssen?« Sie zögerte kurz. »Oder hast du etwa schon ...?«

Frank schüttelte den Kopf.

»Nein, habe ich nicht. Ich habe ihnen nur von Ina erzählt.«

»Na gut, also, was ist? Ich schlage vor, dass du morgen bei diesem Brandt anrufst und ihm sagst, dass er ohne dich klarkommen muss. Ich bitte dich! Der arbeitet im Ministerium! Er wird doch andere Leute haben, deren Beruf es ist, für ihn Leib und Leben zu riskieren!«

Maren hatte sich in Rage geredet. Eigentlich liebte Frank das an ihr. Sie brachte auf den Punkt, was sie dachte und fühlte, auch wenn nicht immer alles bis zum Ende durchdacht war, aber einem spontanen und im Prinzip richtigen Gefühl entsprang.

»Und dann?«, fragte er milde nach. »Meinst du, dann ist alles vorüber und vergessen?«

»Nein, aber dann stehst du nicht mehr im Fokus! Du bist Privatermittler! Du legst dich auf die Lauer und beschattest untreue Eheleute, oder du spürst, wenn es mal dicke kommt, irgendwelchen Ungereimtheiten in Firmen nach. Aber *das* musst du dir und uns nicht antun! Wenn schon das BKA und was weiß ich, wer sonst noch alles da drin steckt und ermittelt, dann ist das nicht *dein* Spielfeld.«

Und so war sie für die Männer eine überflüssige Figur auf einem ohnehin schon unübersichtlichen Spielfeld, erinnerte sich Frank plötzlich an Tina Feldkamps Worte. Maren hatte recht, das konnte er nicht leugnen. Aber er wusste, so leicht würde es nicht sein, diese Geschichte hinter sich zu lassen.

26

Warum haben sie mich leben lassen? Warum bringen sie meine Schwägerin um, tun mir Gewalt an, aber lassen mich und die Kinder davonkommen? Diese Gedanken haben mich lange Zeit beschäftigt, aber ich habe keine Antwort darauf gefunden. Vielleicht will er noch einmal zurückkommen, wenn ihm danach ist? Er weiß, wo ich wohne, eine Frau ohne männlichen Schutz, ihm auf Gedeih und Verderb ausgeliefert. Wieder sind viele Wochen vergangen, seit der Überfall auf mich stattgefunden hat. Mein geliebter Mann, mein Aahlijah, ist immer noch nicht aufgetaucht. Wir retten uns von einem Tag bis zum nächsten, und unsere Hoffnung sinkt wie die Sonne, wenn der Tag zu Ende geht. Manchmal staune ich darüber, dass sie über diesem Land überhaupt noch scheint. Ich halte es mittlerweile für unmöglich, dass Aahlijah da draußen überlebt hat. Ich selbst traue mich nicht mehr hinaus. In der gesamten Stadt, überall wo noch eine Spur von Leben möglich ist, wimmelt es von schwarzbärtigen Mördern, die alle abschlachten, die sich nicht vorschriftsmäßig kleiden oder verhalten. Viele Kinder aus meiner Nachbarschaft, die die seltenen Feuerpausen zum Spielen genutzt hatten, waren verschwunden. Zwei kleine Jungs einer Familie ein paar Häuser weiter waren sogar vor den Augen ihrer Mutter erschossen worden. Sie hatte sich am nächsten Tag mit einer Pistole, die ihr Mann ihr zu ihrem Schutz dagelassen hatte, selbst getötet. So wie vor Jahren die Wagen der Müllabfuhr regelmäßig vorbeikamen, um den Müll einzusammeln, fahren heute Pick-ups des IS durch die Straßen und sammeln die Leichen ein. Wie soll das alles enden? Wie sollen meine Kinder unter diesen Bedingungen eine Chance auf ein normales Leben erhalten? Es vergeht nicht ein Tag, an dem ich nicht daran denke, mit meinen Kindern einfach wegzugehen, es wenigstens zu versuchen. Was kann schon passieren? Im Erfolgsfall sind wir frei, und wenn es misslingt, werden wir sterben – was letztlich auch Freiheit bedeutet.

Kaja, meine älteste Tochter, wird immer panisch, sobald ich davon rede, dass wir weggehen müssen. Sie will, dass wir auf ihren Vater warten, und nicht ohne ihn weggehen. Sie hat mich nie wieder wegen der Vergewaltigung angesprochen, aber ich glaube, dass sie sehr genau verstanden hat, was geschehen ist. Noch am gleichen Tag hat sie mir geholfen, die Leiche von Shania auf die Straße zu tragen. Am nächsten Tag war der Körper fort. Unser Wasser und unsere Nahrung gehen zur Neige. Spätestens übermorgen muss ich irgendwie etwas besorgen, und ich weiß nicht woher und wie. Ich habe gehört, dass Männer des IS an manchen Stellen in der Stadt Nahrungsmittel und Trinkwasser verteilen, dass sie aber nur an Männer etwas ausgeben oder an Frauen, die eine Burqu tragen. Mein Mann ist verschwunden, und ich besitze keine Burqu, allenfalls einen Niqab, aber das ist mir zu riskant. Und was tue ich, wenn ich bei dieser Gelegenheit meinem Vergewaltiger begegne?

Ich sitze in der Küche auf dem Boden. Um mich herum liegen die Zutaten, aus denen ich noch einmal Falafel herstellen kann. Das wäre es dann. Es würde für ungefähr zwanzig Stück reichen, für jeden von uns fünf. Vielleicht begnüge ich mich mit weniger und mache sie etwas kleiner, aber meine Kinder sollen nicht hungern müssen. Schon wieder drängt sich mir der Gedanke auf, so schnell wie möglich wegzugehen. Irgendwo in diesem Land muss es Menschen geben, die uns helfen können. Und wenn nicht in diesem Land, dann gehen wir eben ins nächste – Hauptsache, weg aus dieser Hölle. Kaja taucht in der Küche auf und setzt sich zu mir. Mit leerem Blick schaut sie sich an, was ich vor mir ausgebreitet habe.

»Ist das alles?«, fragt sie.

»Ja«, sage ich. »Ich mache einige Falafel, und dann haben wir nichts mehr – außer etwas Trinkwasser, das vielleicht noch für zwei Tage reicht. Wir müssen uns etwas einfallen lassen.«

»Und was sollte das deiner Meinung nach sein?«, fragt Kaja und klingt dabei fast spottend.

»Entweder wir gehen zusammen weg und schlagen uns durch, oder wir warten hier, bis uns jemand etwas zu essen vorbeibringt.«

Der Blick von Kaja zeigt mir, dass meine Worte unheimlich dumm geklungen haben müssen.

»Und wenn Vater zurückkommt?«, fragt sie aber nur.

Ich ärgere mich ein wenig über Kaja. Auch sie muss doch bemerkt haben, dass mittlerweile fast zwei Monate vergangen sind, seit Aahlijah gegangen ist. In der ganzen Zeit haben wir nicht ein einziges Lebenszeichen von ihm erhalten.

Bin ich zu pessimistisch? Ist es nur den Kindern zu eigen, diese grenzenlose Zuversicht zu haben? Kaja ist dreizehn Jahre alt, sie wird langsam zu einer Frau. Woher kommt dieses Vertrauen, dass alles besser werden könnte, dass ihr Vater zurückkehrt und dann wieder alles in Ordnung ist?

»Glaubst du daran?«, frage ich sie und merke erst jetzt, dass *ich* es nicht tue. Dieses Gefühl zieht sich vom Hals abwärts über die Brust bis in die Knie.

Kaja schaut mich tadelnd an. Sie sieht so selbstbewusst und stark aus. *Der Mann, der sie einmal bekommt, kann sich glücklich schätzen*, denke ich und mache mir gleichzeitig Gedanken darüber, ob wir das jemals erleben werden.

»Ich bin mir sicher«, antwortet sie in meine Überlegungen hinein. »Vater lässt uns nicht im Stich. Er weiß, dass wir auf ihn warten.«

Ich spüre, wie mir eine Träne über die Wange läuft und wische sie schnell weg. Ich umfasse Kajas Schultern mit meinen Armen und drücke sie an mich.

»Kaja, du liebst deinen Vater. Ich liebe ihn auch. Hast du schon daran gedacht, dass Aahlijah nicht zurückkehren *kann*?«

Das Schweigen, das plötzlich zwischen uns hängt, scheint nicht enden zu wollen.

„Dass er vielleicht tot ist?", schiebe ich hinterher.

Kaja bewegt sich in meiner Umarmung, und ich spüre, dass sie sich freizumachen versucht. Ich lasse sie los und fasse sie an den Schultern. Ich blicke in ein tränennasses kindliches Gesicht. Sie wischt sich mit den Händen darüber und holt tief Luft.

»Doch«, sagt sie endlich. »Ich denke jede Nacht daran und weine dann. Aber ich weiß, dass ich es in dem Moment spüren würde, wenn es geschähe.«

Sie steht auf und verlässt die Küche. Ich schaue ihr hinterher. *Sie glaubt wirklich noch an das Gute in dieser Welt*, denke ich.

Plötzlich höre ich Kajas panischen Schrei aus dem Wohnzimmer. Ich stürze hinaus. Kaja hockt bei dem zerstörten Fenster, von dem aus man auf die Straße sehen kann. Ich hocke mich zu ihr und fasse sie um die Schulter. Draußen steht eine Art Militärfahrzeug. Es ist grüngrau und mit bräunlichschwarzen Flecken gesprenkelt. Hinten auf dem Fahrzeug prangt ein gewaltiges Geschütz, hinter dem ein junger Mann sitzt, der es ständig in alle möglichen Richtungen schwenkt. Zwei weitere Personen sind aus dem Wagen gesprungen, eine sichert das Fahrzeug mit einer Waffe im Anschlag, eine weitere, die ebenfalls eine Waffe trägt, sprintet auf unser Haus zu und bricht kurz darauf durch den Holzverschlag. Ich spüre, wie Kaja zittert und mit hektischem Blick nach einem Ausweg sucht. In mir taucht das Bild von dem schwarzbärtigen, stinkenden Mann auf, der sich über mich wirft und gewaltsam in mich eindringt. Bevor ich reagieren kann, steht die Person mitten im Raum vor uns.

»Beeilung! Los! Kommt mit! Rennt zu dem Wagen!«, schreit sie, und erst jetzt merke ich, dass es sich um eine junge Frau handelt. Immer noch stehen wir wie angewurzelt vor ihr.

Kaja drängt sich gegen meinen Körper. »Los! Macht schon! Wir haben nicht ewig Zeit!«, brüllt sie noch einmal, und plötzlich ahne ich die Chance.

»Hol schnell Yamina und Tambet«, sage ich zu Kaja und schiebe sie von mir weg. Sie setzt sich in Bewegung und ich starre die Frau an, die mit nach unten gerichteter Maschinenpistole zurück starrt. Meine Kinder haben im Laufe der vielen Monate, die wir hier mitten im Krieg verbracht haben, gelernt, dass sie sich sofort unter ihren Betten verstecken, wenn im Haus etwas Ungewöhnliches geschieht. Das haben sie sicher auch jetzt getan. Kaja erscheint mit den beiden nach kurzer Zeit wieder und wir sehen zu, dass wir aus dem Haus kommen. Als wir in der Tür erscheinen, öffnet ein junger Mann die Fahrzeugtür und bedeutet uns, schnell einzusteigen. Ich helfe den Kindern in den Fond des Wagens. Als alle drin sind, merke ich, dass mein jüngster Sohn Tambet weint. Er glaubt, dass etwas Schreckliches passiert, ich dagegen hege die Hoffnung, dass wir gerettet werden.

»Sei still, Tambet«, sage ich. »Alles wird gut.«

Die Soldatin und der Soldat sind die Letzten, die einsteigen. Ich drücke mich auf den Rücksitz, während die Kinder sich auf den Boden hinter den Fahrer- und Beifahrersitz gequetscht haben. Sie starren mich aus angsterfüllten Augen an.

»Ganz runter«, höre ich wieder die Stimme der Frau. »Macht euch ganz klein!«

Ich krümme mich auf dem Rücksitz zusammen und reiche meine rechte Hand meinen Kindern. Alle drei greifen gleichzeitig zu. Und dann bricht die Hölle los. Das Fahrzeug macht einen Sprung nach vorne und nimmt Fahrt auf. In diesem Augenblick pfeifen die Kugeln um uns herum. Es hört sich an, als brülle und kreische irgendein Monster, das unseren Wagen wütend verfolgt. Die Kinder schreien und halten sich die Ohren zu, während ich mit meiner Hand versuche, ihnen Trost zu spenden.

»Wir werden frei sein«, sage ich zu ihnen. »Habt keine Angst. Wir werden frei sein.«

Sie können mich nicht hören, ich kann mich ja selbst kaum hören. Trotzdem wiederhole ich die Worte ständig, immer wieder, denn solange ich spreche, lebe ich noch. Ich habe das Gefühl, als mache das Fahrzeug Bewegungen und Sprünge, die eigentlich nicht möglich sind. Wir werden ordentlich durchgeschaukelt. Ich schlage mit dem Kopf gegen die Innenverkleidung, die Kinder mit den Köpfen aneinander. Jetzt halten sie wieder meine Hand. Niemand weint. Kaja hat beide Arme um Tambet und Yamina gelegt. Dann ertönt in unmittelbarer Nähe zu dem Fahrzeug eine gewaltige Detonation. Es brüllt und kracht und hört sich an, als ob Steinbrocken und Sand auf den Wagen niederprasseln. Danach ist es plötzlich still. Ich nehme nur noch wahr, dass unser Fahrzeug dahinrast, als sei der Teufel hinter uns her. In meinen Ohren klingelt es und es klingt ganz dumpf. Trotzdem kann ich hören, dass die beiden Menschen vorne im Wagen miteinander reden. Meine Kinder scheinen sich zu beruhigen. Sie blicken einander an und nicken sich zu. Kaja unternimmt einen Versuch, sich vorsichtig aufzurichten.

»Bleibt unten!«, schreit die Frau, und Kajas Kopf geht sofort wieder auf Tauchstation. »Ist alles in Ordnung bei euch?«

Kaja schaut mich fragend an. Ich nicke. Mit fester Stimme beantwortet Kaja die Frage der Frau, von der ich noch immer nicht weiß, wer sie ist. Ich habe Angst zu fragen, also bleibe ich still. Tambet ist eingeschlafen, auch Yamina klimpert mit den Augen, während sie den Kopf an Kajas Schulter gelegt hat. Die Fahrt streckt sich, ohne dass der Fahrer das Tempo verringert. Zwei, drei Mal halten wir kurz an. Man hört, wie das Geschütz auf dem Heck des Fahrzeugs bewegt wird, aber dann fahren wir weiter. Auch ich nicke ein, fliehe in einen unruhigen, traumlosen Schlaf. Die Dämmerung hat eingesetzt, als das Fahrzeug an Tempo verliert und langsam ausrollt.

»Bleibt, wo ihr seid!«, ruft die Frau nach hinten. »Wir wechseln nur den Fahrer.«

Die Türen werden geöffnet und es strömt frische, aber staubige Luft ins Wageninnere. Ich atme tief durch und betrachte meine drei Kinder, wie sie aneinandergeschmiegt schlafen, als gäbe es nichts Böses auf dieser Welt. Ich höre, wie mehrere Personen miteinander reden, dann plötzlich schlägt eine weitere Autotür. Es handelt sich also um zwei Fahrzeuge, stelle ich fest. Dann steigen wieder zwei Personen in unseren Wagen. Wir setzen uns in Bewegung und fahren noch etwa zwei Stunden weiter. Es ist dunkel, als wir stoppen und unsere Fahrt offenbar zu Ende ist.

»Ihr könnt jetzt aussteigen«, höre ich die Frau sagen. Ihre Stimme klingt jung und freundlich.

Ich versuche, mich auf der Rückbank zu entfalten. Jeder Knochen tut mir weh. Ich schüttle Kaja und Yamina an den Schultern.

»Wir sind da«, sage ich, als Kaja hochschreckt und mich fragend anblickt.

»Wo?«, fragt sie schläfrig, aber das weiß ich ja selber nicht.

Als ich am Ende aussteige, stehen neben meinen Kindern sechs junge Männer und Frauen vor mir. Ich gehe mit ausgestreckten Händen auf sie zu und will mich bedanken, ohne zu wissen, wer sie sind. Plötzlich höre ich eine bekannte Stimme.

»Hallo Tante«, spricht mich einer der Kämpfer an. »Willkommen in Kobane.«

Ich erstarre mitten in der Bewegung und blicke mich unsicher um. Zum ersten Mal seit langer Zeit sehe ich unzerstörte Häuser und Menschen, die sich scheinbar angstfrei zwischen ihnen bewegen. Der junge Mann zieht das Tuch von seinem Kopf, und ich erkenne ihn. Ich schluchze auf und werfe mich in die Arme meines Neffen Ridvan.

27

Am Donnerstagmorgen saßen alle vier Mitglieder der Familie Wallert-Dieckmann beim Frühstück. Sie hatten es am Abend vorher so beschlossen, denn sie wollten Maren einen angemessenen Start in ihren ersten Arbeitstag bei der Kriminalpolizei seit ziemlich genau vier Monaten ermöglichen. Tatsächlich waren alle guter Stimmung. Die Auseinandersetzung zwischen Maren und Frank am Abend zuvor hatte ein versöhnliches Ende genommen. Vielleicht war Maren dies möglich gewesen, weil Ina nun keine Rolle mehr spielte – ein brutaler Gedanke, der sich Frank im Laufe des Streits aufgedrängt hatte. Aber sie hatte es sogar ausgesprochen, nicht so gemeint sicherlich, aber es war über ihre Lippen gekommen. *»Warum streiten wir uns darüber?«,* hatte sie an irgendeinem Punkt gesagt und hinterhergeschoben: *»Ina ist tot. Das tut mir leid, wirklich, aber es ist vorbei, und wir brauchen uns darüber nicht mehr aufzuregen.«* Gemeint hatte sie damit die ursprünglich von ihr ausgehende Unterstellung, Ina habe sich nur an Frank gewandt, weil sie etwas von ihm wollte, ohne Rücksicht auf ihn, auf seine Kollegen und seine Familie. Sie hatte Frank sogar vorgeworfen, dass er sich von Ina bereitwillig hatte ausnutzen lassen – entgegen aller Vernunft und dem in der Regel ihm eigenen bedächtigen Vorgehen. Schließlich hatte Frank keinen anderen Ausweg gesehen, als Maren reinen Wein einzuschenken, und hatte ihr ausführlich von der Unterredung mit Brandt, Feldkamp und Steiner erzählt. Maren war entsetzt gewesen, hatte letztlich aber eingelenkt und begriffen, dass er das Richtige tat. *»Himmel«,* hatte sie gesagt, *»was schleppen diese Menschen nur mit sich herum? Wie soll dieses Volk jemals wieder friedlich miteinander umgehen?«* Gleichzeitig konnte sie nachvollziehen, dass Frank sie aufgefordert hatte, vorsichtig zu sein, und sie hatten sich darauf geeinigt, dass er sie so oft wie möglich vom Präsidium abholen würde.

Auch Adrian und Tereza sollten vorsichtig sein. Frank hatte versprochen, Silke und René vorzuschlagen, dass sie eine Art »Fahrdienst« einrichteten, so dass die beiden Jugendlichen ihre Wege möglichst nicht alleine zurücklegen mussten. Frank fühlte sich in der Lage, auf sich selbst aufzupassen. *»Ich bin naturgemäß vorsichtig«*, hatte er gesagt. *»Du weißt: Ein gebranntes Kind scheut das Feuer.«*

»Was liegt heute in der Schule an?«, fragte er, als sich Tereza mit einem Kuss auf Adrians Stirn zu ihnen an den Frühstückstisch gesellte.

»Nichts«, war die einstimmige Antwort der beiden, was ihnen prompt verwunderte Blicke vonseiten Marens und Franks einbrachte.

»Wir haben heute einen Studientag«, klärte Adrian sie grinsend auf. »Die Lehrer machen einen Ausflug und wollen uns nicht dabei haben. Und morgen ist unser letzter Schultag, dann haben wir Herbstferien.«

»Aber das heißt nicht, dass wir vorhaben, den ganzen Tag auf der faulen Haut zu liegen«, ging Tereza ins Detail. »Wir werden heute noch einmal versuchen, bei der Flüchtlingshilfe einen Fuß in die Tür zu bekommen.«

»Hat das immer noch nicht geklappt?«, fragte Maren, die ehrlich erstaunt war.

Tereza schüttelte den Kopf, während sie ein Roggenbrötchen dünn mit Butter bestrich.

»Ich glaube, die wissen gar nicht mehr, wo ihnen der Kopf steht«, antwortete sie. »Wahrscheinlich müssen wir hingehen, statt immer nur anzurufen.«

Frank nahm einen Schluck von seinem Tee.

»Ich hätte da vielleicht eine Idee«, sagte er.

»Da bin ich aber mal gespannt«, meldete sich Maren von der Seite und blickte ihn mit hochgezogenen Brauen an.

»Ich fahre Maren gleich nach Essen und anschließend will ich nach Styrum in die Gustavstraße. Ich könnte euch mitnehmen. Gestern habe ich mit einem Mann aus Afghanistan gesprochen. Ich glaube, die Leute wären froh, wenn man dort eine Art Kinderbetreuung einrichten würde. Wäre das nichts für euch?«

Tereza schien sofort begeistert, während Adrian dreinschaute, als habe er eben in etwas Bitteres gebissen.

»Kinder?«, fragte er. »Was soll ich da tun? Mit kleinen Mädchen und Puppen spielen? Im Sand mit Schäufelchen und Förmchen Kuchen backen?«

Maren prustete los.

»Ich stelle mir das gerade vor«, kicherte sie. »Mein großer Adrian im Sandkasten, umgeben von einer Traube kleiner Mädchen, die ihm Zöpfe geflochten haben ...«

Auch Tereza musste lachen, kam aber schnell wieder zum Thema zurück.

»Ich bin sicher, dass es da auch Jungen *und* Mädchen gibt, die gerne mit dir Fußball oder so spielen würden. Lass es uns doch mal probieren. Ich finde Franks Vorschlag gut.«

»Ich nicht«, meldete sich plötzlich Maren sehr ernst zu Wort. »Wir haben doch alle nicht vergessen, worum es gestern Abend ging, oder?«

»Maren«, versuchte Frank zu beschwichtigen, »es geht um Kinder! Lass sie es sich doch ansehen. Ich bin dabei.«

»Meinst du, es ist gefährlich?«, hakte Tereza nach, der der alarmierende Unterton in Marens Worten nicht verborgen geblieben war.

»Das weiß ich nicht. Schließlich ermittelst du dort.«

Letzteres ging an Frank, der unwillig das Gesicht verzog.

»Rede nicht davon«, mahnte er. »Außerdem ermittle ich nicht. Ich versuche, Informationen einzuholen. Du weißt, dass das etwas Anderes ist. Und es hat den Vorteil, dass ich bei Tereza und Adrian bin. Ich werde schon auf sie aufpassen. Ihnen wird nichts geschehen. Ich kann mir keinen besseren Ort vorstellen, um Flüchtlingen zu helfen.«

Eine Weile herrschte Schweigen am Tisch. Alle mümmelten an ihren Brötchen oder tranken Tee. Schließlich lenkte Maren ein.

»Meinetwegen«, sagte sie. »Aber sobald du meinst, dass etwas nicht stimmt, ist Ende.«

28

Einige Minuten vor acht hatte Frank Maren beim Polizeipräsidium in der Büscherstraße in Essen abgesetzt, ihr einen ermutigenden Kuss gegeben und versprochen, genauestens auf Tereza und Adrian zu achten und kein Risiko einzugehen. Zwanzig Minuten später fuhr er in der Gustavstraße vor, wo – nicht zuletzt wegen des immer noch schönen Wetters – reges Treiben auf der Grünfläche herrschte. Er parkte den Wagen auf der Stellfläche direkt an der Straße und stieg mit Tereza und Adrian aus.

»Seht ihr, was ich meine?«, fragte er. »Drüben an den Häusern stehen und sitzen die Mütter, die auf ihre Kinder aufpassen. Ich denke, ihr könntet hier wirklich helfen.«

Tereza und Adrian antworteten nicht. Ihre Blicke wanderten hin und her, checkten die Kinder, die alle zwischen vier und zwölf Jahre alt waren. Einige dieser Kinder hatten mitten im Spiel innegehalten und musterten ihrerseits die drei fremden Menschen, die zwischen ihnen hindurch in Richtung der Häuser liefen.

Etliche Frauen waren wieder anwesend, wie immer in den typischen Grüppchen. Heute hatten sie sogar einen Campingtisch aufgestellt, um den herum sie saßen. Auch Rafiks Frau war dabei. Sie schaukelte ihren Säugling auf den Knien und lächelte ihm entgegen.

»Kommen Sie, um mit unseren Kindern zu spielen?«, fragte sie auf Englisch. Rafik hatte ihr wohl von seinem letzten Besuch und dem Vorschlag erzählt.

»Ich glaube, die Kinder hätten wenig Spaß mit mir«, lachte Frank. »Aber die beiden hier«, er wies auf Tereza und Adrian, »wären dazu bereit. Darf ich vorstellen? Tereza und Adrian, meine Tochter und mein Sohn.«

Plötzlich veränderten sich die Blicke der Frauen und fokussierten sich auf einen Punkt hinter ihm. Er drehte sich um und sah einen Mann auf sich zukommen, den er hier noch nicht gesehen hatte.

»Darf ich fragen, was Sie hier tun?«, fragte er, obwohl er noch nicht näher als vielleicht fünf Meter an die kleine Gruppe herangetreten war. Seine Worte waren sicherlich nicht unfreundlich gewesen, aber seine ganze Körpersprache wirkte ablehnend und auf Krawall gebürstet.

»Ich führe ein freundliches Gespräch mit den Frauen«, erwiderte Frank und streckte dem Mann die Hand entgegen. »Darf ich Sie fragen, wer Sie sind?«

»Das geht nicht, ohne dass Sie sich bei mir anmelden«, erwiderte der Fremde und ignorierte den Begrüßungsversuch. »Hier kann doch nicht jeder rein- oder rausspazieren, wie es ihm gefällt! Wo kommen wir denn da hin?«

Frank musste unwillkürlich schmunzeln. Dieser Mann schien so etwas wie ein Hausmeister für die Flüchtlingshäuser zu sein. Allerdings war er ihm bisher nicht begegnet. Er war relativ klein und rundlich, etwa Mitte vierzig, machte aber den Eindruck, dass er sich durchaus durchsetzen konnte.

Erneut versuchte es Frank mit Freundlichkeit.

»Das wusste ich nicht«, antwortete er wahrheitsgemäß. »Mein Name ist Frank Wallert. Eine Freundin von mir arbeitet beim Jugendamt, und ich habe ihr versprochen, für die Kinder hier eine stundenweise Betreuung zu organisieren, damit alle mal auf andere Gedanken kommen.«

Frank spürte, wie Tereza und Adrian neben ihm zusammenzuckten. Er warf ihnen einen mahnenden Blick zu.

»Das mag ja sein«, reagierte der Fremde auf seine Worte. »Trotzdem wüsste ich gerne, wer sich hier rumtreibt. In den letzten Tagen hat es etwas viel Unruhe gegeben.« Jetzt streckte er Frank und den beiden Jugendlichen die Hand entgegen. »Ich heiße Horst Grüter und arbeite seit heute hier als eine Art Hausmeister. Bitte melden Sie sich immer bei mir an, wenn Sie hier sind. Sie finden mich in dem linken Haus im Keller.

Da habe ich einen Raum, in dem ich mich meistens aufhalte, wenn ich nicht in den Häusern unterwegs bin.«

»Das werde ich tun«, versprach Frank. »Spricht denn etwas dagegen, dass meine Tochter und mein Sohn hier helfen?«

»Das sind Ihre Kinder?«

»Ja. Tereza und Adrian.«

Grüter zuckte mit den Schultern.

»Wenn das mit dem Amt abgesprochen ist, spricht nichts dagegen. Aber auch die müssen sich bei mir an- und abmelden.«

»Also«, sagte Frank und wandte sich an die beiden Jugendlichen, »mischt euch unter die Kinder und knüpft Kontakte. Worauf wartet ihr?«

Die beiden wirkten etwas überrumpelt, nickten aber nach kurzem Zögern und machten sich auf den Weg zu der Grünfläche, wo nach wie vor die Kinder lautstark spielten.

»Kann ich kurz mit Ihnen sprechen?«, fragte er in Richtung Grüter.

Der blickte Frank verwundert an. Nachdem aber keine weitere Erläuterung folgte, begriff er.

»Ach, Sie meinen unter vier Augen?«

Frank nickte.

»Können wir in Ihren Raum gehen?«

Grüter zögerte kurz und nickte dann.

»Folgen Sie mir«, sagte er und setzte sich in Bewegung.

Frank warf noch einen Blick Richtung Grünfläche, wo sich Tereza und Adrian auf die Umrandung des Sandkastens gesetzt hatten. Eine Traube von Kindern stand um sie herum. Frank grinste und folgte dem Hausmeister.

Der Kellerraum, in dem Grüter residierte, war spartanisch eingerichtet. Ein Tisch, zwei Stühle und ein Regal bildeten das Mobiliar. Es war nicht etwa mit Büchern gefüllt, dafür aber mit Gegenständen, die ein Hausmeister halt so brauchte: Werkzeugkasten, eine Batterie Glühbirnen oder besser

»Leuchtmittel«, jede Menge Kabel, eine Kabelrolle, ein Radio und vieles mehr. In der Ecke neben dem Regal stand ein Garderobenständer, an dem ein graublauer Kittel hing.

»Setzen Sie sich doch und erzählen Sie mir, was Sie von mir wollen«, kam Grüter sofort zum Thema. »Kaffee?«

»Nein, danke«, erwiderte Frank, während er sich setzte. »Herr Grüter, ich denke, ich sollte Ihnen reinen Wein einschenken«, begann er. »Es stimmt, dass ich mit Ina Gehnen vom Jugendamt befreundet bin. Aber ich arbeite nicht mit ihr zusammen.«

»Ach«, entfuhr es dem Hausmeister, »tun Sie nicht?« Er setzte sich zu Frank an den Tisch und blickte ihn abwartend an.

»Nein. Ich bin Privatermittler und arbeite dann und wann mit der Polizei zusammen. Ich möchte gerne, dass Sie das wissen. Ich werde in den nächsten Tagen häufiger hier sein. Aber ich will vermeiden, dass Sie beim Jugendamt nachfragen und dann denken, ich hätte hier irgendetwas Krummes vor, verstehen Sie?«

Grüter schwieg und hatte weder Sitzposition noch Gesichtsausdruck verändert. Schließlich lehnte er sich zurück.

»Nicht ganz«, sagte er wie beiläufig. »Ich meine, da kann ja jeder kommen ...«

»Es kommt aber nicht jeder«, unterbrach Frank ihn. Er griff in seine Hosentasche und zückte den Lizenzausweis. »Hier, sehen Sie? Es ist genau so, wie ich gesagt habe. Ich werde an einigen Tagen ein paar Leute in diesen Häusern besuchen und mit ihnen sprechen. Wenn das erledigt ist, sage ich Ihnen Bescheid.«

Grüter musterte den Ausweis intensiv und nickte dann.

»Und worum geht es?«

»Das darf ich Ihnen nicht sagen. Aber Sie wissen selbst, dass es in letzter Zeit einige Unruhe gegeben hat, oder wissen Sie nichts davon?«

»Doch, das weiß ich. Mir wurde von einem Überfall auf eine syrische Familie erzählt. Hat das damit zu tun?«

»Nein«, log Frank. »Mich interessieren die afghanischen Flüchtlinge. Soweit ich weiß, wohnen in diesem Haus eine und in dem rechten Gebäude mehrere afghanische Familien. Wissen Sie über die Genaueres?«

Grüter schüttelte den Kopf.

»Herr Wallert, ich habe heute meinen ersten Arbeitstag an diesem Ort. Wenn es so ist, wie Sie sagen, dann wissen Sie mehr als ich.«

»Okay«, sagte Frank und stand auf. »Das war es schon. Kann ich mich darauf verlassen, dass Sie das alles für sich behalten?«

»Klar«, antwortete Grüter, »ich bin doch kein Klatschweib!« Er erhob sich ebenfalls und ergriff Franks Hand, die dieser ihm entgegengestreckt hatte. Er hatte einen hausmeisterlich festen Händedruck. »Trotzdem werde ich Ihnen genauestens auf die Finger schauen«, schob er hinterher.

Frank musste grinsen.

»Tun Sie das und seien Sie aufmerksam, auch wenn ich nicht da bin. Meine Kinder sind übrigens echt. Sie wollen sich tatsächlich um die Kleinen draußen kümmern.«

»Gut so«, sagte Grüter. »Wenn etwas ist, sollen sie sich bei mir melden.«

»Danke, ich werde es ihnen sagen«, erwiderte Frank und verließ den Kellerraum.

Als er ins Freie trat, blickte er sich um. Die Frauen waren weg. Einzig im ersten Stock des mittleren Hauses saß eine Frau mit Kopftuch am geöffneten Fenster und beobachtete das Treiben auf dem Spielplatz, wo Adrian tatsächlich mit einer Handvoll Jungen Fußball spielte. Tereza konnte er nicht sehen, wohl aber eine Traube von etwa einem Dutzend Mädchen, die zusammenstanden. Frank vermutete Tereza inmitten dieser Kinder. Als er näher kam, sah er sich bestätigt.

»Das läuft doch prima!«, rief er, woraufhin sich viele kleine Köpfe nach ihm umdrehten. Tereza tauchte aus ihrer Mitte auf und strahlte.

»Das macht wirklich Spaß«, sagte sie.

Die Folge seines Störens war, dass er nun von einer Menge Kindern umringt war, die alle auf ihn einplapperten. Ein Mädchen zog an seinem Hosenbein und lachte ihn an.

»Ich verstehe kein Wort«, sagte er. »Was machst du mit ihnen?«

»Wir lernen Deutsch«, antwortete Tereza und hob einen Block vom Boden auf. Sie hatte einige Gegenstände aufgemalt und zeigte auf den ersten.

»BALL«, quäkten sofort einige Kinder, zeigten auf ihre »Lehrerin« und riefen: »TEREZA«.

Frank lachte und applaudierte.

»Ich bin kurz in dem rechten Haus«, informierte er Tereza knapp.

»In Ordnung«, erwiderte sie und klatschte in die Hände, worauf sich alle Kinder ihr wieder zuwandten. Sie setzte sich auf die Sandkastenumrandung und fuhr mit ihrem »Unterricht« fort.

Frank blickte sich nach den fußballspielenden Jungen um. Die veranstalteten eben ein Elfmeterschießen. Adrian stand im Tor.

»Adrian!«, rief Frank, was zur Folge hatte, dass ein etwa zehn Jahre alter Junge den Ball im Tor versenkte, denn Adrian hatte sich zu Frank umgedreht. Die Jungen jubelten und lagen sich vor Freude in den Armen. Adrian kam auf Frank zu.

»Schau mal«, sagte er und wies mit dem Kopf Richtung Parkplatz. »Da hat vor einer Viertelstunde ein Wagen neben deinem geparkt, aber niemand ist ausgestiegen. Ich glaube, die sitzen da drin und beobachten uns.«

Möglichst unauffällig spähte Frank zu den Wagen hinüber. Tatsächlich, neben seinem stand ein schwarzer Audi. Ein

Fenster war scheinbar geöffnet, denn es qualmte daraus, so als ob jemand im Wagen saß und rauchte.

»Hast du dein Handy dabei?«, fragte er den Jungen, der beinahe entrüstet nickte.

»Klar.«

»Gut. Wenn dir irgendetwas vonseiten dieses Wagens komisch vorkommt, ruf mich an.«

»Okay«, sagte Adrian und wandte sich wieder den Fußballspielern zu, die schon ungeduldig auf ihn warteten.

Frank drehte sich um, lief über die Grünfläche und betrat das Haus, in dem die Afghanen wohnen sollten.

*

Tatsächlich wohnten hier vier afghanische Familien, außerdem ein schon etwas älteres Ehepaar aus dem Irak und ein extrem junges Paar aus Pakistan. Die schwangere Frau, die Frank auf vielleicht siebzehn oder achtzehn Jahre schätzte, war von oben bis unten in bunten Stoff gehüllt und hatte ihm verraten, dass Kabi Taraki ganz oben im Haus auf der linken Seite wohnte. Auf dem Weg dorthin hatte er bei den drei anderen afghanischen Familien angeklopft. Zwei Mal war sein Klopfen unbeantwortet geblieben. Bei seinem dritten Versuch hatte ihm ein etwa Dreizehnjähriger geöffnet. Offenbar stark verängstigt hatte er Franks Fragen angehört und nur mit Nicken oder Kopfschütteln geantwortet. Manchmal hatte er auch mit den Schultern gezuckt, aber während der ganzen Zeit die Tür nur einen Spalt breit offen gehalten, immer bereit, sie sofort zuzuschlagen. Zu keinem Zeitpunkt hatte Frank einen Blick an ihm vorbei in die Wohnung werfen können. Auf Franks Frage, ob er allein in der Wohnung sei, hatte er mit einem Nicken geantwortet, obwohl Frank deutlich Geräusche aus dem Inneren der Wohnung hören konnte. Was den Jungen dermaßen eingeschüchtert hatte, wusste Frank nicht, aber ihm war natürlich bewusst, dass alle, die in diesen Häusern lebten, auf die eine oder andere Weise traumatisiert waren – insbesondere die Kinder. Zum Schluss hatte er nach Kabi Taraki gefragt, worauf der Junge kurz mit dem Finger nach oben gezeigt und ihm die Tür vor der Nase geschlossen hatte.

Auf der Tür zu Tarakis Wohnung klebte ein Zettel mit arabischen Schriftzeichen. Selbstverständlich hatte Frank keine Ahnung, was sie bedeuteten. Möglicherweise handelte es sich um die Namen der Bewohner. Frank hatte angeklopft und nicht lange warten müssen, bis die Tür geöffnet worden war, zuerst sehr vorsichtig, wie bei dem Jungen eine Etage tiefer, dann aber, nach einem intensiv prüfenden Blick auf Frank, entschlossen und zügig.

Der Mann machte einen Schritt vorwärts, verschränkte die Arme und blickte Frank neugierig an. Seine Erscheinung wirkte auf Frank bestimmend, selbstsicher. Der Detektiv schätzte ihn auf etwa vierzig Jahre. Da er von Rafik bereits wusste, dass Kabi Taraki ebenfalls für die Bundeswehr gearbeitet hatte, sprach er ihn auf Deutsch an.

»Guten Tag, Herr Taraki. Haben Sie ein paar Minuten Zeit für mich?«

Taraki änderte seine Haltung nicht. Emotionslos starrte er weiter mit verschränkten Armen Frank an, der erstaunt die Brauen hob.

»Verstehen Sie mich nicht?«, fragte er nach.

»Doch, schon«, ließ Taraki eine dunkle und raue Stimme hören, »ich überlege nur gerade, wer Sie wohl sein könnten.«

»Ach so, entschuldigen Sie bitte. Ich habe vergessen, mich vorzustellen. Ich kenne Rafik und habe gestern mit ihm zusammen überlegt, ob man nicht eine Kinderbetreuung für die Familien in diesen Häusern organisieren könnte. Mein Name ist Frank Wallert.«

»Und was haben Sie damit zu tun?«, fragte Taraki unerbittlich nach.

»Ich habe eine Zeit lang mit Frau Gehnen vom Jugendamt zusammengearbeitet, und darüber habe ich Rafik kennen gelernt. Meine Tochter und mein Sohn sind unten. Die würden sich mit den Kindern beschäftigen. Haben Sie Kinder?«

Wieder blieb Franks Frage unbeantwortet. Sein Gegenüber strahlte stattdessen ein großes Maß an Misstrauen aus. Schließlich rang sich Taraki aber doch zu einer knappen Erwiderung durch.

»Noch nicht.«

Es schien keinen Sinn zu haben. Taraki wollte nicht mit ihm sprechen. Offensichtlich war sein Misstrauen zu groß.

»Dann bin ich auch schon wieder weg. Danke. Ich wünsche Ihnen alles Gute«, sagte Frank und wandte sich ab.

Hinter ihm wurde die Tür geschlossen.

Es würde schwierig sein, mit diesem Mann in Kontakt zu kommen, ging es Frank durch den Kopf. Er hatte ihn nicht in die Wohnung gelassen und war definitiv nicht so offen wie Rafik und seine Frau. Frank würde sich etwas einfallen lassen. Vielleicht konnte ihn ja Rafik dabei unterstützen.

Er verließ das Haus und wandte sich dem linken Gebäude zu. Immer noch waren Tereza und Adrian gut mit den Kindern beschäftigt. Auch der Wagen, der Adrian aufgefallen war, stand noch dort. Möglicherweise lagen ja der BND oder das BKA auf der Lauer und beobachteten das Flüchtlingswohnheim.

Rafik öffnete umgehend die Tür, kaum dass Frank angeklopft hatte.

»Das trifft sich gut«, begrüßte er den Privatermittler. »Meine Frau hat gerade Tee gemacht. Der Kleine schläft. Trinken Sie ein Glas mit uns? Oder hätten Sie lieber einen Kaffee? Dann sagen Sie es ruhig.«

»Ich trinke gerne einen Tee mit Ihnen«, sagte Frank und folgte Rafik ins Wohnzimmer, wo dessen Frau bereits am Tisch saß und Frank freundlich entgegenlächelte.

»Wo waren Sie?«, fragte Rafik. »Wir haben viel früher mit Ihnen gerechnet. Meine Frau hat Sie schon vor fast einer Stunde angekündigt.

»Wir hatten doch keinen Termin, oder?«, lachte Frank und nahm Platz. »Ich habe noch mit Herrn Grüter gesprochen und war bei Taraki.«

»Das ist Gold wert, dass Herr Grüter jetzt bei uns ist«, erwiderte der Afghane und goss den Tee in Gläser. »Was wollten Sie von Kabi Taraki?«

Er setzte sich zu seiner Frau und Frank an den Tisch und schob Frank ein Teeglas hin.

»Sie sagten mir bei meinem letzten Besuch, dass Taraki ein merkwürdiger Typ sei, um den Sie einen weiten Bogen machen. Warum ist das so?«

Zum wiederholten Male registrierte Frank eine abweisende Mimik bei Rafiks Frau, als er den Namen des anderen Afghanen aussprach.

»Taraki ist ein strenggläubiger Moslem und versucht, uns seinen Willen aufzuzwingen. Er findet es zum Beispiel nicht in Ordnung, wie meine Frau rumläuft. Ihm ist das zu freizügig. Er will, dass ich meiner Frau verbiete, mit offenen Haaren in die Öffentlichkeit zu gehen.«

»Was sagen die anderen Afghanen dazu?«

»Die folgen ihm wie Hündchen«, erwiderte Rafik. »Anfangs waren sie etwas skeptisch, aber mittlerweile hat er sie an der Leine. Er sagt ihnen, was Allah von ihnen erwartet und sie gehorchen. Manchmal frage ich mich, warum diese Menschen in ein Land wie Deutschland geflohen sind.«

»Das habe ich mich auch eben gefragt«, nahm Frank den Faden auf. »Selbst in diesen Flüchtlingshäusern laufen doch nicht alle Frauen verschleiert herum.«

»Richtig. Ich glaube, es war vor drei Wochen, da hat es richtig Ärger gegeben. Es war ziemlich warm und eine von den afrikanischen Frauen ist in einer kurzen Hose draußen bei den

Kindern gewesen. Es wäre fast zu einer Prügelei gekommen, als Taraki sie angebrüllt hat und ihr Mann dazwischengegangen ist. Zwei andere Afrikaner haben die Situation dann geschlichtet.«

»Haben Sie schon in Kabul Kontakt zu Taraki gehabt?«

Rafik schüttelte den Kopf.

»Nicht wirklich. Ich habe ihn dann und wann gesehen, wenn er bei der Truppe war, aber erst in Österreich auf unserem Weg hierhin habe ich mal einen belanglosen Satz mit ihm gewechselt. Dieser Mann ist ein Fanatiker, und ich weiß wirklich nicht, warum er hier ist.«

»Es geht das Gerücht, dass Taraki mit den Taliban zusammengearbeitet hat«, warf Frank ein.

Rafik zuckte zusammen, ebenso wie seine Frau, die bis dahin nahezu unbeteiligt schien. Dennoch hatte Frank das Gefühl gehabt, als ob sie aufmerksam zuhörte und auch verstand, was er sagte.

»Wie kommen Sie darauf?«, fragte Rafik. »Wer hat Ihnen das erzählt?« Er blickte seine Frau an und gab ihr mit einer Handbewegung zu verstehen, dass sie die beiden Männer alleine lassen sollte. Sie stellte ihr Teeglas ab, stand auf und ging in den Nebenraum, wo sich gerade das Kind bemerkbar machte. »Also?«, hakte er nach und schaute Frank auffordernd an.

Die Plauderei hatte wohl nun ein Ende. Jetzt ging es ans Eingemachte. Frank atmete tief durch und beugte sich vor, als ob er Rafik ein Geheimnis verraten wolle.

»Rafik, ich bin ein Privatermittler. Wissen Sie, was das ist?«

Der Afghane nickte.

»Ich bin hier, weil ...«

Rafik hob die Hand, um Frank Einhalt zu gebieten.

»Das will ich gar nicht wissen«, stieß er hervor. »Ich habe eine Frau und ein neugeborenes Kind. Ich möchte mit diesen Sachen nichts mehr zu tun haben. Was glauben Sie, warum wir geflohen sind? Doch nicht, um hier zu erleben, dass das alles weitergeht!«

»Wovon sprechen Sie?«, fragte Frank verwundert.

»Ich werde es Ihnen erzählen«, antwortete Rafik umgehend. »Aber dann möchte ich, dass Sie gehen. Lassen Sie uns in Ruhe. Wir wollen unseren Frieden und sonst nichts. Ist das klar?«

»Ich bin keine Gefahr für Sie und Ihre Familie«, wandte Frank ein.

Rafik lächelte ihn spöttisch an.

»Für Ende Juli, Anfang August 2014, war geplant, einen Gefangenentransport von Kabul nach Wasel Abad stattfinden zu lassen. Die Amerikaner sollten die ganze Aktion durchführen, die Bundeswehr war zur Unterstützung angefordert. Sie sollten Aufklärung betreiben und den Weg festlegen, den die Kolonne nehmen könnte. Bei einer der letzten Lagebesprechungen war Taraki anwesend, als man sich entschloss, die Route zu ändern und den Einsatz von einem Montag auf den darauffolgenden Dienstag zu verschieben. Der Einsatz geriet zu einem Fiasko. Vier amerikanische Soldaten wurden getötet und der Gefangene befreit. Ich bin überzeugt, das war Tarakis Werk.«

»Wieso?«, fragte Frank. »Er wird doch nicht der Einzige gewesen sein, der von der Planänderung wusste?«

»Sicher nicht. Es waren zwei afghanische Offiziere bei der Besprechung, für die Taraki als Dolmetscher fungierte. Die Untersuchung, die es anschließend gab, sprach sie von jeder Mitschuld frei. Taraki geriet unter Verdacht, ohne dass man ihm etwas nachweisen konnte. Kurz darauf hat man ihn entlassen.«

»Halten Sie ihn für gefährlich?«

Rafik zuckte mit den Schultern.

»Ich weiß nicht. Alleine sicher nicht, aber er sammelt seine Leute um sich. Das habe ich Ihnen vorhin erzählt.«

»Warum sollte er nach Deutschland fliehen, wenn er mit den Taliban sympathisiert? Das macht doch keinen Sinn. Wenn er die Aktion verraten hätte, würden ihn die Taliban doch feiern«, sinnierte Frank.

»Das müssen sie ihn fragen«, erwiderte Rafik und stand auf. »Gehen Sie jetzt bitte!«, sagte er und blickte Frank durchdringend an.

Dieser sah für den Moment keine Möglichkeit, Rafiks harte Haltung aufzuweichen. Also dankte er für die Gastfreundschaft und den Tee und verabschiedete sich.

Mit den Ergebnissen seines »Hausbesuchs« war Frank nicht gänzlich zufrieden. Er hatte zwar von Rafik bestätigt bekommen, was ihm Steiner und Feldkamp angedeutet hatten, aber mit Taraki selbst hatte Frank nicht sprechen können. Er musste sich etwas einfallen lassen. Etwa zwei Stunden, nachdem er das Flüchtlingshaus betreten hatte, verließ Frank das Haus wieder. Sein Blick ging sofort Richtung Adrian und Tereza, die aber nach wie vor mit gutgelaunten Kindern spielten. Franks zweiter Blick galt dem schwarzen Audi, der noch immer an Ort und Stelle stand. Warum sonst, wenn nicht zu Beobachtungszwecken, sollte dieser Wagen dort Position bezogen haben? Frank war noch nicht ganz bei Tereza angelangt, als die Mädchen ihn bemerkten und ihn wieder freudig in Empfang nahmen. Er ließ es geschehen, dass die Kleinsten unter ihnen erneut an seinen Hosenbeinen zogen. Er musste aufpassen, dass er nicht ins Straucheln geriet.

»Seid ihr so weit?«, rief er so laut, dass auch Adrian ihn hören konnte. Der drehte sich nach ihm um und hob die Hand.

»Bringst du uns morgen wieder hier hin?«, fragte Tereza, der die Freude ins Gesicht geschrieben stand. »Ich glaube, das ist genau das Richtige für mich.«

»Kann ich machen«, erwiderte Frank. »Denkt aber bitte daran, Herrn Grüter immer Bescheid zu sagen, wenn ihr hier seid.«

In der Zwischenzeit war Adrian zu ihnen getreten. Die beiden Jugendlichen verabschiedeten sich von den Kindern, was bei denen große Entrüstung auslöste. Kopfschüttelnd und wild durcheinanderrufend klammerten sie sich an den beiden fest und gaben erst nach, als Tereza ihnen gestenreich zu verstehen gegeben hatte, dass sie morgen wiederkommen würden. Die Kinder winkten, Frank, Tereza und Adrian winkten zurück. Als sich Frank noch einmal zu den Häusern umdrehte, sah er Grüter im linken Eingang stehen. Er formte seine Hände zu einem Sprachrohr und rief ihm zu: »Wir sind jetzt weg!«, worauf der Hausmeister den Arm hob und nickte.

In diesem Augenblick traten die ersten Frauen wieder aus den Häusern, um über ihre Kinder zu wachen. Frank winkte auch ihnen zu und lief mit Adrian und Tereza Richtung Parkplatz.

»Schaut jetzt bitte nicht so auffällig hin«, sagte Frank, als sie sich dem Wagen näherten.

Die drei stiegen ein und schnallten sich an. Frank war gespannt, wie sich das entwickeln und ob ihnen der Wagen mit den Fremden folgen würde. Natürlich hatte er einen flüchtigen Blick riskiert, aber nur wahrnehmen können, dass zwei Personen in dem Audi saßen. Er setzte zurück, schlug das Lenkrad scharf ein und fuhr davon.

»Hat es euch Spaß gemacht?«, fragte er. Er war angespannt und hatte das Gefühl, das überspielen zu müssen. Es wäre nicht gut, wenn sich seine Nervosität auf die beiden Jugendlichen übertragen würde.

»Und wie«, antwortete Tereza sofort.

Adrian, der hinten Platz genommen hatte, nickte zustimmend.

»Die Jungs sind auch klasse. Einer spricht sogar ein bisschen Deutsch, einige Englisch. Es geht gut.«

»Aber müssen wir das nicht irgendwie legalisieren?«, wandte Tereza ein. »Ich meine, ich weiß nicht, wer dafür zuständig

179

ist, aber irgendjemand muss doch erfahren, dass wir die Kinder betreuen, oder?«

»Ich werde mich darum kümmern«, erwiderte Frank, der ständig den Rückspiegel im Blick hatte. »Auf jeden Fall seid ihr bei den Kindern richtig eingeschlagen, und auch die Mütter scheinen euch zu vertrauen.«

Frank musste an einer roten Ampel halten und nahm durch den Rückspiegel wahr, dass ihnen tatsächlich ein Wagen folgte. Ob es der von der Gustavstraße war, konnte er noch nicht sagen. Er griff ins Handschuhfach und holte einen kleinen Block und einen Kugelschreiber daraus hervor. Beides übergab er Tereza, die ihn fragend anblickte.

»Schreib auf, was ich dir gleich sage«, forderte er sie auf.

Es war definitiv ein Audi, der als übernächster Wagen hinter Frank angehalten hatte. Die Ampel wechselte auf Gelb, dann auf Grün, und Frank bog nach links ab. Der Wagen hinter ihm fuhr geradeaus, der Audi folgte Frank.

»Schreib! M GH 3314.«

Adrian erschien mit seinem Kopf neben der Nackenstütze von Frank.

»Das ist die Nummer von dem Wagen an der Gustavstraße«, sagte er.

»Du hast dir die Nummer gemerkt?«, fragte Frank.

»Na klar, was denkst du denn?«

Zehn Minuten später setzte Frank Adrian und Tereza am Busbahnhof ab. Der schwarze Audi mit dem Münchener Kennzeichen war ihnen weiter gefolgt, und es war nicht Franks Absicht, seine Verfolger noch zu ihrem Haus im Nachbarsweg zu lotsen.

»Nehmt den 133-er«, sagte er und wies auf den Bus, der eben vorgefahren war. »Beeilt euch!«

Er beobachtete, wie die beiden einstiegen und der Bus sich in Bewegung setzte. Zwar würden sie noch ein wenig laufen müssen, wenn sie die »Alte Straße« erreicht hatten, aber das war kein Problem. Frank fuhr wieder an. Den Audi hatte er aus den Augen verloren. Er würde sehen, ob er wieder auftauchte.

Lange warten musste er nicht. Gerade als Frank den Blinker setzte, um nach rechts in die Althofstraße einzubiegen, war er wieder da. Er würgte sich in eine Parklücke und beobachtete aus den Augenwinkeln, wie sein Verfolger an ihm vorbeifuhr und auf den Dickswall einbog. Fürs Erste war er sie wohl los, aber er hätte gerne gewusst, wer seine »Schatten« überhaupt waren.

Noch während er das Detektivbüro betrat, wählte er mit seinem Smartphone Tina Feldkamps Nummer.

»Ja?«, meldete sie sich.

»Ich habe eine Frage«, begann Frank energisch, ohne auf Silke zu achten, die an ihrem Computer saß und ihn verwundert mit ihrem Blick verfolgte. »Ich werde von einem Wagen verfolgt. Von Ihren Leuten? Von denen Steiners? Oder sind das wieder neue Figuren auf dem Spielfeld?«

»Sie werden verfolgt?«, fragte die Beamtin überflüssigerweise nach. »Unsere Leute sind es nicht. Und dass es die von Steiner sind, kann ich mir nicht vorstellen. Wo sind Sie gerade?«

»Ich bin in meinem Büro«, antwortete Frank, der die Pausenküche erreicht hatte und sich auf einen Stuhl fallen ließ. »Wenn nicht Sie und Steiner, wer verfolgt mich sonst?«

»Ich habe keine Ahnung«, versicherte Feldkamp ihm. »Haben Sie eine Beschreibung? Autotyp, Kennzeichen?«

Frank gab die gewünschten Informationen an sie durch. Als er aufschaute, erschien Silke in der Tür, verschränkte die Arme und lehnte sich an den Rahmen.

»Münchener Kennzeichen«, schob er nach, »vermutlich ein Mietwagen.«

»Ich kümmere mich darum, Herr Wallert. Wie lange sind Sie im Büro erreichbar?«

»Das weiß ich nicht. Irgendwann wird meine Frau anrufen. Dann fahre ich nach Essen, um sie abzuholen. Aber Sie haben ja meine Handynummer.«

»Okay. Ich melde mich. Passen Sie auf sich auf.«

Damit beendete sie das Gespräch. Frank steckte sein Smartphone ein und bedachte Silke mit einem vernichtenden Blick.

»Was ist?«, fuhr er sie an. »Habe ich irgendetwas angestellt? Willst du mir was sagen?«

Sie schüttelte den Kopf.

»Nein. Ich hoffe, es ist alles in Ordnung. Ich mache mir Sorgen. Kannst du dir das vorstellen?«

Franks Anspannung wich langsam.

»Tut mir leid, natürlich, entschuldige. Hat sich jemand gemeldet?«

Silke verneinte, zog einen Stuhl zu sich heran und setzte sich, so dass sie unmittelbar vor Frank saß. Sie legte eine Hand auf seinen Unterarm.

»Frank, ich finde, du solltest diesen Alleingang stoppen. Das tut dir nicht gut und bringt dich in Gefahr, ohne dass wir helfen können. Ich kann dir ansehen, dass es dir nicht gutgeht, und ich würde dich unheimlich gerne unterstützen.«

Frank fasste ihre Hand und drückte einen Kuss darauf, bevor er sie losließ.

»Ich weiß, und dafür danke ich dir, aber es ist nicht möglich.«

Silke streckte die Beine aus und verschränkte die Arme über ihrer Brust.

»Das ist Blödsinn!«, fuhr sie auf. »Was ist, wenn deine Verfolger Ina auf dem Gewissen haben und nun hinter dir her sind? Du musst dich doch irgendwie absichern.«

»Das tue ich auch, Silke, aber ich habe nun mal eine rechtsverbindliche Erklärung unterschrieben, dass ich die Klappe halte. Ich möchte meine Lizenz nicht verlieren, verstehst du? Außerdem passe ich auf.«

Ein Tarzanschrei durchschnitt die plötzliche Stille und Frank zückte sein Smartphone. Auf dem Display prangte ein Foto von Maren.

»Hallo, meine Süße«, meldete er sich.

Maren ging auf seine Säuselei nicht ein.

»Wo sind die Kinder?«, fragte sie.

Frank stutzte.

»Sie sind mit dem Bus auf dem Weg nach Hause«, antwortete er. »Warum? Was ist los?«

»Ich erreiche beide nicht, und ich habe es mehrfach versucht«, erwiderte Maren, der er jetzt anhören konnte, dass sie sehr nervös war. »Warum fahren sie mit dem Bus? Wolltest du sie nicht nach Hause bringen?«

29

Ich glaube, ich habe in der letzten Nacht alle meine Tränen weggeweint, nicht aus Verzweiflung, obwohl es auch dafür eine Reihe von Gründen gegeben hätte, sondern aus Erleichterung und Freude. Ridvan, mein Neffe, der Sohn von Aahlijahs Bruder, hat uns befreit. Und nicht nur das: Er hat uns mit Aahlijah zusammengeführt – meinem Löwen, meiner Hoffnung, meinem Mann. Ich bin in Kobane, unmittelbar an der türkischen Grenze. Auch hier herrscht Krieg, aber die Stadt ist seit langer Zeit schon von Kurden und Assad-Gegnern besetzt. Der IS hat hier nichts zu sagen. Außerdem ist die Stadt ein wenig dadurch geschützt, dass sie in unmittelbarer Nähe der Türkei liegt. Zwar gefällt es den Türken nicht wirklich, dass ausgerechnet Kurden an ihrer Grenze herrschen, aber was bleibt ihnen anderes übrig, als es zu dulden? Direkt und unmittelbar in den Krieg einzutreten, dazu noch gegen Verbündete der USA, davor schrecken sie nun doch zurück. Aber das ist Politik – verstehe sie, wer will.

Ich habe mich bei Ridvan und seinen Kameradinnen und Kameraden bedankt. Auch Zohra und Qassem, den Kommandeur der Truppe, habe ich kennen gelernt. Ich schulde ihnen so viel und habe keine Ahnung, wie ich das je wieder gutmachen kann.

Gestern Abend, kurz nach unserer Ankunft, sind meine Kinder und ich todmüde auf unser Schlaflager gefallen, zu dem uns Ridvan geführt hat. Zu diesem Zeitpunkt habe ich noch nicht geahnt, dass ich heute hier sitzen würde, am Krankenbett von Aahlijah. Er schläft noch. Der Tag hat gerade erst begonnen. Aahlijah sieht schwach aus, um einiges dünner als ich ihn in Erinnerung habe. Er muss Unmenschliches durchgemacht haben. Seine rechte Hand ist bis zum Ellenbogen hinauf verbunden, sein Gesicht weist Spuren von Gewalt auf. Ich denke, dass einige davon schon gut verheilt sind, und dass er vor einigen Wochen noch wesentlich schlimmer ausgesehen hat. Auch sein rechtes Bein muss verletzt sein, es zeichnet sich unter der dünnen Decke wesentlich dicker ab als das linke, ist also wohl auch verbunden. Ich lupfe vorsichtig das Tuch, schlage es von unten nach oben zurück und sehe meine Vermutung bestätigt. Dann decke ich es wieder zu. Obwohl ich sehr zaghaft vorgegangen bin, muss Aahlijah es gespürt haben, denn er seufzt und bewegt den Kopf in meine Richtung. Dann öffnet er die Augen – nicht weit, aber weit genug. Erst reagiert er nicht und wendet seinen Kopf wieder ab, doch dann zuckt er zusammen und sieht mich aus weit aufgerissenen Augen an. Er spricht nicht, er schaut nur, und ich streichle ihm mit tränenfeuchten Augen über die Wange. Dann bewegen sich seine Lippen. Erst beim zweiten Anlauf schafft er es, meinen Namen auszusprechen. Ich nicke, stehe auf, beuge mich über ihn und gebe ihm einen sanften Kuss.

»Wie geht es dir?«, frage ich, nachdem ich mich wieder gesetzt habe.

»Ridvan hat es geschafft«, flüstert er.

»Ja, das hat er.«

»Wie geht es den Kindern?«

»Sie sind wohlauf. Die Flucht war zwar etwas wild, aber es geht ihnen gut. Sagst du mir, wie es dir geht? Was ist geschehen?«

»Es geht mir gut«, beginnt er, und dann erfahre ich, was ihm zugestoßen ist, wie er angeschossen und gefangen genommen wurde, von den Folterungen und seiner Befreiung, von der er nichts mitbekommen hat, wie er hier wieder zu sich kam, wie Zohra ihn pflegte und wie Qassem ihm mitteilte, wer ihn gerettet hat und unterwegs war, um mich und die Kinder in Sicherheit zu bringen.

»Ridvan hat es tatsächlich geschafft«, schiebt er hinterher und fasst mit seiner unverletzten Hand nach meiner, die ich auf seine Brust gelegt habe.

Ich nicke nur, denn meine Stimme würde jetzt versagen. Aahlijahs Erzählungen haben mich an den Rand gebracht. Ich bin erschüttert und blicke nach unten.

»Was ist mit dir?«, fragt er. »Ist Ridvan wohlauf?«

Ich nicke schnell, damit mein Mann meine Reaktion nicht missversteht.

»Ja, ihm geht es gut. Niemand ist verletzt worden.«

Er wirkt erleichtert und sieht mich liebevoll an.

»Ich bin so dumm«, sagt er. »Ich habe noch nicht einmal gefragt, wie es dir ergangen ist.«

Ich schaue ihn an und versuche zu lächeln. Sofort habe ich vor Augen, wie meine Schwägerin unter dem Schwerthieb tot zusammenbricht, sehe den schwarzen Mann, wie er sich mir mit gierendem Blick zuwendet, fühle, wie er mich packt und mir die Kleider vom Leib reißt. Ich reiße mich zusammen. Ich kann ihm das jetzt nicht sagen. Auch Ridvan weiß noch nichts vom Tod seiner Mutter.

»Nicht jetzt«, sage ich. »Es geht mir wirklich gut.«

Mein Lächeln muss glaubhaft gewirkt haben, denn Aahlijah nickt zufrieden.

»Gut«, sagt er. »Was hältst du von einem Familienfrühstück?«

30

Es war für Frank nicht einfach gewesen, Marens Schimpftirade an sich abperlen zu lassen. Mehrfach hatte er versucht, ihr zu erklären, warum er Adrian und Tereza mit dem Bus auf die Heimreise geschickt hatte, aber mit jedem Wort, das er sagte, schien er es nur noch schlimmer zu machen. Schließlich hatte er sie fast angebrüllt, dass er jetzt das Gespräch beenden und sich um die beiden kümmern würde, sie könne ihm später weiter Vorhaltungen machen. Dann drückte er resolut die Taste, steckte sein Smartphone wieder ein und blickte in ein entsetztes Gesicht. Silke schüttelte langsam den Kopf.

»Ich weiß nicht, ob das alles so gesund ist«, sagte sie. »Es klingt auf jeden Fall nicht gut.«

Frank wollte nicht weiter diskutieren, also sprang er auf und schnappte sich seine Jacke.

»Kommst du mit?«, fragte er. »Maren kann Adrian und Tereza nicht erreichen. Sie macht sich Sorgen.«

»Klar«, erwiderte Silke und folgte Frank, der bereits auf dem Weg zum Ausgang war.

»Was hätte es für einen Sinn gemacht, Adrian und Tereza nach Hause zu bringen und damit den Verfolgern noch zu zeigen, wo wir wohnen?«, fragte Frank, während er den Wagen mit etwas höherer Geschwindigkeit als zulässig durch die Stadt steuerte.

»Du wärst auf jeden Fall bei ihnen gewesen«, antwortete Silke. »Außerdem weißt du gar nicht, wer die Typen waren. Vielleicht kennen sie deine Adresse längst. Ich meine, wenn sie dich verfolgt haben, ist das doch wahrscheinlich, oder?«

Frank schwieg jetzt. Er war es leid, sich rechtfertigen zu müssen. Sicher hätte er bei Adrian und Tereza bleiben können, aber er hatte nun einmal – und das wohlüberlegt – anders entschieden. Silke spekulierte mit dem, was sie eingewandt hatte. Er konnte weder Adrian und Tereza noch Maren lückenlos beschützen. Schließlich waren die beiden Männer nicht dem Bus gefolgt, in den die Jugendlichen gestiegen waren, sondern ihm. Erst auf der Althofstraße hatten sie ihre Beschattung abgebrochen. Dennoch war es natürlich möglich, dass die Verfolger dies nur getan hatten, um zum Nachbarsweg zu fahren und Adrian und Tereza dort in Empfang zu nehmen. Er schaltete in den nächsten Gang und beschleunigte, als sich der Wagen der Prinzeß-Luise-Straße näherte.

»Hier«, sagte er zu Silke und reichte ihr sein Smartphone. »Versuch es bitte weiter.«

Er setzte den Blinker und bog nach links in die Saarner Straße ein, wo er sofort wieder Tempo aufnahm.

»Hier ist Silke«, hörte er seine Kollegin plötzlich sprechen. »Melde dich sofort bei Frank oder Maren, wenn du das hörst«, sagte sie und legte das Handy in ihren Schoß. »Bei Tereza war nichts, und Adrian habe ich auf die Sprachbox gesprochen«, klärte sie ihn auf.

Frank fuhr nach rechts in den Nachbarsweg und ignorierte auf den letzten Metern der Fahrstrecke so gut wie alle Straßenverkehrsregeln. Unmittelbar vor dem Haus stieg er in die Eisen und machte sich nicht einmal die Mühe, den Wagen einzuparken. Auch Silke stieg aus und folgte Frank, der bereits auf die Haustür zuhielt. Er gab ihr ein Zeichen, sie solle zurückbleiben und ihm den Rücken freihalten. Erst jetzt bemerkte Silke die offenstehende Haustür, machte einen Satz nach links und drückte sich unmittelbar an der Tür gegen die Hauswand. Sie griff in ihre Jeanstasche, zog den Hausschlüssel und öffnete lautlos die Tür zum Nachbarhaus, wo René und sie wohnten. Sie flitzte ins Schlafzimmer, öffnete den kleinen Tresor neben ihrem Nachtschränkchen und förderte ihre Pistole zutage, dazu noch ein gefülltes Magazin, das sie sofort einführte. Sie lud die Waffe durch und schlich wieder zurück zu Frank. Der legte einen Finger auf seine Lippen und wies erst in das Haus hinein, dann auf sein Ohr. Tatsächlich wurde drinnen gesprochen. Mit einer unmissverständlichen Geste wies Frank Silke an, an Ort und Stelle zu bleiben, während er sich lautlos in den Flur schob. Die Stimmen kamen nicht aus dem Wohnzimmer, auch nicht aus der Küche. Er schlich langsam weiter, vorsichtig darauf bedacht, kein Geräusch zu verursachen. Als er vom Flur nach rechts in die Küche huschte, nahm er plötzlich eine Bewegung wahr. Er zuckte zusammen und verdrehte die Augen, als er Silke erkannte, die ihm gefolgt war. Sie wies auf ihre Waffe und er nickte erleichtert. Jetzt waren einzelne Worte zu verstehen. Es war Tereza, die sprach.

»Ich weiß nicht, wovon Sie reden«, sagte sie.

Die Entgegnung konnte Frank nicht verstehen, aber es handelte sich offenbar um eine gedämpfte Männerstimme. Frank senkte den Kopf und versuchte, die Stimmen zu lokalisieren. Er legte sich auf Terezas Zimmer fest, denn für das Schlafzimmer, das nur wenige Schritte entfernt war, schien ihm die Stimme zu weit weg. Er spähte den Gang entlang und stellte fest, dass Adrians Zimmertür geschlossen war. Plötzlich ertönte ein spitzer Schrei.

»Nein! Nicht! Tun Sie das nicht!«

Wieder war es Terezas Stimme. Diesmal allerdings stellten sich Franks Nackenhaare auf. Er schob sich aus der Küchentür und setzte auf dem Flur, an dessen rechter Wand er sich langsam voran schob, einen Fuß vor den anderen. Er spürte, dass Silke ihm auf gleiche Weise folgte und dachte beruhigt an die Waffe in ihrer Hand. An Terezas offenstehender Tür angekommen, riskierte er einen schnellen Blick in den Raum, zog seinen Kopf aber sofort wieder zurück. Er zeigte in Richtung Silke zwei Finger, dann einen und formte mit Daumen und Zeigefinger seiner rechten Hand eine Waffe. Silke hatte verstanden und nickte. Fragend wies sie mit der freien Hand nach links und nach rechts, was Frank mit seiner rechten Hand beantwortete. Sie nickten sich zu, dann zählte Frank mithilfe seiner Finger von drei abwärts. Als der Daumen sank, sprangen beide nach vorne. Frank stürzte sich auf den Mann links, der Adrian im Würgegriff hatte, und schlug sofort mit großer Härte zu. Silke stellte sich breitbeinig in den Raum und brachte ihre Waffe auf den Mann rechts in Anschlag. Tereza saß gefesselt auf einem Stuhl. Der Mann, der sie bedrohte, hielt eine Pistole in der rechten, den Ledergürtel aus Terezas Jeans in der linken Hand.

»Lassen Sie die Waffe fallen und drehen Sie sich langsam um!«, brüllte Silke.

Doch der überfallartige Angriff von Frank und Silke hatte die beiden Männer erschreckt. Während sich der eine heftig mit Frank prügelte, wirbelte der andere panisch herum und ließ Tereza für einen Moment unbeaufsichtigt. Die junge Frau reagierte ohne Verzögerung und ließ sich mitsamt dem Stuhl, an den sie gefesselt war, fallen. Der Mann mit der Waffe wusste gar nicht, was er zuerst tun sollte. Er hatte keine Zeit, sich zu entscheiden. Silke drückte ab, und der Mann brach schreiend zusammen, als das Geschoss sein linkes Knie durchschlug. Im Sturz entglitt ihm seine Waffe, die er hektisch versuchte zurückzuerlangen. Ein kurzer Schlag mit dem Pistolenknauf stoppte ihn. Er sank bewusstlos auf den Boden, während sich Silke die Waffe griff. Sie wirbelte auf dem Absatz herum und konnte gerade noch Zeugin davon werden, wie Frank den zweiten Mann durch einen krachenden Schlag mitten ins Gesicht auf die Bretter beförderte. Dann sprangen die beiden auf die Jugendlichen zu. Adrian hatte sich im Laufe des Geschehens auf Tereza gestürzt und deckte sie mit seinem Körper ab. Frank fasste ihn bei den Schultern.

»Seid ihr in Ordnung?«, fragte er atemlos und schnaufte erleichtert, als sich Adrian langsam erhob.

»Ja«, keuchte er.

Auch Tereza nickte. Sie war blass.

»Bindet mich endlich los!«, stieß sie hervor.

»Mach du das«, forderte Frank Adrian auf. »Wir kümmern uns um die beiden ungebetenen Gäste.«

Die beiden Männer lagen immer noch bewusstlos am Boden. Frank griff nach dem Gürtel, den der Mann mit der Schusswunde in der Hand gehalten hatte, drehte ihn auf die Seite und fesselte ihm die Hände hinter dem Rücken. Die nach und nach bei Terezas Befreiung freiwerdenden Stricke nutzte er, um ihm die Füße zu fesseln. Ebenso schnell fixierte Silke den zweiten Mann, der aus der Nase blutete und bereits röchelte, so dass mit seinem baldigen Erwachen zu rechnen war. Silke griff unter seine Achseln, hievte seinen Oberkörper hoch und lehnte den Mann mit dem Rücken an die Wand. Schwer atmend drehte sie sich zu den anderen um und sah, dass Adrian und Tereza eng umschlungen im Raum standen. Terezas Schultern bebten und Adrian blickte Frank entsetzt an.

»Was war das denn?«, fragte er.

»Das weiß ich noch nicht«, erwiderte Frank und trat auf Tereza zu.

Er zog sie am Arm von Adrian weg und drehte sie an den Schultern zu sich hin. Die Farbe kehrte langsam in ihr tränennasses Gesicht zurück. Sie schluchzte und schniefte. Nach und nach legte sich ihre Anspannung. Frank musterte sie vom Kopf bis zu den Zehenspitzen.

»Bist du unverletzt?«, fragte er, worauf sie sofort nickte.

»Wollten die uns töten?«, presste sie zwischen zwei Schluchzern hervor.

Frank antwortete nicht. Was sollte er auch antworten? Stattdessen schloss er Tereza in seine Arme.

31

»Herr Frenzen«, fauchte Tina Feldkamp, »ich kann die Welt für Sie nicht auf den Kopf stellen! Sie ist wie sie ist!«

In Malte brodelte es. Nicht nur, dass diese Frau ihm mit ihren Leuten wieder in die Parade gefahren war, nein, jetzt musste er sich von dieser Schnepfe auch noch solche Sprüche anhören.

»Sie sollten sich mit Binsenweisheiten mir gegenüber zurückhalten!«, fuhr er sie mit hochrotem Kopf an. »Meine Freunde wurden angegriffen. Sie schweben in höchster Gefahr. Und da habe ich als Kriminalbeamter doch wohl das Recht, zu erfahren, was hier los ist! Wenn Frank und Silke nur fünf Minuten später gekommen wären, dann hätte ich innerhalb von zwei Tagen drei liebe Menschen verloren. Und Sie versuchen, mich mit Sprüchen abzuwimmeln!«

Silke hatte, unmittelbar nach den Vorfällen im Haus von Maren und Frank, die Polizei angerufen. Malte, Maren und einige andere Polizistinnen und Polizisten waren zehn Minuten später mit großem Aufgebot erschienen. Weitere fünf Minuten später hatte Tina Feldkamp mit ihrem Team die Bühne betreten und rigoros verlangt, dass Malte mit seinem Team den Tatort verlassen solle. Und nun standen sie im Wohnzimmer und fochten diesen Kampf aus.

Tina Feldkamp lenkte scheinbar ein.

»Ich verstehe Sie, Herr Frenzen«, sagte sie und machte ein paar Schritte auf Malte zu. »Aber ich habe das nicht zu entscheiden. Tatsache ist, dass wir die Ermittlungen übernehmen und Sie draußen sind. Das ist auch nicht neu für Sie, denn Sie sind bereits am vergangenen Montag darüber unterrichtet worden, dass das nicht Ihr Fall ist. Ich bin sicher, Sie würden von Herrn Hetkämper und Herrn Brandt auch nichts anderes zu hören bekommen.«

Malte winkte mürrisch ab und wandte sich zum Gehen.

»Rückzug, Leute!«, rief er und verstärkte seinen Befehl mit einer entsprechenden Geste. »Wir werden hier nicht gebraucht!«

Fast gleichzeitig schoben sich sein Stellvertreter, der fünfunddreißigjährige Kommissar Stefan Heine, und Sabine Teubert, die Leiterin der KTU, an ihn heran.

»Sag mal, mein Held«, begann Sabine, »ist es in Ordnung, wenn ich nochmal kurz mit Frank und seiner Familie rede?«

»Wenn dieser Grünschnabel es dir erlaubt, bitte. Sag ihnen, ich melde mich heute Abend.«

Malte hatte sich nicht bemüht, leise zu sprechen. Tina Feldkamp war eben im Begriff, ihrem Team die entsprechenden Einsatzbefehle zu erteilen, und unterbrach sich mitten im Satz.

»Der Grünschnabel sagt nein, Herr Frenzen. Zwei meiner Leute werden Herrn Wallert und die beiden Kinder jetzt zum Durchchecken in ein Krankenhaus begleiten. Für Gespräche unter Freunden ist jetzt nicht die Zeit.«

Malte drehte sich mitten in der Tür noch einmal zu ihr um. Er spürte, wie in ihm die Wut hochkochte, doch er zwang sich zur Ruhe.

»Sie haben nicht alle Tassen im Schrank«, sagte er und ließ die Frau stehen. Mit der kopfschüttelnden Sabine und seinem Schimpfwörter vor sich hin brabbelnden Kollegen Stefan verließ er das Haus.

Kurz darauf betrat Tina Feldkamp das Schlafzimmer der Familie, in das sich Maren, Frank, Tereza und Adrian zurückgezogen hatten, um den Kriminaltechnikern nicht im Weg zu sein. Alle vier lagen lang ausgestreckt auf dem Doppelbett. Maren hielt die Hand von Tereza, die immer noch still vor sich hin weinte. Maren hatte die Augen geschlossen, aber es war ihr anzusehen, dass es in ihren Gedanken rundging. Frank und Adrian starrten an die Decke und richteten sich auf, als sie die Beamtin bemerkten. Sie zog den erstbesten Stuhl heran und setzte sich, so dass sie direkt neben Maren saß.

»Draußen wartet ein Krankenwagen auf Sie und die Kinder, Herr Wallert«, sprach sie Frank an und versuchte sich an einem Lächeln.

»Wir brauchen keinen Krankenwagen«, wehrte Frank ab. »Ich habe ein paar Schrammen und Beulen, und meine Tochter und mein Sohn sind körperlich unverletzt.«

Er stand zusammen mit Adrian auf und streckte sich. Auch Tina Feldkamp erhob sich.

»Ich bestehe aber darauf. Wir wollen ganz sicher sein ...«

Jetzt reichte es Frank.

»Wie, Sie wollen sicher sein!«, platzte es aus ihm heraus. »Hören Sie mit dem Blödsinn auf! Tereza, willst du ins Krankenhaus?«, wandte er sich an das Mädchen, das mittlerweile aufgehört hatte zu weinen.

»Nein«, sagte sie, »mir fehlt nichts«.

»Mir auch nicht«, kam Adrian Frank zuvor.

Frank breitete die Arme in Richtung Tina Feldkamp aus.

»Na bitte! Sagen Sie mir lieber, wie das geschehen konnte. Wer waren die beiden?«

Die Beamtin räusperte sich.

»Sie wissen, dass ich hier nicht mit Ihnen darüber reden kann. Gehen wir in die Küche?«

»Ob wir in die Küche gehen? Nein, das tun wir nicht! Meine Tochter und mein Sohn sind überfallen worden! Da glauben Sie doch nicht, dass ich ihnen gegenüber weiterhin ein Geheimnis aus der Sache mache! Die beiden haben das Recht, zu erfahren, um was es geht!«

»Herr Wallert, Sie haben sich zur Verschwiegenheit ...«

»Ich scheiße auf die Verschwiegenheit!«, brüllte Frank plötzlich los und sah, wie Tina Feldkamp zusammenzuckte. »Wie kann man nur so kalt sein?«

Plötzlich stand Maren vom Bett auf. Tereza drehte sich auf den Bauch und legte sich das Kissen auf den Kopf. Mit beiden Händen presste sie es gegen ihre Ohren.

»Frank hat mir bereits alles erzählt«, sagte Maren mit fester Stimme. Sie saß auf der Bettkante und stützte sich mit beiden Händen ab. »Mich interessiert nur eins: Waren das die beiden Männer, die Ina umgebracht haben?«

»Wir vermuten es. Der DNA-Test steht noch aus«, gab Frau Feldkamp klein bei.

»Wo sind die beiden jetzt?«, fuhr Maren mit ihrem Verhör fort.

»Sie werden ärztlich versorgt, und dann nehmen wir sie in Gewahrsam.«

Tereza hatte sich aufgerichtet und saß im Schneidersitz hinter Maren auf dem Bett.

»Was heißt ›in Gewahrsam‹?«, fragte sie.

»Das heißt, dass sie in Untersuchungshaft kommen. Der eine kommt in ein Gefängniskrankenhaus, der andere in eine Zelle.«

»Dann sind wir also vor den beiden sicher?«, fuhr Tereza fort.

»Ich denke schon«, antwortete Tina Feldkamp. »Ich werde ihnen jedenfalls zwei Leute hierlassen, die in einem Fahrzeug vor Ihrem Haus Position beziehen. Herr Staatssekretär Brandt hat seinen Segen dazu gegeben.«

»Danke«, sagte Frank. »Könnten Sie jetzt bitte gehen? Ich möchte mit meiner Familie sprechen.«

Tina Feldkamp wand sich.

»Herr Wallert. Ich bin bereit, das nicht an die große Glocke zu hängen. Überlegen Sie sich bitte ...«

»Raus!«, brüllte Frank. »Gehen Sie!«

Ungläubig starrte sie Frank an, dann schüttelte sie den Kopf, drehte sich um und verließ das Schlafzimmer.

32

Ich liege unter einer zerfetzten Zeltplane irgendwo an einem türkischen Strand. Ich kann mich nicht lange ausruhen, denn wir warten auf ein Schiff, das uns und weitere mindestens zweihundert Menschen von diesem Strand aus nach Griechenland bringen soll. Aahlijah hat unser ganzes Geld dafür ausgegeben, und wir beide hoffen, dass es nicht vergeblich war. Unser Ziel ist die Insel Lesbos. Viele haben uns erzählt, dass die Griechen uns weiterziehen lassen würden. Mit einer Fähre werden wir aufs Festland gelangen und dann den weiten Marsch antreten, der uns bis Mitteleuropa, am liebsten bis nach Deutschland führen soll. Ob uns das gelingt, steht in den Sternen. Man hört immer wieder von Unglücken auf dem Mittelmeer, dass Boote kentern und Menschen ertrinken, Menschen, deren einzige Hoffnung Europa heißt, Menschen wie wir.

Wie die Kinder das alles wegstecken, ist bewundernswert. Sie sind die körperlich Kleinsten und Schwächsten unter den vielen Menschen, die ihrer Sehnsucht folgen, einem Leben in Frieden und Freiheit näher zu kommen. Aber sie sind stark. Sie lachen und spielen draußen mit Aahlijah, der mit ihnen im Sand herumtollt. Kinder sind halt grundsätzlich viel positiver als Erwachsene. Sie glauben in ihrer kindlichen Naivität, dass ihnen nichts geschehen kann, solange ihre Eltern bei ihnen sind. Für sie ist es ein großes Abenteuer, das wir planen – nicht mehr, aber auch nicht weniger. Kaja hat den Schock meiner Vergewaltigung einigermaßen verkraftet. Sie schafft es mittlerweile, dann und wann fröhlich zu sein, vor allem seit Aahlijah wieder mit uns zusammen ist. »Siehst du?«, hat sie mir eines abends im Bett zugeraunt. »Ich habe es dir doch gesagt, er lässt uns nicht im Stich.«

Sie hat recht gehabt. Ich selbst habe nicht damit gerechnet, ihn lebend zurückzubekommen. Seine Wunden sind verheilt, nichts außer dem fehlenden kleinen Finger und einem leichten Hinken ist von seiner Tortur übriggeblieben. Eines Abends im März – die Kinder schliefen bereits – fasste ich mir ein Herz. Es war drei Wochen her, dass ich mit den Kindern nach Kobane gekommen war. Es quälte mich, dass Aahlijah nicht ein einziges Mal nachgefragt hatte, wo seine Schwägerin Shania geblieben war. Manchmal dachte ich, er könne es aus einer Ahnung heraus vermieden haben. Auch Ridvan fragte nicht, und ich war für jeden Moment dankbar, in dem ich nicht über das schreckliche Geschehen zu Hause in Rakka nachdenken musste. Aber an diesem Abend war es so weit. Wir waren ein paar Schritte gelaufen und saßen zusammen vor dem Haus auf einer Holzbank, als Aahlijah plötzlich den Arm um mich legte. *»Willst du mir nicht endlich erzählen, was in Rakka geschehen ist?«*, fragte er. Ich begann zu schluchzen, denn schlagartig waren die Bilder wieder da. Dann erzählte ich Schritt für Schritt von jenem Januarmorgen in Rakka, von dem Schwerthieb gegen Shania und ihrem Tod. Ich spürte, wie sich mein Mann neben mir verkrampfte und anschließend die Schultern hängen ließ. *»Erzähl weiter«*, flüsterte er, nachdem ich aus Rücksicht auf ihn eine Weile geschwiegen hatte. Als ich ihm unter Tränen der Scham und des erneut aufkeimenden Entsetzens erzählte, dass mich der Mörder seiner Schwägerin unter den Augen unserer Tochter Kaja vergewaltigt hatte, schien er zusammenzubrechen. Er wirkte tagelang wie ausgelöscht, starrte vor sich hin, murmelte irgendwelche unverständliche Sätze und bekam wieder Fieber. Zohra und ich taten, was wir konnten, während die Kinder angstvoll darauf warteten, dass er wieder zu sich kam. Schon bereute ich, ihm das alles erzählt zu haben. Aber dann, eines Tages, war er wieder da. Er schlug die Augen auf und rief meinen Namen. Ich beugte mich über ihn und küsste ihn. Dann schlief er erneut ein. Als er das nächste Mal wach wurde, war er wieder der Alte. Nicht ein einziges Mal war er danach auf meine Vergewaltigung oder den Mord an Shania zu sprechen gekommen. Ein paar Tage später begannen wir, unsere Flucht zu planen.

Ich krieche aus dem Zelt, in dem es mir zu heiß geworden ist. Es ist jetzt Juni. Die Sonne brennt mit aller Macht auf die wartenden Menschen. Nur einige Kinder toben herum, bewerfen sich mit dem feinen Sand oder bespritzen sich mit dem kühlenden Salzwasser, das in leichten Wellen an den Strand schwappt. Aahlijah hat sich aus einem Tuch einen Sonnenschutz für seinen Kopf gebunden. In einigen Metern Abstand steht er am Strand, schützt mit einer Hand seine Augen und beobachtet unsere Kinder. Ich gehe zu ihm hin.

»Wie lange, meinst du, müssen wir noch warten?«, frage ich ihn und lege meinen Arm um seine Hüfte.

Er zuckt mit den Schultern.

»Mir wurde gesagt, dass es am späten Nachmittag losgeht. Eine Stunde vorher soll das Schiff kommen.«

Ich lehne meinen Kopf an seine Schulter.

»Wenn wir die Überfahrt nur schon hinter uns hätten«, denke ich laut nach. »Man hört so vieles.«

Er nimmt meine Hand und hält sie fest.

»Afra, hör nicht auf diese Angstmacherei. Es ist nicht weit bis nach Lesbos, die See ist ruhig, es wird gutgehen.«

Plötzlich taucht rechts von uns, in ein paar hundert Metern Entfernung, ein Boot auf. Es ist kein »Schiff«, eher erinnert es an ein Fischerboot. Seine Farbe ist blau, die Kabine im vorderen Drittel weiß. Ich strecke meine Hand aus.

»Ist es das etwa?«, frage ich und merke, dass meine Stimme zittert.

Aahlijah ist mit seinem Blick meiner Hand gefolgt.

»Keine Ahnung«, murmelt er und fügt nach einem kurzen Zögern hinzu: »Wenn ja, dann ist es ziemlich klein, finde ich.«

Wir warten ab, und tatsächlich: Das Boot verlangsamt seine Fahrt und manövriert sich an einen kurzen Landesteg etwa zweihundert Meter von uns entfernt. Sofort herrscht Hektik am Strand. Kinder werden von ihren Eltern gerufen. Männer sprinten durch den Sand und laufen auf das Boot zu, dessen Motoren ersterben und das nun leicht schaukelnd am Steg vor sich hin dümpelt. Auch Aahlijah setzt sich in Bewegung, erst zögerlich, dann immer schneller, als er merkt, dass er sich beeilen muss. Ich rufe die Kinder zu mir. Sie kommen sofort und stehen bei mir, die Augen fasziniert auf das Geschehen am Steg gerichtet. Fünf Männer gehen an Land und rufen den Männern, die den Landesteg bereits erreicht haben, etwas zu, was ich nicht verstehe. Aahlijah ist in der Menge verschwunden. Ich kann ihn nicht sehen. Dann weichen die etwa fünfzig Männer zurück. Sie drehen sich zu uns Frauen und Kindern um und rufen uns zu, wir sollen kommen. Ich laufe los und weise die Kinder an, sich an den Händen zu halten. Sie gehorchen. Kurz bevor wir die Männergruppe erreichen, sehe ich, wie die Männer vom Boot Schwimmwesten an Land bringen und in den Sand werfen. Wieder rufen sie uns etwas Unverständliches zu. Plötzlich steht Aahlijah an meiner Seite.

»Sie wollen, dass die Frauen und Kinder diese Westen anziehen«, sagt er. »Beeil dich, denn die reichen niemals aus.«

Ich schiebe die Kinder vor mir her zu dem Berg von Schwimmwesten, der immer größer wird. Als wir angekommen sind, beginnt eine regelrechte Schlacht. Frauen werfen sich in die Menge und grabschen nach den Westen. Ich tue es auch. Niemals hätte ich gedacht, dass ich einmal meine Fäuste und Ellenbögen einsetzen würde, um vier Schwimmwesten zu ergattern. Ich schlage regelrecht um mich, muss aber selbst auch einige Treffer einstecken. Irgendwann stolpere ich. Eine Frau liegt auf mir. Ich schiebe sie von mir weg und greife mit einer Hand nach den Westen in meiner Nähe. Ich bekomme zwei zu fassen, rapple mich auf und greife mit der anderen Hand noch einmal zu. Ein triumphales Gefühl überwältigt mich. Ich schreie auf und reiße beide Arme nach oben. Jemand fasst mich um die Hüfte und zieht mich aus dem Getümmel. Es ist Aahlijah. Ich strahle ihn an und halte immer noch die Arme in die Höhe. Einige Meter entfernt stehen meine Kinder, eng zusammengedrängt und nicht in der Lage, ihre Blicke von dem Kampf um die Westen abzuwenden. Mein Kleinster, Tambet, hat angefangen zu weinen, doch Kaja und Yamina halten und trösten ihn. Aahlijah packt mich fester und schüttelt mich.

»Ihr müsst sie anziehen! Los!«, ruft er und signalisiert mir, dass ich schnell machen solle.

Wir legen den Kindern die Schwimmwesten an. Eigentlich habe ich keine Ahnung, ob wir das richtig machen. Es ist mir egal. Meine Handlungen sind hektisch, fast panisch geworden. Das Ganze scheint jetzt zu einem Wettlauf geworden zu sein. Wer ist rechtzeitig fertig? Wer darf auf das Boot und hat einen sicheren Platz? Die Männer vom Boot rufen uns bereits aufgeregt etwas zu und wedeln mit den Armen. Als wir fertig sind, schiebe ich die Kinder Richtung Landesteg und drehe mich erschreckt zu Aahlijah um.

»Wir sehen uns auf dem Schiff!«, ruft er mir nach und treibt mich gestenreich zur Eile an.

Tatsächlich darf ich mit den Kindern den Landesteg betreten. Zwei Männer auf dem Boot helfen uns, an Bord zu kommen, und winken uns ganz nach hinten ins Heck, wo bereits vier Frauen eng gedrängt mit ihren Kindern am Boden sitzen. Wir setzen uns zu ihnen. Nach und nach füllt sich das Boot. Ich weise die Kinder an sitzenzubleiben und stehe auf, um Aahlijah zu zeigen, wo wir sind. Alle, die eine Schwimmweste tragen, sind jetzt an Bord, aber ich habe meinen Mann noch nicht gesehen. Mit Schrecken sehe ich, wie die fünf Männer vom Boot den Zugang zum Landesteg versperren. Die Männer am Strand sind unruhig und werden immer wütender. Sie schreien auf die Schiffsleute ein, auch die Frauen, die bereits an Bord sind, stimmen in das Geschrei ein. Ich spüre, wie mir Tränen über die Wangen laufen, und bekomme Panik, dass es

Aahlijah verwehrt werden könnte, an Bord zu kommen. Ein Handgemenge beginnt am Steg, aber nach und nach beruhigen sich alle wieder. Dann geben die Männer den Weg frei. Einzeln und mit wütenden Gesichtern klettern unsere Männer an Bord und wenden sich dem Bug zu. Sie tragen keine Schwimmwesten. Jetzt kann ich Aahlijah sehen. Eben klettert er über die Reling. Unsere Blicke treffen sich kurz und ich winke ihm zu. Er aber wendet sich nach links, er muss zu den Männern im Bug des Bootes. Ich setze mich zu meinen Kindern, die aneinandergedrängt zu meinen Füßen sitzen – wie kleine Ölsardinen in einer Dose. Der Strand ist nun leer, und wenn meine Schätzung stimmt, befinden sich etwa zweihundert Menschen auf dem Boot, ungefähr fünfzig von ihnen tragen Schwimmwesten – und wir gehören dazu. Nach einigen Minuten legt das Boot ab. Der Motor brummt anfangs tief, nach und nach wird das Boot schneller und der Ton des Motors höher. Ich hole tief Luft und atme die salzgeschwängerte Luft ein. Ein feines Lächeln trifft mich, als ich Kaja anblicke. Yamina und Tambet haben sich an ihr festgeklammert. Ich lächle zurück und lege ihr meinen Arm um die Schulter. Die See ist tatsächlich ruhig, der Himmel tiefblau, die Luft leicht dunstig durch das Salz, das sie enthält. Aber es ist auch heiß, nicht zuletzt wegen der heißen und schwitzigen Körper, die dicht an dicht auf dem Deck sitzen. Schnell stellt sich der Durst ein, aber wir müssen durchhalten, bis wir auf Lesbos sind. Die Kinder haben sich von dem auf dem Meer schaukelnden Boot in den Schlaf wiegen lassen. Auch ich bin müde und nicke ein. Die Langsamkeit, mit der sich das Boot bewegt, wird unsere Ankunft ohnehin erst in zwei bis drei Stunden möglich machen.

Ich wache auf, als ich große Aufregung an Bord spüre. Ich öffne meine Augen und sehe, wie etwa auf Höhe der Aufbauten die Menschen aufspringen und zur Steuerbordseite drängen. Dort wedeln sie kräftig mit den Armen. *Das ist nicht gut,* denke ich. Das Boot wird auf die Steuerbordseite kippen und kentern. Schon höre ich die Männer im Bugteil des Bootes schreien. Auch sie haben die Gefahr erkannt und rufen den Frauen und Kindern zu, dass sie sich wieder setzen sollen. Ich knie mich hin und versuche, über die Reling zu sehen. Ich möchte wissen, warum die Frauen so unruhig geworden sind. Ein griechisches Schnellboot nähert sich. In dem Augenblick, als ich es sehe, stößt sein Horn einen durchdringenden Ton aus. An Deck stehen Männer in Uniformen, die heftig gestikulieren. Ein Beiboot wird zu Wasser gelassen. Alles wirkt jetzt plötzlich unheimlich hektisch. Die Unruhe unter den Menschen hält an, vereinzelt höre ich Kinder rufen. Meine klammern sich an mir fest und beginnen zu schreien, als das Boot schwer zu schwanken beginnt. Die Bugwelle des Schnellbootes hat uns erreicht, und je näher das Beiboot kommt, umso panischer sind die Reaktionen der Menschen. Mittlerweile sind fast alle aufgestanden und drängen zu der Seite, von der das Beiboot kommt. Schließlich geschieht, was geschehen muss. Das Boot neigt sich langsam nach Steuerbord und hält noch einmal kurz inne. Erste Menschen fallen über Bord, andere drängen nach, und als die Backbordseite fast leer ist, kentern wir.

33

Terezas Zimmer war von den Bundespolizisten versiegelt worden. Ohnehin hätte sie nicht im Traum daran gedacht, in diesem Raum zu schlafen. Adrian hatte ihr Asyl gewährt, und so lagen beide dicht beieinander in Adrians Bett. Adrian schlief tief und fest, während Tereza mit offenen Augen in die Dunkelheit starrte. *Wie damals, als wir uns kennen gelernt haben*, dachte sie und lächelte vor sich hin. Adrian war wesentlich mehr für sie als »nur« ein Bruder, das hatte sie heute deutlich gespürt. Er hatte sich bei dem Überfall großartig verhalten, und sie war ihm dafür unendlich dankbar. Auch jetzt fühlte sie sich bei ihm sicher. Seine gleichmäßigen Atemzüge beruhigten sie.

Vor einer Stunde noch hatten sie alle gemeinsam im Wohnzimmer gesessen und von Frank erzählt bekommen, was hinter diesem Überfall steckte. René und Silke waren dabei gewesen, und auch Malte und Bea, seine Frau, waren gekommen. Natürlich waren sie entsetzt über das, was passiert war, und genau dieses Entsetzen hatte auch die erste halbe Stunde des gemeinsamen Abends dominiert. Als es ihr zu bunt wurde, hatte Tereza das Wort ergriffen.

»Jetzt ist es aber mal gut«, hatte sie gesagt. »Merkt ihr, wie ihr euch im Kreis dreht? Es ist dank Frank und Silke alles gutgegangen. Wir sind unverletzt, und die Bösen haben ihr Fett weggekriegt.«

Frank hatte sie angelacht, war aber schnell wieder ernst geworden.

»Du hast recht«, hatte er zugestimmt. »Trotzdem müssen wir noch reden. Ich weiß zwar, dass ich zur Verschwiegenheit verpflichtet bin und meine Lizenz verlieren kann, aber durch Inas Tod und den Angriff auf euch beide hat sich die Lage verändert. Ich muss es euch erzählen, und werde das jetzt tun.«

Und dann hatte er begonnen und alle Anwesenden auf eine Berg- und Talfahrt mitgenommen. Mehr als einmal hatte Tereza aufstehen und in der Wohnung auf und ab gehen müssen, so hatte sie das Ganze elektrisiert. Auch die anderen Anwesenden hatten auf Franks Ausführungen geschockt reagiert. Sie hatten sich unter der Wucht dessen, was Afra und Aahlijah geschehen war, gekrümmt und gewunden, hatten die Hände vors Gesicht geschlagen und dann und wann aufgestöhnt. Alle waren froh gewesen, als Frank schließlich zum Ende kam. Und Tereza hatte schließlich verstanden, warum sich Frank in den letzten Tagen so bedeckt gehalten hatte, wo die Gefahr lauerte, und dass alles daran gesetzt werden musste, das Treiben dieser Kräfte zu stoppen und die Familie Massoud aus der Schusslinie zu bringen.

Was für ein Schicksal, dachte Tereza. *Und das ist nur eine Familie von unendlich vielen.* Sie drehte sich um und küsste den schlafenden Adrian auf die Wange. Sie kuschelte sich an ihn und war wenige Minuten später eingeschlafen.

34

Um halb sieben brüllte schlagartig der Radiowecker los. Aber Tina Feldkamp dachte nicht daran, ihm mehr Aufmerksamkeit zu widmen als nötig. *Okay*, dachte sie, *das war es mit der Ruhe*. Sie kuschelte sich noch einmal genüsslich ein. Fünf Minuten noch, nahm sie sich vor, doch kaum war der Gedanke verflogen, schellte auch schon das Telefon auf ihrem Nachttischchen. »Das ist der verdammte Weckdienst!«, schimpfte sie, strampelte sich frei und schraubte ihren nackten Körper aus dem Bett. Sie strich sich eine Haarsträhne aus dem Gesicht und griff zum Hörer.

»Ja!«, meldete sie sich und wunderte sich, dass der arme Hotelangestellte, dem die undankbare Aufgabe zugefallen war, sie zu wecken, ob ihres Tons nicht sofort wieder auflegte.

»Frau Feldkamp? Sie wollten um halb sieben geweckt werden«, sprach er sie freundlich an.

»Danke. Ich bin wach«, erwiderte sie und legte auf. Sie gähnte und streckte sich. Dann stand sie auf und betrat das Badezimmer, drehte die Dusche auf und stellte sich darunter.

Was war das für eine Nacht gewesen! Erst ein blinder Alarm bei den Massouds, dann diese Geschichte bei Wallert und seinen Kindern. Sie hatten Glück gehabt, nicht zuletzt deshalb, weil sie es mit zwei völlig stümperhaften Agenten zu tun gehabt hatten. Dank Frank und seiner Kollegin war eine der drei Fronten hoffentlich schon mal bereinigt. Die beiden Syrer hatten bei den Verhören nicht einmal den Versuch unternommen, ihr Tun zu leugnen. Der Generalbundesanwalt würde Anklage erheben wegen Agententätigkeit für einen ausländischen Dienst, wegen Mordes und versuchten Mordes. Natürlich würde es nicht zu einem Prozess kommen. Die beiden würden ausgewiesen und nach ihrer Genesung durch ein Team des BKA nach Syrien zurückgeführt werden. Ob sie unter diesen Umständen in ihrem Heimatland von ihrem Dienst mit offenen Armen empfangen würden, wagte Tina Feldkamp zu bezweifeln. Aber das sollte nicht ihre Sorge sein.

Sie drehte den Wasserstrahl auf kalt und hielt kurz die Luft an, bevor sie die Dusche abdrehte und nach dem Badetuch griff. Sie rieb ihren Körper trocken, warf das Tuch auf den Boden und stellte sich vor das Waschbecken, um sich die Zähne zu putzen.

Heute Morgen kurz nach vier war sie in ihrem Hotelzimmer gewesen. Sie sehnte den Tag herbei, an dem alles überstanden war und sie sich wieder ihrem Leben widmen konnte. Aber bis dahin lag noch ein weiter Weg vor ihr. Mit der Zahnbürste im Mund verließ sie das Badezimmer auf der Suche nach ihrem Smartphone. Sie raffte es vom Nachtschränkchen und warf einen Blick auf das Display. Gleich sieben Uhr. Sie musste sich etwas sputen, denn in einer halben Stunde wollte Timo Steiner ihr beim Frühstück Gesellschaft leisten. Sie stellte die Zahnbürste ins Glas und spülte sich den Mund aus. Dann musterte sie ihr Spiegelbild. »Du siehst aus, als hättest du nur knapp zwei Stunden geschlafen«, warf sie ihm vor und beschloss, sich heute nicht zu schminken. Das war ehrlicher. »Sollen ruhig alle sehen, dass ich überarbeitet bin«, sagte sie zu sich selbst und griff nach dem Föhn.

Timo Steiner war heute Nacht bei den Verhören dabei gewesen, und wieder hatte sie das Gefühl gehabt, dass er noch nicht alles auf den Tisch gelegt hatte, was der BND wusste. Sie würde es ihm beim Frühstück sagen und hoffte sehr, dass er sie nicht als »dummes Blondchen« ansehen würde, dem man alles Mögliche erzählen konnte. Von den Türken ist bisher nämlich noch nie die Rede gewesen. Hatte er sich da verplappert? Sie würde es erfahren. Ein weiterer prüfender Blick auf ihr Spiegelbild stellte sie zufrieden. *Okay*, dachte sie, *nicht toll, aber okay*. Mehr war heute nicht rauszuholen. Auf der Ablage fand sie die Onyx-Anhänger, die sie an ihren Ohren befestigte. Sie verließ das Badezimmer und zog sich an.

Diese Geschichte mit den Wallert-Kindern bereitete ihr echtes Kopfzerbrechen. Die beiden Syrer hatten nicht ernsthaft annehmen können, dass das Mädchen oder der Junge wussten, wo sich Aahlijah Massoud aufhielt. Die beiden Agenten hatten bei den Verhören eisern geschwiegen, und so war sie mit ihrem Team auf Spekulationen angewiesen. Spekulationen, die allerdings, so wie es schien, nahe an die Wirklichkeit herankamen. Nach Meinung von Steiner, die sie aber teilte, sollten die beiden Jugendlichen ein Faustpfand gegenüber Frank Wallert sein. Von ihm hatten sie Informationen erpressen wollen. Bei Ina Gehnen waren sie nicht ans Ziel gekommen und hatten kurzen Prozess gemacht. Tina Feldkamp war überzeugt davon, dass die beiden Männer die Mörder von Frau Gehnen waren, obwohl das Ergebnis der DNA-Untersuchung noch ausstand. War jetzt wirklich die Gefahr vonseiten des syrischen Geheimdienstes gebannt? Oder gab es noch weitere syrische Agenten auf Aahlijahs Spur? Sie würde Steiner dazu einige Fragen stellen müssen. Wieder stellte sie verwundert fest, dass sie sich Sorgen um Frank Wallert und dessen Familie machte. Was sollte sie ihm sagen, wenn sie ihn in ein paar Stunden sehen würde? Sie hoffte inständig, dass er seine Drohung nicht wahr gemacht, sondern sein Wissen für sich behalten hatte.

Sie zog die Schuhe an und stellte sich vor den Spiegel. *Geht doch*, dachte sie und schmunzelte ihrem Spiegelbild zu. Dann öffnete sie noch einen Knopf ihrer Bluse. *Wenn schon keine Schminke, dann wenigstens dieses Ablenkungsmanöver.* Sie griff nach ihrer Tasche und dem Smartphone, warf die leichte Lederjacke über ihre Schulter, nahm die Schlüsselkarte des Hotels vom Sideboard und verließ das Zimmer.

Der Frühstücksraum war fast noch leer. Hinten rechts in der Fensterecke saß ein mittelaltes Pärchen beim Frühstück und sprach gedämpft miteinander. Sie blickte sich um und stellte zufrieden fest, dass sie die freie Auswahl hatte. Sie entschied sich für einen Vierer-Fensterplatz vorne rechts, weit entfernt von dem Ehepaar und dem Buffet. Wenn sie sich mit Steiner unterhielt, musste schließlich nicht jeder mithören können. Sie setzte sich hin, so dass sie den Eingang zum Raum im Blick hatte. Jacke und Tasche legte sie neben sich auf den Stuhl. Sekunden später stand eine Hotelangestellte neben ihr.

»Guten Morgen«, sagte sie. »Frau Feldkamp?«

»Richtig«, bestätigte die Beamtin.

Die junge Frau hakte ihren Namen in einer Liste ab.

»Sagen Sie«, fuhr Tina Feldkamp fort, »muss ich das Buffetfrühstück nehmen?«

»Natürlich nicht. Was darf ich Ihnen bringen?«

Feldkamp atmete erleichtert auf.

»Ich brauche nur zwei Brötchen, Butter, Käse, Schinken und ein Kännchen Kaffee.«

»Sehr gerne«, erwiderte die Kellnerin und machte sich auf, den Wunsch ihres Gastes zu erfüllen.

Tina Feldkamp hasste mittlerweile diese Frühstücksbuffets. Nur einige wenige hatten sie bisher überzeugt, und so war sie mit der Zeit dazu übergegangen, sich ein kleines Frühstück bringen zu lassen, anstatt hinter Leuten in einer Reihe zu stehen, wo man sich die Teller mit allem Möglichen füllte, was meistens sowieso nicht aufgegessen wurde.

Ihr Blick fiel durch das Fenster auf die Friedrichstraße, wo sie den unpünktlichen Timo Steiner auf den Hoteleingang zusteuern sah. Wirklich eilig schien er es nicht zu haben. Unwillig verzog sie das Gesicht. *Er sieht wieder aus, als habe er acht Stunden erholsamen Schlaf gehabt*, dachte sie und zwang sich zu einer heiteren Miene. Dann zog sie das Smartphone aus der Tasche und schaute auf das Display. Er sollte bloß nicht denken, sie habe auf ihn gewartet. Wenige Augenblicke später erschien er in Begleitung der jungen Frau, die sich eigentlich um Tina Feldkamps Frühstück kümmern wollte.

»Sie haben einen Gast?«, fragte sie, was Tina mit einem Nicken beantwortete.

Timo Steiner gab seine Bestellung auf und setzte sich Tina Feldkamp gegenüber an den Tisch.

»Guten Morgen«, sprach er sie endlich an. »Sie sehen gut aus.«

»Sie lügen«, erwiderte sie, lächelte aber unmerklich in sich hinein. »Trotzdem guten Morgen.«

Steiner platzierte sein Handy neben sich auf dem Tisch, wobei er akkurat darauf achtete, dass es parallel zum Tischdeckenmuster lag.

»Haben Sie wenigstens gut geschlafen?«, erkundigte er sich, wobei er das schelmische Lächeln sehen ließ, das ihr so gefiel.

»Hören Sie auf damit, Steiner!«, fuhr sie ihn etwas pampig an. »Sie sind doch nicht gekommen, um mit mir Smalltalk zu halten. Gibt es etwas Neues?«

Steiner schüttelte den Kopf.

»Nicht dass ich wüsste. Warum sind Sie so gereizt?«

Tina Feldkamp holte tief Luft, entschied sich dann aber, es bei einem Seufzer zu belassen.

»Mensch Steiner, was sind Sie nur für ein Mensch! Macht Ihnen das alles überhaupt nichts aus? Ist es Ihnen völlig gleichgültig, was gestern geschehen ist?«

»Wie kommen Sie darauf? Was ist los mit Ihnen?«

In Steiners Blick lag ehrliche Verwunderung.

»Ich überlege die ganze Zeit, ob es richtig war, Wallert und seine Leute in die Sache hineinzuziehen.«

»Das war nicht unsere Entscheidung«, erwiderte er und hob seine Hände vom Tisch, da die Bedienung gerade das Frühstück lieferte. Beide warteten ab, bis Kaffee, Teller und Brötchenkorb abgestellt waren. Die junge Frau lächelte ihnen kurz zu und entfernte sich wieder.

»Das weiß ich«, entgegnete Feldkamp etwas verspätet. »Trotzdem kann es doch ein Fehler gewesen sein. Was gestern mit den beiden Jugendlichen geschehen ist, hätte auf keinen Fall passieren dürfen!«

Steiner schnitt ein Brötchen auf und blickte sie fragend an. Sie nickte und kurz darauf lag das aufgeschnittene Gebäck auf ihrem Teller. Steiner griff ein zweites Mal zu.

»Da haben Sie sicher recht. Aber wie hätten wir das verhindern können?«

»Indem wir Wallert die ganze Wahrheit gesagt hätten, zum Beispiel?«

Tina Feldkamp schmierte sich Butter auf eine Brötchenhälfte und musterte aus den Augenwinkeln Steiners Reaktion. Der war im Augenblick ebenfalls mit seinem Brötchen beschäftigt. Das Zucken seiner Gesichtsmuskulatur verriet ihr, dass er nachdachte. Schließlich legte er das Messer beiseite und schaute sie direkt an.

»Sie meinen die Sache mit den Türken?«, fragte er.

Feldkamp nickte.

»Das weiß ich selbst erst seit vorgestern. Und was hätte es gebracht, Wallert das zu erzählen?«

»Er hätte die Lage anders einschätzen können«, antwortete Feldkamp. »Aber fangen wir doch vorne an.« Sie biss von ihrem Schinkenbrötchen ab und spülte mit etwas Kaffee hinterher, dann sprach sie weiter. »Der BND hatte Massoud und seinen Weg angeblich lückenlos beobachtet, jedenfalls vom Zeitpunkt des Mordes in Ungarn an. Es war bekannt, dass ihm der syrische Geheimdienst auf den Fersen war, außerdem ein Mann, den Sie als Terrorverdächtigen auf dem Schirm hatten, wobei noch nicht ganz klar ist, ob er für den IS oder für die Taliban aktiv ist. Wallert hat uns nach unserer Besprechung im Polizeipräsidium Essen gefragt, ob Ina Gehnen eine Rolle in der Sache spielt. Sie haben verneint, ich natürlich auch, denn ich kannte sie wirklich nicht. Gestern im Verhörraum haben Sie, Steiner, gesagt, dass die beiden Syrer diese Frau Gehnen beobachtet haben. Wie kommen Sie zu einer solchen Aussage, wenn Sie die Frau nicht im Blick hatten? Ihr Tod hätte verhindert werden können. Dann ihr – möglicherweise unbedachtes – Gequatsche über die türkischen Agenten, die sich auch noch auf dem Spielfeld tummeln. Vielleicht haben Sie sich ja nur verplappert, aber eigentlich bin ich mittlerweile davon überzeugt, dass Sie nicht mit offenen Karten spielen, Herr Steiner.«

Während der ganzen Zeit hatte Steiner seinen Blick nicht von Tina Feldkamp abgewendet. Er starrte sie an und schien sein Interesse am Frühstücken verloren zu haben.

»Ist alles in Ordnung bei Ihnen?«

Die Bedienung war plötzlich an ihrem Tisch erschienen.

»Ja. Lassen Sie uns bitte in Ruhe«, giftete Feldkamp sie an, worauf die Gesichtszüge der jungen Frau entgleisten und sie sich schleunigst zurückzog.

»Donnerwetter! Wo Ihre schlechte Laune hinfällt, wächst kein Gras mehr«, kommentierte Steiner das Ganze. Sie schenkte ihm einen missmutigen Blick. Er beugte sich vor, als er auf Tina Feldkamps Ausführungen zurückkam. »Ist Ihnen bewusst, was ein Geheimdienst ist, Gnädigste? Es liegt in der Natur der Sache, dass wir unser Wissen nicht mit Hinz und Kunz teilen.«

Tina Feldkamp blieb fast der Bissen im Halse stecken. Sie räusperte sich und trank von ihrem Kaffee.

»Steiner, Sie sind ein attraktiver Mann, aber in Ihrem Inneren sind Sie ein pockennarbiges Monster«, sagte sie mit provokanter Gelassenheit. »Was ist denn, wenn diese Geheimniskrämerei Leben kostet?«

Steiner lehnte sich wieder zurück und klatschte eine Scheibe Käse auf sein vernachlässigtes Brötchen.

»Diese ›Geheimniskrämerei‹ ist notwendig. Es geht um die Sicherheitsinteressen unseres Landes.«

35

Sie hatten innerhalb von Minuten beschlossen, den heutigen Tag frei zu nehmen. Für Adrian und Tereza war es ohnehin der letzte Schultag vor den Herbstferien. Maren hätte nur ein paar Stunden in ihrem Büro verbringen müssen, was sie sich angesichts der aktuellen Situation lieber ersparte, und Frank wollte zu Hause bleiben, um sich über einiges klar zu werden. So ging es auf keinen Fall weiter. Wo sollte das enden, wenn sie Tag für Tag in ständiger Unsicherheit verbringen mussten, offensichtlich im Fadenkreuz irgendwelcher dunklen Mächte, die sich entschlossen hatten, hier ihren sinnlosen Krieg weiterzuführen, und die auch keine Skrupel hatten, völlig Unbeteiligte wie Ina oder Adrian und Tereza über die Klinge springen zu lassen?

Frank saß mit Maren am Küchentisch und blätterte im Sportteil der Zeitung. Maren hatte sich den Mülheimer Lokalteil vorgenommen, schien aber unkonzentriert, denn sie überflog nur die Bilder und Schlagzeilen. Wenn sie sich einem Artikel ausführlicher widmen wollte, war bereits nach wenigen Sätzen Schluss.

Adrian und Tereza hatten sich in Adrians Zimmer zurückgezogen. Selbstverständlich würden sie heute nicht zu den Kindern in die Gustavstraße fahren. Anfangs war Tereza darüber sehr enttäuscht gewesen, hatte aber schnell eingesehen, dass die Entscheidung richtig war.

Im Laufe des Vormittags würde Tina Feldkamp kommen. Frank hoffte, dass sie dann Neuigkeiten zu erzählen hatte, und Tereza wünschte sich inständig, mit den Aufräumarbeiten in ihrem Zimmer beginnen zu können.

»Ich muss immer wieder an gestern denken«, sagte Maren plötzlich und faltete energisch die Zeitung zusammen. Dann lehnte sie sich zurück und verschränkte die Arme vor der Brust.

»Bist du denn immer noch sauer auf mich?«, fragte Frank, der sofort an ihre Standpauke am Telefon dachte, weil er Adrian und Tereza nicht nach Hause begleitet hatte.

»Nein. Es war ja im Prinzip ein richtiger Gedanke, den du hattest, nur haben diese beiden Typen nicht mitgespielt. Ich meine das, was du uns gestern Abend erzählt hast – über Aahlijah und Afra.«

Frank nickte.

»Ja, das verstehe ich. Diese Geschichte ist absurd.«

»Ja«, erwiderte Maren, »das ist sie. Aber noch viel kranker finde ich, was aus der Sache geworden ist. Und ich frage mich, wie um alles in der Welt es sein kann, dass ausländische Geheimdienste hier verrückt spielen.«

»Das haben sie immer schon getan, und sie tun es in jedem Land dieser Welt. Auch unsere Dienste tragen in dieser Hinsicht keine weiße Weste.«

Maren begann, kleine Papierschnipsel aus der Zeitung zu reißen und sie zu Kügelchen zu formen.

»Bisher habe ich das immer für die Spinnereien von Verschwörungstheoretikern gehalten«, antwortete sie. »Und jetzt gehört das Ganze zu unserem Alltag?«

»Na ja, so weit würde ich nicht gehen«, widersprach Frank. »Hier ist nur einiges schief gelaufen. Wer will es unseren ohnehin personell unterbesetzten Behörden verdenken, dass sie angesichts der Menschenmassen, die zurzeit nach Europa strömen, überfordert sind? Merkels ›Wir schaffen das‹ war gut gemeint, aber auch ein bisschen naiv. Klar schaffen wir das, aber es braucht Zeit.«

»Und während dieser Zeit gehört das alles zu unserem Alltag«, insistierte Maren.

»Ich glaube, du siehst das etwas verzerrt, weil es uns gestern getroffen hat«, setzte Frank an. »In keinem Land der Welt ist die Dichte von fremden Agenten so hoch gewesen wie damals im geteilten Deutschland. Seit Ende des Kalten Krieges hat das ein wenig nachgelassen und es sind jetzt andere Länder, deren Leute sich hier tummeln, und sie haben andere Möglichkeiten. Denk nur an die NSA und den BND. Zu jeder Zeit sind und waren die Botschaften der einzelnen Länder die Zentren ihrer Agententätigkeit in dem jeweiligen Gastland. Hat das in der Vergangenheit jemals unseren Alltag berührt?«

Maren stellte die Produktion der Papierkügelchen ein und starrte ihn an.

»Ich weiß es nicht, Frank. Weißt du es? Ich habe auf jeden Fall seit gestern Angst. Wenn Menschen in ihrer Not aus einem Krieg fliehen, gegen den sie sich nicht wehren können, und Aahlijah hier gejagt und beinahe umgebracht wird, dass Ina getötet und auf unsere Kinder ein Anschlag verübt wird, dann stimmt irgendetwas nicht mit dieser Welt! Vielleicht haben wir das alles immer nur durch unsere rosarote Alltagsbrille betrachtet. Und erzähl mir nicht, dass dir das keine Gänsehaut über den Rücken jagt!«

Frank hatte während Marens leidenschaftlichem Plädoyer den Blick gesenkt und spielte mit seinem Kaffeebecher. Maren hatte natürlich recht, aber mussten sie jetzt tatsächlich hinter jedem Baum, jedem Strauch eine ausländische Verschwörung wittern? Klar war das gestern ein einschneidendes Erlebnis gewesen. Klar war ihnen der Schreck gehörig in die Glieder gefahren. Klar war ihnen im Laufe des Abends bewusst geworden, dass Tereza und Adrian möglicherweise um Haaresbreite Opfer von Killern geworden wären, die für einen fremden Staat mordeten. Aber Frank weigerte sich einfach, diese Zusammenhänge zu seinem Alltag zu zählen. Geheimdienste agierten in der Regel im Verborgenen und es war außerordentlich selten, dass sie sich so aus der Deckung wagten, wie es gestern geschehen war. Er würde lügen, wenn er behauptete, ihm habe das keine Angst gemacht. Schließlich dachte er seit Inas Ermordung ständig daran, dass seine Familie und er in Gefahr waren. Natürlich brauchten sie alle Zeit, das Geschehen von gestern zu verarbeiten, aber dass sie noch einmal in eine vergleichbare Situation gerieten, konnte er sich rational nicht vorstellen. Eben wollte er zu einer Erwiderung ansetzen, da schellte es an der Tür.

»Du hast recht«, sagte er nur und stand auf. Auch Maren hatte sich erhoben und begann damit, den Küchentisch abzuräumen. Als Frank die Haustür öffnete, stand Tina Feldkamp vor ihm, die ihn besorgt ansah.

»Hallo Frank, wie geht es Ihnen?«, fragte sie.

Frank trat zur Seite, ohne zu antworten. Er nickte bloß und ließ die Polizistin eintreten. Auch in der Küche schlug ihr alles andere als Willkommenskultur entgegen. Maren streifte sie mit einem flüchtigen Blick und verdrehte die Augen, gerade so, dass Tina Feldkamp es mitbekam.

»Setzen Sie sich«, forderte Frank sie auf. Es war nicht unfreundlich gemeint, klang aber fast wie ein Befehl. »Wollen Sie einen Kaffee?«

»Gerne«, erwiderte Feldkamp, und um die nächste Frage zu vermeiden, fügte sie hinzu: »Schwarz bitte.«

Maren goss Kaffee in einen Becher und stellte ihn auf den Tisch.

»Ich gehe zu den Kindern«, sagte sie mit einem Seitenblick auf Frank, doch der schüttelte den Kopf.

»Nein, bleib bitte. Du sollst das hören.«

Maren sah ihn verwundert an.

»Bist du sicher?«

»Nein, das kann ich mir nicht vorstellen«, antwortete Tina Feldkamp an seiner Stelle und drehte sich zu Frank und Maren um, die hinter dem Stuhl standen, auf dem sie saß und darauf wartete, dass sich die beiden zu ihr setzten.

»Ich bin mir sicher!«, stellte Frank fest. »Frau Feldkamp, ich habe ihnen gestern Abend alles erzählt, was ich weiß.«

»Wem?«, fragte die Frau, deren Gesichtsfarbe dabei war, sich auffällig zu verändern.

»Meiner Frau, meinen Kindern, meinen Kollegen und unseren Freunden Malte und Bea.«

Tina Feldkamp wandte sich ab und fasste nach dem Kaffeebecher.

»Was soll's?«, murmelte sie vor sich hin und trank einen Schluck. »Bitte. Setzen Sie sich hin.«

Maren und Frank nahmen Platz und ließen die Frau nicht aus den Augen. Nachdem sie eben noch gewirkt hatte, als wollte sie einen Wutanfall bekommen, schien sie nun zu resignieren.

»Ich denke, Sie werden die Folgen bedacht haben, Frank. Es ist nicht mehr zu ändern, und wir werden sehen, was daraus wird«, machte sie einen letzten Versuch, Frank zu tadeln.

»Ja, ich habe vorher nachgedacht«, platzte es aus ihm heraus. »Es war von Anfang an ein Fehler, dass Sie mich da hineingezogen haben. Dadurch sind auch andere Menschen in Gefahr geraten. Und die haben nun das Recht, zu erfahren, warum das alles geschieht.«

Tina Feldkamp zuckte mit den Schultern und blickte Frank an.

»Frank«, begann Sie, wurde aber schroff unterbrochen.

»Und hören Sie auf, mich Frank zu nennen!«, blaffte er.

»Einverstanden«, sagte sie. »Können wir jetzt zur Sache kommen?«

Frank nickte und griff nach Marens Hand.

»Vergessen Sie bitte nicht, dass nicht wir es waren, die Sie da hineingezogen haben. Sie steckten schon mittendrin. Aber egal, darüber will ich nicht mit Ihnen streiten. Ich hatte eben ein Gespräch mit Timo Steiner«, begann Feldkamp, »und ich kann Ihnen sagen: Ich war nicht amüsiert.« Sie unterbrach sich und nippte an dem Kaffee. Dann richtete sie sich auf und streckte den Oberkörper, wie um sich für ihre folgenden Worte bereit zu machen. »Es ist wohl noch etwas komplizierter, als wir gedacht haben ...«

»Was meinen Sie?«, fragte Maren, die danach einen lang anhaltenden Blick der Polizistin ertragen musste.

»Wir haben gestern Nacht die beiden Männer vernommen, die hier eingedrungen sind und Ihre Kinder in ihre Gewalt gebracht haben. Ganz offensichtlich waren die beiden diejenigen, die Ihre Freundin erschossen haben, Herr Wallert. Die DNA-Analyse lässt keinen Zweifel zu.«

Maren hielt die Luft an und schüttelte den Kopf, während Frank auf die Fortsetzung wartete, denn das hatte er bereits vermutet.

»Okay«, sagte er. »Das dachte ich mir. Und weiter?«

»Der, der von Ihrer Kollegin angeschossen worden ist, wurde vergangene Nacht noch operiert. Er wird zehn Tage im Krankenhaus bleiben und dann nach Damaskus überführt. Der Zweite wird schon morgen Vormittag von zwei Bundespolizisten nach Syrien ausgeflogen.«

»Wie bitte? Wieso kommen diese Männer nicht hinter Gitter?«, fragte Frank voller Entrüstung, nachdem er erst mal schlucken musste.

»Ganz oben meint man wohl, dass es nicht zielführend wäre, sich mit der syrischen Seite anzulegen.«

»Nicht ›zielführend‹? Was ist das für ein Scheiß-Spiel, das Sie mit uns spielen?«, fragte Frank und ließ seine Faust krachend auf die Tischplatte sausen. »Auf welcher Seite steht unser Land eigentlich? Paktieren wir jetzt mit diesem Diktator, der sein eigenes Volk bombardiert und aus dem Land jagt? Diese Männer gehören vor Gericht! Sie haben gemordet!«

»Beruhigen Sie sich, Frank ... ääh ... Herr Wallert. So einfach ist das nicht.«

Frank war jetzt kaum noch zu halten. Mit hochrotem Kopf und nach Luft schnappend sprang er auf, registrierte aber Marens besorgten Blick und zwang sich zur Ruhe. Er setzte sich, holte tief Luft und fühlte Marens Hand beruhigend über seinen Unterarm streichen.

»Frau Feldkamp, Sie sind Polizistin«, presste er hervor. »Ich kann nicht glauben, dass Sie diese Entwicklung gutheißen. Wenn ich alles richtig verstanden habe, hat der syrische Geheimdienst Aahlijah gefoltert und fast umgebracht, die Leute haben meine Freundin Ina erschossen und meine Kinder in unserem Haus überfallen. Wenn wir nicht in letzter Sekunde gehandelt hätten, dann wären Tereza und Adrian jetzt vielleicht auch tot. Das soll ungeahndet bleiben? Das kann doch nicht wahr sein!«

Erneut schlug Frank mit der flachen Hand auf den Tisch. Maren erhöhte den Druck ihrer Hand auf seinen Unterarm.

»Ich verstehe Sie, Herr Wallert«, gab Tina Feldkamp kleinlaut zu. »Ich habe mich genau deswegen mit Steiner ziemlich heftig gestritten. Aber es gibt Zusammenhänge, die wir vielleicht verurteilen, die aber außerhalb der polizeilichen Ebenen trotzdem existieren und denen man Rechnung tragen muss. So jedenfalls hat sich Herr Brandt ausgedrückt, mit dem ich vorhin telefoniert habe.«

»Sie meinen geheimdienstliche Zusammenhänge?«, hakte Frank nach. »Soweit ich weiß, arbeiten diese Dienste doch auch im Rahmen gesetzlicher Bestimmungen. Das mit der ›Lizenz zum Töten‹ ist doch eine Legende, oder?«

Frau Feldkamp nickte zögernd und schüttelte gleichzeitig den Kopf.

»Na ja ... nein ... ja«, stammelte sie. »So wie Sie es meinen, ist es eine nette Idee für die Bond-Filme. Sicher gelten unsere Gesetze für alle, die sich in Deutschland aufhalten. Aber wir haben es hier mit der Grauzone zwischen Legalität, Fast-noch-Legalität und Illegalität zu tun.«

»Unbeteiligte Menschen zu töten, gehört nicht zu dieser Grauzone. Das ist eindeutig ungesetzlich!«

36

Kurz hinter Kanjiza liegt die serbisch-ungarische Grenze. Unser nächstes Ziel ist Röszke, eine kleine Stadt in Ungarn, in der bereits viele Flüchtlinge wie wir darauf warten, dass sie weiterziehen dürfen. Diese Schwelle müssen wir noch nehmen, dann liegt ganz Europa vor uns. Die Zahl der Menschen, die sich mit uns durch das heiße Serbien bewegt hat, ist mittlerweile auf etwa tausend angestiegen. Täglich kommen Neue hinzu, und ich hoffe, dass wir nicht mehr lange warten müssen. Die Kinder sind erschöpft, ich natürlich auch. Unser kleiner Tambet hat sich bei dem Bootsunfall kurz vor Lesbos eine schwere Erkältung zugezogen, durch die wir einige Tage aufgehalten worden sind. Ansonsten haben wir es gut überstanden. Andere hatten nicht so viel Glück. Siebenunddreißig Menschen haben das Kentern des Bootes nicht überlebt, obwohl die griechische Marine alles getan hat, um uns schnell in Sicherheit zu bringen. Wenn wir unterwegs sind, funktionieren unsere Beine mechanisch – wir beginnen zu laufen, setzen einen Schritt vor den anderen, und wenn es Abend wird, halten wir an. Vor zwei Stunden haben wir an einem kleinen Fluss haltgemacht. Es ist nicht mehr weit bis zum Grenzübergang. Trotzdem verspüren viele von uns den Wunsch, sich zu säubern. Die Uferböschungen bieten genug Platz. Einige lassen sich einfach fallen, um kurz zu ruhen, andere – zum Beispiel meine Töchter und ich – klettern die Böschung hinab in den seichten Fluss, während sich Aahlijah mit Tambet auf dem Gras niederlässt. Wir lassen unsere Füße das kühle Nass spüren, und dann dauert es nicht lange, bis wir unsere Hosenbeine nach oben schieben, ebenso die Ärmel unserer T-Shirts, und die freiliegende Haut mit Wasser in Berührung bringen und uns abreiben. Das ersetzt kein Bad und keine Dusche, zumal das Wasser des Flusses auch etwas muffig riecht, aber es ist kein Vergleich mit dem Geruch, den wir ausströmen.

Immerhin sind wir fast zwei Wochen bei mörderischen Temperaturen in Serbien unterwegs, haben geschwitzt und es ist schon länger her, dass wir zuletzt eine Gelegenheit hatten, uns zu waschen, geschweige denn die Kleidung zu wechseln. Eine Gruppe bewaffneter Polizisten kommt auf uns zu. Sie wedeln hektisch mit den Armen und brüllen etwas, das wir nicht verstehen können. Die umstehenden Frauen und Kinder hören mit der Plantscherei auf und blicken ihnen verunsichert entgegen. Eine junge Frau ist bei ihnen, die Englisch spricht und auch etwas in unsere Richtung ruft. Ich verstehe, dass die Pause zu Ende ist und wir weitergehen sollen. Bis zur Grenze ist es nur noch etwas mehr als einen Kilometer weit. Wir würden im Lager die Gelegenheit bekommen, uns mit sauberem Wasser zu waschen. Ich fordere meine Kinder auf, aus dem Fluss zu kommen und drehe mich kurz um. Auf dem gegenüberliegenden Ufer steht ein Mann, der seinen Blick in mich hineingebohrt hat. Ich schrecke unwillkürlich zusammen. Der Mann kommt mir bekannt vor, ich kann ihn aber nicht in meine Erinnerungen einordnen. Er starrt mich weiter an, dann setzt er ein breites Grinsen auf, wendet sich ab und verschwindet in der Menge. In diesem Augenblick überkommt mich die Erkenntnis, und ich weiß, wo ich diesen Mann schon einmal gesehen habe. Ich stehe wie erstarrt und kann meinen Blick nicht von der Stelle abwenden, wo eben noch dieser Mann gestanden hat. Sofort sind die Bilder wieder da. Die drei Männer, die vor unserem Haus einen Fremden köpfen, was ich durch das Fenster beobachte. Einer von Ihnen sieht mich und kommt ins Haus, erschlägt Shania, meine Schwägerin und kommt auf mich zu, mit genau dem gleichen Grinsen, das er mir eben gezeigt hat. Ich fühle einen Schmerz im Unterleib, und plötzlich steht Kaja vor mir und schaut mich aus ihren traurigen Augen an.

»Mama, was ist mit dir? Warum kommst du nicht? Die anderen laufen schon weiter«, sagt sie, und erst jetzt merke ich, dass es nicht die Kaja aus meiner Erinnerung ist. Sie zieht mich am Ärmel. Ich nehme ihre Hand und wende mich dem Ufer zu, wo Aahlijah, Tambet und Yamina auf mich warten. Ich muss ziemlich blass geworden sein, denn mein Mann schaut mich fragend an. Er hilft mir die Böschung hinauf und umfasst meine Hüfte mit einem Arm. Dann drückt er mich an sich.

»Wir sind gleich da«, sagt er. »Dann kannst du dich ausruhen.«

Ich nicke und schmiege mich an ihn. Er glaubt wohl, dass ich erschöpft bin, und führt mich zur Straße, wobei er mich weiter um die Hüfte festhält. Die Kinder laufen Hand in Hand vor uns her. Was haben wir bis hierhin für ein Glück gehabt, denke ich. Wird das jetzt zu Ende gehen? Was macht dieser Mann inmitten dieses Flüchtlingsstroms? Was hat er hier zu suchen? Ich schiebe die Gedanken beiseite und beschließe, Aahlijah vorerst nichts von ihm zu erzählen. Vielleicht habe ich mich ja geirrt? Ich muss darauf warten, ob er mir noch einmal begegnet.

37

Das war alles andere als beruhigend. Frank und Maren saßen noch immer am Küchentisch und versuchten zu verdauen, was sie eben von Tina Feldkamp erfahren hatten. Diese hatte sich verabschiedet, nachdem sie Tereza gestattet hatte, das Siegel zu brechen und ihr Zimmer zu betreten, in dem sich gestern Abend diese skurrilen Szenen abgespielt hatten. Adrian und Tereza hatten umgehend mit den notwendigen Aufräumarbeiten begonnen.

»Ich überlege, ob wir Adrian und Tereza vorerst bei Gabriella unterbringen«, wagte sich Maren zuerst aus ihrem Schneckenhaus.

Adrians Schwester wohnte in Dortmund, hielt aber engen Kontakt zu ihrem Bruder. Es war einige Monate her, dass sie sich zuletzt gesehen hatten, aber mindestens einmal in der Woche telefonierten sie miteinander.

Frank zuckte mit den Schultern.

»Warum nicht?«, reagierte er, schaute Maren aber nicht an. In ihm kochte noch die Wut, die sich während des Gesprächs mit Tina Feldkamp aufgebaut hatte. »Damit wären sie erst mal aus der Schusslinie.«

»Soll ich sie anrufen?«

Jetzt schaute Frank auf und schüttelte den Kopf.

»Lass uns erst mit den beiden sprechen.«

Er stand auf und lief durch den Flur auf Terezas Zimmer zu. Als er in die Tür trat, waren die beiden eben dabei, das Bücherregal wiederaufzubauen, das bei dem Kampf, den sich Frank mit einem der Angreifer geliefert hatte, zusammengebrochen war.

»Kommt ihr mal mit? Wir wollen mit euch reden«, sagte er, worauf die beiden Jugendlichen mitten in ihrem Tun innehielten. Sie drehten sich um und folgten Frank widerspruchslos in die Küche.

»Was gibt es?«, fragte Tereza, die sich auf dem Stuhl neben Maren niedergelassen hatte. Adrian stand an der Spüle, hatte die Arme verschränkt und blickte Frank erwartungsvoll an.

»Wir hatten gerade ein Gespräch mit Frau Feldkamp«, begann Frank.

»Ein Gespräch? Du meinst doch wohl eher einen Streit«, unterbrach ihn Tereza. »Man hat dein Gebrüll durch das ganze Haus gehört.«

»Ja, es tut mit leid. Aber es war wohl nötig. Habt ihr verstanden, worum es ging?«

Beide schüttelten den Kopf.

»Frau Feldkamp hat uns erzählt, dass die zwei Männer, die euch gestern überfallen haben, uns nicht mehr gefährlich werden können. Einer liegt im Krankenhaus, der andere ist in Haft und wird morgen nach Syrien abgeschoben.«

»Okay«, sagte Tereza und wartete offensichtlich auf eine Fortsetzung.

»Allerdings gibt es noch zwei weitere Gruppen, die sich auf der Jagd nach Aahlijah Massoud befinden. Zumindest eine davon ist höchstgefährlich. Ich habe zwar gesagt, dass ich aus der Sache aussteige, das heißt aber nicht, dass die Gefahr gänzlich gebannt ist. Meint ihr, ihr könntet für ein paar Tage bei Gabriella unterkommen?«

Jetzt hätte man in der Küche eine Stecknadel fallen hören können. Schließlich war es Adrian, der reagierte.

»Mit ›gefährlich‹ meinst du wirklich gefährlich?«

Frank nickte.

»Wirklich sehr gefährlich. Ich mache euch nichts vor. Ich sage die Wahrheit.«

»Du meinst, wir könnten noch einmal überfallen werden, aber diesmal von anderen Männern?«, fragte Tereza, in deren Stimme die Furcht mitschwang.

»Ja, die Möglichkeit besteht.«

»Aber wir wissen doch gar nichts!«, erregte sich Tereza.

»Diese Leute haben uns im Blick. Sie versuchen, jeden Hinweis auf den Aufenthaltsort von Aahlijah zu bekommen, den sie ergattern können. Und sie müssen schnell sein. Sie wissen, dass ich mit ihm Kontakt hatte, und sie werden wohl versuchen, mich unter Druck zu setzen. Deshalb seid ihr in Gefahr.«

»Weiß du denn, wo dieser Aahlijah ist?«, hakte Adrian nach.

»Nein, aber seine Verfolger glauben, dass sie über mich an diese Information herankommen können.«

»Und ihr?«, fragte Tereza. »Was ist mit eurer Sicherheit?«

»Wir werden sehr gut aufeinander aufpassen«, versicherte Maren und ergriff die Hand von Tereza. »Das Ganze kann nicht mehr lange dauern, aber es wäre uns am liebsten, wenn ihr in dieser Zeit bei Gabriella wärt.«

»Okay«, setzte Adrian den Schlusspunkt. »Soll ich sie anrufen?«

»Das wäre mir sehr lieb«, erwiderte Frank. »Wenn deine Schwester einverstanden ist, würde ich euch auch hinfahren.«

38

Timo Steiners Mittagspause hatte heute ausfallen müssen, worüber er alles andere als glücklich war. Seine Laune hatte sich seit diesem unsäglichen Frühstück mit Tina Feldkamp ohnehin nicht zum Positiven entwickelt.

Nun hatte er die beiden Türken am Hals, die sich irgendwo zwischen Düsseldorf und Mülheim herumtrieben und nichts anderes im Sinn hatten, als Aahlijah Massoud zu finden, den sie für einen kurdischen Terroristen hielten.

Die Welt spielte verrückt, und eine der Hauptrollen spielte die Türkei und ihr paranoider »Führer« Erdogan, der hinter allem, was nicht AKP war und das Wort »Kurden« schon einmal gehört hatte, eine terroristische Verschwörung roch.

Ja, Massoud war von einer Kurdenmiliz aus syrischer Gefangenschaft befreit worden. Ja, man hatte Aahlijah Massouds Neffen Ridvan im syrisch-türkischen Grenzgebiet gefangen genommen und von ihm – auf welche Weise auch immer – erfahren, dass Aahlijah Ridvans Onkel war. Das reichte aus. Ein junger Mann, der mit den Kurden gegen Assad kämpfte, *musste* ein Terrorist sein. Es war verrückt, zumal die Türken unter Erdogan selbst Assad-feindlich eingestellt waren, aber mit den Kurden paktieren? Das ging gar nicht.

Steiner schüttelte den Kopf. Es war noch nicht lange her, da waren die Syrer und Türken verlässliche Partner für den BND gewesen. Während des Irakkriegs hatte man oft und intensiv mit beiden zusammengearbeitet, aber im Augenblick? Beide schienen sich in ihrem grenzenlosen Wahnsinn überbieten zu wollen, und er, Steiner, sollte mit seinen Leuten hinter ihnen aufwischen. Die türkische Seite stellte sich taub oder gab sich ahnungslos. Türkische Agenten in Deutschland? Davon wisse man nichts, also könne man sie auch nicht zurückpfeifen.

Zu einem Eklat wollten es Steiners Chefs nicht kommen lassen, und so hatte er den strikten und unmissverständlichen

Befehl bekommen, die Türken von Aahlijah Massoud fernzuhalten, notfalls auch Ablenkungsaktionen zu starten. Auf jeden Fall sollte er sie aufspüren und im Blick behalten. Seine Männer waren schon dran und hatten ihm übermittelt, dass die beiden Türken das türkische Generalkonsulat in Düsseldorf verlassen hatten und mit einem Wagen auf dem Weg ins Ruhrgebiet waren. Steiners Leute folgten ihnen.

Obwohl er immer noch an der morgendlichen Auseinandersetzung mit Tina Feldkamp zu knabbern hatte, konnte er natürlich nachvollziehen, dass die leitende Beamtin des BKA wenig erfreut darüber war, dass diese beiden türkischen Agenten plötzlich mit im Spiel waren. In ihrer Welt kam so etwas normalerweise nicht vor, für ihn war es der Alltag. Aber auch er hatte sich gewundert, als er von seinen Leuten die Mitteilung bekam, dass zwei türkische Agenten während des Überfalls auf die Wallert-Kinder in einem Wagen vor deren Haus gewartet hatten. Als die Polizei und das BKA aufgetaucht waren, hatten sie sich aus dem Staub gemacht. Es muss eine absurde Situation gewesen sein. Zwei syrische Agenten versuchen, aus den Jugendlichen den Aufenthaltsort von Massoud herauszubekommen, während zwei türkische Agenten darauf warten, dass die Syrer Erfolg haben und sie ihnen folgen können. Gleichzeitig werden sie von BND-Agenten beobachtet.

Steiners Smartphone klingelte. Er fischte es aus seiner Jacke und nahm den Anruf an.

»Wallert hat seine Leute eingeweiht«, meldete sich Tina Feldkamp ohne jede Begrüßungsfloskel und deutlich wahrnehmbar in schlechter Stimmung. »Er ist ausgestiegen.«

Steiner stieß ein bitteres Lachen aus.

»Das kann er nicht. Er kann doch nicht einfach ...«

»Er hat«, unterbrach Feldkamp ihn. »Und ich muss sagen: Ich kann ihn verstehen, nach allem, was in den letzten Tagen vorgefallen ist. Er ist Privatdetektiv und ist es normalerweise nicht gewohnt, irgendwo zwischen den Fronten von Geheimdiensten zu operieren. Ich habe Ihnen gesagt, dass es eine Schnapsidee war.«

»Ja, Sie haben viel Blödsinn geredet!«, fuhr Steiner sie an. »Wo ist er jetzt?«

»Ich war bis eben bei ihm. Ich denke, er ist zu Hause.«

»Und Sie?«

»Ich bin auf dem Weg nach Düsseldorf. Brandt will mich sprechen.«

Wütend drückte Steiner das Gespräch weg. Kaum hatte er sein Smartphone eingesteckt, als es wieder klingelte.

»Ja!«, meldete er sich in der Erwartung, dass Feldkamp ihm noch etwas zu sagen hatte.

»Steiner, Sie müssen kommen. Es hat hier einen Zwischenfall gegeben.«

Das war nicht Tina Feldkamp, sondern einer seiner Männer, die über die Massouds wachten.

»Ist jemand verletzt?«, fragte er.

Der Andere druckste herum, bis er schließlich antwortete.

»Schlimmer. Kommen Sie so schnell wie möglich.«

39

Es ist jetzt mehrere Tage her, dass wir von Serbien nach Ungarn gekommen sind. Seitdem warten wir, dass wir weiterdürfen, aber man hat uns regelrecht eingesperrt. Um unser hoffnungslos überfülltes Lager herum haben die Ungarn Absperrungen errichtet. Alles starrt vor Dreck. In den letzten Wochen war es heiß und trocken gewesen, seit gestern allerdings regnet es viel und wir drohen, im Schlamm zu versinken. Niemand hat uns bisher gefragt, wer wir sind, woher wir kommen und wohin wir wollen. Wir werden von bewaffneten Soldaten bewacht, die sehr unfreundlich sind. Auch sie wären wahrscheinlich gerne an einem anderen Ort.

Langsam kommt Unruhe auf. Viele junge Männer schließen sich zusammen und fordern mit erhobenen Fäusten und in Sprechchören, dass wir weitergehen dürfen. Daraufhin ziehen die ungarischen Soldaten auf, bilden eine Kette vor den Demonstranten und machen den Eindruck, dass sie ihre Schlagstöcke benutzen würden, wenn ihnen auch nur einer der Männer zu nahe käme. Noch sind es nur Demonstrationen und Drohgebärden, aber ich habe Angst davor, dass die Lage weiter eskaliert, denn immer mehr Flüchtlinge strömen nach und stranden hier. Ich hätte niemals gedacht, dass es in Europa so schwer wird. Haben wir uns falsche Vorstellungen gemacht? Die Spannungen steigen, die Wut der Männer und die Verzweiflung der Kinder und Frauen sind mit Händen zu greifen. Ich glaube nicht, dass das noch lange gut geht. Von anderen höre ich, dass ganz Europa über unsere Situation Bescheid weiß und diskutiert. Im Internet, so sagt man, geht die Information herum, dass Hunderttausende von Menschen auf dem Weg nach Europa seien. Es wird eine Lösung geben müssen, und wenn ich mir unsere momentane Lage ansehe, dann habe ich Angst davor, dass diese Lösung nicht so ausschaut, wie wir es uns gewünscht haben.

Aahlijah ist, ebenso wie die Kinder, sehr still geworden. Er redet nur noch, wenn ich ihn anspreche oder eines unserer Kinder ihn etwas fragt. Er wirkt deprimiert und leer. Aber auch mir geht es nicht anders. Wenn ich mich daran erinnere, mit wie viel Hoffnung wir vor Monaten aufgebrochen sind, und was jetzt noch davon übrig ist, könnte ich heulen.

Gerade wate ich durch den Schlamm. Ich bin auf dem Weg zu den Toilettenhäuschen, die in einiger Entfernung aufgestellt worden sind. Es kostet mich immer Überwindung, sie aufzusuchen, denn sie sind in einem schrecklichen Zustand, aber es gibt keine Alternative. Rechts von mir ziehen sich die Absperrungen entlang eines Weges, auf dem Soldaten patrouillieren und Neuankömmlinge einsammeln, die sie dann in unser Lager bringen. Auf der gegenüberliegenden Seite des Weges sehe ich eine Gruppe von Männern stehen, die sich mit einigen Soldaten unterhalten. Ich bleibe wie vom Blitz getroffen stehen, als ich ihn sehe. Da ist er wieder. Ich habe in den vergangenen Tagen, seit ich ihn am Ufer dieses Flusses kurz vor der Grenze nach Ungarn gesehen habe, kaum noch an ihn gedacht. Ich habe geglaubt, ich hätte mich getäuscht, aber jetzt, als ich ihn wiedersehe, ist mir klar: Er ist es. Sein Gesicht. Seine Augen. Seine Körperhaltung. Alles spricht die gleiche Sprache. Alles ist wie an jenem Morgen in Rakka, als die Erinnerungen und die Angst wiederkommen. Ich wende mich ab und lege den Rest des Weges schneller zurück, öffne eines der Häuschen und lasse mich auf dem Deckel der Toilette nieder. Dann schlage ich die Hände vors Gesicht. Was macht dieser Mann hier? Was führt er im Schilde? Sollte er sich vom IS abgewandt haben und ebenfalls auf der Flucht sein? Meine Angst steigert sich zur Panik. Ich spüre, wie mir der Schweiß ausbricht und kalt auf meiner Stirn steht. Was soll ich nur tun? Ich kann das nicht für mich behalten. Soll ich Aahlijah davon erzählen? Mit Macht tauchen plötzlich die Bilder des Abends vor meinem inneren Auge auf, an dem ich meinem Mann von der Vergewaltigung erzählt habe, von seiner Reaktion und den nachfolgenden Tagen und Nächten, in denen ich glaubte, dass ich Aahlijah verloren hätte. Wie würde er diesmal reagieren? Es hilft alles nichts. Ich muss es ihm sagen.

Auf meinem Rückweg zu unserem Lager wage ich mit gesenktem Kopf einen vorsichtigen Blick dorthin, wo ich die Gruppe von Männern gesehen habe. Sie stehen noch immer dort und reden, und wieder kommt in mir die Frage hoch, was dieser Mann im Schilde führte. Er hat mich dort unten am Fluss auch gesehen. Hat er mich nicht erkannt? Oder war es ihm schlichtweg egal? Ich beschleunige meine Schritte und winke schon aus einiger Entfernung Aahlijah zu, der auf einem klapprigen Stuhl vor dem großen Zelt sitzt, in dem wir zusammen mit etwa siebzig anderen Menschen schlafen. Er sieht mir wohl an, dass etwas nicht stimmt, denn er steht auf und kommt langsam auf mich zu.

»Was ist los mit dir?«, fragt er, als er mich erreicht hat, und fasst mich bei den Händen.

»Komm, wir laufen eine Runde«, sage ich und ziehe ihn mit mir, an dem Zelt vorbei und weiter in Richtung der Felder, die am anderen Ende des Lagers ebenfalls durch Absperrungen von uns getrennt sind. An diesen Sperren bleibe ich stehen und gehe in die Knie. Aahlijah hockt sich zu mir und legt mir eine Hand auf die Schulter.

»Was ist?«, fragt er erneut und schaut mich dabei durchdringend an.

»Ich habe einen Mordsschrecken bekommen«, antworte ich und senke den Blick, denn ich weiß nicht, wie ich es ihm sagen soll.

»Warum?«

»Ich habe jemanden gesehen.«

Er nickt mir aufmunternd zu.

»Wiedererkannt«, präzisiere ich.

»Hier im Lager? Jemanden, den wir kennen?«

Er klingt aufgeregt, denn er hofft wohl, von mir eine gute Nachricht zu bekommen.

Ich schüttle den Kopf und spüre, wie die Verzweiflung in mir Oberhand gewinnt.

»Ja«, presse ich hervor. »*Ich* kenne ihn. Er ist hier. Ich habe ihn gesehen. Der Mann ist in diesem Lager. Was will er hier?«

Er hilft mir aufzustehen. Ich halte mich an Aahlijah fest und kann mein Schluchzen nicht unterdrücken. Ich merke, wie Aahlijah erstarrt. Es fühlt sich an, als hätte ich einen Holzklotz in meinen Armen. Langsam scheint er zu begreifen.

»Von welchem Mann redest du?«, fragt er in einer Art, als würde er Eiswürfel ausspucken.

Ich lasse meinen Kopf auf seiner Schulter liegen und antworte nicht.

»Meinst du diesen Hurensohn, der dich ... der Shania ...«

Er spricht die Frage nicht aus, aber ich fühle, wie sein Körper vor Wut bebt. Ich nicke. Plötzlich fasst er mich an den Schultern und schiebt mich von sich weg. Sein Blick ist eine Waffe, ein Schwert. Es schneidet tief in mich hinein. Ich schnappe nach Luft und suche nach Worten, die Aahlijah für mich findet.

»Wo? Wo hast du ihn gesehen? Kannst du mir die Stelle zeigen?«

Ohne zu antworten, ergreife ich seine Hand und ziehe ihn mit mir. Wir laufen an unserem Zelt vorbei und ich suche mit aufmerksamem Blick die Umgebung ab. Es kann ja sein, dass er nicht mehr an dieser Stelle steht. Vielleicht kommt er auf uns zu, und dann möchte ich ihn zuerst sehen. Wir sind kaum ein paar Schritte gelaufen, als ich ihn erblicke. Sofort bleibe ich stehen und wende mich Aahlijah zu, so dass der Fremde höchstens meine Rückansicht zu sehen bekommt. Ich schmiege mich an meinen Mann und raune ihm etwas ins Ohr.

»Sei bitte vorsichtig! Schau nicht so auffällig hin! Er steht mit zwei anderen Männern vor dem Eingang zum Nachbarzelt.

Er hat jetzt einen Schnäuzer und trägt eine Kappe. Siehst du ihn?«

Nach einer Weile senkt Aahlijah seinen Kopf, so dass ich seinen Mund und seine Nase in meinem Haar spüren kann.

»Ja, ich sehe ihn«, sagt er und ich wundere mich, dass vier kleine Worte so viel Unheil ausdrücken können.

40

Steiner jagte mit seinem schwarzen Audi über die Landstraße durch schwarze Bewaldung hindurch. Die Scheinwerfer durchschnitten die dunstige Abendluft, und Steiner hoffte, dass nicht plötzlich irgendein Wildtier vor seinem Wagen auftauchte. Er war bis in die Harrspitzen elektrisiert. Der Anruf vorhin hatte nichts Gutes verheißen. Seine Leute waren erfahren, und wenn Brettschneider ihn anrief und solche Sätze von sich gab, dann war etwas passiert – definitiv. Und was konnte schlimmer sein als Verletzungen? Nur der Tod. Jemand war getötet worden.

Er bog nach links ab, ohne den Blinker zu setzen, und gab eine Kurzwahlnummer über die Tastatur seines Autotelefons ein. Sofort meldete sich jemand. Steiner gab eine scheinbar sinnfreie Wortfolge von sich und drückte unmittelbar danach die Stopp-Taste. Kurze Zeit später rauschte er an einem Geländewagen vorbei, der am Straßenrand stand. Im Rückspiegel sah er, wie dieser Wagen ihm kurz mit der Lichthupe einen Gruß sandte. Immerhin war diese Wache noch auf ihrem Posten. Er bog nach rechts auf einen unbefestigten Weg ein und wiederholte die Identifikationsprozedur, allerdings mit einer anderen Kurzwahl. Auch dieser Wachposten funktionierte noch. So wild konnte es doch eigentlich gar nicht sein, wenn die Männer noch seelenruhig in ihren Autos saßen. Keiner der beiden Männer, gegenüber denen er sich eben identifiziert hatte, hatte irgendwie aufgeregt gewirkt. Er bog in die Einfahrt ein, an deren Ende das Gästehaus lag. Hierbei handelte es sich um eine alte Industriellenvilla, die der Bund vor etwa dreißig Jahren gekauft und renoviert hatte. Seitdem diente das abgelegene Gebäude als Versteck im Rahmen von Zeugenschutzprogrammen, aber auch Überläufer fremder Geheimdienste fanden dort erstes Asyl. Der Vorteil dieser Villa war, dass der BND damals alle technischen Einrichtungen installieren konnte, die eine lückenlose Überwachung der »Gäste« ermöglichten. Auch jetzt standen keine schwerbewaffneten Leute in der Gegend rum, die mit angestrengten Augen in die Dunkelheit starrten und jederzeit bereit waren, ihre Waffen gegen Eindringlinge einzusetzen. Das alles funktionierte sehr viel diskreter. Der gesamte Dachstuhl der Villa war ein Überwachungszentrum mit Kameratechnik höchsten Niveaus, Wärmesensoren und anderen technischen Installationen. Steiner wusste, dass er mit seinem Wagen bereits vor der ersten Abbiegung und seit er sich dem ersten Wachposten zu erkennen gegeben hatte, im Fokus der Überwachungssysteme war. Er hielt an und stieg aus. Um das Haus herum und auch im Inneren der Villa wirkte alles ruhig. In einigen Räumen brannte Licht, aber auch hinter diesen erleuchteten Fenstern konnte er keine Hektik ausmachen. Was ihn aber schon wunderte, war, dass niemand seit seiner Ankunft aus dem Haus getreten war, um ihn zu empfangen. Das war eigentlich obligatorisch, denn es hätte ja durchaus sein können, dass er nicht alleine war – möglicherweise sogar unfreiwillig. Mit angespannten Sinnen näherte er sich der Treppe, die zu einem riesigen Eingangsportal führte. Kaum hatte er sie betreten, wurde die Tür geöffnet – eine doppelflügelige schwere Eichentür – und Brettschneider erschien in der Öffnung. Der Mann sah gestresst aus. Irgendetwas musste also tatsächlich vorgefallen sein. Steiner trat auf ihn zu und blickte Brettschneider fragend an.

»Was ist los? Bis auf dich wirkt hier alles ziemlich normal«, begrüßte Steiner ihn.

»Das wirst du gleich sehen«, war die einsilbige Antwort. »Komm mit.«

Steiner folgte seinem Kollegen über die flache Marmortreppe des geräumigen Eingangsbereichs, dann in einen Gang, der unterhalb einer gewaltigen Holztreppe nach links abbog, bis sie schließlich vor einer Tür landeten, hinter der in den Ursprungszeiten der Villa eine von zwei Küchen gelegen hatte.

Brettschneider stieß die Tür auf und betrat den hinter ihr liegenden Raum. In seiner Mitte stand ein Stuhl, auf dem ein Mann saß, der ein wenig derangiert wirkte. Sein schwarzes Haar stand struppig von seinem Schädel ab, die wulstigen Augenbrauen waren in einer unwilligen und wütenden Grimasse zusammengezogen, so dass sie wie zusammengewachsen wirkten, und seine Stirn wies eine blutende Wunde auf. Außerdem hing ihm das graue Jackett in Fetzen vom Körper und seine Hose war schlammverschmiert. Flankiert wurde der Fremde von zwei bewaffneten Männern aus Brettschneiders Team.

»Wer ist das?«, fragte Steiner verwundert.

»Wissen wir nicht, aber wir haben eine Vermutung«, antwortete Brettschneider, der hinter sich die Tür schloss. »Es war gegen sechs, als alle unsere Systeme Alarm gegeben haben. Zwei Männer waren zielgerichtet auf das Gelände vorgedrungen und hatten sich direkt auf das Haus zubewegt. Diesen hier hat einer unserer Hunde erwischt, und als meine Leute draußen waren, war der zweite Mann verschwunden.«

»Und was ist mit deiner Vermutung?«, bohrte Steiner nach.

Brettschneider näherte sich Steiner so weit, dass er ihm ins Ohr flüstern konnte.

»Das ist einer von den Türken«, zischte er ihm zu.

»Hatte er etwas bei sich?«

»Nichts. Und er hat bisher auf keine Frage reagiert.«

»Waffen?«

»Nein, nichts.«

»Und wo ist der andere Mann geblieben?«

»Genau das ist das Problem«, gab Brettschneider kleinlaut zu. »Wir haben keine Ahnung.«

Entgeistert fuhr Steiner herum und starrte seinen Kollegen an.

»Der kann sich doch nicht in Luft aufgelöst haben. Ich denke, ihr hattet die beiden auf dem Schirm!«

»Ja, hatten wir auch. Bis meine Leute draußen waren und zu der Stelle kamen, wo der Hund diesen Mann gestellt hat. Das war mitten in der 5km-Zone.«

»Kann es sein, dass er im Haus ist?«

»Eigentlich nicht. Wie will er unbeobachtet hierhin gekommen sein?«

»Er ist doch verschwunden!«, fuhr Steiner ihn an. »Und zwar unter eurer Beobachtung!«

»Ich habe auf jeden Fall zwei Dreier-Gruppen losgeschickt, die das Haus von oben bis unten durchkämmen. Und die Wachen vor dem Zimmer habe ich verdoppelt. Es wird nichts geschehen.«

Steiner musste tief durchatmen, um nicht ausfallend zu werden. Als wenn nicht schon genug geschehen wäre! Zwei Männer waren in das Versteck eingedrungen. Woher wussten sie davon? Wie hatten sie der Bewachung seiner beiden Leute entkommen können? Und vor allem: Wo war der zweite Mann geblieben?

»Haben wir hier noch einen Stuhl?«, fragte er und blickte sich im Raum um.

Steiner hatte bemerkt, dass der Fremde ihn beobachtete und offensichtlich auch verstand. Er würde jetzt reden müssen, koste es, was es wolle. Einer von Brettschneiders Leuten griff hinter sich in den im Dunklen liegenden Bereich der ehemaligen Küche und zog einen Stuhl heran.

»Geh du dich um deine Leute kümmern«, sagte er zu Brettschneider, während er den Stuhl ergriff und ihn in sicherer Entfernung vor den Fremden stellte. »Ihr bleibt hier«, wandte er sich dann an die beiden anderen Männer.

Brettschneider verließ den Raum. Als die Tür geschlossen war, setzte sich Steiner hin. Er musterte den Fremden wortlos. Der schien neugierig auf das zu sein, was nun folgen sollte, denn seine Augenbrauen hoben sich ein Stück. Er straffte den Oberkörper und legte die Hände in den Schoß, wobei er mit seinen Augen ständig Steiners Blick folgte. Nach einer endlos scheinenden Weile des Schweigens begann Steiner zu sprechen.

»Sind Sie verletzt?«

Keine Reaktion. Der Blick des Fremden bohrte sich nach wie vor in ihn.

»Wenn Sie verletzt sind, sollten Sie es sagen. Wir würden Sie dann medizinisch versorgen«, unternahm er einen zweiten Anlauf. »Was ist mit Ihrer Stirn?«

Wieder nichts. Steiner dachte einen Moment darüber nach, ob der Mann ihn vielleicht doch nicht verstand. Doch diesen Gedanken verwarf er bald wieder. Es war gerade viel zu offensichtlich gewesen, dass der Mann dem Gespräch mit Brettschneider gelauscht hatte.

»Hat der Hund Sie verletzt?«, fragte er nun, wohlwissend, dass das nicht sein konnte, denn die Hunde wurden darauf trainiert, Menschen zwar zu stellen, aber nicht zu verletzen. Das Jackett des Mannes sprach Bände.

Plötzlich meinte Steiner, bei seinem Gegenüber eine Reaktion in Form eines leichten Kopfschüttelns bemerkt zu haben.

»War das ein Nein?«, fragte er nach.

»Ich bin nicht verletzt. Das auf der Stirn ist nur ein Kratzer«, war die deutlich vernehmbare Antwort. Der Mann griff nach den Aufschlägen seines Jacketts, worauf die beiden Wachleute sofort ihre Waffen hoben. »Ihrem Hund gefiel mein Sakko nicht.« Die Stimme des Fremden hatte einen angenehmen Klang, seine Aussprache war nahezu akzentfrei. *Eins zu null für mich*, dachte Steiner.

»Wir müssen ein paar Sachen klären«, fuhr Steiner fort. »Unter der Voraussetzung natürlich, dass Sie den Wunsch haben, ohne weiteren Schaden aus dieser Nummer herauszukommen.«

Der Fremde schaute ihn weiter an. Ein leichtes Lächeln umspielte seine Mundwinkel. Dann nickt er.

»Sind Sie Türke?«

Wieder nickte der Mann.

»Wie kann ich Sie ansprechen?«

»Nennen Sie mich Mustafa«, antworte der Fremde. »Oder Ali. Oder Kemal. Suchen Sie sich etwas aus.«

»Dann bleiben wir bei Ali. Das ist am kürzesten. Was wollen Sie hier? Warum sind Sie auf dieses Gelände vorgedrungen?«

»Das wissen Sie doch genau!«, erwiderte der Türke nun deutlich unfreundlicher. »Wir suchen den Terroristen, den Sie beschützen.«

41

Einerseits war Frank froh, die Sache endlich abgeschlossen zu haben. Er hatte Tina Feldkamp unmissverständlich gesagt, dass er raus war, und dass er nicht wünschte, noch einmal von ihr in dieser Angelegenheit zu hören, es sei denn, sie wollte ihm mitteilen, dass die Schuldigen am Tod Inas und dem Überfall auf Adrian und Tereza zur Verantwortung gezogen würden. Sie hatte getroffen gewirkt, schließlich aber zu einer fiesen Strategie gegriffen.

»Sie wissen, dass Sie damit Ihre Lizenz verwirkt haben?«, hatte sie ihn gefragt und er hatte sich stark zusammenreißen müssen, um nicht endgültig aus der Haut zu fahren.

»Machen Sie sich um meine berufliche Zukunft keine Sorgen«, war seine Replik gewesen. »Das ist allein meine Sache.«

Andererseits hatte ihn ein Gespräch mit Silke und René am Nachmittag stark verunsichert. Klar, konnte er sich zu hundert Prozent auf die beiden verlassen. Sie hatten ihm auch zugeredet, was den Ausstieg aus diesem »Auftrag« anging. Aber sie hatten auch zu bedenken gegeben, dass die Sache damit möglicherweise noch nicht zu Ende war. Die Männer, die hinter Aahlijah her waren, wussten nicht, dass sich Frank Wallert zurückgezogen hatte. Die neue »Front«, die sich mit dem Auftauchen der beiden türkischen Agenten eröffnet hatte, war vielleicht nicht weniger gefährlich.

Dieser Gedanke machte ihm zu schaffen. Dazu gesellte sich das Gefühl, dass er die Sache aktiv beenden musste. Er hatte zwar keine Ahnung, wie er das anstellen sollte, aber trotzdem wurde dieses Gefühl immer stärker. Er wollte einfach wieder ein normales Leben führen und notfalls Blumen züchten oder in der Volkshochschule Töpferkurse geben, aber aus diesen schmutzigen Zusammenhängen wollte er heraus, egal wie. Er nahm sich vor, mit Maren darüber zu sprechen, wenn er wieder zu Hause war.

Vor etwa einer halben Stunde war er von Dortmund aus aufgebrochen, wo er Adrian und Tereza bei Gabriella, Adrians leiblicher Schwester, abgeliefert hatte. Béla, ihr Mann, war noch nicht zu Hause gewesen, und er hatte mit den Dreien einen Kaffee getrunken, sich nach Gabriellas Wohlbefinden erkundigt und ihr in knappen Sätzen erklärt, warum er glaubte, Adrian und Tereza in Sicherheit bringen zu müssen. Die junge Frau war tief erschrocken, hatte aber zugesichert, Augen und Ohren offen zu halten. Frank seinerseits hatte optimistisch geäußert, dass er nicht davon ausging, dass sich die Gefahr nun bis nach Dortmund erstreckte.

Während der Hinfahrt war seine Aufmerksamkeit äußerst hoch gewesen. Kein verdächtiges Auto war ihm gefolgt. Er hatte sogar vorsichtshalber den Wagen von Silke und René benutzt, falls sein Auto, von wem auch immer, mit einem GPS-Sender ausgestattet worden sein sollte. Er hatte über diesen Gedanken gelächelt und sich gefragt, wie weit sich die Paranoia noch in sein Leben drängeln würde.

Er bog in den Nachbarsweg ein und parkte den Wagen etwa fünfzig Meter vom Haus entfernt. Als er aussteigen wollte, wurde die Beifahrertür geöffnet. Jemand stieg ein und fasste ihn beim rechten Arm.

»Bleiben Sie bitte sitzen!. Ich werde Ihnen nichts tun, Herr Wallert«, ertönte eine sonore Stimme mit leicht türkischem Akzent.

»Was wollen Sie von mir?«, fragte Frank, nachdem er den ersten Schrecken überwunden hatte.

»Ich möchte, dass Sie mich zu einem bestimmten Ort begleiten«, erwiderte der Türke, der vollkommen ruhig auf dem Beifahrersitz saß.

Frank schwieg und überlegte, ob es dem Fremden bewusst war, dass er kein Taxifahrer war.

»Ich bin ein türkischer Polizist«, wurde er genauer. »Ich denke, Sie werden wissen, welchen Ort ich meine.«

»Nein, das weiß ich nicht«, widersprach Frank. »Ich war auch einmal Polizist, und ich weiß, dass Polizisten Ausweise besitzen. Außerdem weiß ich, dass die türkische Polizei in Deutschland keine Befugnisse hat.«

»Ich bin vom MIT, dem türkischen Nachrichtendienst. Herr Wallert, wir haben nicht die Zeit, irgendwelche Zuständigkeitsdiskussionen zu führen. Glauben Sie mir bitte, ich will Ihnen nichts Böses. Ich weiß von den Vorfällen mit den Syrern und nehme an, dass Sie sich weiterhin Sorgen machen. Lassen Sie uns das Ganze beenden! Wir könnten das jetzt tun. Voraussetzung dafür ist, dass Sie mich zu dem Gästehaus fahren, in dem sich Aahlijah Massoud befindet.«

»Warum?«

»Weil sich einer meiner Kollegen dort befindet. Ihr deutscher Kollege vom BND ist auch dort. Es ist etwas schwierig, Ihnen das jetzt im Einzelnen zu erklären. Sie werden es verstehen, wenn wir dort sind.«

»Ich habe keine Ahnung, wo dieses Gästehaus sein soll.«

»Ich aber. Fahren Sie los. Ich werde Ihnen unterwegs erklären, worum es geht.«

42

Es ist ein paar Tage her, dass ich Aahlijah den Mann gezeigt habe. Seitdem ist er äußerst schweigsam, aber auch sehr unruhig. Er kann einfach nicht längere Zeit an einem Ort verweilen, wirkt, als sei er von einer fremden Kraft getrieben, springt immer wieder auf und läuft herum – selbst nachts. Unsere Kinder stellen Fragen, wollen wissen, ob er krank ist. Ich verneine das immer, sage ihnen, dass er nervös ist, weil es nicht weitergeht, aber ich weiß natürlich, dass er es einfach nicht ertragen kann, sich mit dem Mörder seiner Schwägerin und dem Vergewaltiger seiner Frau in einem Lager aufzuhalten. Ich ahne, wie es in ihm aussieht, aber ich weiß nicht, wie ich ihm helfen kann.

Gestern habe ich ihn wieder darauf angesprochen. Er hat durch mich hindurchgeschaut, als käme meine Stimme aus dem Nichts. Dann hat er mit dem Kopf geschüttelt und mir tief in die Augen geblickt.

»Afra«, hat er gesagt, »das ist ein IS-Kämpfer, der dir das angetan hat! Wieso ist er unter uns Flüchtlingen? Ich muss der Lagerverwaltung Bescheid sagen! Er darf nicht nach Deutschland gelangen!«

»Meinst du, er ist alleine?«, habe ich gefragt.

»Ich glaube nicht. Ich habe mich mit ein paar Männern unterhalten, die mir erzählten, dass er oft mit zwei Männern zusammensitzt oder -steht. Glaub mir, wenn das wirklich eine IS-Gruppe ist, können die nichts Gutes im Sinn haben!«

»Beobachtest du ihn?«

»Natürlich! Was denkst du denn? Ich werde nicht ein zweites Mal zulassen, dass er jemandem etwas Böses antut!«

Ich habe meine Hände hinter seinem Nacken verschränkt und ihn geküsst.

»Ich möchte, dass du ihn vergisst«, habe ich geflüstert. »Vergiss ihn einfach. Wir haben noch einen langen Weg vor uns. Wir wissen nicht, ob diese Männer auch nach Deutschland wollen.«

»Aber vielleicht will er es doch! Ich muss zur Lagerleitung und ihnen das sagen!«

»Was wird dann geschehen?«, habe ich gefragt und bin erschrocken über die Bilder gewesen, die sich plötzlich in meinem Kopf breitgemacht haben: Soldaten, die schwerbewaffnet das Lager stürmen, Kinder, die vor Angst schreiend umherlaufen und von ebenfalls fliehenden Erwachsenen niedergetrampelt werden, Schüsse, die plötzlich fallen und Menschen, die rings um mich herum getroffen zu Boden sinken.

»Möglicherweise dürfen wir dann alle nicht weitergehen«, hat er geantwortet, während der Film in meinem Kopf verblasst ist.

Wir haben uns lange wortlos angeschaut, genau wie jetzt in diesem Augenblick. Aahlijah sitzt mir gegenüber, während die Kinder in dem Zelt schlafen.

»Ich muss gleich los«, sagt er. »Ich habe mich mit einem Mann verabredet, der auch aus Rakka stammt.«

»Wozu?«, frage ich. »Es ist schon spät, und man sagt, dass wir morgen mit Bussen weggebracht werden. Wir wollten noch bei Rafik und Samira vorbeigehen.«

»Das werden wir auch noch tun«, antwortet er und steht auf. »Es dauert nicht lange.«

Ich kann ihm gerade noch nachrufen, dass ich schon mal zu den beiden Afghanen rübergehe, dann ist er hinter den Zelten verschwunden. Ich schaue noch einmal bei den Kindern vorbei, die aber friedlich schlafen.

Gestern haben uns die Helfer und Helferinnen in diesem Lager mitgeteilt, dass wir morgen mit Bussen aus unserem Lager abgeholt werden. Wir sollten wählen, ob wir zum Bahnhof in Budapest oder zur österreichischen Grenze gebracht werden wollen. Für Aahlijah und mich ist das völlig klar. Was sollen wir in Budapest? Wir wollen weiter nach Deutschland, und wenn wir erst einmal in Österreich sind, sind wir unserem Ziel ganz nahe.

Als ich bei dem Zelt ankomme, in dem Samira und Rafik untergekommen sind, treffe ich die beiden vor dem Eingang an. Samira mit ihrem dicken Bauch hängt in einem Stuhl, den Rafik ihr hingestellt hat. Sie hat die Beine von sich gestreckt und lacht mir entgegen. Rafik steht hinter ihr und hat seine Hände auf ihre Schultern gelegt. Mittlerweile ist es fast dunkel und die spärlichen Lichter im Lager sind angegangen. Auch ein paar Meter von uns entfernt tauchte eine Art Laterne die Szene in blasses Licht. Ab und zu flackert es.

»Na, wie geht es den zukünftigen Eltern?«, frage ich und schaue Samira an.

»Gut«, antwortet sie. »Ich habe zwar manchmal das Gefühl, bald zu platzen, aber ansonsten geht es mir gut.«

Ich hocke mich vor sie hin, und so unterhalten wir uns eine Weile über ihre Schwangerschaft und wie beschwerlich dieser Marsch für sie gewesen ist. Dann reden wir darüber, was uns wohl morgen erwartet. Auch Rafik und Samira haben den Bus zur österreichischen Grenze gewählt. Sie sind nett, die beiden, und ich bin froh, dass unter den Menschen, die sich durch diesen Kontinent bewegen, auch Leute sind, mit denen wir etwas gemeinsam haben. Für Samira wird es am schwierigsten werden. Wir spekulieren ein wenig darüber, wie wir durch Österreich mit seinen hohen Bergen hindurchkommen, aber wir wissen, dass wir es schaffen werden.

In zwei Wochen soll Samira ihr Kind gebären. Ob es wohl in Deutschland zur Welt kommen wird? Ich beruhige Samira, als ein Schimmer von Angst in ihren Augen erscheint, greife ihre Hand und erinnere sie daran, dass wir Frauen wundervoll sind. Ich habe gesehen, wie Frauen in Syrien mitten in einem Luftangriff zwischen Explosionen und Trümmern ihre Kinder geboren haben.

»Wo ist eigentlich Aahlijah?«, fragt Rafik plötzlich.

Ich schaue ihn an und sage ihm, dass er eigentlich längst da sein müsste. Sein Treffen mit dem Bekannten würde nicht lange dauern, hat er gesagt. Aber das war vor mehr als eineinhalb Stunden.

»Ich gehe zurück«, sage ich. »Sagt Aahlijah bitte Bescheid, wenn er kommt. Ich bin müde. Außerdem sind die Kinder allein.«

Ich verabschiede mich von den beiden und mache mich auf den Weg zu unserem Zelt. Als ich dort ankomme, hockt Aahlijah vor dem Eingang und ein junger Mann steht bei ihm. Voller Verwunderung sehe ich, dass mein Mann raucht. Ich glaube, das hat er vor mehr als fünf Jahren das letzte Mal getan.

»Guten Abend«, begrüße ich den Fremden und bleibe bei den beiden stehen.

Er nickt mir stumm zu. Im gleichen Moment erhebt sich mein Mann schwerfällig aus der Hocke, wirft die Zigarette auf den Boden und tritt sie aus. Er meidet meinen Blick. Irgendetwas stimmt nicht mit ihm. Ich trete vor ihn hin und ergreife seinen Kopf mit meinen Händen. Er blickt weiterhin zu Boden.

»Aahlijah«, spreche ich ihn an. »Was ist los mit dir?«

Er dreht sich zu dem jungen Mann um und sagt etwas zu ihm, was ich aber nicht verstehe. Der Angesprochene nickt und geht. Vorher legt er kurz eine Hand auf Aahlijahs Schulter.

»Was, zum Teufel, ist hier los?«, frage ich erneut. Diesmal habe ich meine Stimme erhoben, wofür wohl nicht zuletzt die in mir aufkeimende Angst verantwortlich ist.

Aahlijah dreht sich zu mir um.

»Shshsh«, macht er und legt mir seinen Zeigefinger auf die Lippen, zum Zeichen dafür, dass ich leise sein soll.

Ich starre ihn an, und plötzlich sehe ich es. Seine Wange unterhalb des linken Auges ist geschwollen. Mein Blick gleitet an ihm herab. Als ich die Flecken am linken Jackenärmel sehe, schlage ich eine Hand vor meinen Mund und greife mit der anderen Hand zu.

»Bist du verletzt?«, flüstere ich, doch Aahlijah entwindet sich meinem Zugriff.

»Nein«, sagt er. »Ich habe mich gestoßen, das ist halb so wild. Würdest du jetzt bitte leise sein?«

Ich ziehe ihn vom Zelteingang weg, weiter Richtung Licht.

»Das ist Blut«, sage ich sehr leise und weise auf die Flecken an seiner Jacke, die im Lichtschein feucht glänzen.

»Aber nicht meines«, erwidert er und sieht mich aus tiefschwarzen Augen an. Die Muskeln in seinem Gesicht zucken.

»Nicht deins? Wessen dann?«, frage ich atemlos.

Es vergehen ein paar Sekunden, bevor er antwortet.

»Ich habe ihn getötet.«

43

»Von welchem ›Terroristen‹ reden Sie?«, fragte Steiner.

Natürlich wusste er, von wem der Türke sprach. Aber er wollte schon wissen, seit wann und warum Aahlijah Massoud von dem MIT als Terrorist eingestuft wurde.

»Von Massoud natürlich.«

Steiner breitete die Arme aus und zuckte mit den Schultern.

»Okay, Massoud. Was ist mit ihm?«

»Er ist ein syrischer Terrorist und hat einen Türken getötet.«

»Wie kommen Sie auf so etwas?«

»Ich weiß es. Meine Regierung hat bereits vor Wochen eine Anfrage an die deutschen Justizbehörden gerichtet, diesen Mann aus dem Verkehr zu ziehen und an die Türkei zu überstellen. Stattdessen bringen Sie ihn in dieser Luxusunterkunft unter und schützen ihn. Meine Regierung ist sehr erbost darüber.«

»Und deshalb hat Ihnen Ihre ›erboste Regierung‹ den Auftrag gegeben, den Mann aufzuspüren und zu töten?«

»Unsinn!«, schnaubte der Türke. »Wir sind aktiviert worden, nachdem diese syrischen Verbrecher auf der Bildfläche erschienen.«

»Von welchen ›syrischen Verbrechern‹ reden Sie jetzt schon wieder?«, fragte Steiner entnervt nach.

»Von den beiden, die Sie gestern in Mülheim verhaftet haben«, erwiderte der Türke. »Sie sind über die Türkei nach Deutschland eingereist, und seitdem hatten unsere Behörden sie auf dem Schirm.«

»Moment mal«, sagte Steiner, lehnte sich zurück und streckte die Beine aus. »Heißt das, dass Sie von der Anwesenheit dieser Agenten wussten, und uns nicht informiert haben?«

»Wir gingen davon aus, dass Sie Bescheid wussten.«

»Und sind eigenmächtig tätig geworden, ohne sich mit uns abzustimmen«, ergänzte Steiner.

Der Türke zuckte mit den Schultern.

»Wir hatten nicht das Gefühl, dass die deutschen Behörden bereit waren, mit uns zusammenzuarbeiten.«

»Haben Sie Aahlijah Massoud dermaßen zugerichtet?«

»Nein«, wehrte der Mann sich gestenreich, »das ist nicht unser Stil. Das waren die Syrer, denke ich.«

Steiner hob die Brauen.

»Woher wollen Sie das wissen?«

»Wir gehen davon aus. Wir waren es jedenfalls nicht.«

Steiner griff nach seinem Handy, stand auf und verließ den Raum. Vor der Tür wählte er schließlich die Nummer seines Chefs.

*

Zurzeit schwiegen sowohl Frank als auch sein türkischer Begleiter. In Frank drehten sich die Gedanken nur um eine Frage: Konnte er diesem Mann glauben? Was er sagte, wirkte schlüssig, aber wozu brauchte er ihn, Frank, den Privatermittler? Zwischen Geheimdienstkreisen gab es doch sicher andere Wege zu kommunizieren und Missverständnisse aus dem Weg zu räumen.

»Woher beziehen Sie eigentlich Ihre Informationen?«, fragte er in die Stille hinein. Der Türke hatte die Augen geschlossen und den Kopf gegen die Nackenstütze gelehnt.

»Das werde ich ausgerechnet Ihnen auf die Nase binden«, antwortete er und ließ dabei ein belustigtes Glucksen hören.

»War es die gleiche Quelle, die Aahlijah Massoud zuvor als kurdischen Terroristen angeschwärzt hatte?«

Franks Begleiter öffnete nun die Augen und sah ihn von der Seite an.

»Sie stellen zu viele Fragen, Herr Wallert. Es ist schon sehr ungewöhnlich, dass ich mich Ihrer Hilfe bedienen muss, aber fragen Sie nicht so viel!«

»Ja ja, ich weiß«, erwiderte Frank genervt. »Das habe ich in den letzten Tagen schon öfter zu hören bekommen. Je weniger ich weiß, umso besser für mich. Trotzdem werden Sie und Ihresgleichen nicht müde, mich immer wieder in diese Geschichte hineinzuziehen. Und jetzt ist eine Freundin tot und meine Kinder sind mit Ach und Krach unversehrt einem Anschlag entkommen.«

»Das waren Killer, Herr Wallert, nicht wir.«

»Es waren syrische Agenten! Sie sind auch Agent. Wollen Sie mir erzählen, Sie würden, wenn der Auftrag es erfordert, vor dem Töten von Menschen zurückschrecken?«

»Biegen Sie jetzt bitte links ab«, forderte der Türke ihn auf, und Frank setzte den Blinker. »Wir töten keine unbeteiligten Menschen. Ihre Freundin zu erschießen und Ihre Kinder zu überfallen waren Verbrechen.«

»Wie wären Sie mit Aahlijah Massoud umgegangen, wenn Sie nicht diese Information bekommen hätten?«

»Das ist schwer zu sagen«, erwiderte der MIT-Agent. »Unser Auftrag lautete, den Mann zu lokalisieren, zu ergreifen und nach Ankara zu überführen. Von Eliminieren war nicht die Rede.«

»Das hat sich aber nun erledigt?«

»Ja, das hat es.«

»Aber Ihr Kollege weiß davon noch nichts?«

»Richtig. Das habe ich Ihnen vorhin erklärt.«

»Wer sagt Ihnen denn, dass Ihr Kollege nicht schon großes Unheil angerichtet hat?«

»Wir sind geschult, Herr Wallert, und keine Stümper. Mein Kollege weiß genau, dass er nicht alleine handeln darf. Außerdem sind die Leute vom BND mit uns befreundet.«

Frank kommentierte das mit einem bitteren Lachen und schüttelte den Kopf. Dann stieg er hart in die Eisen, denn plötzlich leuchteten etwa zweihundert Meter vor ihm die Rücklichter eines Vans auf. Zwei Männer waren ausgestiegen und stellten sich breitbeinig auf die Straße, jeder eine Maschinenpistole im Anschlag.

»Bleiben Sie hier stehen, lassen Sie die Scheinwerfer an und steigen Sie mit mir aus! Heben Sie die Hände über den Kopf!«, zischte der Türke ihm zu.

Frank wurde schlecht.

»Das ist die Hölle!«, sagte er und öffnete die Tür.

»Es wird Ihnen nichts geschehen«, sprach der Agent ihm beruhigend zu. »Wir gehen gemeinsam zu diesen Männern hin und bringen unser Anliegen vor.«

»Es ist Ihr Anliegen!«, fauchte Frank. »Ich möchte gar nicht hier sein!«

»Ich weiß«, gab der Türke zurück und seufzte gelangweilt, während er sich in Bewegung setzte.

Beide liefen mit erhobenen Händen auf die Männer zu, die noch immer mitten auf der Straße standen und sie argwöhnisch beobachteten. Es waren noch etwa fünfzig Meter zurückzulegen, als einer der beiden den Arm hob.

»Bleiben Sie stehen!«, hallte es über die Straße. »Sie können hier nicht weiterfahren! Das ist militärisches Sperrgebiet!«

»Sagen Sie ihm, wer Sie sind, und dass Sie mit Herrn Steiner sprechen wollen«, raunte der türkische Agent Frank zu.

»Ich heiße Frank Wallert!«, rief er und lauschte der merkwürdigen Akustik, die dieses Waldgebiet mit seinen hohen Bäumen bot – Fichten waren es wohl. »Wir müssen dringend zu Herrn Steiner!«

»Kommen Sie mit erhobenen Händen näher!«, war die Antwort.

In aller Ruhe legten die beiden Männer die letzten Meter zurück, bis sie von den Bewaffneten am Arm gefasst und voneinander fortgezogen wurden.

»Halten Sie weiter die Hände über den Kopf und spreizen Sie die Beine!«, befahl derjenige, der Frank beim Wickel hatte. Dann wurde er von oben nach unten abgetastet. Ein schneller Griff in seine Jackentasche förderte den Lizenzausweis und sein Smartphone zutage.

»Sauber!«, rief er seinem Kollegen zu, der mit dem Türken die gleiche Prozedur vollzogen hatte.

»Was ist das denn?«, rief er und drehte etwas Metallisches, golden Glänzendes zwischen seinen Fingern.

»Das ist das Abzeichen des MIT«, informierte der Türke ihn. »Ich bin Mitarbeiter des türkischen Geheimdienstes. Ihr Kollege Steiner hat einen meiner Kollegen in dem Gästehaus. Wir müssen dringend mit ihm reden.«

»Das werden wir sehen«, brummte der etwas Korpulentere der beiden Agenten und warf einen Blick auf Franks Detektivausweis. »Der hier hat auf jeden Fall die Wahrheit gesagt. Frank Wallert, Privatdetektiv«, las er seinem Kollegen vor. »Wir werden Sie erst einmal festnehmen«, sagte er und hatte plötzlich Handschellen parat. Frank und dem Türken wurden die Hände hinter dem Rücken gefesselt. »Stellen Sie sich an das Auto!«, befahl er. »Ich werde Steiner anrufen, und du wirst dir den Wagen vornehmen. Wenn er sauber ist, kannst du ihn von der Straße fahren«, teilte er seinem Kollegen mit, der sich umgehend in Bewegung setzte.

44

Steiners Laune war auf den Tiefstpunkt gesunken, obwohl er eigentlich sicher war, dass sich seine Stimmung an diesem Tag nicht noch weiter verschlechtern konnte. Einer der Türken war verschwunden, und der, den sie geschnappt hatten, hatte ihnen eine haarsträubende Geschichte aufgetischt. Steiner hatte sich, nach dem Telefonat mit seinem Chef, vor den Eingang zurückgezogen, um in Ruhe eine Zigarette zu rauchen. Er musste nachdenken. Schönfelder, sein Chef, hatte zuerst geglaubt, er wolle ihn mit seinen Neuigkeiten veralbern. Dann hatte er konsterniert gewirkt und ihm mitgeteilt, dass er im Innenministerium anrufen würde und Steiner auf den Rückruf warten sollte. Wieso hatten er und seine Abteilung, und wohl auch seine vorgesetzte Ebene, keine Ahnung von den syrischen Aktivitäten gehabt? Wie hatte es geschehen können, dass die Türken davon wussten, die Syrer beobachteten und letztlich dieses »Gästehaus« lokalisierten, ohne dass seine Leute davon etwas mitbekommen hatten? Was hatten seine Leute getan? Hatten sie den ganzen Tag über Kaffee getrunken und sich über Fußball unterhalten? Hatten sie alle zusammen versagt? Erst im Zuge des Überfalls auf die Wallert-Kinder hatten die Türken den Weg der BND-Leute gekreuzt. Bevor er hierhin gefahren war, hatten ihm seine Agenten berichtet, sie verfolgten die beiden Türken, seit sie das Generalkonsulat verlassen hatten. Wo waren sie? Wie hatten die MIT-Agenten sie abschütteln können? Steiner steckte die Zigarette in den Sand des Standaschenbechers und wollte zurück zu dem Raum, in dem der Türke saß, als sein Handy plötzlich klingelte.

Er meldete sich schlecht gelaunt. Am anderen Ende sprach einer der Männer von der Straßenwache.

»Wir haben hier zwei Männer festgenommen«, sagte er. »Sie sagen, sie müssten mit Ihnen sprechen.«

Soll das heute so weitergehen?, dachte Steiner, der sich zusammennehmen musste, um sein Gegenüber nicht sofort niederzubrüllen.

»Was für Männer?«, presste er genervt zwischen den Zähnen hindurch. »Wieso weiß plötzlich jeder, wo ich bin? Was soll diese Scheiße?«

»Einer heißt Frank Wallert und bei ihm ist ein türkischer Kollege vom MIT.«

Steiner zuckte zusammen. War das zu fassen? Was wollte dieser Privatdetektiv hier? Und wieso kam er in Begleitung eines türkischen Agenten?

»Sagten Sie Frank Wallert?«

»Ja.«

»Geben Sie ihn mir!«, befahl Steiner ungehalten und spürte, wie seine Halsschlagader schwoll.

»Der Mann trägt Handschellen.«

»Dann nehmen Sie ihm die Dinger ab, Sie Idiot!«, polterte Steiner los.

Kurz darauf hörte er Wallerts Stimme.

»Herr Steiner?«

»Was wollen Sie, Wallert? Sind Sie verrückt?«

»Sie sind wirklich witzig. Glauben Sie, ich komme zum Kaffeeplausch vorbei? Es gibt wichtige Neuigkeiten. Es wäre nett, wenn Sie uns vorlassen würden.«

»So? Nett wäre das? Wissen Sie was? Für heute ist mein Nettigkeits-Tank aufgebraucht, völlig leer! Ich glaube, Sie haben wirklich nicht alle Tassen im Schrank, Sie ... Sie ...Privatdetektiv! Meinen Sie, wir haben uns aus Spaß hier in diese Einöde zurückgezogen?«

»Sicher nicht. Und ich bin auch nicht zum Spaß hier. Ich möchte am Telefon nicht ins Detail gehen, aber Sie müssen sich anhören, was wir Ihnen zu sagen haben!«

»Ich lasse Sie abholen. Warten Sie dort«, wies Steiner ihn an.

»Das passt gut. Ich hatte sowieso gerade nichts anderes vor«, erwiderte der Detektiv.

Steiner öffnete die Tür.

»Kommen Sie her!«, befahl er dem erstbesten Agenten, der ihm über den Weg lief. »Sie suchen sich einen Kollegen, mit dem Sie zwei Männer von der Position Alpha abholen. Nehmen Sie meinen Wagen.« Er übergab dem verdutzten Agenten die Autoschlüssel. »Bringen Sie beide zu mir in die alte Küche.«

45

Eigentlich dachte ich immer, Österreich wäre wie Deutschland. Das war offensichtlich ein Irrtum. Wir sind mittlerweile in diesem Alpenland angekommen, nachdem uns Busse aus Röszke an die Grenze gefahren haben. Dort ließ man uns nahe einem Ort mit dem Namen Nickelsdorf nach Österreich hinein.

Vor ein paar Stunden haben sich österreichische Beamte mit uns unterhalten. Sie wollten unsere Namen wissen, wo wir herkommen und ob wir in irgendeinem Land auf unserem Weg schon Asyl beantragt haben. Ich habe den Beamten gesagt, dass wir gerne nach Deutschland weitergehen würden, um dort Asyl zu beantragen. Einer der Männer hat gegrinst und mit der Frage geantwortet, ob ich glaube, mir das aussuchen zu können. Eigentlich müssten wir dahin zurück, wo wir zum ersten Mal europäischen Boden betreten haben – und das sei Griechenland. »Alle diese Menschen wollen nach Deutschland«, habe ich geantwortet.

Wir waren alle auf einem Parkplatz zusammengepfercht. Heute Nachmittag haben Soldaten begonnen, große Zelte aufzustellen. Das Rote Kreuz hilft uns und gibt Essen und etwas zu trinken aus. Ich mache mir Sorgen. Wir sind so nahe an unserem Ziel. Werden wir bis nach Deutschland kommen, oder wird man uns – wie der Beamte gesagt hat – nach Griechenland zurückschicken? Als wir damals zu fünft losgezogen sind, hätte ich niemals gedacht, dass wir in Österreich mit Hunderten, wenn nicht sogar mit Tausenden, das gleiche Schicksal teilen.

Heute ist das Gerücht aufgetaucht, dass Ungarn an seiner Grenze einen hohen Zaun errichten will, um die Flüchtlinge davon abzuhalten, über Ungarn weiterzureisen. Das wird die Menschen nicht aufhalten. Einige haben schon den Weg durch Slowenien gewählt, um nach Österreich hineinzukommen.

Aahlijah ist zur Ruhe gekommen. Er schafft es sogar wieder, zu lächeln und zwischendurch mit den Kindern zu scherzen. Die ersten Tage nach seiner Tat war er in sich gekehrt gewesen, schlief unruhig und schien gar nicht zu uns zu gehören. Einmal – vor ein paar Tagen – habe ich ihn noch einmal darauf angesprochen.

»Hör auf!«, hat er geantwortet. »Du willst das gar nicht wissen, und ich will auch nicht mehr daran denken. Ich habe zum ersten Mal einen Menschen getötet.«

Er hat recht. Je länger ich darüber nachdenke, umso richtiger finde ich, was er getan hat. Auch wenn ich erst einmal bis ins Mark erschüttert und entsetzt gewesen bin, aber Aahlijah hat uns von einer ständigen Bedrohung befreit – und er hat sich gerächt für den Mord an seiner Schwägerin und die Vergewaltigung an mir. Ich kann ihn verstehen. Ich bin ihm sogar dankbar. Ich liebe ihn.

Ich stehe auf einem kleinen Hügel in der Nähe des Lagers. Aahlijah und ich wollen uns einen Überblick verschaffen. Vier große Zelte stehen bereits, ein fünftes wird eben von Soldaten des Bundesheeres aufgebaut. Um uns herum toben Tambet und seine Schwestern. Es ist verblüffend, wie viel Glück aus diesen Kinderaugen strahlt, selbst nach diesen zermürbenden Monaten. Ein bisschen gutes Wetter und ein wenig Platz, und schon spielen die Kinder, als sei es das Normalste auf der Welt.

Bei dem großen Eingangsbereich des Lagers, der von einigen Polizisten bewacht wird, sehe ich plötzlich Busse vorfahren. Es ist eine ganze Schlange von Fahrzeugen. Es kommt Unruhe auf.

»Was passiert da?«, frage ich Aahlijah, der eben Tambet an den Beinen gepackt und kopfüber hochgehoben hat. Tambet quietscht und schreit vor Vergnügen. Dann setzt Aahlijah Tambet auf seine Schultern. Er blickt in die Richtung, in die ich zeige.

»Busse«, sagt er unnötigerweise. »Wo wollen sie uns jetzt schon wieder hinbringen?«

Er läuft los. Die Kinder und ich folgen ihm. Tambet sitzt noch immer auf seinen Schultern und juchzt vor Vergnügen. Als wir am Lager ankommen, hat sich bereits eine große Menge von Menschen versammelt. Alle wollen wissen, was das zu bedeuten hat und reden aufgeregt durcheinander. Polizisten halten die Menschen von den Bussen fern. Aus einigen Worten der Umstehenden höre ich heraus, dass die Busse tatsächlich für uns gedacht sind. Ich höre »Merkel« und »Deutschland« und »Willkommen«. Ich höre auch den Namen »Passau« und horche auf. Dieser Ort ist mir ein Begriff. Zu Zeiten meines Studiums war eine Delegation der Passauer Universität bei uns in Aleppo zu Gast. Damals herrschte noch Frieden und ich habe angenehme Erinnerungen an diese Zeit. Ein Mann tritt vor uns und hält ein Megafon in den Händen. Er macht deutlich, dass er etwas sagen will, und die Menge kommt zur Ruhe. Ich lasse meinen Blick über die Menschen streifen und erkenne Samira und Rafik, die ein paar Meter von uns entfernt am äußersten Rand der Menge stehen. Ich winke ihnen zu, wundere mich aber, dass sie nicht zurückwinken. Samira wird von Rafik gestützt. Sie sieht angestrengt aus. Da fängt der Mann an, auf Englisch zu uns zu sprechen. Seine Stimme schnarrt und es pfeift etwas aus dem Megafon.

»Guten Tag. Wir haben eben vom Innenministerium die Nachricht bekommen, dass Sie ohne weitere Verzögerung weiterreisen können, wenn Sie wollen. Die Deutschen sind bereit, Sie aufzunehmen ...«

Jubel und Geschrei braust auf. Der Mann mit dem Megafon versucht, sich wieder Gehör zu verschaffen. Er brüllt etwas und wedelt mit den Armen. Von hinten strömen immer mehr Menschen aus dem Lager, die erst jetzt gemerkt haben, dass hier etwas vor sich geht. Es dauert eine Weile, bis die Menschen ihm wieder zuhören.

»Es gibt nun zwei Möglichkeiten«, fährt er schließlich fort. »Erstens: Alle diejenigen, die in Österreich Asyl beantragen wollen, werden mit Bussen nach Wien gebracht. Zweitens: Wer nach Deutschland weiterreisen will, wird von dem nahegelegenen Bahnhof aus mit dem Zug zur Grenze fahren. Zwei Sonderzüge stehen bereit. Bitte sorgen Sie dafür, dass sich diese Nachricht im Lager verbreitet. Packen Sie Ihre Sachen zusammen und kommen Sie anschließend zu den Bussen oder zum Bahnhof, der etwa einen halben Kilometer von hier entfernt ist. Die Polizisten werden Ihnen den Weg zeigen. Es ist genug Platz für alle da, aber nehmen Sie nur das Nötigste mit. Je weniger Gepäck Sie haben, umso mehr Menschen können mit dem Bus oder mit dem Zug mitfahren.«

Er hat sein Bestes gegeben, dieser Mann. Trotzdem fängt genau in dem Augenblick, als er das Megafon absetzt, ein wildes, von Gebrüll begleitetes Rennen an. Ich presse meine Töchter an mich, damit sie nicht überrannt werden. Tambet, der das Ganze von seinem Logenplatz auf den Schultern meines Mannes beobachtet, fängt an zu weinen. Ich blicke dahin, wo ich eben Samira und Rafik gesehen habe. Samira hält sich an Rafik fest. Es geht ihr nicht gut, das ist deutlich zu sehen. Ich mache Aahlijah auf die beiden aufmerksam, nehme Yamina und Kaja an den Händen und ziehe sie mit mir, hinter Aahlijah her, der sich schon in Richtung des afghanischen Paares bewegt. Die Menschenmenge hat sich bereits aufgelöst.

»Was ist mit euch?«, fragt Aahlijah, als er bei Samira und Rafik ankommt.

»Samira hat Schmerzen«, antwortet Rafik und ich schaue Samira an, die schwer atmet.

»Ist es soweit?«, frage ich sie.

Sie zuckt mit den Schultern.

»Ich weiß es nicht. Es wird schon besser«, antwortet sie.

»Kannst du laufen?«

»Es wird gehen.«

»Was wollt ihr tun?«, fragt Aahlijah. »Bus oder Zug?«

»Wir wollen nach Deutschland«, erklärt Rafik.

»Müsst ihr noch zum Zelt?«

»Unser Rucksack liegt noch dort«, erwidert Rafik.

Aahlijah nickt und hebt Tambet von seinen Schultern.

»Geht schon mal langsam vor. Ich hole unsere Sachen und komme sofort nach.«

Ich weise unsere Kinder an, sich bei den Händen zu fassen und vor uns her zu laufen. Aahlijah spurtet davon. Die ersten Menschen kehren mit ihrem Gepäck aus dem Lager zurück. Einige strahlen und halten Pappschilder in die Luft, auf denen in ungelenken Buschstaben Botschaften stehen wie »Danke Österreich« oder »Ich bin aus Irak – Danke Danke Danke«. Rafik und ich haben Samira untergehakt. Wir setzen vorsichtig einen Fuß vor den anderen. Natürlich überholen uns jede Menge Leute, aber es geht ganz gut. Wir verlassen das Lager und biegen nach links ab, wohin uns ein Polizist mit ausgestrecktem Arm leitet. Ich sehe, wie Tambet sich immer wieder umdreht und offensichtlich nach seinem Vater Ausschau hält, doch er wird gnadenlos von Yamina und Kaja weitergezogen.

»Er kommt gleich, Tambet!«, rufe ich ihm zu.

Jetzt laufen wir auf einem Weg zwischen Feldern entlang. Es ist warm, aber nicht heiß. Ein leiser Windhauch ist zu spüren, der Duft der abgemähten Felder steigt mir in die Nase. Plötzlich schreit Samira auf und bleibt stehen. Sie windet sich und geht in die Knie. Sofort greifen Rafik und ich fester zu, damit sie sich nicht auf dem staubigen Weg niederlässt. Ich schaue mich um. Wir sind nahezu alleine. Eine große Menge von Menschen ist bereits an uns vorbeigeeilt. Etwa zweihundert Meter vor uns steht ein Polizist. Hinter uns laufen kleinere Gruppen von Nachzüglern. Ganz hinten sehe ich, wie Aahlijah sich im Laufschritt nähert. Etwa fünfzig Meter vor uns, auf der linken Seite, steht eine Scheune, deren Tor geöffnet ist. Samira schreit erneut auf und krümmt sich.

»Es geht los«, sagt sie, und ich spüre, dass sie Angst hat.

Rafik und ich heben Samira an und tragen sie zu der Scheune.

»Bleibt hier stehen und wartet auf euren Vater«, sage ich zu den Kindern, bevor wir Samira in die Scheune tragen.

»Bleib ganz ruhig«, sage ich zu ihr. »Wir schaffen das.«

46

Steiner hatte die Beine übereinandergeschlagen und die Arme vor der Brust verschränkt. Mehr Verschlossenheit war eigentlich kaum möglich, doch er schaffte es mit seiner Miene, den Eindruck zu verstärken, als wünschte er sich, an einem anderen Ort zu sein und mit diesen Menschen und diesen Geschehnissen nichts, aber auch gar nichts zu tun haben zu müssen.

»Selbst für einen Deutschen haben Sie grässlich schlechte Laune«, sagte der Türke, der ihm noch immer gegenübersaß, mit einem süffisanten Lächeln.

Nach dem Telefonat war Steiner in den Raum gestürmt, hatte sich auf den Stuhl fallen lassen, auf dem er jetzt in dieser Haltung saß, und schwieg seit mehreren Minuten. Er streifte den Agenten mit einem vernichtenden Blick.

»Warten Sie nur ab«, presste er zwischen seinen Zähnen hindurch. »Sie werden gleich auch ziemlich schlechte Laune haben. Wir haben Ihren Kollegen gefasst.«

Der Türke hob die Brauen.

»Aha«, sagte er nur.

Steiners Smartphone klingelte. Er sprang auf, nahm den Anruf an und stürmte aus dem Raum.

»Steiner«, meldete er sich, nachdem er die Tür geschlossen hatte. Dann hörte er nur noch zu. Währenddessen nahm sein Gesicht eine alarmierend rote Färbung an. Am Ende schaffte er es, mit unverfänglicher Stimme ein paar Worte über die Lippen zu bekommen.

»In Ordnung«, sagte er und »Ja, Herr Staatssekretär.«

Er drückte das beendete Gespräch weg und trat gegen das nächstbeste Möbelstück, das in seiner Reichweite stand. Dann beugte er sich vor und stützte seine Hände auf die Oberschenkel. Er musste einmal kräftig durchatmen.

In diesem Augenblick hörte er vom Eingang her Stimmen. Seine Männer waren da und brachten den Privatdetektiv und den zweiten türkischen Agenten. Steiner gab alle Hoffnung auf, dass der Tag noch in irgendeiner Weise gerettet werden könnte.

»Guten Abend, Herr Wallert«, begrüßte er Frank ohne eine Spur von Wiedersehensfreude. »Ich muss schon sagen, Sie haben eine unkonventionelle Art. Das hätte ich Ihnen gar nicht zugetraut, als wir uns das erste Mal getroffen haben.«

»Sparen Sie sich das, Steiner«, erwiderte Frank. »Wir müssen reden.«

»Ja, das müssen wir wohl«, antwortete der BND-Agent und schickte seine Leute fort. »Sagt Brettschneider Bescheid. Er soll runterkommen«, wies er sie an.

Er öffnete die Tür zur alten Küche. Frank und der Türke folgten ihm.

»Ihr könnt gehen«, sagte er zu den beiden Sicherheitskräften, die den festgesetzten Türken bewacht hatten.

Der stand sofort von seinem Stuhl auf, sah seinen Kollegen fragend an, bis sein Blick auf Frank hängen blieb.

»Wer sind Sie?«, fragte er, woraufhin sich Frank vorstellte und ihm die Hand zur Begrüßung reichte.

Sein Kollege beendete das Geplänkel.

»Gut«, sagte er. »Mein Name ist Serdar Öztürk und mein Kollege heißt Özcan Gülsün. Wir arbeiten für den MIT. Ich habe vor drei Stunden von meinem Führungsoffizier in Ankara etwas erfahren, über das wir dringend reden müssen.«

Die Tür öffnete sich und Brettschneider trat ein. Er bedachte seinen Chef mit einem fragenden Blick.

»Was ist denn hier los?«, fragte er angesichts der Neuankömmlinge.

Steiner klärte ihn auf und wandte sich anschließend wieder an Öztürk: »Und was haben Sie erfahren?«

»Können wir uns nicht irgendwo hinsetzen?«, fragte der.

Steiner entschied, dass man die Küche im ersten Stock nutzen sollte, wo ein großer Esstisch und eine ausreichende Anzahl an Stühlen standen. Die drei Agenten des BND, die den Raum gerade für eine Ess- und Trinkpause nutzten, warf er kurzerhand hinaus.

»Also«, begann Öztürk, »Aahlijah Massoud hat zwar in Ungarn einen türkischen Staatsbürger getötet, aber er hat absolut nichts mit der kurdischen Terrororganisation zu tun, wie wir bisher glaubten.«

»Sie sprechen von der YPG, nehme ich an. Ist Ihnen klar, dass die Truppen dieser Organisation enge Verbündete der Vereinigten Staaten sind?«, wandte Steiner ein.

»Das ist mir durchaus klar«, erwiderte der Türke verärgert. »Es ist nicht das erste Mal, dass die Einschätzungen der Türkei und die der USA weit auseinander liegen. Tatsache ist, dass Massoud Anfang dieses Jahres von der Kurdenmiliz aus den Händen von syrischen Agenten befreit worden ist. Unter den Kämpfern hatte sich Ridvan, der Neffe von Massoud, befunden. Der Befreite hat sich anschließend über längere Zeit in dem von Kurden beherrschten Kobane mitten im Lager der YPG aufgehalten, ebenso wie seine Familie, die später von den Kurden aus Rakka befreit worden ist. Auch hier war sein Neffe beteiligt.«

»Kommen Sie zur Sache, das wissen wir bereits«, platzte Steiner dazwischen.

Ohne sich von dem Einwand beeindrucken zu lassen, fuhr Öztürk fort: »Unser Dienst hat aus den Beobachtungen einfach die falschen Schlüsse gezogen. Unsere Leute wurden beauftragt, Massoud von seiner Flucht nach Europa abzuhalten, ihn zu isolieren und in die Türkei zurückzubringen. Irgendwie muss er das gerochen haben, denn bei Röszke in Ungarn verloren wir ihn aus den Augen. Er muss mit seiner Familie eines Morgens von uns unbemerkt einen Bus bestiegen haben. Jedenfalls haben wir ihn erst in Deutschland wiedergefunden.«

»Und dann kamen die Syrer dazu«, wandte Steiner ein.

Öztürk schaute ihn verwundert an.

»Ich habe es ihm bereits erzählt«, klärte Gülsün ihn auf.

»Ja, das stimmt, aber erst später«, gab Öztürk zu. »An dem Morgen, nachdem Massouds Familie Röszke verlassen hatte, fand man in unmittelbarer Nähe des Lagers eine männliche Leiche. Unsere Leute waren an der Identifizierung des Mannes beteiligt. Es handelte sich bei ihm um einen türkischen Staatsbürger, der seit zwei Jahren als vermisst galt.«

»Jetzt weiß ich, worauf Sie hinauswollen«, unterbrach Steiner ihn. »Sie wollen mir jetzt erzählen, dass Aahlijah Massoud diesen Mann getötet hat. Aber auch das wissen wir bereits.«

Öztürk nickte.

»Das hat er auch. Das ist bewiesen. Nur habe ich vorhin erfahren, dass es sich bei dem Getöteten um einen IS-Terroristen handelte, der sich vor zwei Jahren der Terrormiliz angeschlossen und in Syrien für den IS gekämpft hat.«

Frank wurde langsam unruhig. Er wurde das Gefühl nicht los, dass die an dem Gespräch Beteiligten um den berühmten heißen Brei herumredeten.

»Er hat nicht nur für den IS *gekämpft*«, platzte es plötzlich aus ihm heraus. »Der Mann hat vergewaltigt und Zivilisten getötet, wie es ihm gerade in den Sinn kam. Er hat Aahlijahs Frau vergewaltigt und die Frau seines Bruders, die Mutter von Ridvan, getötet.«

Alle Augen waren nun auf Frank gerichtet, der jeden einzelnen Blick der um den Tisch herumsitzenden Männer erwiderte.

»Woher wollen Sie das wissen?«, erkundigte sich Gülsün verblüfft.

»Ich weiß es«, antwortete Frank ruhig.

»Ich weiß es auch«, fügte Steiner hinzu. »Sie müssen zugeben, der Mann hatte einen Grund, diesen türkischen IS-Typen zu töten. Stellen Sie sich vor, er wäre bis nach Europa gekommen. Der hat sich doch bestimmt nicht mit guten Absichten auf den Weg hierhin gemacht.«

»Sicher nicht«, gab Öztürk zu. »Aber es gibt da noch ein Problem ...«

»Und das wäre?«, fragte Steiner mit hochgezogenen Augenbrauen.

»Dieser IS-Kämpfer war nicht allein unterwegs.«

47

Heute wissen wir es genau. Deutschland lässt uns einreisen. Wir sind noch immer in Nickelsdorf, denn durch Samiras Niederkunft haben wir die ersten Züge verpasst. Später haben wir gehört, dass sich die Menschen, die mit diesen Zügen losgefahren sind, auch erst einmal an der österreichisch-deutschen Grenze wiedergefunden haben und von dort nicht weiterkamen. Einige haben sich zu Fuß über die Autobahn auf den Weg gemacht, andere haben vor der Grenze ausgeharrt. Und heute ist es offiziell: Deutschland hat die Grenze für die Flüchtlinge geöffnet. Samira ist so weit, dass sie mit uns kommen kann. Sie hat sich gut erholt, und der Junge, den sie geboren hat, ist wohlauf. Wir stehen bereits am Bahnhof von Nickelsdorf. In wenigen Minuten wird der Zug einfahren, der uns auf direktem Weg nach Passau in Bayern bringt. Ich bin erleichtert und aufgeregt zugleich. Unsere Qual wird ein Ende haben, und wenn wir schließlich in Deutschland sind, haben wir über fünftausend Kilometer zurückgelegt. Dann sind wir frei und können in Frieden leben. Wir werden nicht für immer in Deutschland bleiben, darüber sind sich Aahlijah und ich einig. Eines fernen Tages, wenn in Syrien Frieden eingekehrt ist, werden wir zurückkehren und mithelfen, unser Land wiederaufzubauen, möglichst zu einer freien Gesellschaft ohne Assad.

Tambet quengelt ein wenig. Es dauert ihm zu lange. Er muss an Kajas Hand bleiben und darf auf diesem Bahnhof nicht toben, was ihm wenig Freude bereitet. Ich trete an die Bahnsteigkante und versuche, mir einen Überblick zu verschaffen. In der Ferne sehe ich den bereitgestellten Zug, der sich aber noch nicht in Bewegung gesetzt hat. In etwa fünfzig Metern Entfernung fallen mir zwei Männer auf, die in meine Richtung schauen. Spontan drehe ich mich um und sehe Aahlijah neben mir, der in die gleiche Richtung gesehen hat wie ich. Sein

Blick ist starr. Er wirkt geschockt. Dann greift er meine Hand und zieht mich von der Bahnsteigkante weg.

»Hast du die beiden Männer auch gesehen?«, frage ich intuitiv.

»Ja«, murmelt er, »das sind die beiden, die in Röszke immer mit dem IS-Mann zusammen waren. Ich habe mal mit ihnen gesprochen. Das ist nicht gut, dass sie hier sind.«

Ich erschrecke. Was wenn diese beiden ahnen, was Aahlijah getan hat?

»Kann es sein, dass sie wissen ...«, setze ich an, aber Aahlijah unterbricht mich.

»Nein!«, sagt er barsch. »Das ist unmöglich.«

In diesem Moment rollt der Zug langsam in den Bahnhof ein. Sofort kommt wieder Unruhe auf. Die Menschen raffen ihre Sachen zusammen und nehmen ihre Kinder an die Hand oder auf den Arm. Kaja und Yamina nehmen sich an die Hand, während ich Tambet bei mir behalte. Aahlijah nimmt den Rucksack und strebt auf eine Tür zu, während der Zug kreischend zum Stehen kommt. Rafik drängelt sich an seine Seite, in seinem Schlepptau Samira mit dem Kleinen. Tatsächlich schaffen wir es, hintereinander den Zug zu besteigen. Wir laufen bis in die Mitte des Waggons und können vier Doppelbänke links und rechts des Ganges in Beschlag nehmen. In wenigen Minuten ist der Waggon voller Menschen. Zwei Polizisten kommen durch den Gang und kontrollieren, ob alles mit rechten Dingen zugeht. Ich lächle sie an, und sie lächeln zurück. Was für ein Erlebnis, diese Freundlichkeit am Ende unserer strapaziösen Reise! Aber meine Gedanken sind noch immer bei den beiden Männern draußen auf dem Bahnsteig. Ich wende mich Aahlijah zu, der eben versucht, Tambet davon abzuhalten, mit dem Deckel des Abfallbehälters unter dem Fenster zu spielen. Der Junge fängt wieder an zu quengeln.

»Hör jetzt auf damit!«, faucht Aahlijah ihn an, worauf Tambet seine Ärmchen vor der Brust verschränkt, sich steif macht und ein äußerst grimmiges Gesicht aufzusetzen versucht. Ich muss darüber schmunzeln. Kaja rettet die Situation, indem sie sich den kleinen Wüterich schnappt und auf ihren Schoß zieht. Dann ist Frieden. Ich lehne meinen Kopf an Aahlijahs Schulter und schließe kurz die Augen. Ob die beiden Männer auch den Zug bestiegen haben? Sollte von ihnen neue Gefahr ausgehen?

»Was sind das für Männer?«, richte ich die Frage so leise wie möglich an Aahlijah.

Er antwortet auf Englisch, will wohl nicht, dass unsere Kinder etwas von dem Gespräch mitbekommen.

»Der eine ist Afghane, der andere kommt aus dem Irak. Sie waren immer mit dem Fremden zusammen. Wenn wir in Passau sind, werde ich mit einem Polizisten über sie sprechen.«

»Du glaubst, sie gehörten zu ihm?«

»Ich glaube das nicht, ich weiß es«, antwortet Aahlijah.

Ich öffne die Augen und blicke in das Gesicht von Kaja, die mich mit weit geöffneten Augen ansieht. Mir fällt ein, dass sie in der Schule Englisch gelernt und uns wohl verstanden hat.

»Es ist alles gut« sage ich zu ihr und lächle, obwohl ich ahne, dass eben nicht alles gut ist.

Ein Pfiff ertönt vom Bahnsteig her. Kurz darauf rollt der Zug an und wird schneller. Wenige Minuten später hat er seine Reisegeschwindigkeit erreicht. In ungefähr fünf Stunden werden wir in Deutschland sein.

48

Irgendwo in diesem alten Haus schlug eine Uhr zehn Mal. Steiner zog die Stirn kraus.

»Sie meinen damit, dass zwei weitere Männer des IS Aahlijah Massoud auf der Spur sind?«, fragte er.

Öztürk breitete die Arme aus.

»Nach dem, was ich vorhin aus Ankara gehört habe, ist es so. Die beiden Männer sind mit dem von Massoud Getöteten unterwegs gewesen. Einer kam aus Afghanistan, der andere aus dem Irak. Der Afghane müsste den deutschen Behörden bekannt sein. Er hat der Bundeswehr in Kundus als Übersetzer gedient. Der Iraker war ursprünglich Polizist zu Zeiten Saddam Husseins. Nach dessen Sturz ist er in Syrien untergetaucht, wo er im Bürgerkrieg für den IS gekämpft hat. Das ist definitiv belegt und nicht nur eine Vermutung.«

»Ich kenne diesen Afghanen«, mischte sich Frank erneut in das Gespräch ein. »Ich habe mit ihm gesprochen. Er wohnt in der Gustavstraße in Mülheim, wo auch die Massouds wohnten, bis das alles geschah. Er heißt Kabi Taraki, habe ich recht?«

Wieder erntete Frank verblüffte Blicke aus der Runde.

»Das war sein Name bei der Bundeswehr«, stimmte Öztürk zu. »In Passau hat er sich unter dem Namen Mahmoud Hussein registrieren lassen. Er hat gefälschte Papiere.«

»Da, in der Gustavstraße, gibt es aber noch ein paar Afghanen mehr. Einen habe ich kennen gelernt, der auch bei der Bundeswehr gearbeitet hat. Ich kenne ihn als Rafik. Seine Frau heißt Samira ...«

»Der ist auch uns bekannt«, unterbrach Steiner ihn.

Kurz darauf stellte er sich die Frage, warum wohl sein Chef noch nicht zurückgerufen hatte. Eigentlich wüsste Steiner jetzt gerne, wie er mit den Informationen umgehen sollte. Die beiden Türken schienen die Wahrheit zu sagen. Er konnte sich nicht vorstellen, dass sie dieses Spielchen nur abzogen, um leichter an Aahlijah Massoud heranzukommen. Trotzdem blieb Steiner reserviert. Man konnte nie wissen. Er beschloss, noch eine Viertelstunde zu warten. Dann allerdings wollte er Schönfelder anrufen.

»Was ist denn jetzt eigentlich von all dem, was Sie gehört haben, neu für Sie?«, wollte Frank wissen und blickte Steiner auffordernd an. »Ich finde, dass Sie sich auffällig zurückhalten.«

Die beiden Türken grinsten.

»Aus welchem Grunde haben Sie Aahlijah Massoud und seine Familie unter Schutz gestellt? Ich meine, es muss doch einen Grund dafür geben, dass Sie einen solchen Aufwand betreiben«, fuhr Frank fort.

»Da haben Sie zweifellos recht«, antwortete Steiner schmallippig.

»Und?«, insistierte Frank.

»Herr Wallert, wir sitzen hier in einer recht außergewöhnlichen Runde zusammen. Im ganzen Haus wimmelt es von BND-Leuten. Zwei türkische Agenten sind heute Nachmittag auf dieses Gelände vorgedrungen, um Massoud aufzuspüren. Einer von ihnen ...«, er bedachte Öztürk mit einem scharfen Blick, »... konnte, wie auch immer, entkommen, und zwei Stunden später erscheinen Sie, ein Privatermittler aus Mülheim, mit genau dem Agenten in diesem Haus. Das ist so ziemlich das Skurrilste, das ich in meiner bisherigen Laufbahn erlebt habe. Da werden Sie Verständnis dafür haben, dass ich mich ein wenig bedeckt halte.«

»War das eine Antwort auf meine Frage?«

»Nein! War es nicht!«, brach es aus Steiner heraus. »Erwarten Sie von mir, dass ich in dieser Runde eine geheimdienstliche Aktion aufdecke?«

»Herr Steiner, ich verstehe Ihre Nervosität«, ließ sich Gülsün vernehmen. »Trotzdem wüssten wir beide das auch ganz gerne. Sie haben mir vorhin erzählt, dass Sie nicht wussten, dass wir hinter Massoud her waren. Erst am Abend des Überfalls auf die Kinder von Herrn Wallert sind wir Ihren Leuten aufgefallen. Also können wir nicht der Grund für diese Schutzmaßnahmen sein. Die beiden Syrer sind aus dem Verkehr gezogen worden, nachdem sie sich wie die Elefanten im Porzellanladen benommen haben. Trotzdem gleicht dieses Haus noch einer Festung. Was ist der Grund für diesen Schutz? Was will der BND von Aahlijah Massoud?«

»Warum erzählen Sie mir nicht, was *Sie* hier wollen? Sie glauben doch nicht, dass ich mich von Ihnen verhören lasse?«

»Wir haben Ihnen offen und ehrlich erzählt, dass wir den Auftrag hatten, Massoud aufzuspüren und in die Türkei zu bringen. Dieser Auftrag ist nicht mehr existent. Jetzt sind wir hier, um Sie vor den beiden IS-Terroristen zu warnen. Ich denke, das haben wir klargemacht«, erklärte Öztürk und schob hinterher: »Aber Sie sitzen hier noch und tun nichts. Warum?«

49

Als wir aus dem Zug aussteigen, säumen Menschen den Bahnsteig, die Schilder hochhalten, auf denen »Refugees welcome« steht. Das hätte ich nun wirklich nicht erwartet! Kinder strecken Tambet Plüschtiere entgegen. Der greift sofort danach. Ein leises Lächeln huscht über sein Gesicht, das ein strahlendes wird, als er erkennt, dass er einen Tiger ergattert hat. Die Menschen applaudieren uns, es ist kaum zu fassen! Ich kann nicht anders: Ich strahle über das ganze Gesicht, und auch meine beiden Töchter lächeln. Wir sind am Ziel! Wir haben es geschafft! Und niemals hätte ich erwartet, dass man uns hier mit offenen Armen empfängt. Ich drehe mich zu Aahlijah um, der unseren Rucksack trägt. Er hat Tambet an der Hand, der sich mit seinem neuen Plüschtiger unterhält, und schaut mich an, als sei er aus einem Traum aufgewacht. Hände strecken sich uns entgegen, und langsam und schüchtern beginnen einige Flüchtlinge, den Applaus zu erwidern. Wasserflaschen werden gereicht, und Polizisten geleiten uns aus dem Bahnhof hinaus zu einem Lager mit Unterkünften, die aus Containern bestehen. Alles ist sauber, als ob es für uns errichtet worden sei. Wir werden einem Container zugewiesen, der einen Wohn- und einen Schlafbereich mit vier Betten hat. Das ist in meinen Augen schon fast Luxus. Im Schlafraum haben wir ein Waschbecken mit warmem und kaltem Wasser. Eine junge Frau spricht uns an, als wir unsere »Wohnung« bestaunen. Sie ist verblüfft, als ich ihr auf Deutsch antworte. Ich erkläre es ihr und sie nickt freundlich. Dann teilt sie uns mit, dass wir hierbleiben sollen. Gleich würden Polizisten zu uns kommen, die unsere Personalien für eine Vorregistrierung aufnehmen.

Aahlijah lässt sich auf das untere Bett fallen und starrt gegen die Unterseite des zweiten Bettes über ihm. Die junge Frau begreift.

»Sie werden müde sein«, sagt sie. »Ruhen Sie sich erst einmal aus.« Sie schaut die Kinder an und lächelt. »Soll ich euch zeigen, wo ihr spielen könnt?«, fragt sie. Kaja schüttelt den Kopf, nicht weil sie das Angebot ablehnen will, sie versteht die Frau einfach nicht.

»Gerne«, antworte ich für sie. »Wir schauen uns das mal an.« Dann erkläre ich den Kindern, was die Frau gesagt hat und wir gehen los.

Tatsächlich gibt es im Lager, nicht weit von unserer Unterkunft entfernt, einen großen Container, in dem Kinder spielen können. Einige sind schon da. Sie werden von vornehmlich jungen deutschen Frauen betreut. Ein paar Kinder strahlen um die Wette, andere stehen abseits, haben sich an den Beinen der Eltern festgeklammert und beobachten argwöhnisch das bunte Treiben.

»Wollt ihr hierbleiben?«, frage ich meine Kinder. Tambet fiebert bereits dem Spiel entgegen. Er zerrt an Kajas Hand und will los. »Findest du den Weg zurück?«, frage ich Kaja.

»Ja, natürlich. Das sind doch nur ein paar Meter«, antwortet sie beinahe vorwurfsvoll, dass ich ihr eine solche Kleinigkeit nicht zutrauen könnte. Ich drücke sie kurz an mich. Dann lässt Kaja Tambet los, und der saust wie der Blitz auf eine am Boden liegende Matte mit Bauklötzen los. Die Mädchen folgen ihm, und ich wende mich der jungen Frau zu.

»Wo kommen Sie her?«, fragt sie mich.

»Aus Rakka in Syrien.«

»Es tut mir so unsagbar leid, was mit Ihrem Land geschieht«, sagt sie und schaut mich traurig an.

»Mir auch«, antworte ich. »Ich hoffe, man lässt noch etwas von Syrien übrig, damit wir es wieder aufbauen können, wenn der Krieg zu Ende ist.«

Wir haben uns zusammen auf den Rückweg zum Container gemacht und laufen nebeneinander her.

»Wie lange waren Sie bis hierhin unterwegs?«, fragt sie.

»Etwas länger als sechs Monate«, rechne ich im Geist zusammen. »Ich hoffe, wir können jetzt Frieden finden.«

»Das werden Sie«, verspricht sie und reicht mir die Hand, als wir vor unserer Unterkunft angelangt sind. »Ich wünsche Ihnen alles Gute, und denken Sie bitte an die Vorregistrierung.«

Dann dreht sie sich um und geht.

Ich betrete unseren Container. Aahlijah liegt noch immer auf dem Bett, hat aber jetzt die Augen geschlossen.

»Schläfst du?«, frage ich und setze mich auf einen Stuhl.

»Nein«, bekomme ich zur Antwort. »Aber ich freue mich schon darauf, heute Nacht in diesem Bett zu schlafen.«

Dann steht er auf und setzt sich zu mir. Er ergreift meine Hände und blickt mich ernst an.

»Hast du die beiden Männer noch einmal gesehen?«, fragt er.

Ich schüttele den Kopf.

»Aber ich«, teilt er mir mit. »Sie sind aus dem Waggon hinter uns ausgestiegen. Es scheinen keine Frauen und Kinder zu ihnen zu gehören. Was soll ich tun?«

»Ich weiß es nicht, Aahlijah. Vor unserer Zugfahrt hast du gesagt, du wolltest sie den Behörden melden. Willst du das nicht mehr?«

»Ich kämpfe mit mir. Ich bin unsicher. Ich weiß noch nicht einmal ihre Namen. Was soll ich der Polizei sagen, ohne dass ich zugeben muss, dass ich einen Mann getötet habe?«

Daran habe ich noch gar nicht gedacht. Er hat recht. Aber was will er sonst tun?

»Hast du eine andere Idee?«, frage ich.

Er schüttelt den Kopf.

»Nein. Ich muss abwarten. Ich kann diese Männer nicht einfach beschuldigen und mich selbst damit in Gefahr bringen. Wer weiß, was sie dann tun? Womöglich wird unser Asylantrag abgelehnt und ich muss zurück nach Syrien.«

Es klopft an unserer Tür. Zwei Bundespolizisten betreten kurz darauf unsere Unterkunft. Einer der beiden spricht uns auf Englisch an.

»Guten Tag. Wir müssen Ihnen einige Fragen stellen ...«

»Sie können Deutsch mit uns sprechen«, sage ich.

»Oh, gut. Woher können Sie so gut Deutsch?«

Ich erkläre es ihm und er nickt zufrieden.

»Sind Sie alleine hier?«

»Nein, unsere Kinder sind in dem Spielcontainer«, kläre ich ihn auf.

»Holen Sie sie bitte?«

Ich stehe auf und laufe zu dem Spielcontainer. Ich rufe Kaja und lasse sie Yamina und Tambet zusammensuchen. Wenige Minuten später bin ich wieder bei meinem Mann, der jetzt mit den beiden Polizisten am Tisch sitzt. Die Kinder setzen sich auf ein Bett, während ich bei den Männern am Tisch stehen bleibe und gespannt darauf bin, was sie mit uns zu besprechen haben.

»Wir haben bereits mit Ihrem Mann Aahlijah Massoud gesprochen«, sagt einer der Polizisten. »Sie heißen Afra Massoud, Ihre Kinder Yamina, Kaja und Tambet, und Sie kommen aus Rakka in Syrien. Ist das korrekt?«

Ich bestätige, was er gesagt hat, dann wendet er sich wieder Aahlijah zu.

»Wollen Sie in Deutschland Asyl beantragen?«, fragt er.

»Ja, das wollen wir.«

»Haben Sie Papiere bei sich?«

Aahlijah schüttelt den Kopf.

»Keine Pässe oder Ausweise, wenn Sie das meinen«, antwortet er. »Das haben wir alles bei einem Angriff verloren. Ich besitze einen alten Führerschein aus Syrien, sonst nichts.«

»Kann ich den sehen?«, fragt der eine Polizist, während der andere sich auf einem Blatt Papier Notizen macht, das auf einem Klemmbrett befestigt ist.

»Natürlich«, sagt Aahlijah, steht auf und wühlt in unserem Rucksack, bis er den Schein gefunden hat. Er legt ihn vor den Polizisten auf den Tisch. Der beäugt das Dokument kritisch, schiebt es von sich und setzt zur nächsten Frage an.

»Führen Sie Waffen mit sich?«

»Nein!«, erwidert Aahlijah bestimmt. »Wo denken Sie hin?«

»Kann ich den Rucksack sehen?«, fragt der Beamte, ohne auf Aahlijahs Antwort einzugehen.

»Bitte sehr!«, sagt mein Mann, holt den Rucksack und stellt ihn auf den Tisch.

Der Polizist steht auf und kippt den Rucksack aus, so dass nun alles auf dem Tisch liegt. Er schiebt es mit den Händen auseinander.

»Wir müssen das tun«, sagt er entschuldigend. »Ich hoffe, Sie verstehen das.«

Ich fange an, die Sachen wieder in den Rucksack zu stopfen. Die Polizisten stehen auf.

»Am Eingang zum Lager steht ein großer blauer Container. Bitte kommen Sie in einer halben Stunde dorthin. Dann werden Ihre Personalien aufgenommen und Sie können den Asylantrag stellen. Bringen Sie bitte auch Ihre Kinder mit«, sagt er und wünscht uns alles Gute. Dann sind die beiden Polizisten weg.

50

Endlich hatte Schönfelder zurückgerufen. Steiner war kurz nach der letzten provokanten Frage des Türken aus dem Raum gestürzt, als das Handy klingelte. Schönfelder war jetzt im Bilde.

Er hatte Steiner mitgeteilt, dass er eine ganze Weile mit »ganz oben« telefoniert hatte. Steiner wusste zwar nicht genau, wer das gewesen sein sollte, aber er ahnte, was oder besser wer »ganz oben« war. Zwischen Düsseldorf und Berlin hatten die Drähte geglüht. Die Türken wurden ab sofort als befreundete Kollegen angesehen, denen reiner Wein eingeschenkt werden sollte. Dass dieser Privatermittler Wallert auch im Haus war, musste hingenommen werden, da es ein untergeordnetes Problem war. Ankara hatte jetzt plötzlich doch Kenntnis davon, dass sich zwei MIT-Agenten auf dem Spielfeld befanden. Einer von ihnen, das war wohl Öztürk, hatte strikte Weisung erhalten, mit den deutschen Kräften zu kooperieren.

Gut, dachte Steiner, *dann mal wieder zurück in dieses Tollhaus.* Er stieß die Tür auf und kehrte in den Raum zurück, in dem die Männer noch immer um den Tisch herum saßen und redeten. Gerade war wieder dieser Wallert der Wortführer.

»Ich habe den Verdacht, dass Steiner Bescheid weiß. Niemals würde der BND einen x-beliebigen Flüchtling dermaßen unter Schutz stellen, wenn er sich nicht irgendetwas davon verspräche«, hörte Steiner ihn sagen, bevor die Anwesenden seine Rückkehr bemerkten und sich alle Köpfe ihm zuwandten.

»Ja, Herr Wallert. Dieser Gedanke ist naheliegend«, sprach Steiner Frank an, während er sich wieder auf seinen Stuhl setzte. »Haben Sie eine Vermutung? Ich meine, was wir uns davon versprechen könnten?«

Frank zuckte mit den Schultern.

»Vermutungen habe ich viele. Aber vielleicht sollten wir hier keine Ratespielchen machen«, entgegnete er.

»Sie haben recht«, begann Steiner. »Wir haben eine neue Lage. Zuerst einmal eine Frage an unsere türkischen Freunde, die Herren Öztürk und Gülsün. Ich habe die Information aus Berlin, dass Sie uneingeschränkt mit uns kooperieren sollen.«

Öztürk nickte.

»Für den Fall, dass Sie alles auf den Tisch legen und diese Kooperation wollen«, ergänzte der Türke.

»Muss ich mir das alles anhören?«, fragte Frank. »Seit ich Sie, Herr Steiner, zum ersten Mal getroffen habe, denke ich, dass weniger Wissen für mich besser ist. Kann ich Aahlijah nicht einen Krankenbesuch abstatten?«

Steiner lachte auf.

»Sie sind wirklich ein Scherzkeks, Herr Wallert«, sagte er plötzlich sehr ernst. »Sie werden sich das anhören müssen. Herrn Massoud können Sie nicht besuchen. Der ist gar nicht hier.«

Frank fuhr verblüfft zusammen. Seine Verwunderung steigerte sich noch, als er bemerkte, dass die beiden Türken Steiners Worte ungerührt zur Kenntnis nahmen.

»Wie? Er ist nicht ... Sie haben nicht ... Wieso dann das Ganze? Wo ist er?«, stammelte Frank.

»Herr Wallert, das ist typisches geheimdienstliches Vorgehen. Die Frau und die Kinder sind hier, Aahlijah befindet sich in einem Krankenhaus in Rheinland-Pfalz. Es geht ihm von Tag zu Tag besser und er ist in Sicherheit. Wenn das alles vorbei ist, kann die Familie wieder zusammengeführt werden.«

Frank zuckte resigniert mit den Schultern und lehnte sich zurück.

»Dann will ich mal anfangen«, sprach Steiner weiter. »Die deutschen Behörden haben Aahlijah Massoud seit dem fünfundzwanzigsten August auf dem Radar ...«

51

Wir sind zehn Minuten zu früh an dem blauen Container angekommen. Zwei Familien sind noch vor uns dran, also stehen wir in der Abendsonne und lassen unsere Blicke über das Lager schweifen.

Aahlijah ist unruhig. Ich spüre, dass er mit seinen Gedanken wieder bei den beiden Männern ist. Auch ich empfinde sie als Bedrohung, und auch ich weiß nicht, wie wir damit umgehen sollen. Ich gehe auf ihn zu und raune ihm etwas ins Ohr.

»Lass uns abwarten«, sage ich. »Entscheide je nach Situation, was du tust, aber bring uns nicht in Gefahr.«

Er nickt und drückt mich an sich.

Die Tür des Containers wird aufgestoßen. Ein Paar mit seinem Sohn kommt heraus und scheint erleichtert zu sein. Eine blonde Frau um die Fünfzig steckt ihren Kopf aus der Tür.

»Kommen Sie bitte?«, spricht sie Aahlijah an.

Wir betreten den Container. Hinter einem Tisch sitzen zwei Männer, beide in Zivil. Die blonde Frau führt uns zu diesem Tisch und gibt uns mit einer Geste zu verstehen, dass wir uns setzen können.

»Mein Mann und ich sprechen Deutsch«, sage ich zu ihr.

»Oh, das ist gut«, antwortet sie, und auch die beiden Männer am Tisch horchen auf.

Diesmal erklärt Aahlijah ihnen, warum das so ist.

»Wunderbar«, sagt der Mann, der links am Tisch sitzt. »Dann brauchen wir Ihre Dienste gar nicht. Sie könnten jetzt eine Pause machen.«

Er meint damit die blonde Frau, die wohl als Übersetzerin tätig ist. Trotzdem bleibt sie am Tisch stehen und lächelt den Kindern zu, die verlegen von einem Fuß auf den anderen treten.

»Sagen Sie mir zuerst Ihren Namen?«, fragt der Mann und schaut Aahlijah an.

»Aahlijah Massoud«, sagt der und beobachtet, wie der Beamte ein Blatt aus dem Berg von Papier fischt, der vor ihm auf dem Tisch liegt.

»Herr Aahlijah Massoud mit Ehefrau Afra Massoud und den leiblichen Kindern Yamina, Kaja und Tambet. Da haben wir Sie ja schon.«

Tambet hat seinen Namen gehört und freut sich. Er zeigt auf sich, strahlt den Mann an und wiederholt seinen Namen. Der Mann lacht freundlich.

»Hallo Tambet«, sagt der Beamte und streckt meinem Sohn die Hand hin. Das ist aber zu viel der Vertraulichkeit für den Jungen. Er weicht einen Schritt zurück und versteckt sich hinter Kaja, linst aber hinter ihr hervor.

»Bevor wir Ihnen einige Fragen stellen, müssen wir Ihnen die Fingerabdrücke abnehmen«, wendet sich der Beamte nun an Aahlijah.

Er schiebt ein Gerät in die Mitte des Tisches und bittet Aahlijah, seine Hand auf eine grün leuchtende Fläche zu legen. Er drückt auf einen Knopf und wiederholt das für jeden Einzelnen aus unserer Familie. Sogar Tambets Fingerabdrücke werden genommen. Die Fragen, die er Aahlijah und mir anschließend stellt, sind die Üblichen nach Geburtstag, Geburtsort, Ausbildungsstand und so weiter.

Irgendwann hält er inne. Der zweite Beamte war kurz vom Tisch aufgestanden und nun mit einem Dokument zurückgekehrt, das er dem anderen reicht. Der überfliegt es kurz und erhebt sich. Sein Blick wischt an Aahlijah und mir vorbei, hin zu einem Punkt hinter uns.

»Aahlijah Massoud, ich muss Sie bitten aufzustehen«, sagt er mit schnarrendem Tonfall.

In diesem Augenblick schieben sich zwei Polizisten neben uns und greifen meinen Mann bei den Armen. Die blonde Frau macht einen Schritt auf mich zu und bittet mich, ebenfalls aufzustehen.

»Aahlijah Massoud, Sie sind vorläufig festgenommen«, sagt der eine Polizist. »Kommen Sie mit uns und leisten Sie keinen Widerstand.«

Mein Herz droht auszusetzen. Im gleichen Augenblick fängt Tambet an zu weinen. Es ist eine Mischung aus Verzweiflung und Zorn, denn er stürzt auf seinen Vater zu und zerrt an ihm. Gleichzeitig versucht er, mit seinen kleinen Beinen nach den Polizisten zu treten. Ich ziehe ihn weg, was ihn nur noch wütender macht. Als sich die beiden Polizisten mit Aahlijah in ihrer Mitte entfernen, blicke ich kurz auf. Kaja hält Yamina in ihren Armen und schluchzt. Die blonde Frau hilft mir, Tambet unter Kontrolle zu bekommen.

»Was ist hier los?«, frage ich entgeistert, als es uns gelungen ist, aber Tambet weint immer noch.

Der Mann, der uns eben noch befragt hat, antwortet mir.

»Soll ich Ihnen das vor den Kindern sagen?«, fragt er.

»Sagen Sie es auf Deutsch, das verstehen sie nicht«, antworte ich.

»Uns liegt eine Information aus Ungarn vor, wonach Ihr Mann in Röszke einen anderen Flüchtling getötet hat.«

Mir wird schwindelig und ich drohe, den Halt zu verlieren. Ich stütze mich auf der Schreibtischkante ab.

»Um Himmels willen!«, stoße ich hervor.

52

»An diesem Tag erhielt die Bundespolizei aus Ungarn einen Hinweis, dass nahe dem Lager Röszke ein Flüchtling getötet worden ist, und dass die ungarischen Behörden davon ausgingen, dass der Tatverdächtige mit dem Flüchtlingsstrom durch Österreich Richtung Deutschland unterwegs war. Zwei andere Flüchtlinge aus dem Lager hatten Massoud als denjenigen benannt, der zuletzt mit dem Opfer gesehen worden war. Der Verdächtige stammte aus Rakka, hatte seine Flucht aber in Kobane angetreten, und dort mit kurdischen Kämpfern zu tun gehabt, was ihn für uns interessant machte, denn die YPG war Verbündete der USA. Wir konnten uns keinen Reim auf die Sache machen, entschlossen uns aber nach Rücksprache mit unseren amerikanischen Kollegen, vorsichtshalber zwei Männer, die wir in der Nähe hatten, auf ihn anzusetzen. Die Männer trafen in Nickelsdorf auf Massoud und sollten ihm bis Passau folgen. Währenddessen fielen ihnen zwei weitere Männer auf, die Massoud wohl kannten, und ihm ebenfalls folgten.«

»Die beiden Männer, von denen eben die Rede war?«, fragte Frank, dem von der Menge an Informationen der Kopf brummte.

»Ja«, erwiderte Steiner und fuhr fort. »Jedenfalls sickerte einige Tage später zu uns durch, dass das Opfer Massouds kein harmloser Flüchtling, sondern ein Kämpfer des IS war. Er stammte aus der Türkei und hatte sich vor zwei Jahren dem IS angeschlossen. Er hatte sich dermaßen brutal durch Syrien gearbeitet, dass es sogar dem IS zuviel wurde. Immer wieder brachte er die Bevölkerung, die sich bis dahin in ihr Schicksal gefügt hatte, gegen den IS auf, indem er vergewaltigte, raubte und völlig willkürlich mordete. Schließlich entledigte man sich seiner. Er wurde auf eine Mission geschickt, bei der es nach menschlichem Ermessen keine Rückkehr geben konnte:

mit dem Flüchtlingsstrom auf den Weg nach Europa. In dem Lager Röszke in Ungarn traf er auf Aahlijah Massoud und wurde von diesem getötet. Massoud bekam also für uns eine noch größere Bedeutung. Er hatte einen IS-Kämpfer getötet und wurde von zwei Männern verfolgt, die unsere amerikanischen Kollegen ebenfalls für IS-Kämpfer hielten. Also haben wir Aahlijah Massoud in Passau bei der Registrierung festnehmen lassen.«

53

Seit zwei Stunden ist Aahlijah jetzt in Gewahrsam. Ich sitze in unserer Unterkunft am Tisch, die blonde Frau ist bei mir, und die Kinder sind verzweifelt. Kaja und Yamina sitzen auf dem Bett, Tambet hat sich, wie ein kleines Äffchen, auf dem Schoß von Kaja sitzend an ihr festgeklammert und weint leise. Die Frau hat ein paar Mal versucht, mit mir ins Gespräch zu kommen, aber ich habe keine Lust mehr, ihre Fragen zu beantworten. Manchmal habe ich das Gefühl, dass sie mich ausfragen will, aber ich antworte immer ganz knapp oder sage ihr, dass ich nichts weiß. Viele Male zwischendurch haben mich meine Kinder, in erster Linie Yamina, gefragt, was jetzt mit ihrem Vater geschehe. Ich habe sie beruhigt und geantwortet, er komme bald zu uns, wir seien hier in Deutschland und hier gehe es gerecht zu. Die blonde Frau, die mir immer noch nicht ihren Namen genannt hat, wollte dann jedes Mal wissen, was die Kinder gesagt haben. Ich finde das merkwürdig. Schließlich arbeitet sie als Übersetzerin. Ich habe ihr geantwortet, dass sie sich Sorgen um ihren Vater machten, was ja auch stimmt.

»Sagen Sie, warum sind Sie eigentlich jetzt bei uns?«, frage ich die Frau unvermittelt. Es ist mir einfach so in den Sinn gekommen, lieber sie ein wenig auszufragen, als mich von ihr über Aahlijah ausfragen zu lassen.

»Ich will Ihnen zur Seite stehen«, sagt sie und wirkt etwas beleidigt.

»Wer sind Sie? Sie haben mir noch keinen Namen genannt und auch nicht erzählt, was Ihre Aufgabe ist.«

»Ich bin Übersetzerin. Das habe ich Ihnen gesagt«, verteidigt sie sich. Sie empfindet meine Fragen wohl als Vorwürfe.

»Ich brauche hier keine Übersetzerin«, entgegne ich schroff.

Der Ton, den unser Gespräch angenommen hat, ist der Frau offenbar unangenehm. Sie rutscht auf ihrem Stuhl hin und her.

»Es tut mir leid. Ich heiße Helene Sarkowski. Ich arbeite bei der Flüchtlingshilfe der Stadt Passau. Dass ich mich nicht vorgestellt habe, war keine böse Absicht, aber verstehen Sie bitte: Wir registrieren täglich Dutzende von Flüchtlingen, und wenn ich mich dann immer vorstellen wollte ...«

Sie breitet die Arme aus und schaut mich an, als warte sie auf Absolution. Ich sehe hinüber zu meinen Kindern und stelle fest, dass Tambet eingeschlafen ist. Kaja legt ihn eben auf das Bett und deckt ihn zu.

»Warum ist mein Mann verhaftet worden?«, frage ich, ohne auf ihre Worte einzugehen. Mein Blick ist auf die Tischkante gerichtet, über die ich mit den Fingern streiche.

»Sie haben es gehört, Frau Massoud«, erwidert Frau Sarkowski. »Mehr weiß ich auch nicht. Wissen Sie denn nichts davon? Ich meine, Sie sind seit Monaten mit Ihrer Familie unterwegs ...«

Schon wieder habe ich den Eindruck, dass Sie von mir etwas erfahren will. Mein Kopf schnellt herum und mein Blick trifft sie, was sie umgehend verstummen lässt.

»Wir wollten hier in Frieden und Freiheit leben«, sage ich, »und jetzt ist mein Mann gefangen genommen worden. Zuletzt war er in Syrien gefangen und wurde aufs Unmenschlichste gefoltert.«

»Na ja«, entgegnet die Frau. »Das hat er bei uns nicht zu befürchten.«

Sie lächelt, als halte sie diesen Vergleich für abwegig.

»Ich weiß. Aber er wird große Angst haben«, antworte ich.

»Worüber sprichst du mit der Frau?«, fragt mich plötzlich Kaja vom Bett aus. Aus ihren Augen spricht immer noch die Angst.

»Ich habe ihr von Syrien erzählt«, behaupte ich.

»Auch von Rakka?«

Ich schüttele den Kopf, ahne, was sie meint, hoffe, dass sie nicht genauer wird, aber sie ist mit meiner Antwort zufrieden.

285

Eben will ich mich wieder Frau Sarkowski zuwenden, als plötzlich die Tür aufgeht und Aahlijah im Raum steht. Hinter ihm tritt ein Polizist ein. Die Mädchen fangen an zu kreischen und stürzen sich auf ihren Vater, der sie an sich drückt und lächelt. Ich werde aus alledem nicht schlau und starre ihn an, als sei er ein Soldat, der nach Jahren des Krieges nach Hause zurückkehrt.

»Frau Sarkowski, kommen Sie?«, spricht der Polizist die Frau an. »Wir brauchen Sie in der Registrierung.«

Sie erhebt sich und legt mir eine Hand auf die Schulter.

»Na sehen Sie«, sagt sie, als habe sie bereits gewusst, dass Aahlijah bald zurückkehrt. »Wenn etwas ist, sprechen Sie mich einfach an. Ich denke, wir werden uns in den nächsten Tagen möglicherweise häufiger über den Weg laufen.«

Sie geht an Aahlijah vorbei und verlässt mit dem Polizisten unsere Unterkunft.

Ich bin immer noch nicht aufgestanden und sitze wie festgenagelt auf meinem Stuhl.

»Wieso bist du hier?«, frage ich meinen Mann, und der setzt sofort ein gespielt enttäuschtes Gesicht auf.

»Soll ich nicht? Möchtest du, dass ich wieder gehe?«, fragt er, worauf Kaja und Yamina in lautes Protestgeheul ausbrechen. Jetzt schaffe ich es auch, von meinem Stuhl aufzustehen. Ich werfe mich in seine Arme und beginne hemmungslos zu weinen. Tambet liegt im Bett und kommentiert das Ganze mit einem leisen Schnarchen.

54

»Als wir von Massouds Verhaftung erfuhren, haben wir sofort mit dem Verfassungsschutz Kontakt aufgenommen. Und daraus hat sich dann diese Geschichte entwickelt.«

»Wie meinen Sie das?«, fragte Frank. »Wieso kommt jetzt plötzlich der Verfassungsschutz ins Spiel?«

»Massoud war nach etwas mehr als zwei Stunden wieder frei. Wir haben ihm, wie soll ich sagen, einen Deal angeboten.«

»Ich verstehe«, sagte Frank. »Sie haben Aahlijah ein Angebot gemacht, das er nicht ablehnen konnte.«

Sein Gesicht spiegelte Verachtung wieder. Er dachte daran, in was für eine Situation diese Männer Aahlijah gebracht hatten.

»Es war nicht so, wie Sie meinen, Wallert«, verteidigte sich Steiner. »Massoud hat sofort angefangen zu sprechen. Ich habe das Protokoll aus Passau gelesen. Er hat unumwunden zugegeben, diesen Mann in Röszke getötet zu haben. Er hat der Bundespolizei auch von der Vorgeschichte erzählt: von seiner Gefangenschaft und der Folter, von seiner Befreiung und wie er seine Familie wiederfand, und dann davon, wie seine Schwägerin getötet und seine Frau vergewaltigt worden war. Aufgeregt erzählte er den Kollegen von zwei Männern, die mit dem Getöteten gereist waren und sich ebenfalls im Lager Passau aufhielten ...«

»Ja, eben«, fuhr Frank dazwischen. »Und dann haben Sie ihn für Ihre Zwecke instrumentalisiert! Keine Strafverfolgung in dieser Mordsache gegen Spitzelei für die Geheimdienste in Sachen Terrorabwehr. Ich halte das für ein schmutziges Geschäft.«

Steiner lehnte sich zurück und ließ seinen Blick lange auf Frank ruhen. Die anderen Männer drehten Däumchen oder starrten auf die Tischplatte, als erwarteten sie von ihr irgendeine Eingebung. Schließlich straffte Brettschneider sich und nahm den Faden auf.

»Ich kann daran nichts Schmutziges sehen«, warf er trotzig ein. »Der Syrer hat doch ein gutes ›Geschäft‹, wie Sie es nennen, gemacht. Sein Asylgesuch ist bereits durch, für ihn und seine ganze Familie, er ist in Sicherheit und muss nicht befürchten, für diesen Mord vor Gericht gestellt und womöglich nach Syrien zurückgeführt zu werden.«

Frank beugte sich nach vorne und nahm Brettschneider ins Visier. Ungehalten schlug er mit der flachen Hand auf den Tisch.

»Ihr Job hat Sie verdorben, Brettschneider!«, schleuderte er ihm entgegen. »Massoud liegt mehr tot als lebendig in einem Militärhospital, seine Familie ist hier eingekerkert und hat nichts von ihrer ersehnten Freiheit, eine meiner besten Freundinnen ist tot und meine beiden Kinder sind nur haarscharf dem Tod entgangen. Wenn Aahlijah in Rakka gewesen wäre und den IS-Kämpfer während des Angriffs auf seine Frau und seine Schwägerin getötet hätte, würde kein Hahn danach krähen! Wahrscheinlich haben Sie ihm auch noch damit gedroht, dass er nach Syrien zurück muss, wenn er in Ihrem Spiel nicht mitmacht!«

»Wir kommen vom eigentlichen Punkt ab«, mischte sich Steiner wieder ein.

»Und welcher wäre das?«

»Die beiden Männer, die Massoud ausspähen sollte.«

»Sie haben den Mann beauftragt, mit Ihnen zu arbeiten und die beiden IS-Terroristen auszuspähen?«

Frank schüttelte fassungslos den Kopf.

»Natürlich. Eine Gegenleistung für die Großzügigkeit der deutschen Behörden sollte er schon bringen«, antwortete Steiner lässig. »Aber, Herr Wallert, Massoud musste nicht lange gebeten werden. Er ist aus voller Überzeugung auf unserer Seite.«

Frank konnte sich gar nicht mehr einkriegen. Unablässig trommelte er mit den Fingerspitzen auf dem Tisch herum.

»Sagen Sie, Steiner, Sie müssen mir mal was erklären. Sie lassen Massoud für sich arbeiten und gefährden damit seine ganze Familie, dann ziehen Sie mich in die Sache hinein, was zur Folge hat, dass Frau Gehnen nun tot ist und meine Kinder knapp einem Anschlag entronnen sind. Gibt es eigentlich so etwas wie Moral oder ethische Überlegungen bei den Geheimdiensten in diesem Land?«

Steiner hob die Brauen.

»Sie halten das für unmoralisch, Wallert? Haben Sie auch nur einen blassen Schimmer davon, was in Syrien los ist?«

»Hören Sie auf!«, fuhr Frank ihn an. »Moral ist nicht relativierbar! Es gibt keinen Maßstab, der lautet: Das ist unmoralisch und jenes ist moralischer. Was war mit ihren beiden Leuten, die Sie in Österreich auf Massoud angesetzt haben? Sind die dann in Urlaub gefahren, als Sie Aahlijah angeworben hatten?«

»Nein«, erwiderte Steiner, »die sind tot.«

Frank zuckte zusammen und starrte Steiner entgeistert an.

»Wie bitte? Das tut mir leid. Was ist geschehen?«

»Wir haben das noch nicht vollständig aufgeklärt, aber auf jeden Fall wurden sie tot an der Bahnstrecke zur österreichisch-deutschen Grenze aufgefunden. Den Untersuchungen nach wurden sie aus dem fahrenden Zug gestoßen.«

»Haben das die beiden Männer vom IS getan?«

»Das nehmen wir an, aber wir wissen es nicht. Es ist klar, dass die beiden Zielpersonen nach Passau gekommen sind. Wir wissen aber nur von einem, wie er aussieht oder dass er sich unter dem Namen Mahmoud Hussein hat registrieren lassen. Wir sprachen vorhin über ihn, wie Sie sich erinnern werden. Die Identität des zweiten Mannes kennen wir noch nicht. Der Staatsschutz und der Verfassungsschutz arbeiten fieberhaft daran.«

»Deshalb also auch dieser merkwürde Auftrag für mich?«, erkundigte sich Frank.

»Ich würde ihn nicht als ›merkwürdig‹ beschreiben. Sie waren durch Frau Massoud und Frau Gehnen involviert worden, sind in der Gustavstraße ein- und ausgegangen. Es war kein Fehler, Sie zu bitten, Augen und Ohren offenzuhalten. Schließlich haben Sie das Ermitteln gelernt und waren mit Sicherheit unverdächtiger als jeder Agent. Außerdem mussten wir schnell sein.«

»Warum ist der, den Sie kennen, noch auf freiem Fuß?«

»Wir hoffen, über ihn an den zweiten Mann heranzukommen. Und wir wollen eben gerne erfahren, ob und wie die Männer Kontakt mit Gleichgesinnten aufnehmen und was sie vorhaben. Sie können sicher sein, dass Hussein, oder Taraki, wie Sie ihn nennen, keinen Schritt unbeobachtet tut. Der Verfassungsschutz überwacht ihn rund um die Uhr.«

Die beiden Türken Öztürk und Gülsün und auch Brettschneider hatten das Gespräch zwischen Frank und Steiner sehr passiv verfolgt. Brettschneider meldete sich jetzt zu Wort.

»Chef, wir sind doch eigentlich hier fertig. Kann ich nach oben gehen und Entwarnung geben?«

Steiner nickte.

»Die Männer sollen trotzdem aufmerksam bleiben. Wir sind nicht zum Spaß hier. Heute ist genug geschehen«, sagte er.

»Schon klar, wir machen planmäßig weiter«, erwiderte Brettschneider auf dem Weg zur Tür.

»Spricht etwas dagegen, dass ich Afra einen kurzen Besuch abstatte?«, fragte Frank, einer plötzlichen Idee folgend. »Ich meine, wo ich doch schon mal hier bin und sonst nichts vorhabe?«

Brettschneider stoppte und drehte sich um. Steiner grinste vor sich hin.

»Fünf Minuten«, sagte er. »Brettschneider begleitet Sie und dann fährt er Sie zu Ihrem Wagen zurück.«

Frank stand auf und konnte seine Überraschung nicht verbergen.

»Danke«, sagte er. »Weiß Afra von dem Deal zwischen
Ihnen und Aahlijah?«

»Natürlich«, antwortete Steiner. »Seien Sie ihr nicht böse,
dass sie Ihnen nichts gesagt hat.«

*

Eine halbe Stunde später saß Frank im Wagen und war auf
dem Weg nach Mülheim. Bevor er losgefahren war, hatte er
kurz mit Maren telefoniert, die sich schon Sorgen machte. Er
hatte sie beruhigen können und ihr eine spannende Agenten-
geschichte bei einem Glas Rotwein in Aussicht gestellt.

Der Besuch bei Afra Massoud war herzlich ausgefallen. Sie
hatte sich ehrlich gefreut, ihn zu sehen, sich aber natürlich
auch darüber gewundert, dass er dort war. Sie hatte ihm erklärt, dass sie über eine sichere Leitung in ständigem Kontakt
mit Aahlijahs Ärzten stand. Ihm ging es verhältnismäßig gut,
die Wunden heilten prächtig, und der Arzt, mit dem sie zuletzt
gesprochen hatte, hatte ihr in Aussicht gestellt, dass man ihn,
wenn es weiterhin keine Komplikationen gab, in der nächsten
Woche aus dem künstlichen Koma aufwecken könnte. Pünkt-
lich nach fünf Minuten hatte Brettschneider die »Audienz«,
wie er es nannte, beendet. Frank hatte sich verabschiedet und
war wortlos mit Brettschneider zurück zu seinem Wagen gefahren.

Jetzt, mitten auf der A40, kam Frank eine Frage in den Sinn,
die er vergessen hatte zu stellen. Welche Rolle hatten die syrischen Agenten gespielt? So klar, wie sich die ganze Geschichte nach dem Gespräch in der alten Küche der Villa dargestellt
hatte, war sie wohl doch nicht. Hatte Steiner ihn getäuscht, um
ihn loszuwerden? Warum, zum Teufel, waren die beiden Syrer
hinter Aahlijah her gewesen? Warum waren sie bereit gewe-

sen, Menschen umzubringen? Plötzlich ging ihm ein irrer Gedanke durch den Kopf: Was, wenn es die beiden »Syrer« gar nicht gab? Wenn man ihm ein Märchen aufgetischt hatte, um ihn ruhig zu stellen? Was, wenn es sich bei den beiden Mördern nicht um syrische Agenten gehandelt hatte, sondern um ... ja, um wen sonst? Klar, Aahlijah war während der Gefangenschaft in Rakka vom syrischen Geheimdienst gefoltert worden. Aber welchen Grund hätten sie haben sollen, die Massouds bis nach Deutschland zu verfolgen und Aahlijah dermaßen zuzurichten? War es nicht sehr viel wahrscheinlicher, dass der IS das getan hatte? Aber, soweit Frank das einschätzen konnte, war der IS nicht dafür bekannt, Gefangene zu machen. Die hätten Aahlijah wahrscheinlich sofort umgebracht. Machte es für sie einen Sinn, den Mann zu fangen, ihn nur *fast* umzubringen und ihn dann mit einer Warnung vor die Tür in der Gustavstraße zu legen? Und am nächsten Tag sollten sie versucht haben, seinen Aufenthaltsort aus Ina herauszuquetschen? Das passte doch nicht zusammen – noch weniger als die Geschichte mit den Syrern! Frank ärgerte sich, dass ihm das nicht vor zwei Stunden eingefallen war. Alles hatte so klar, so schlüssig gewirkt. Jetzt war es zu spät.

Frank bremste stark ab, da er um ein Haar in Gedanken an seinem Haus vorbeigefahren wäre. Ein freier Platz wartete direkt vor der Tür auf ihn. Er parkte ein, raffte seine Sachen zusammen und stieg aus. Als er das Haus betrat, hörte er aus dem Wohnzimmer den Fernseher krakeelen.

»Ich bin zu Hause!«, rief er und streifte seine Schuhe ab.

Kurz darauf kam Maren ihm entgegen.

»Ist alles in Ordnung?«, fragte sie. »Die Weinflasche habe ich schon aufgemacht.«

Er gab Maren einen Kuss.

»Hast du was dagegen, wenn ich jemanden zu der Märchenstunde einlade?«

Maren schaute ihn verunsichert an.

»Wen meinst du?«

»Ich würde nicht fragen, wenn es nicht wichtig wäre«, erklärte er und zog sein Smartphone aus der Innentasche, bevor er seine Jacke an den Haken hängte. »Ich meine Tina Feldkamp.«

*

Tina Feldkamp hatte sich zwar gewundert, von ihm angerufen zu werden, war aber sofort bereit gewesen, zu kommen. Jetzt saß sie auf dem Sofa in Franks und Marens Wohnzimmer. Sie hatte offenbar heute Abend etwas vorgehabt. Ihr Äußeres ließ die Vermutung zu, dass sie zu einem Essen oder etwas ähnlichem gehen wollte. Sie trug ein hellblaues Kostüm mit kurzem Rock und dazu ein weißes trägerloses Topp. Ihren schlanken Hals zierte eine Kette aus kleinen weinroten Kügelchen, von denen Frank nicht erkennen konnte, aus welchem Material sie waren. Auf jeden Fall sah sie blendend aus.

Maren und er hatten sich in die beiden Sessel gesetzt und jeder hatte ein Glas Wein vor sich stehen. Frank erzählte in groben Zügen, was ihm am frühen Abend widerfahren war und was er erfahren hatte. Frau Feldkamp und Maren hörten gebannt zu. Als er seinen Vortrag beendet hatte, atmete Tina Feldkamp tief durch.

»Himmel, was für ein Chaos!«, platzte es aus ihr heraus. »Das ist keine Heldengeschichte für Herrn Steiner und den BND.«

»Sicher nicht«, gab Frank ihr recht. »Fällt Ihnen denn nichts an dieser Geschichte auf?«

Frau Feldkamp schaute ihn fragend an und nippte an ihrem Wein.

»Was meinen Sie?«

»Nun, als ich die Villa verlassen hatte und mich auf den Weg nach Hause machte, schien mir alles, was ich erfahren hatte, klar und einleuchtend zu sein – bis ich mir die Frage gestellt habe, welche Rolle eigentlich die Syrer in dieser Sache spielten.«

»Und? Was glauben Sie?«

Tina Feldkamp schlug die Beine übereinander und lehnte sich zurück.

»Mir ist der Gedanke gekommen, dass mir möglicherweise nicht die Wahrheit gesagt wurde.«

»Ich verstehe wohl nicht, was Sie meinen ...«

»Ich glaube doch, Frau Feldkamp. Schließlich haben Sie mir erklärt, was es mit den syrischen Agenten auf sich hat, und dass man es sich mit der syrischen Seite nicht verscherzen wolle und dieser ganze elende Quatsch. Erinnern Sie sich vielleicht?«

Die Polizistin legte einen Arm auf die Rückenlehne des Sofas und schüttelte unwillig den Kopf.

»Herr Wallert, Sie gehen schon wieder auf Konfrontationskurs. Warum? Glauben Sie, dass ich Ihre Gegnerin bin?«

Frank ließ diese Frage unbeantwortet.

»Ich bin in den letzten Tagen mit Welten zusammengeprallt, in denen ich mich nicht wohlfühle«, erklärte er. »Was ich alleine heute Abend in der Villa alles erfahren habe, hat meine bis dahin verfügbare Vorstellungskraft bei Weitem gesprengt, und ständig bin ich dabei über Halb- oder Unwahrheiten gestolpert.«

»Es gibt keine verschiedenen Welten. Sie irritiert das Ganze, weil Sie nicht sehen wollen, dass das alles zu Ihrer Welt gehört, wie Schmutz und Wollmäuse in den dunklen Ecken Ihres Hauses. Ich garantiere Ihnen, Herr Wallert, dass ich Sie nicht belogen habe. Mit den syrischen Agenten verhält es sich genauso, wie ich gesagt habe. Warum zweifeln Sie daran?«

»Frank hat doch recht«, mischte sich nun Maren ein. »Ich frage mich auch, warum syrische Agenten hinter Aahlijah her waren.«

»Nun gut«, begann Tina Feldkamp und griff nach ihrem Weinglas. »Ich war nur bei einem Teil des Verhörs dabei. Ich will Ihnen erzählen, was ich an Informationen habe. Tatsache ist, dass es sich bei den beiden Männern tatsächlich um syrische Agenten handelt. Sie sind definitiv die Mörder von Ina Gehnen, aber sie waren nicht offiziell aktiviert worden. Beide gehören dem ›Idārat al-amn as-siyāsī‹ an. Das ist eine Abteilung des Dienstes, der die politische Opposition und ihre Kontakte zu Ausländern überwacht.«

»Also ein Inlandsgeheimdienst«, warf Frank dazwischen.

»Genau. Aber, wie gesagt, sie waren nicht mit offiziellem Auftrag unterwegs.«

»Aahlijah Massoud gehört nicht der politischen Opposition an«, sagte Maren. »Was wollten sie von ihm?«

Feldkamp zuckte mit den Schultern.

»Wir haben wirklich keine Ahnung. Beide schweigen sich aus, und, wie ich Ihnen bereits gesagt habe, ist diese Episode ja auch bald beendet. Sie werden nach Syrien ausgeflogen und dort sicher nicht mit Pauken und Trompeten empfangen.«

Eine Weile schwiegen die Drei. Maren drehte ihr Weinglas zwischen den Fingern, Frank starrte den Boden zu seinen Füßen an und Tina Feldkamp zog ihren Rock glatt.

»Meinen Sie, Steiner weiß mehr?«, fragte Frank in die Stille hinein. »Möglicherweise hat er mir diese Geschichte nur als Ablenkung erzählt.«

»Alles, was Sie mir von dem heutigen Abend erzählt haben, kann ich bestätigen. Das ist auch mein Kenntnisstand. Schön, dass die beiden Türken von ihrem Dienst zurückgepfiffen worden sind. Dadurch lichtet sich die Menge derer, die Jagd auf Aahlijah Massoud machen. Es scheint wirklich nur noch um die beiden IS-Männer zu gehen, und das ist definitiv nicht mehr Ihr Geschäft, Herr Wallert. Übrigens, was vermuten Sie denn für eine ominöse Sache, von der Sie ›abgelenkt‹ werden sollten?«

»Ach, was weiß ich!«, erwiderte Frank und warf sich in seinem Sessel zurück. »Mir gehen halt diese Syrer nicht aus dem Kopf. Syrischer Inlandsgeheimdienst auf inoffizieller Mordmission in Deutschland – das ist doch keine zu vernachlässigende Sache!«

»Steiner sagte mir im Handelshof beim Frühstück, dass es um die Sicherheitsinteressen der Bundesrepublik gehe, und dass er nicht alles erzählen dürfe. Ich kann Ihnen nicht sagen, ob er noch mehr weiß.«

»Hieß es nicht, dass Aahlijah Massoud in Rakka von syrischen Agenten gefangen und gefoltert wurde?«, mischte sich Maren wieder ein.

»Das ist richtig. Sie haben dem bereits durch einen Schuss Schwerverletzten während eines Verhörs einen Finger abgetrennt und ihm gedroht, für jede unbefriedigende oder falsche Antwort einen weiteren Finger folgen zu lassen.«

»Wurde nicht ebenfalls berichtet, dass während der Befreiung Aahlijahs zwei seiner Folterer entkommen sind?«, führte Frank Marens Gedanken weiter.

»Jaaaa!«, antwortete Tina Feldkamp und zog das Wort lang, als ob sie begriff, was Maren und Frank durch den Kopf ging. »Und Sie glauben jetzt, dass sich diese beiden Agenten auf den Weg gemacht haben, um Massoud in Deutschland zu erledigen? Warum?«, fuhr sie fort, und mit jedem Wort hörte man, wie sich ihre Zweifel verstärkten.

»Vielleicht haben sie sich ja gar nicht wegen Massoud auf den Weg gemacht. Möglicherweise sind sie hier zufällig auf ihn gestoßen«, spann Maren ihre Idee weiter.

Die Polizistin vom BKA hob beide Brauen und stieß die Luft zwischen den Zähnen hervor. Frank setzte sich aufrecht hin und hob den Zeigefinger, als wolle er ein Kind tadeln, das gerade Blödsinn gemacht hatte.

»Frau Feldkamp«, sagte er, »wir sind oder waren alle drei Polzisten. Lassen Sie uns das doch einmal durchspielen. Der

Ort, an dem Aahlijah gefangengehalten wird, liegt inmitten des IS-Machtgebietes. Er wird in einer halsbrecherischen Aktion durch die syrischen Kurden befreit. Zwei seiner Folterer kommen ums Leben, zwei andere können fliehen. Wohin sollen sie fliehen? Sie müssen weit fliehen, denn so ohne weiteres können sie nicht unbemerkt in Orte gelangen, die von der regulären syrischen Armee beherrscht werden. Auf diese Weise geraten sie in den Flüchtlingsstrom Richtung Europa ...«

Tatsächlich schien sich Tina Feldkamp zu bemühen, den Gedanken zu folgen.

»Wenn sie schon so weit gekommen sind, dann wollen sie auch den Krieg und ihr bisheriges Leben hinter sich lassen«, nahm sie den Faden auf. »Irgendwo treffen sie auf Aahlijah Massoud und erkennen ihn wieder. Von da an fürchten sie, ...«

»... dass Aahlijah sie verraten und ihre wahre Identität aufdecken könnte«, ergänzte Maren.

»Also beschließen sie, Aahlijah aus dem Weg zu räumen, damit er ihr Asyl nicht gefährden kann«, beendete Frank das Gedankenspiel.

»Und dann fangen sie ihn ein, bringen ihn fast um und legen ihn halbtot seiner Frau vor die Tür?«, fragte Tina Feldkamp, in deren Stimme sich schon wieder Zweifel geschlichen hatten.

»Ja«, antwortete Maren spontan. »Eine eindringlichere Warnung an ihn, den Mund zu halten, kann ich mir jedenfalls nicht vorstellen.«

55

Wir sind in Dortmund, im Westen Deutschlands. Ich habe schon viel von dieser Gegend gehört, aber ein Bild habe ich mir nie machen können. Hier geht eine Stadt in die andere über, so dass man das Gefühl hat, in einer riesigen Stadt zu leben – drei mal so groß wie Damaskus. Wir werden hier nur kurz bleiben. Bereits morgen können wir nach Mülheim umziehen, auch eine Stadt im Ruhrgebiet. Alle Papiere sind ausgestellt, wir haben den Asylstatus und sind endlich am Ziel!

Nachdem Aahlijah in Passau wieder freigelassen worden ist, hat er mir natürlich erklärt, wie sich nun die Lage darstellt. Zuerst bin ich sehr skeptisch gewesen, aber als er mir dann erzählt hat, dass unser Asylantrag bereits positiv entschieden worden ist, und wir außerdem durch die deutschen Behörden geschützt sind, habe ich das Ganze verstanden. Er soll den Deutschen helfen, die IS-Verbrecher dingfest zu machen. Daran ist nichts Schlechtes, wie ich finde.

Mittlerweile geht es uns richtig gut. Aahlijah lacht sehr viel mit unseren Kindern. Auch Kaja und Yamina wirken gelöst und benehmen sich wieder wie richtige Kinder, Tambet natürlich auch. Eben sitzen wir beim Mittagessen in dem Dortmunder Lager. Es gibt Nudeln und Rindergulasch und wir genießen das Essen. Tambet hat sich eine Nudel auf die Nase geklebt und blickt uns beifallheischend an. Aahlijah weist ihn zurecht, dass er nicht mag, wenn mit Essen gespielt wird. Trotzdem kann ich mir ein Lachen nicht verkneifen, und auch Kaja und Yamina müssen sich sehr zusammenreißen. Ich schiele zu Aahlijah hinüber und sehe, dass auch er in sich hinein lächelt. Tambet aber hat die Nudel von der Nase genommen und isst mit schlechtem Gewissen weiter.

»Ich freue mich auf morgen«, sagt Yamina plötzlich. »Wir werden wirklich eine richtige Wohnung haben?«

Aahlijah nickt.

»Ja, wir werden noch etwas warten müssen, bis wir unsere *richtige* Wohnung haben und eine passende Einrichtung, aber es ist eine Wohnung mit Türen und Fenstern, in der nur wir wohnen. Wir haben sogar ein Badezimmer«, versichert er uns.

Das klingt traumhaft. Zwar war unsere Unterkunft in Passau auch gut, aber es war eben nur ein Container und keine Wohnung in einem Haus. Ich werde einen Schlüssel haben, mit dem ich die Wohnung aufschließen kann. Wir werden ein Badezimmer nur für uns haben, mit warmem und kaltem Wasser. Ich kann es kaum erwarten, mich in die Badewanne zu legen – wahrscheinlich werde ich gar nicht mehr rauskommen wollen. Aahlijah und ich sind mit dem Essen fast gleichzeitig fertig. Wir stellen unsere Pappteller übereinander, die Plastikgabeln stellen wir in einen leeren Plastikbecher, dann folgen Kaja und Yamina. Tambet ist auch fertig, leckt aber noch die Soße vom Teller, bevor auch er ihn von sich schiebt.

»Dürfen wir gehen?«, fragt Kaja, denn uns ist erzählt worden, dass es hier im Dietrich-Keuning-Haus einen großen Spieleraum gibt, den sie jederzeit – außer nachts natürlich – besuchen können.

Aahlijah erlaubt es. Ich sage Kaja, dass wir sie später abholen. Ich möchte mit meinem Mann ein wenig herumlaufen und mich mit ihm unterhalten. Es ist gut, dass wir hier nur eine Nacht bleiben müssen, denn Privatsphäre gibt es in den Zelten außerhalb der Halle, wo wir schlafen werden, nicht. Die Kinder stehen auf und rennen los. Aahlijah und ich stehen auch auf und verlassen die Halle. Wir biegen nach links ab zu einem Gang über das Gelände. Aahlijah ergreift meine Hand und streichelt mit dem Daumen über meine Fingerknöchel.

»Hast du schon Kontakt gehabt?«, frage ich ihn.

»Ja«, sagt er. »Sichtkontakt. Beide sind hier, hängen wieder nur zusammen, aber scheinen ziemlich isoliert zu sein.«

»Was ist, wenn wir morgen nach Mülheim fahren und sie woandershin?«

»Sie fahren auch nach Mülheim«, antwortet er und grinst. »Dafür ist gesorgt.«

Mehr sagt er nicht, obwohl ich ihn bedränge, aber er hat mir bereits in Passau gesagt, dass er mir nicht alles erzählen darf. Scheinbar beleidigt knuffe ich ihn in die Seite und lehne anschließend meinen Kopf an seinen Oberarm. Wir machen noch ein paar Schritte, bis Aahlijah abrupt stehen bleibt. Ich hebe meinen Kopf und schaue ihn an. Sein Blick ist starr nach vorne gerichtet, die Augen weit aufgerissen und die Farbe aus seinem Gesicht gewichen. Ich folge seinem Blick. In einigen Metern Entfernung, vielleicht sind es zwanzig, stehen zwei Männer, die Aahlijah genauso anstarren, wie er sie. Dann, plötzlich, setzen sie sich in Bewegung und verschwinden in einem der Schlafzelte. Das geht sehr schnell. Aahlijah rührt sich noch immer nicht.

»Wer war das?«, frage ich und blicke immer noch auf den Zelteingang, hinter dem die beiden Männer eben verschwunden sind.

Da löst sich Aahlijahs Starre.

»Mein Gott!«, flüstert er und zieht mich zur Seite. »Mein Gott!«, wiederholt er nun etwas lauter. »Hört das denn niemals auf?«

Ich spüre, dass er zittert, als sei plötzlich ein eisiger Wind aufgekommen, dabei scheint die Sonne und es ist warm. Ich umschließe seine Hand mit meinen beiden Händen.

»Aahlijah«, sage ich tonlos. »Was ist los?«

»Das sind zwei von den Männern, die mich in Rakka gefoltert haben«, klärt er mich auf, nun wieder mit kräftiger Stimme.

»Wirklich?«, frage ich unsinnigerweise, aber jetzt ist auch mir kalt vor Schrecken geworden. »Das müssen wir melden!«, sage ich.

Aber Aahlijah schüttelt den Kopf und blickt mich auf eine Weise an, die mich fast vor ihm grauen lässt.

»Unsinn!«, sagt er. »Weißt du, was das für Wellen schlagen würde? Ich muss mich unauffällig verhalten. Morgen geht es für uns nach Mülheim. Wer weiß, wo die beiden landen.«

Wir laufen in entgegengesetze Richtung weiter. Aber mir hat sich der Blick der Männer ins Gedächtnis gebrannt. Sie haben Aahlijah auch erkannt.

»Vielleicht solltest du wenigstens deinen deutschen Kontakten Bescheid sagen«, versuche ich noch einmal, ihn zu überzeugen.

»Schweig!«, fährt er mich an und zieht mich weiter.

56

Es war spät geworden. Tina Feldkamp erhob sich gegen halb eins vom Sofa, strich den Rock glatt und kündigte ihren Rückzug an.

»Ich werde mich jetzt in mein Hotelzimmer zurückziehen«, sagte sie. »Meine Güte, ich glaube, ich werde nie mehr in meinem Leben genügend Schlaf bekommen!«, klagte sie nach einem Blick auf die Uhr. »Frühestens um zwei Uhr bin ich im Bett, um sechs Uhr muss ich wieder raus.«

»Es wird auch wieder ruhigere Zeiten geben«, erwiderte Frank, der ebenfalls aufgestanden war.

»Ihr Wort in Gottes Ohr«, antwortete sie, ohne wirklich zuversichtlich zu sein.

»Wie wollen Sie mit dem umgehen, was wir besprochen haben?«, erkundigte sich Maren, die neben Frank getreten war.

Tina Feldkamp richtete sich auf und blickte Maren an.

»Ich denke, ich muss mit Steiner sprechen. Ich werde versuchen, ihn davon zu überzeugen, dass wir den Syrer noch einmal vernehmen, bevor er ausgeflogen wird. Der Verletzte bleibt uns ja noch eine Weile erhalten. Wir müssen ihn ja erst noch gesund pflegen.«

»Höre ich da eine Spur Sarkasmus?«, hakte Frank nach.

»Wegen dem Gesund-Pflegen meinen Sie? Nein, sollte es jedenfalls nicht. Aber ich halte die Tatsache an sich für puren Zynismus. Wir lassen ihm beste medizinische Betreuung zukommen und wenn er gesund ist, bringen wir ihn in die Hölle zurück, wo sein Leben keinen Pfifferling wert ist.«

»Ihn verletzt zurückzuschicken wäre nicht weniger zynisch«, wandte Maren ein.

»Wahrscheinlich haben Sie recht«, schloss Tina Feldkamp das Ganze ab. »Ich denke, es war richtig, dass wir uns zusammengesetzt haben. Gute Nacht.«

Frank reichte ihr die Hand.

»Das glaube ich auch«, sagte er. »Melden Sie sich, wenn Sie Neues haben?«

»Darauf können Sie wetten!«

Frank und Maren brachten die BKA-Beamtin zur Tür. Noch einmal wurden Hände geschüttelt, dann waren Frank und Maren alleine.

*

Frank lag noch lange wach. Irgendwann fragte er sich, was er im Bett überhaupt sollte. Sein Kopf arbeitete, als wäre heller Tag, also stand er leise auf, um Maren nicht zu wecken, die schon tief und fest schlief. Den ganzen Abend über hatte er den Wunsch verspürt, eine Zigarette zu rauchen, wollte aber das intensive Gespräch mit Tina Feldkamp nicht dadurch unterbrechen, dass er zum Rauchen vor die Tür ging. Also hatte er es sich verkniffen. Jetzt war die Gelegenheit gekommen. Er nahm die Zigarettenpackung aus seiner Jacke, öffnete die Terrassentür und setzte sich auf die »Sonnenbank«, die Maren und er im Sommer angeschafft hatten. Sie trug diesen Namen, weil sie in den späten Nachmittagsstunden voll von der Sonne beschienen wurde, natürlich nur im Sommer und Frühherbst. Es war recht kühl, und so schlug er die Decke, die auf der Bank bereit lag, um seinen Körper. Er zündete die Zigarette an und inhalierte tief.

Er war ziemlich erleichtert, dass das Gespräch mit Tina Feldkamp nicht vergeblich gewesen war. Sie hatte seine Fragestellung nachvollziehen können und das Szenario, das sie gemeinsam entwickelt hatten, als denkbar angesehen. Nur hatten sie keine Beweise dafür, dass es wirklich so gewesen war, und es war fraglich, ob die beiden Syrer das Ganze zugeben würden, selbst wenn es sich genau so verhielt. *Das ist eine Frage der Gesprächsstrategie*, dachte er und erinnerte sich dabei an so manches Verhör während seiner Zeit beim KK 11, aus dem sie trotz minimaler Chancen letztlich mit der Auflösung des Falles herausgegangen waren. Malte, Maren und er waren einfach ein gutes Team gewesen.

Frank fuhr herum. Die Terrassentür war geöffnet worden, und er hatte sich erschreckt. Maren stand in ihrem kurzen Nachthemd in der Tür und blinzelte verschlafen.

»Warum bist du nicht bei mir im Bett?«, quengelte sie. »Ich fühle mich so alleine.«

»Warum schläfst du nicht?«, fragte Frank zurück.

»Mach Platz!«, forderte sie, worauf er ein Stück zur Seite rutschte und sie sich neben ihn auf die Bank setzte.

»Guck mal«, sagte sie und streckte ihre Arme aus, die von Gänsehaut überzogen waren, genau wie ihre Oberschenkel.

Frank öffnete die Decke und lud Maren ein, sie mit ihm zu teilen. Das ließ sie sich nicht zwei Mal sagen.

»Worüber grübelst du schon wieder nach?«, fragte sie, als sie sich an ihn gekuschelt hatte. Nur der Kopf schaute noch aus der Decke hervor, die Beine hatte sie untergeschlagen.

»Eigentlich grüble ich nicht. Ich konnte nur nicht schlafen, und dann habe ich eine Zigarette geraucht, was ich schon den ganzen Abend wollte.«

Er drückte die Zigarette in einem kleinen Aschenbecher aus, der neben der Bank auf einem Tischchen stand.

»Der Abend und das Gespräch waren in Ordnung, oder?«, fragte Maren.

»Ja, findest du nicht?«

»Doch. – Diese Tina Feldkamp ist eine schöne Frau ...«

»Du bist die Schönste hier, aber Schneewittchen hinter den Bergen ...«

Weiter kam er nicht, denn er fing sich von Maren einen Stoß in die Rippen ein. Dann saß sie plötzlich auf seinem Schoß.

»Das ist nicht ganz das, was ich hören wollte«, beschwerte sie sich und küsste ihn innig.

»Gut, vergiss das mit Schneewittchen ...«

Der Kuss wurde fordernder, doch Frank drehte nach einigen Sekunden den Kopf weg. Er fasste sie bei den Schultern und sah sie ernst an.

»Sag mal«, begann er, »was würdest du eigentlich davon halten, wenn ich in der Detektei aufhöre?«

»Ich würde dir eine Schürze kaufen«, antwortete sie und fuhr fort, Frank mit Küssen zu überhäufen.

57

Es war Samstag. Feiertag. Tag der Deutschen Einheit. Weder Frank noch Maren hatten einen Grund früh aufzustehen. Mittlerweile war es halb neun, und langsam machte sich die Lust auf ein ausgiebiges Frühstück in Frank breit. Er schlug die Bettdecke zurück und setzte sich auf die Bettkante.

»Schläfst du noch?«, fragte er.

»Mmmmh.«

»Mmmmhja oder Mmmmhnein?«

»Mmmmh.«

Er stand auf. Das hatte keinen Zweck. Solange Maren noch nicht zu sich gekommen war, konnte er schon einmal ins Bad gehen und sich für den Tag frisch machen. Knapp zwanzig Minuten später kam er zurück ins Schlafzimmer und fand Marens Bett leer vor. Er lehnte sich in die Schlafzimmertür.

»Ich bin fertig!«, rief er durch den Flur, in der Hoffnung, dass Maren ihn hörte.

Offensichtlich hatte sie das getan, denn sie kam strammen Schrittes durch den Flur gelaufen und drückte ihm einen Kuss auf die Wange. Dann lief sie an ihm vorbei Richtung Badezimmer. In der Tür drehte sie sich um.

»Frau Feldkamp hat angerufen«, sagte sie. »Sie möchte mit uns sprechen und lädt uns zu einem Frühstück in den Handelshof ein. Ich habe zugesagt.«

Dann war die Badezimmertür geschlossen und Frank hörte das Rauschen der Dusche.

*

Gegen halb zehn betraten beide das Hotel Handelshof. Eine junge Frau begrüßte sie freundlich.

»Wir sind mit Frau Feldkamp verabredet«, klärte Frank sie auf.

Sie geleitete Maren und Frank zu dem Tisch, an dem Tina Feldkamp bereits saß und an einer Tasse Kaffee nippte.

»Guten Morgen«, sagte sie und stand auf, um beiden die Hand zu geben. Sie lud sie ein, Platz zu nehmen. »Ich hasse diese Hotel-Buffets und habe mir bereits etwas bestellt. Bitte lassen Sie sich von mir einladen, das Gleiche zu tun.«

Frank und Maren wehrten sich nicht dagegen und bestellten bei der Bedienung, was ihre Herzen begehrten. Ganz oben auf der Wunschliste Franks stand dabei eine große Portion Rührei mit Schinkenspeck und Schnittlauch, bei Maren waren es eine halbe Grapefruit und Yoghurt.

Tina Feldkamp sah geschafft aus. Sie war blass und ihr ungeschminktes Gesicht ließ erahnen, dass sie keine gute Nacht gehabt hatte.

»Sie scheinen nicht gut ins Wochenende gestartet zu sein«, wagte Frank, einen Anfang zu machen, was ihm einen giftigen Blick der BKA-Polizistin einbrachte.

»Erzählen Sie mir nichts vom Wochenende«, spie sie förmlich aus. »Das hat sich für mich erledigt. Ich bin gerade von dem Verhör mit dem Syrer zurückgekommen, und schon hatte ich Brandt am Telefon, der mich unbedingt nach dem Frühstück sprechen will. Natürlich erwartet er, dass ich zu ihm komme.«

Maren musste grinsen, da sich in diesem Moment Bilder aus der Erinnerung vor ihrem inneren Auge auftaten.

»Spielen Sie Ihre Weiblichkeit aus«, riet sie Frau Feldkamp und lächelte ihr schelmisch zu.

»Ich werde den Teufel tun«, erwiderte sie. »Dann kommt der womöglich noch auf dumme Gedanken.«

»Warum wollen Sie mit uns sprechen?«, kam Frank zur eigentlichen Sache.

»Ja, das ist interessant«, erwiderte sie, während sie von der Bedienung ihre restlichen Frühstücksbestandteile in Empfang nahm. Sie bedankte sich und wartete, bis die junge Frau sich vom Tisch entfernt hatte. »Ich habe heute Morgen um halb sieben Steiner angerufen. Er war nicht übermäßig begeistert davon, aber das war mir egal. Warum sollte ausgerechnet er ausschlafen können?« Frank grinste Tina Feldkamp an, was sie mit einem müden Lächeln erwiderte. »Egal, jedenfalls habe ich ihm die Frage gestellt, die wir gestern diskutiert haben.«

Sie biss von einer Brötchenhälfte ab und spülte mit einem Schluck Kaffee nach.

»Es dauerte eine Weile, bis er bereit war, sich ernsthaft mit dieser Frage zu beschäftigen, aber schließlich tat er es. Er sagte mir, dass er mehrfach versucht hatte, genau diese Frage mit den Syrern im Verhör zu klären. Das war unmittelbar nach deren Festnahme. Ich war nur etwa zwei Stunden bei dem Verhör dabei, aber als ich weg war, ist es wohl noch weitergegangen.«

Tina Feldkamp verdrehte die Augen. Wieder war die Bedienung an den Tisch getreten und lud von einem Servierwagen das Frühstück von Maren und Frank ab. Beide begannen umgehend mit dessen Verzehr, signalisierten Frau Feldkamp aber, dass sie zuhörten.

»Jedenfalls schwiegen beide eisern und haben nichts dazu gesagt. Nach einer Weile hohlen Geschwätzes heute Morgen hatte Steiner dann plötzlich eine Idee ...«

*

Der Syrer saß bereits am Tisch in dem spartanisch eingerichteten Verhörraum. Er hatte den Blick gesenkt und schaute nicht einmal zur Tür, als Steiner und Feldkamp den Raum betraten. Beide setzten sich ihm gegenüber auf einen Stuhl. Steiner legte die Unterarme auf den Tisch und beugte sich nach vorne, den Blick auf den Agenten gerichtet, der sich nicht über den Besuch zu freuen schien.

»Wir geben Ihnen noch eine Chance«, sprach er ihn eindringlich an. »Wenn Sie sie nutzen, läuft alles ab, wie besprochen. Wenn nicht, dann müssen Sie sich auf einen langen Aufenthalt in Deutschland einrichten. Es wird Anklage erhoben, und Sie werden vor Gericht gestellt. Haben Sie mich verstanden?«

Steiner meinte, ein leichtes Nicken bei seinem Gegenüber bemerkt zu haben.

»Würden Sie bitte sprechen?«, forderte er ihn auf.

»Ja, ich habe Sie verstanden.«

»Sie haben bisher nicht auf unsere Fragen nach dem Grund dafür geantwortet, dass Sie hinter Aahlijah Massoud her waren. Ich stelle Ihnen die Frage noch einmal: Welches Interesse haben Sie an ihm?«

Der Syrer schwieg und senkte den Blick.

»Wissen Sie, wo wir gerade herkommen?«, fragte Steiner und fuhr umgehend fort, nachdem er keine Reaktion vonseiten des Agenten erhielt. »Wir haben Ihren Kollegen im Krankenhaus besucht. Er hat uns erzählt, dass Sie Massoud schon einmal begegnet sind ...« Steiner machte eine rhetorische Pause. »Können Sie das bestätigen?«

Sein Gegenüber verharrte in unveränderter Haltung.

»Sie sollten die Frage wirklich bald beantworten«, ergriff nun Tina Feldkamp das Wort. »Unser Gespräch kann nämlich ganz schnell zu Ende sein. Vor der Tür stehen zwei Beamte, vor dem Gebäude wartet ein Wagen. Er kann Sie zum Flughafen fahren oder nach Karlsruhe bringen, wo Sie dann der Bundesanwaltschaft übergeben werden. Entscheiden Sie sich!«

Der Agent hob den Kopf und schaute Steiner an, ohne der BKA-Beamtin auch nur eine Spur von Aufmerksamkeit zu schenken.

»Sie haben keine Ahnung, was in unserem Land los ist«, stieß er hervor.

»Ich denke schon, dass wir eine Ahnung haben«, antwortete Feldkamp. »Die syrische Regierung führt einen menschenverachtenden Krieg gegen die eigene Bevölkerung. Zwölf Millionen Syrer befinden sich auf der Flucht, Hunderttausende sind bisher umgekommen.«

»Wir sind in Rakka nur knapp davongekommen«, begann der Syrer zu erzählen. »Die Kurden haben uns gejagt, bis wir uns inmitten des IS-Gebietes befanden. Dort konnten wir unmöglich bleiben. Also sind wir bis zur türkischen Grenze weitergeflohen. Dort haben wir den Entschluss gefasst, das Land zu verlassen. Mein Kollege hatte einen Bekannten getroffen. Von ihm erfuhr er, dass seine Familie auf der Flucht nach Europa war. Das hat den Ausschlag gegeben.«

»Sie wollten sich den Flüchtlingen anschließen?«

»Ja. Wir hatten genug von dem Land. Das war kein Leben mehr.«

Steiner und Feldkamp schauten sich vielsagend an.

»Und was war mit Ihrer Familie?«

»Ich bin nicht verheiratet. Meine beiden Brüder kämpfen auf der anderen Seite. Ich habe seit Jahren nichts von ihnen gehört. Meine Eltern sind längst tot.«

»Erzählen Sie uns von Aahlijah Massoud. Wie passt er in diese Geschichte?«

»Wir haben ihn in Passau zum ersten Mal wiedergesehen …«

»Woher kannten Sie ihn?«

»Er war in unserer Gefangenschaft, als die Kurden uns angegriffen haben.«

»Waren Sie es, die ihn angeschossen und die ihm den kleinen Finger abgetrennt haben?«

»Dazu sage ich nichts«, erwiderte der Syrer und schaute zum ersten Mal Tina Feldkamp an, wenn auch nur kurz. »Sie können die Zustände in Syrien nicht mit normalen Maßstäben messen.«

»Ein Freund von mir sagte gestern: Moral ist nicht relativierbar«, gab sie zurück, doch der Agent sprach ungerührt weiter.

»Ich habe ihn nur kurz gesehen. Er ist eines Abends, flankiert von zwei Polizisten, abgeführt worden. Der Mann kam mir bekannt vor, ohne dass ich ihn richtig einordnen konnte. Am nächsten Tag sind wir nach Dortmund gebracht worden. Dort habe ich ihn auch gesehen und diesmal auch erkannt. Sofort hatte ich die Bilder aus Rakka vor meinem inneren Auge. Ich habe meinen Kollegen auf ihn aufmerksam gemacht. Wir waren ziemlich erschrocken.«

»Hat Massoud Sie auch erkannt?«

»Mit Sicherheit. Er hat uns genau so schockiert angesehen, wie wir ihn.«

»Und dann?«

»Dann erst mal nichts. Am nächsten Morgen sollten wir in andere Städte gebracht werden. Wir wollten abwarten, was geschehen würde.«

»Und was geschah?«

»Mein Kollege und ich kamen nach Essen, die Massouds nach Mülheim. Wir haben das mitbekommen, weil wir gleichzeitig unterschiedliche Busse bestiegen haben. Mein Kollege war außer sich. Plötzlich glaubte er, dass Massoud unsere Identität verraten würde. Er rastete völlig aus und sagte, der Mann müsse weg. Er hatte Angst, dass er seine Frau und seinen Sohn niemals wiedersehen würde. Die waren mittlerweile längst in Schweden, und er wollte auch dorthin. Wenn Massoud gesprochen hätte, wäre das sicher das Ende unserer Flucht gewesen. Also beschloss er, Massoud zum Schweigen zu bringen.«

»Das hört sich jetzt so an, als hätten Sie eigentlich nichts damit zu tun«, wandte Tina Feldkamp ein.

Vonseiten des Syrers erfolgte ein gleichgültiges Schulterzucken.

»Ich habe meinen Kollegen verstanden«, gab der Syrer zu. »Aber ich war der Meinung, dass es reichen würde, ihm eine Warnung zukommen zu lassen ...«

»... während Ihr Kollege Massoud gänzlich aus dem Weg räumen wollte?«, ergänzte Steiner.

»Wir haben lange darüber geredet. Schließlich hat er mir recht gegeben. Wir wollten ihn erschrecken, ihm unmissverständlich klar machen, was er und seine Familie zu erwarten hätten, wenn er uns verriet.«

Steiner und Feldkamp schwiegen beide und sahen den Agenten auffordernd an.

»Na ja«, fuhr der fort, »wir haben uns, nachdem wir uns in Essen eingerichtet hatten, einen Wagen besorgt und sind nach Mülheim gefahren. Wir haben Massoud sozusagen in eine Falle gelockt, und dann ist das Ganze etwas aus dem Ruder gelaufen.«

»Aus dem Ruder gelaufen? Sie haben ihn fast umgebracht!«, fuhr Steiner auf.

Der Syrer zuckte wieder mit den Schultern.

»Mein Kollege reagiert manchmal ein wenig impulsiv.«

Tina Feldkamp atmete tief durch und versuchte, ihre Wut nicht nach außen dringen zu lassen.

»Und dann haben Sie ihn halbtot vor die Wohnungstür der Massouds gelegt?«

Der Agent nickte.

»Ja. Wir glaubten, dass die Sache damit erledigt war.«

»War sie aber nicht.«

»Nein, war sie nicht. Wir haben das Haus und die Familie eine Weile beobachtet. Plötzlich fuhren Polizei und Krankenwagen vor. Da war uns klar, dass er uns wohl doch in Schwierigkeiten bringen würde.«

»Und?«

»Als wir am nächsten Tag in die Gustavstraße kamen, war die Familie weg.«

»Und dann haben Sie geglaubt, dass Sie von Frau Gehnen erfahren könnten, wo die Massouds stecken?«, hakte Steiner nach, erhielt jedoch keine Antwort. Der Syrer hatte den Blick wieder gesenkt und schien mit seinen Gedanken weit weg zu sein. »Als sie dann tot war, haben Sie sich die Kinder des Privatdetektivs vorgenommen.«

Der Agent reagierte nicht mehr.

Steiner und Feldkamp standen auf und verließen wortlos den Raum. Vor der Tür griff Steiner nach seinem Smartphone und wählte die Nummer von Schönfelder, der bereits auf seinen Anruf wartete.

∗

»Mit anderen Worten: Wir lagen mit unserem Gedankenspiel gestern Abend völlig richtig«, bemerkte Maren, nachdem Tina Feldkamp mit ihren ausführlichen Schilderungen fertig war.

»Ja, so ist es.«

Die BKA-Beamtin hatte ihr Frühstück beendet und tupfte sich mit einer Serviette über den Mund. Dann schob sie den Teller von sich und strahlte Frank an.

»Dann wollen wir hoffen, dass es Aahlijah bald wieder gut geht. Sie haben uns sehr geholfen, Herr Wallert.«

Frank schob die letzte Gabel seines Rühreis in den Mund, kaute und schluckte kopfschüttelnd.

»Und diese Männer wollen Sie straffrei nach Syrien zurückführen«, stellte er vorwurfsvoll fest.

»Das ist Geschichte«, erwiderte Tina Feldkamp, der der Unterton nicht entgangen war. »Steiner hat mir erzählt, dass die syrische Seite vollstes Verständnis dafür hat, dass die beiden hier vor Gericht gestellt werden. Der Deal ist geplatzt.«

»Na, wenigstens das«, erwiderte Frank und stand auf, ebenso wie Maren. »Danke für das Frühstück.«

»Da nicht für«, antwortete Tina Feldkamp und erhob sich ebenfalls. Während sie Maren und Frank nacheinander die Hand reichte, schob sie hinterher: »Übrigens hat der Syrer im Krankenhaus den zweiten IS-Mann identifiziert.«

»Dann werden beide wohl bald aus dem Verkehr gezogen. Wer ist es?«, sagte Frank und hielt in seiner Bewegung inne.

»Das werde ich Ihnen sicher nicht auf die Nase binden«, lachte sie. »Es geht Sie nichts mehr an. Ein schönes Wochenende Ihnen beiden.«

»Danke gleichfalls«, murmelte Maren und verließ mit Frank das Restaurant des Hotels.

*

Der Rest des Wochenendes verlief ruhig und friedlich. Nach einem Telefonat mit Tereza, Adrian und Gabriella war man sich schnell einig, dass die beiden Jugendlichen erst am folgenden Wochenende nach Hause zurückkehren sollten. Das war für Frank und Maren die Gelegenheit, nach langer Zeit mal wieder ausschließlich die Dinge zu tun, nach denen ihnen der Sinn stand.

Sie genossen diese Zeit. Den Sonntag verbrachten sie nahezu vollständig mit Silke und René, die natürlich erleichtert waren, dass der Fall Massoud letztlich verhältnismäßig unspektakulär zu einem Ende gebracht worden war. Die Erleichterung hatte aber nicht über die Sinnlosigkeit hinwegtäuschen können, der Ina zum Opfer gefallen war. Ihre Beerdigung sollte am folgenden Mittwoch stattfinden, und alle würden kommen. Auch Malte, Bea und Sabine hatten zugesagt, dabei zu sein. Ina Gehnen war das Opfer der Wirren eines Bürgerkrieges, der in einem fernen Land tobte und bis nach Europa vorgedrungen war. Frank und Maren waren gespannt, wie sich das Ganze entwickeln würde. Sie hatten Verständnis für alle Menschen, die versuchten, dem Krieg zu entkommen und sich aus diesem Grunde auf den Weg nach Europa gemacht hatten. Aber sie machten sich auch Sorgen darüber, wie das die Politik der europäischen Staatengemeinschaft verändern würde.

Schon redeten die ersten davon, die Außengrenzen der EU zu schützen, indem sie Mauern und Zäune errichten wollten. Ungarn hatte bereits damit begonnen. Andere lehnten es strikt ab, vor allem muslimische Flüchtlinge aufzunehmen. Die CSU, allen voran deren Vorsitzender Seehofer, warf der Kanzlerin schwere Fehler vor und forderte, die Grenzkontrollen wieder einzuführen und eine »Obergrenze« für die Aufnahme von Flüchtlingen festzulegen.

In der Politik ging es drunter und drüber, und es verging fast keine Woche, in der man nicht in den Nachrichten hören und sehen konnte, dass eine Flüchtlingsunterkunft brannte.

Am späten Sonntagabend, nachdem Frank und Maren nach Hause zurückgekehrt waren, saßen sie noch im Wohnzimmer bei einem »Absacker« in Form eines Metaxas für Frank und eines Portweins für Maren.

»Eigentlich würde ich gerne noch einmal mit diesem Afghanen, mit Rafik sprechen«, sagte Frank plötzlich.

Er saß auf dem Sofa. Maren hatte sich lang ausgestreckt. Ihr Kopf ruhte auf seinen Oberschenkeln. Sie blickte ihn abwartend an und sollte nicht enttäuscht werden.

»Ich meine, Rafik und Samira waren gut mit Aahlijah und Afra befreundet. Vielleicht sollte ich ihnen erzählen, dass es der Familie gutgeht.«

»Das ist doch nicht deine Aufgabe«, widersprach Maren. »Wann willst du endlich einen Schlusspunkt setzen?«

»Schlusspunkt? Was meinst du damit? Es ist doch Schluss! Ich würde nur gerne noch einmal mit ihnen reden. Das sind nette Leute. Wenn du willst, kannst du ja mitkommen«, lud er sie ein.

»Ich bin froh, dass die ganze Sache vorbei ist. Tu, was du nicht lassen kannst«, sagte sie und richtete sich auf. »Eigentlich möchte ich jetzt gerne schlafen, oder vielmehr ins Bett gehen, denn nach Schlafen ist mir noch nicht zumute.«

Sie grinste ihn herausfordernd an und begann, sich die Bluse aufzuknöpfen.

58

Am Montagmorgen betrat Frank gegen neun Uhr die Flüchtlingsunterkunft in der Gustavstraße. Die erste Person, auf die er traf, war Grüter, der Hausmeister. Plötzlich stand er vor ihm und grinste Frank an.

»Ah, Sherlock Holmes ist da«, freute er sich über seinen ausgefallenen Scherz. »Was haben Sie heute vor?«

Frank grüßte freundlich und erwiderte den angebotenen Händedruck.

»Nichts Spektakuläres«, antwortete er. »Ich will Rafik und Samira besuchen. Wissen Sie, ob sie da sind?«

Grüter zuckte mit den Schultern.

»Ich bin seit sieben Uhr hier und habe sie noch nicht gesehen. Ich denke, sie werden da sein. Was machen die Ermittlungen?«

»Sie wissen, dass ich Ihnen dazu nichts sagen darf«, behauptete Frank und wollte sich der Treppe zuwenden.

»Klar, aber mich macht etwas stutzig«, fuhr Grüter fort, was Frank innehalten ließ. Er drehte sich um und blickte den Hausmeister an.

»Und was ist das?«

»Sie haben mich doch, als Sie letztens da waren, auf die Afghanen im Nachbarhaus angesprochen ...«

»Ja, und?«

»Ich mache mir wegen denen richtige Sorgen.«

Dass Grüter nicht übertrieb, bewies sein Gesichtsausdruck, was Frank wiederum in den Alarmmodus versetzte.

»Was meinen Sie?«

»Kommen Sie mit«, forderte der Hausmeister ihn auf. »Wir müssen das nicht im Hausflur besprechen. Diese Wände haben Ohren.«

Frank wunderte sich über die Äußerungen Grüters, folgte ihm aber in seinen kleinen »Dienstraum« im Keller.

»Bitte, was meinen Sie?«, fragte Frank, nachdem er sich auf einen der beiden Stühle gesetzt hatte. Grüter nahm den zweiten in Beschlag.

»Sie haben mich am vergangenen Donnerstag auf diese Afghanen aufmerksam gemacht ...«, begann er und wartete auf eine Reaktion Franks. Der nickte. »Einer von ihnen heißt Kabi Taraki. Ich bin ihm noch am Donnerstag begegnet. Er hat sich bei mir darüber beschwert, dass er kein warmes Wasser hatte. Also bin ich in die Wohnung und habe das überprüft. Er hatte einfach im Badezimmer den Drehknopf für Warmwasser nicht aufgedreht. Aber das war es nicht, was mich stutzig gemacht hat.«

Frank lehnte sich geduldig zurück, denn er hoffte, dass er sich keinen Bericht über die hausmeisterliche Tätigkeit Grüters würde anhören müssen.

»Als ich durch die Wohnung zurück zum Ausgang ging, sah ich auf einem Tisch einen Laptop stehen. Auf dem Display konnte ich eine Seite erkennen, auf der in großen Zeichen auf Arabisch etwas stand. Ich meine sogar, dass ich das Zeichen des islamischen Staates gesehen habe. Weiße arabische Schrift auf schwarzem Grund. Taraki hat den Deckel des Laptop runtergeklappt, als er mich bemerkte. Das ging alles unheimlich schnell.«

Frank glaubte Grüter, ohne zu zögern.

»Hat er bemerkt, dass Sie das gesehen haben?«

»Weiß ich nicht«, erwiderte der Hausmeister, der aber mit seinem Bericht noch nicht am Ende war. »Jedenfalls hat er mich zur Tür begleitet, sich bei mir bedankt und die Tür geschlossen. Am nächsten Tag, also am Freitag, war ein Fremder hier, der nach Taraki fragte. Ich wusste, dass der hier nichts zu suchen hatte, und habe ihn gefragt, was er hier will. Er wurde richtig unfreundlich und hat losgepoltert, dass er Taraki nur besuchen wolle. Ich habe ihn darauf aufmerksam gemacht, dass er sich bei mir namentlich anmelden müsse, aber dann kam einer der anderen Afghanen dazu und hat ihn weggeholt. Er hat mich beruhigt und mir gesagt, dass der Fremde nicht lange bleiben würde. Das Gleiche wiederholte sich am Samstag, nur dass ich nicht mitbekommen hatte, als er kam, sondern ihn erst gesehen habe, als er gegen neun Uhr abends das Haus verließ. Ich habe ihn angesprochen, worauf er mir irgendetwas in seiner Sprache entgegengeschleudert hat und gegangen ist. Ich weiß nicht, was er zu mir gesagt hat, aber es waren sicher keine freundlichen Worte.«

»Haben Sie eine Ahnung, wo der Mann herkam oder wohin er verschwunden ist?«, fragte Frank nach, doch Grüter schüttelte den Kopf.

»Nein, aber dieser Rafik von oben hat ihn am Samstag auch gesehen. Er erzählte mir, dass er ihn vom Flüchtlingszug her kannte, also er muss wohl mit den meisten Leuten hier mit dem Zug aus Passau gekommen sein. Rafik meinte, die Leute seien ›komisch‹, was auch immer das heißen mag. Auf jeden Fall ist mir das Treiben in dem rechten Haus nicht geheuer.«

»Das kann ich verstehen«, gab Frank zu und überlegte, was er nun tun sollte. »Haben Sie jemandem davon erzählt?«

Grüter schüttelte den Kopf.

»Wem sollte ich das erzählen?«, gab er zurück. »Aber das ist noch nicht alles. Der Typ ist schon wieder da. Ein paar Minuten, nachdem ich heute hier angekommen bin, tauchte er plötzlich auf. Ich wollte ihn wieder ansprechen, aber er ist schnurstracks an mir vorbeigegangen und in dem rechten Haus verschwunden. Sie hätten seinen Blick mal sehen sollen! Den hätten Sie bestimmt auch nicht mehr angesprochen, wenn der Sie so angeguckt hätte. Da läuft doch irgendetwas Krummes, oder?«

»Herr Grüter«, sprach Frank den Hausmeister an und legte beruhigend eine Hand auf dessen Unterarm. »Ich werde mal eben telefonieren. Wir werden das jetzt und hier lösen. Machen Sie sich keine Sorgen.«

Der Mann atmete erleichtert durch und nickte. Frank nahm sein Smartphone aus der Jackentasche. Die Nummer von Steiner hatte er noch in seinen Kontakten gespeichert. Er wählte und musste nicht lange warten.

»Verdammt, was wollen Sie schon wieder, Wallert? Können Sie sich vorstellen, dass es Menschen gibt, die heute arbeiten?«, fuhr er Frank zur Begrüßung an.

»Immer mit der Ruhe«, dämpfte Frank ihn. »Sie sollen ja arbeiten. Deshalb rufe ich an.«

Er umriss die Situation, ohne dass Steiner ihn unterbrach. Als er damit fertig war, stellte der deutsche Agent nur eine Frage.

»Sie haben nicht zufällig ein Foto von diesem Mann?«

Frank leitete die Frage an Grüter weiter, der daraufhin heftig nickte und sein Handy zückte. Kurz darauf prangte das unscharfe, aber dennoch erkennbare Bild eines Mannes auf dem Display.

»Das habe ich am Samstag gemacht. Ich habe mir gedacht: Wer weiß, wofür es gut ist!«

»Schicken Sie es mir«, forderte Frank den Hausmeister auf, was der sofort in Angriff nahm.

»Steiner, hören Sie?«, fragte Frank. »Ich schicke Ihnen ein Bild.«

»Tun Sie das«, erwiderte Timo Steiner. »Und sonst tun Sie nichts! Haben Sie mich verstanden, Wallert? Das sind keine Kleinkriminellen oder Ehebrecher. Ist das klar?«

»Ja«, entgegnete Frank. »Melden Sie sich wieder bei mir?«

»Wir werden sehen«, sagte Steiner und beendete das Gespräch.

Frank sandte das Foto ab und wandte sich Grüter wieder zu.

»Sie bleiben hier«, sagte er. »Sie mischen sich auf keinen Fall in die Sache ein, haben Sie verstanden?«

Grüter nickt ehrfürchtig.

»Mit wem haben Sie da eben telefoniert?«, fragte er.

»Das muss Sie nicht interessieren«, antwortete Frank. »Ich gehe jetzt nach oben zu Rafik und Samira. Sie bleiben einfach hier. Ich komme zu Ihnen, wenn es etwas Neues gibt.«

Die Familie war zu Hause, so wie es Grüter schon vermutet hatte. Frank wurde hereingebeten und bekam den obligatorischen Tee angeboten, den er nicht ablehnen konnte. Als sie dann zu dritt am Tisch saßen, war es Samira, die die erste Frage stellte.

»Wissen Sie, wie es Afra geht?«

Frank nickte und lächelte die Frau an.

»Ich habe sie gestern gesprochen. Es geht ihr gut. Sie ist mit den Kindern in Sicherheit.«

»Und was ist mit Aahlijah?«, erkundigte sich Rafik, dem natürlich aufgefallen war, dass Frank den Namen des Syrers nicht erwähnt hatte.

»Er ist auf dem Wege der Besserung. Es wird aber noch eine Weile dauern, bis sie ihn wiedersehen können.«

Der Afghane und seine Frau atmeten beide auf.

»Ist der Spuk denn jetzt vorbei?«

»Das weiß ich nicht. Ich weiß nur, dass die Behörden intensiv daran arbeiten und dass sie Fortschritte machen. Hat sich die Lage hier beruhigt?«

»Wie man es nimmt«, antwortete Rafik schulterzuckend. »In den letzten Tagen verhalten sich die Afghanen in dem anderen Haus etwas merkwürdig – aber das haben sie ja im Grunde immer schon getan ...«

»Was meinen Sie?«, fragte Frank, der Rafiks Relativierung nicht zulassen wollte. »Sie sagten immerhin, dass Ihnen an den letzten Tagen etwas aufgefallen ist.«

»Es sind immer häufiger Fremde in dem Haus, die sich mit Taraki treffen.«

»Fremde? Mehrere?«

»Einer, der auch dem Hausmeister aufgefallen ist, und zwei andere, die ich gesehen habe, als sie das Haus wieder verließen. Ich glaube, die treffen sich regelmäßig. Einer der anderen Afghanen – er wohnt mit seinem Bruder in der Wohnung unter Taraki – hat mir das erzählt.«

»Dass sich Menschen treffen, ist ja erst einmal nichts Ungewöhnliches.«

»Das ist richtig, aber man hat so das Gefühl, als wären sie eine verschworene Gemeinschaft, verstehen Sie? So wie früher in der Schule. Einige bilden eine Clique, beschäftigen sich nur noch miteinander und lassen niemand anderen dazugehören. Jedenfalls gehen sie jedem anderen Kontakt in dieser Unterkunft aus dem Weg.«

Genau an diesem Punkt stoppte ein Tarzanschrei den Versuch Franks, etwas zu erwidern. Er hob entschuldigend die Hand und nahm das Gespräch an. Es war Steiner.

»Wallert, hören Sie mir jetzt genau zu«, begann er und Frank spürte, wie ein Schauer über seinen Rücken lief. »Wo sind Sie gerade?«

»Bei Rafik und Samira.«

»Gut. In etwa einer Viertelstunde wird eine Spezialkräfte-Einheit in der Gustavstraße sein. In der Wohnung dieses Mannes befinden sich zurzeit sechs Männer. Alle sind unsere Zielpersonen. Bleiben Sie in dem Haus, in dem Sie sind. Sorgen Sie dafür, dass alle in ihren Wohnungen bleiben. Wir wollen nicht, dass das Ganze aus dem Ruder läuft.«

»Okay«, bestätigte Frank und blickte währenddessen erst Rafik, dann Samira an. »Ich mache mich sofort auf die Socken und sage in jeder Wohnung Bescheid.«

»Ich sehe, wir verstehen uns«, sagte Steiner. »Seien Sie vorsichtig und mischen Sie sich nicht wieder ein.«

»Ganz bestimmt nicht«, versicherte Frank. Dann hatte Steiner die Leitung unterbrochen.

Frank wandte sich Rafik zu.

»Es wird gleich einen Polizeieinsatz geben«, sagte er, worauf sich die Augen der beiden Afghanen sofort angstvoll weiteten. »Bleiben Sie mit Ihrer Frau auf jeden Fall in der Wohnung. Warten Sie hier. Ich bin gleich wieder bei Ihnen.«

Rafik und Samira standen auf.

»Wir gehen zu unserem Sohn in das andere Zimmer«, sagte Rafik und Frank nickte.

»Verlassen Sie auf keinen Fall die Wohnung.«

Dann trat er in den Hausflur und wählte die Nummer Grüters. Er forderte ihn auf, ihm entgegenzukommen, und beendete das Gespräch sofort wieder. Im zweiten Stock begegneten sie sich. Grüter schaute ihn fragend an. Die Miene des Hausmeisters verfinsterte sich, als Frank ihm erklärte, worum es ging, doch er sah sofort ein, dass sie schnell handeln mussten.

»Gehen Sie von hier aus nach oben und sagen Sie den Leuten Bescheid, ich übernehme die Familien aus den unteren Wohnungen.«

Frank willigte ein und versprach Grüter, sich in ein paar Minuten auf dem unteren Treppenabsatz mit ihm zu treffen. Frank lief von einer Wohnung zur anderen. Die Leute begegneten ihm freundlich. Hier und da musste er Englisch sprechen, aber die Aktion war schnell beendet.

Zum Schluss klopfte er an der Tür von Rafik, der umgehend öffnete. Er erinnerte den Afghanen daran, auf keinen Fall die Wohnung zu verlassen und sich auch möglichst nicht an ein Fenster zu stellen. Rafik versprach es und schloss die Tür, während Frank die Treppe hinabstieg.

Auf der untersten Stufe, ein paar Schritte vom Hauseingang entfernt, saß Grüter und rauchte. Als er Frank kommen hörte, drehte er sich um.

»Ich weiß nicht, ob mir das alles gefällt«, sprach er ihn an und zog an seiner Zigarette. »Aber wer fragt danach? Wollen Sie auch eine?«

»Gerne«, erwiderte Frank und setzte sich neben Grüter, der ihm die Packung und ein Feuerzeug reichte. »Haben Sie alle erreicht?«

»Ja, das war schnell erledigt. Die Leute sind ja einiges gewöhnt, da kann sie so ein kleiner Polizeieinsatz nicht aus der Ruhe bringen.«

»Wollen wir es hoffen«, sagte Frank und stützte seine Arme auf die Oberschenkel. Eine Weile saßen die beiden Männer schweigend da.

»Wird geschossen werden?«, fragte Grüter unvermittelt.

Frank blickte ihn von der Seite an.

»Hoffentlich nicht«, erwiderte er. »Aber es wird wohl eine Menge Radau geben.«

Kaum hatte Frank den Satz beendet, da wurde die Haustür von außen aufgestoßen. Zwei schwerbewaffnete Polizisten des Spezialkommandos traten ein und schraken zusammen, als sie die beiden Männer auf der Treppe wahrnahmen. Diese rissen sofort ihre Arme hoch.

»Ganz ruhig«, sagte Frank beschwörend. »Wir haben die Leute aufgefordert, in den Wohnungen zu bleiben.«

Die beiden Polizisten hatten nicht die Zeit und wohl auch keine Lust, sich jetzt mit ihm zu unterhalten.

»Gehen Sie eine Treppe nach oben«, bellte der eine und wies zu dem ersten Treppenabsatz zwischen den Stockwerken.

Von außen hörte man Geräusche, als würden jede Menge Fahrzeuge vorfahren, während Frank und der Hausmeister links und rechts neben dem Flurfenster Aufstellung nahmen. Hinter dem Haus, vielleicht vier Meter unter sich, sahen sie, wie zwölf Polizisten in gleicher Aufmachung wie die beiden, die unten an der Haustür standen, aufzogen.

»Meine Güte«, brummte Grüter. »Es ist Krieg.«

Frank kommentierte das nicht, hielt aber weiter die Augen wachsam auf das gerichtet, was sich draußen abspielte. Für eine Weile sah er und hörte er nichts mehr, außer seinem eigenen Herzschlag, der deutlich schneller und lauter war als sonst. Die beiden Beamten im Eingangsbereich sprachen jetzt, standen wohl in Funkkontakt mit ihrer Leitstelle.

Und dann ging es los. Bis zu diesem Zeitpunkt hatte eine merkwürdige Ruhe über allem gelegen, aber jetzt schwollen die Geräusche an. Poltern, Schreien, ein Knall, vielstimmiges Rufen, ein weiterer Knall, diesmal viel lauter als beim ersten Mal. Frank versuchte, sich auf die Geräusche zu konzentrieren, um aus ihnen herauszuhören, was gerade geschah. Er sah sich um und blickte in Richtung der beiden Polizisten. Beide standen dicht an der Eingangstür und hatten die Finger an den Abzug ihrer Waffen gelegt. Auch sie lauschten hochkonzentriert dem Lärm, der von außen zu ihnen drang.

»Schauen Sie!«, rief Grüter plötzlich und wies mit dem Finger aus dem Fenster, wo eben vier Polizisten einen Flüchtenden überwältigten. Sie brachten ihn zu Fall, ein Beamter kniete sich auf ihn, während die anderen drei ihre Waffen in Anschlag brachten. Sie brüllten laut auf den am Boden Liegenden ein, der nach und nach seinen Widerstand aufgab und sich fesseln ließ. Es waren knapp zehn Minuten vergangen, als sich die Situation mehr und mehr beruhigte. Die beiden Polizisten am Hauseingang entspannten sich. Frank konnte hören, wie einer von ihnen »Verstanden!« in sein Headset sagte. Sie nahmen die Finger vom Abzug und blickten sich erleichtert lächelnd zu Frank um.

»Es ist vorbei!«, sagte der Größere der beiden und öffnete die Haustür.

Frank eilte die Treppe hinunter und trat vor das Haus. An der Grünfläche, wo vor ein paar Tagen noch die Kinder mit Adrian und Tereza gespielt hatten, stand eine Reihe von Polizeiwagen, zu denen die Festgenommenen geführt wurden. Ansonsten wimmelte es nur so von schwarz Uniformierten. Kein einziger Bewohner der Flüchtlingsunterkunft war zu sehen.

Frank holte tief Luft und ließ seinen Blick in Richtung Himmel schweifen. *Wenn ich gläubig wäre, würde ich jetzt »Danke« sagen*, dachte er und beobachtete, wie die graue

Wolkendecke an einer Stelle auseinanderbrach und sich dahinter hoffnungsvolles Blau zeigte.

»Danke, Frank«, hörte er plötzlich eine Stimme sagen.

Er drehte sich in die Richtung um, aus der sie kam. Tina Feldkamp trat auf ihn zu und lachte ihn an.

»Heute darf ich doch ›Frank‹ sagen, oder?«, schob sie hinterher, als sie vor ihm stand.

»Klar doch, Tina«, erwiderte er und umarmte sie, ohne lange zu zögern.

59

Guten Tag, mein Name ist Frank Wallert.

Bevor Sie weiter ins Grübeln geraten: Nein, da entwickelt sich kein Verhältnis zwischen Tina Feldkamp und mir. Diese spontane Umarmung war nicht mehr als pure Erleichterung darüber, dass die Polizeiaktion in der Gustavstraße so glimpflich abgelaufen ist. Meine große und einzige Liebe war und ist und bleibt Maren Dieckmann. Keine Sorge.

Dennoch muss ich Ihnen etwas mitteilen, das nicht allen gefallen wird, aber darauf kann ich keine Rücksicht nehmen. Es handelt sich ja schließlich um *mein* Leben. Natürlich habe ich die Entscheidung nicht im stillen Kämmerlein und für mich alleine getroffen – lange Gespräche mit Maren, Tereza und Adrian (die übrigens mittlerweile tatsächlich ein Liebespaar sind), mit René und Silke haben den Entschluss reifen lassen.

Ich werde aufhören.

Ja, richtig aufhören.

Es gibt noch anderes, als ständig hinter bösen Menschen her zu sein. Gut, Maren wird das zwar weiterhin tun, aber ich nicht mehr.

»Wie soll das funktionieren?«, werden Sie fragen. Kann das Detektivbüro, das schließlich meinen Namen trägt, weiter existieren? Es kann. Natürlich. René und Silke werden es weiter betreiben und sich – selbstverständlich mit mir zusammen – nach einem Nachfolger umsehen, der bereit und in der Lage ist, meinen Anteil zu übernehmen. Soweit nötig und möglich, werde ich den beiden beratend zur Seite stehen.

Was mich anbelangt: Ich werde dankend und mit Freude die Küchenschürze annehmen, die mir Maren in Aussicht gestellt hat. Ich werde unser häusliches und familiäres Miteinander organisieren, »Hausmann« sein, wenn Sie so wollen, einkaufen, putzen und kochen und was sonst noch alles dazu gehört.

Außerdem spiele ich mit dem Gedanken, vielleicht unter die Autoren zu gehen, es einmal mit der Schriftstellerei zu probieren. Ich weiß das aber noch nicht so genau und lasse es auf mich zukommen.

Der Mann jedenfalls, der bisher meine Fälle in Romanform gegossen und mich als Schriftsteller begleitet hat, wird natürlich weiterarbeiten. Ich weiß, dass er bereits dabei ist, ein neues Projekt zu entwickeln.

Ich bin fest davon überzeugt, dass man zwar einen Lebensplan haben kann, auch für die Zeit nach der Berufstätigkeit, aber wo es letztlich hinläuft, weiß man nie. Deshalb erwarten Sie bitte nicht von mir, dass ich Ihnen sagen kann, wie meine Zukunft aussieht.

Für die nahe Zukunft habe ich folgendes vor:

Zuerst werde ich mit Maren einen vierzehntägigen Urlaub in Frankreich machen.

Ich werde anschließend unserer lieben Freundin Sabine bei der Renovierung ihrer Wohnung helfen. Sie ist übrigens gänzlich genesen und sie hat sogar einen Freund. Jawohl! Endlich scheint es geklappt zu haben. Er ist Witwer und genau so alt wie Sabine, und auch genau so lustig und nett.

Über Weihnachten und den Jahreswechsel werden wir zu Hause sein.

Nach den Ferien beginnt für Tereza und Adrian die schwerste Zeit: die Vorbereitung auf das Abitur. Wenn sie alles geschafft haben, werden wir zusammen im Sommer nach Rumänien reisen und sehen, was wir für Adrians Mutter tun können. Ich bin sicher: Da wird uns bestimmt etwas Sinnvolles einfallen.

Mehr weiß ich noch nicht. Genau so wenig, wie Sie für sich wissen, was das nächste halbe Jahr bringt.

Ja, was bleibt mir? Eigentlich nur noch, »Tschüss« zu sagen.

Bleiben Sie optimistisch und fröhlich. Aber schauen Sie auch genau hin, was auf dieser Welt so alles geschieht. Nichts von alledem ist unabänderlich. Wir alle haben schon ein mächtiges Wort mitzureden.

Ich wünsche Ihnen alles Gute – und wenn Sie mal nach Mülheim an der Ruhr kommen: Vielleicht sieht man sich.

Bis dann.
Ihr
Frank Wallert.

E N D E